中国博士后第61批面上基金一等资助项目成

澳大利亚
丛林现实主义小说研究

张加生 著

南京大学出版社

序

张加生的博士论文《丛林书写与民族想象——澳大利亚丛林现实主义小说研究》刚完成不久，在后续的不断修改和完善中，日前获得南通大学人文社科精品著作工程资助，以及博士后面上基金资助。我感到非常欣慰。

张加生在读博之前，对澳大利亚文学可谓知之甚少，但是读博四年期间，他由原来看上去游手好闲、好空谈阔论的年轻人变成另外一个人：书生气越来越足。每次约见，都能感觉到实实在在的进步，也能看出颇有些刻苦的意味。读博期间，他先后在《外国文学研究》、《当代外国文学》等期刊上发表过10多篇文章，并且获得"2013年博士研究生国家奖学金"。他四年的勤奋刻苦和钻研精神可以从这部较为完善的著作中窥豹一斑。

张加生在读博期间利用公派留学机会，从澳大利亚搜集了大量一手研究资料，这对他的学术生涯来说，是非常重要的一步。一头扎进烟波浩瀚的文献，他开始不辞辛劳地展开梳理研究工作，并从众多研究作家中，选择亨利·劳森、乔瑟夫·弗菲、迈尔斯·弗兰克林、斯蒂尔·拉德四位经典作家作为研究对象。据我所知，国外澳大利亚民族主义作家研究中，主要聚集在亨利·劳森和弗兰克林两位作家身上，对于选择弗菲的《人生如此》作为研究对象，我感叹张加生的勇气和毅力，他硬生生地，以一个"初生牛犊不怕虎"的后生姿态将这部小说纳入研究对象，而且从研究分析来看，分析颇得要领。要知道，这是一部令不少澳大利亚学者都望而生畏、不敢问津的"天书"。

澳大利亚民族主义时期文学是澳大利亚文学史上一个极为重

要的发展阶段,是澳大利亚从唯英国文学"马首是瞻"的殖民文学到当前有着国际声誉的当代文学的重要顺承转接阶段。19世纪末的澳大利亚民族主义思潮风起云涌,民族独立呼声空前高涨,一个民族动荡不安的时期也往往是文学艺术最为璀璨、辉煌的阶段。澳大利亚民族主义时期亦不例外,这一时期作家众多,群星闪耀。难能可贵的是,张加生在翔实的文献梳理基础上,提出"澳大利亚丛林现实主义小说"这一概念,并将其作为研究对象,可谓是独辟蹊径,独具慧眼。这是一个在国内外学界都颇为新颖的话题,也是一个很值得研究的话题。澳大利亚民族主义时期,一些有着民族自觉的澳大利亚本土作家逐渐认识到描写属于澳大利亚本土地方特色的重要性,并且在澳大利亚民族杂志《公报》的号召下,他们一反此前殖民时期浪漫文学传统,纷纷以现实主义手法去描写澳大利亚本土的人和事。从这个意义上说,提出"澳大利亚丛林现实主义小说"这样一个核心概念,立论有依有据,也颇有见地。

具体到著作本身,澳大利亚丛林现实主义小说是一个偶被学界使用却从未被明确界定和系统研究的文学题材。认真审读这份著作文稿后,作为他的博士后合作导师,我欣然拿起笔,很高兴为他的专著出版写上几句,聊且作序。原因基于几下几点:

首先,一部好的著作一定是建立在大量前期相关文献研究基础上的,该专著文献功夫颇为深厚,体现了作者较高学术素养。在文献梳理基础上,该著作提出"丛林现实主义小说"这一概念并对其进行界定,选题新颖别致,论点独到有理。

其次,该专著反映了作者的前期基础,体现了较高的研究水准。专著选取了澳大利亚民族主义时期四位主要作家作为研究对象,视野宽阔,分析全面,但又紧紧围绕丛林书写这一主线,论述集中,宽而不泛。另外,张加生对所研究作家作品把握到位,文本功夫细致。

此外,专著清晰规范,论述层次清楚,论证有依有据。主体部分结构合理,内容翔实,主题明确,分析集中。专著文字表达明晰,语言精练，论述论证有的放矢，有理有据。论文内容布局合理，章节之间联系紧密，逻辑性强。在论证过程中，专著紧紧围绕"丛林现实主义"这一主线，并从中析出"丛林神话"、"丛林情谊"、"丛林叙事"、"丛林传统"四大主题，将澳大利亚独特的丛林风貌、民族独立思潮、社会历史背景巧妙融入文本分析中，加强了论文的深度和广度，尤其是其建构的丛林书写与民族想象这一论点，使得专著在论文的内涵和外延上都达到了一定高度。

事实上，澳大利亚丛林现实主义小说不仅是澳大利亚民族主义时期的一大文学范式，也是对澳大利亚民族主义运动的一种积极回应。叙事作为一种参与民族建构的方式，以劳森、弗菲、弗兰克林、拉德为代表的澳大利亚民族主义作家深深扎根丛林背景创作的现实主义小说既反映了澳大利亚丛林人在艰辛的丛林环境中求生存的艰辛，也反映了他们在丛林中求生存所历练出的坚韧、勇敢、反抗精神，这些丛林精神也被内化为澳大利亚民族精神。该专著考察了澳大利亚民族主义时期劳森、弗菲、弗兰克林、拉德四位主要作家主要作品的丛林书写，并以丛林为主线，对澳大利亚丛林现实主义小说的历史背景、主题思想与叙事特征进行了研究。揭示了澳大利亚丛林书写区别于欧美现实主义小说的地域特征与文化特征。研究表明，丛林人在艰辛的环境中抗争时所展现出的"忠贞、坚韧、英勇、不屈"的丛林精神，"表达了民族主义作家对于澳大利亚民族身份建构的想象"。论文论点明确，思路清晰，论据充分，论证有力。

相对而言，澳大利亚文学研究与英美文学研究成果难以相提并论，但近年来，随着澳中理事会的持续资助，对澳大利亚文学研究感兴趣的硕、博士生逐年增多，这是澳大利亚文学研究的幸事，也是国内外国文学研究的幸事。但是，国内澳大利亚文学研究专著为数尚不多。该专著在原本就颇为厚实的博士论文基础上，又增加了一章"丛林传统"，该章进一步完善了研究内容，拓宽了研究思路，新增章节文本论据翔实，论证鞭辟入里，与前几章相得益彰，足见张加生对研究对象的熟稔程度。这种博士毕业后的持续思考态度也使得这部著作的一些认识和见解日臻成熟。总体而言,这是一部学术含量较高、学术素养颇深、学理性较强的澳大利亚文学研究专著。

彭青龙

2017年12月于上海交通大学

内容提要

按照马克思主义"经济基础决定上层建筑"的唯物论观点,文学是一个国家国运兴盛的风向标,澳大利亚因其传统的英属殖民地地位,一直被视为罪犯的流放地,难以培育出主教、法官、教授的蛮荒之地。二战后跨入发达国家行列的国力,使得自怀特以降的澳大利亚作家备受世界关注。国内澳大利亚文学研究主要集中在自帕特里克·怀特(Patrick White)以来的当代作家上,对澳大利亚民族主义时期研究关注明显匮乏。换言之,澳大利亚民族主义时期的文学虽在澳大利亚文学史上留下过巨人般的足迹,同样精彩,却鲜有问津,这既是澳大利亚文学研究的遗憾,也表明澳大利亚文学研究的广阔前景。

19世纪80年代是澳大利亚短暂而繁荣历史中极为重要的一个发展阶段。世纪末,民族独立思潮在澳大利亚大陆呈现风起云涌之势,民族独立呼声在澳大利亚大陆悠悠回荡。当欧洲大陆正进行着如火如荼的资产阶级革命,纷纷成立资本主义制度,巩固资产阶级政权,发展资本主义经济,繁荣资本主义文化的时候,远在世界另一极的澳洲大陆尚处于英国统治下的殖民主义阶段。同样,当现实主义文学正在欧洲大陆同浪漫主义争论并逐渐取得"胜利"的时候,澳洲大陆尚处于殖民文学阶段,在艺术上,处于一味模仿"宗主国"英国的早期创作阶段。可以说,自英国移民首次登上澳洲大陆的最初100年里(1788—1880年),澳大利亚文学基本上都是"母国文学的移植"(黄源深,2014: 2)。

19世纪末的澳大利亚,伴随着澳大利亚民族主义运动思潮,伴随着澳大利亚人对独立自由的渴望,伴随着澳大利亚文学艺术界对本土文学的呼唤,以亨利·劳森(Henry Lawson)、乔瑟夫·弗菲(Joseph Furphy)、迈尔斯·弗兰克林(Miles Franklin)、斯蒂尔·拉德(Steele Rudd)等为代表的澳大利亚本土作家们积极响应创立于1880年的澳大利亚民族杂志《公报》(Bulletin)"专注于澳大利亚本土的人和事"的创作要求,专注于澳大利亚本土地域与文化特色的丛林,进行了现实主义创作。他们深刻观察和体验澳大利亚丛林人的真实生活风貌,真实而细致地"再现"丛林环境中的各种艰辛,如实地表达出丛林人在艰辛的丛林环境中求生存、求独立时所表现出的坚韧、勇敢与忠贞。

本研究在对现实主义文学传统、英国现实主义小说进行文献梳理的基础上,提出了"澳大利亚丛林现实主义小说"这一概念,并进行界定和展开研究。澳大利亚丛林现实主义小说是一个偶被学界使用却从未被明确界定和系统研究的文学题材。它不仅是澳大利亚民族主义时期的一大文学范式,也是对澳大利亚民族主义运动的一种积极回应。本研究考察了澳大利亚民族主义时期劳森、弗菲、弗兰克林、拉德四位主要作家主要作品的丛林书写,并以丛林书写为主线,对澳大利亚丛林现实主义小说的历史背景、主题思想与叙事特征进行了比较深入的研究。

本书共包括五章。引言部分简要介绍了研究专著的选题意义、研究背景。引言部分还梳理了澳大利亚民族主义时期文学的研究现状,并在翔实的文献梳理基础上提出"丛林现实主义小说"这一文学范式。第一章主要从"现实主义文学传统理论回顾与反思"、"英国传统现实主义小说"、"澳大利亚丛林现实主义小说"三个方面对欧美现实主义小说进行了理论回顾。理论梳理表明,澳大利亚丛林现实主义小说既有着英国传统现实主义小说的影子焦虑,又有着鲜明的澳大利亚本土的丛林地域与文化特征。第二章"丛林神话:澳大利亚丛林现实主义小说的源泉"通过"丛林神话与民族想象"、"丛林神话与身份表征"两部分探究澳大利亚丛林神话与澳大利亚丛林现实之间的内在联系。丛林神话作为澳大利亚神话的源头,在土著人生存时期就初具雏形,澳大利亚丛林现实主义小说既是对澳大利亚丛林神话的传承和借鉴,更多的是作为一种区别于澳大利亚早期殖民浪漫文学而出现的一种新的文学体裁,同时又延续了澳大利亚丛林神话对澳大利亚民族身份建构的美好想象。第三章"丛林情谊:澳大利亚丛林现实主义小说的灵魂"通过"丛林孤独:丛林孤独中的兄弟情谊"、"丛林抗争:丛林抗争中的伙伴情谊"、"丛林女性:丛林女性间的姐妹情谊"三部分考察了澳大利亚丛林情谊在澳大利亚丛林地域上的文化特征以及丛林情谊对民族独立和民族建构的积极贡献。研究发现,澳大利亚丛林现实主义小说集体表征的丛林情谊作为澳大利亚民族精神的一个重要元素参与建构了澳大利亚民族身份。第四章"丛林传统:澳大利亚民族身份的核心"从"澳大利亚民族的精神传统"、"丛林怀旧:澳大利亚民族的思乡传统"、"丛林女性:澳大利亚民族的女性传统"三方面探究澳大利亚民族的丛林传统。第五章"丛林叙事:澳大利亚丛林现实主义小说叙事特征"从"丛林现实主义小说的叙事艺术辩略"、"丛林现实主义小说的疯癫叙事"、"丛林现实主义小说的幽默叙事"和"丛林现实主义小说的语言特色"等方面考察了澳大利亚丛林现实主义小说的叙事艺术与叙事特征。丛林叙事作为一种参与民族建构的方式,以劳森、弗菲、弗兰克林、拉德为代表的澳大利亚民族主义作家深深扎根丛林背景创作的现实主义小说既反映了澳大利亚丛林人在艰辛的丛林环境中求生存的艰辛,也反映了他们在丛林中求生存所历练出的坚韧、勇敢、反抗精神,这些丛林精神也被内化为澳大利亚民族精神。澳大利亚丛林现实主义小说,深受欧美传统现实主义的影响,既有着传统现实主义特征,也有着鲜明的澳大利亚性,其独特的澳大利亚丛林语言更是表明了澳大利亚民族主义作家借助丛林现实主义小说参与建构澳大利亚民族身份的雄心。

  澳大利亚民族主义时期以丛林为背景的丛林现实主义小说既有着欧美传统现实主义小说特征,又有着鲜明的澳大利亚丛林地域与文化特征。劳森、弗菲、弗兰克林、拉德等民族主义作家着眼于凸显丛林人在艰辛的丛林环境中求生存时所展现出的"忠贞、坚韧、英勇、不屈"的精神风貌,借此建构他们对澳大利亚民族身份的想象,表达他们的民族理想:澳大利亚是一个建立在丛林上的国家。

Abstract

The 1890s witnessed the great surging storms of nationalism movements which called for the building of an independent nation on the Australian continent. Henry Lawson's bush novels, on the one hand, established his own authorial position as the "Founding Father of Australian Literature", on the other hand, his bush realism sketches also helped construct the Australian nationalism identity to some extent. As was said by George Orwell that an author can see farther and feel deeper than all experts from any other field, Henry Lawson saw even further. Under his realist writings' influence, Joseph Furphy, Miles Franklin, Steele Rudd, Louis Stone, Barbara Baynton, etc., all wrote about the vast, wide and wild Australian bush with realist skills. At this period, bush is one of the most important themes in their writings, and the bush spirits built among bushmen in their bush writings constructed an imagination of Australian national identity. The bush spirits, characteristic of bravery, perseverance and mateship (ready-to-help others at any time) have become Australian national ethos.

Australian bush novels witnessed the important process that the native Australian writers were beginning to form the consciousness of writing Australia at the end of the 19th century. During this period, through bush writings, the writers were beginning to seek native Australian voices thus to construct the bush spirits. "Bush realism" novels are one of the genres of Australian Nationalism literature. The real and detailed bush descriptions reveal how people in the bush have struggled against the harsh nature to survive and how they cooperate with each other like brothers and sisters to make a better living, and during the success in building an independent country, the spirits of bravery, perseverance and hardworking have molded into the Australian people.

When compared with the development of world realist literature, the rising of Australian realist literature is a little later than that of the world, especially later than Russia, France and Britain. But the bush realism novels with unique Australian features have established their due place in the world realist literature. Australian realist novels appeared in the 1890s when Henry Lawson first attempted the realist skills in his bush stories from which both his contemporary and later reviewers find his focus on the descriptions of Australian bush constructing Australian identity. In this sense, the bush realism novels have earned its own international place in the world realist literature with the realism skills and bush themes of Australian characteristics.

The research will be of some theoretical values as illustrated below. Firstly, the fictions of Australian bush realism reflect Australian nationalism movements, local colors and the historical and cultural background. By focusing on bush realism, we can see how Australian bushmen have overcome insurmountable difficulties and gained their own independence through bush spirits. In the process of the construction of bush ethos, typical of bravery, perseverance and unyielding efforts, Australian bush realism writers have merged them into the Australian national identity through artisitic imagination. Bush spirits have been constructed as one of the most essential elements of Australian national identity that are still working today as a reflective theme by contemporary Australian rural writers like Rachael Treasure and John Treasure. Secondly, the "Research on the fictions of

Abstract

Australian bush realism" is a brand-new program in the field of Australian nationalism literature, which is an important literary development stage that connects Australian staggering colonial literature before the 1880s and the outstanding contemporary literature which has earned international reputation since the 1970s. In China, Australian colonial literature has been granted the national philosophical and social science funds in 2011, and the research of nationalism literature followed by it will be a new supplementary research to the Australian literature in China. Thirdly, the realism literature research is focusing chiefly on Euro-American literature, and the Australian realism literature research is somehow still in the dark and neglected, and hasn't drawn its due attention in China. The research achievements of Australian bush realism novels will set her due place in the world realism literature, and in this sense, the research will be a contribution to the world realism literature.

Specifically speaking, this academic work is constructed around the focused and recurring theme of Australian bush. It consists of five chapters, introduction included. The first chapter is entitled "Realism Traditions and British Traditional Novels", which is composed of 3 parts: "The General Review of Realism Literature", "British Traditional Realism Novels", and "Australian Bush Realism Novels". Chapter two "Bush Myth: the Foundation of Australian Bush Realism Novels" consists of two parts: "Bush, Myth, Imagination" and "Bush Myth and Australian Bush Realism Novels". Chapter three is a detailed discussion of Australian bush mateship, which accounts for the most space of the whole book as it is the most important image in the fictions of Australian bush realism. It consists of three parts: "Bush Solitude", "Bush Females", and "Bush Struggles". Chapter four "Bush Tradition" consists of three part: "Bush Tradition and Australian Tradition", "Bush

Nostalgia and Australian Tradition", and "Female Tradition and Australian Tradition". Chapter five "Bush Narratives: the Unique Characteristics of the Fictions of Australian Bush Realism" discusses the narrative skills of bush realism, which is also composed of three parts: "Narratives Skills and Styles", "Australian Indigenous Language", and "The Debate on the Narrative Skills of the Fictions of Australian Bush Realism".

The research draws the conclusion that the bush writings aim to construct Australian identity through the detailed and authentic descriptions of bushmen's madness, bush mateship and bush languages. The madness images convey the idea vividly about what the Australian bushman has to suffer and endure in the harsh bush environment. The harsh bush environment has the driving force that drive the bushman onto the verge of madness as they live in loneliness and isolation in the bush for most of their life. In addition, the bush writings are also characteristic of bush mateship and bush languages, through which the Australian national identity is constructed. The bush indigenous languages are obvious signs for the national writers' deliberate use as they try to articulate Australian bush landscapes and convey the Australian landscapes with local languages to the world, thus to convey the bush voice of Australia to the world readers.

The fictions of Australisn bush realism is typical of the characteristics of European traditional realism literature with Australian bush landscapes. The bushmen's "persevering, painstaking, and unyielding struggling" images are vividly and authentically depicted in Henry Lawson, Joseph Furphy, Miles Franklin and Steel Rudd's bush works. In depicting bushmen's hard life in the harsh bush environment, the writers construct their Australian imagination that Australia is a country built upon bush through bushmen's efforts.

目　录

序 ……………………………………………………………… 1
内容提要 ……………………………………………………… 5
英文摘要 ……………………………………………………… 9

引　言 ………………………………………………………… 1
　　第一节　研究背景 ……………………………………… 2
　　第二节　文献梳理及研究意义 ………………………… 16

第一章　理论回顾：现实主义传统与澳大利亚丛林现实主义小说
　　……………………………………………………………… 32
　　第一节　现实主义文学传统 …………………………… 33
　　第二节　英国传统现实主义小说 ……………………… 41
　　第三节　澳大利亚丛林现实主义小说 ………………… 57

第二章　丛林神话：澳大利亚丛林现实主义小说源泉 … 65
　　第一节　丛林神话与民族想象 ………………………… 66
　　第二节　丛林神话与身份表征 ………………………… 75

第三章　丛林情谊：澳大利亚丛林现实主义小说灵魂 … 87
　　第一节　丛林孤独中的兄弟情谊 ……………………… 96
　　第二节　丛林抗争中的伙伴情谊 ……………………… 108
　　第三节　丛林女性间的姐妹情谊 ……………………… 141

第四章　丛林传统：澳大利亚丛林现实主义小说核心 ……… 168
　　第一节　丛林传统：澳大利亚民族的精神传统 ………… 169
　　第二节　丛林怀旧：澳大利亚民族的思乡传统 ………… 184
　　第三节　丛林女性：澳大利亚民族与女性传统 ………… 192

第五章　丛林叙事：澳大利亚丛林现实主义小说叙事特征 … 203
　　第一节　丛林现实主义小说叙事艺术考辨 ……………… 204
　　第二节　丛林现实主义小说的"疯癫"叙事 …………… 227
　　第三节　丛林现实主义小说的"幽默"叙事 …………… 236
　　第四节　丛林现实主义小说叙事的语言特色 …………… 247

结　　语 ……………………………………………………… 258
参考文献 ……………………………………………………… 263
索　　引 ……………………………………………………… 286
后　　记 ……………………………………………………… 291

引 言

第一节 研究背景

在进入本研究的议题讨论之前,有必要对现实主义理论做一总体回顾与反思。后理论发展自 20 世纪 60 至 80 年代的"吵闹与喧嚣"到今日的日趋式微使得一度被认为"可怜与老旧"、"过时而不入流"(Bowlby, 2010: XIV)的现实主义文学在学界正重拾审视。现实主义自 19 世纪初诞生以来,就因为其欧洲血统,备受政治、文化、哲学等诸多学科的关注。

现实主义文学主要是指"19 世纪被经典化的小说及其相关艺术"(Beaumont, 2010: 2)。19 世纪传统现实主义"让我们在对现实景象的描写中看到现实世界"(Natoli, 1997: 21)的观念渐入人心。一般认为,欧美传统现实主义文学作家主要包括:法国——其奠基人为巴尔扎克和司汤达,其后福楼拜、莫泊桑等做出了很大的贡献;英国——狄更斯、萨克雷、盖斯凯尔夫人、艾略特、勃朗特三姐妹、吉辛、特罗洛普等;俄国——普希金是俄国从浪漫主义向现实主义过渡的代表作家,随后出现了果戈理、屠格涅夫、托尔斯泰、契诃夫等诸多现实主义大师;美国——马克·吐温是美国现实主义文学中对现实挖掘最深、对现实批判最激烈的作家,其后有欧·亨利、亨利·詹姆斯、杰克·伦敦等。这些作家及作品也成为经久不衰的文学热力。所以当我们今天面临着新的"文学的衰竭"[1]时,现实主义文学有必要重新进入审视视野。不无遗憾的是,国内英语文学研究视野主要集中在欧美大陆,也会偶尔关注一下亚洲和非洲的现实主义状况,却习惯性地遗忘了处于地球另一侧的"澳洲"。选择在国内尚处于起步和发展阶段的澳大利亚文学作为研

---

[1] 此衰竭有别于约翰·巴斯所说的后现代主义衰竭,在后理论阶段,后现代的各种叙事实验与技巧也似乎在各种理论思潮的交锋中日益让位于传统叙事诗学。

究对象，就有着诸多意义。

澳大利亚民族主义时期丛林现实主义小说（1880—1914年）与欧洲传统现实主义小说有着鲜明的区别性特征。澳大利亚丛林现实主义小说对独具澳洲本土特色的丛林地域风貌，澳大利亚丛林人真实生活风貌，以及丛林人对"自由、独立"等丛林理想的追求；澳大利亚丛林现实主义小说对于澳大利亚民族身份的建构和想象也值得我们深入探讨。选择这一课题作为研究对象，一方面可以让我们理解澳大利亚历史上具有重要历史意义的澳大利亚民族主义时期的社会历史与文化风貌；另一方面，也可以让我们洞悉澳大利亚丛林现实主义小说对于世界现实主义小说的独特贡献。

什么是澳大利亚丛林现实主义小说？丛林现实主义小说形成于19世纪末20世纪初的世纪之交的澳大利亚民族主义情绪高涨时期的原因是什么？哪些社会历史和文化因素促成了丛林现实主义小说的形成？丛林现实主义小说有哪些特点？丛林现实主义小说与澳大利亚民族的独立之间又有哪些内在联系？这些是本研究首先着重关注和解决的几个关键问题。

自1788年第一批英国囚犯和政治犯来到澳大利亚大陆以来的100年间里，澳大利亚文学几乎都是关于这片新土地的地方色彩的"旅行笔记"。对此，巴恩斯说，只有当"当地文明有着自己的内在认同和内在力量时（即当澳大利亚真正摆脱了英国的影响时），澳大利亚才会有真正意义上的本土创新作家"（Barnes, 1964: 149）。也就是伊恩·穆迪（Ian Mudie）所说，"如果不能摆脱欧洲思维，我们永远也不会发现澳洲之美"（qtd. in Stephensen, 1954: 22）。而这一"欧洲思维"整整延续了近100年。

自18世纪中期以来，在澳大利亚大陆一些以迎合远在大洋彼岸的英国人的阅读预期为目的的小说纷纷出现，这些小说主要是以澳大利亚这片充满异域风情的殖民者生活为原型而创作的。如罗克劳弗特（Charles Rowcroft）的《殖民地故事》（*Of the Colonies*, 1843）、哈里斯（Alexander Harris）的《定居者与囚犯》（*Settlers and*

Convicts, 1847)、金斯利(Henry Kingsley)的《吉奥弗里·哈姆林》(The Recollections of Geoffry Hamlyn, 1859),到克拉克(Marcus Clarke)真正具有小说水准的《无期徒刑》(For the Term of His Natural Life, 1874)等,这些作品具有明显的殖民痕迹,即兼具浪漫主义和殖民地的传奇色彩。金斯利的作品很好地讲述了殖民地传奇故事,讲述了英国殖民者如何在澳洲大陆继续英国梦的故事,但这部小说后来被"追求现实主义"(Barnes, 1964: 157)的民族主义作家弗菲(Joseph Furphy)所诟病。《无期徒刑》作为一部殖民地经典,多次被拍成电影,主要反映了英国殖民地的囚犯制度,在这个囚犯制度下,"个人的深痛经历使得一个年代的苦难被具体化"(Hergenhan, 1992: 13),而这些深痛经历也是澳大利亚被殖民化的深痛经历。

进入19世纪80年代,澳大利亚本土出生的人口已经超越了移民人口。上述具有浓郁殖民色彩作品所描述的曾经的"英国版"的澳大利亚生活虽然满足了那些将英格兰当作"家乡"的读者,并且也满足了他们对曾经的英国经历的期待,但这些作品,对于"英格兰只是遥远的国度"并且将英格兰戏谑为"家"('Ome')的人来说,有些过于浪漫而不真实。这时期的另一多产女作家普里亚德(Rosa Praed),由于其作品总是隔着一定距离去看待丛林人,把他们看作"人类中粗鄙的一类",以及作品中的"文化犬儒主义"(cultural cringe)和"浪漫主义传奇",致使她的接受度深受影响。

学界普遍认为,1880—1890年是澳大利亚历史上具有转折意义的年代。到了1880年的时候,"澳大利亚殖民议会的民主制度已经建立,女性呼吁解放,国家宪法在征求各方意见中逐渐完善,一种鲜明的区别于此前的殖民文学的现实主义文学正在被书写"(Jarvis, 1983: 404)。此前在欧洲大陆备受讨论的现实主义文学的道德价值在澳大利亚也开始出现,而正是这种讨论标志着现实主义文学在澳大利亚的诞生。斯蒂芬斯(A.G. Stephens)明确将劳森认定为现实主义作家。作为澳大利亚现实主义作家的奠基人,劳森在1893年的《澳大利亚常见的几个错误》("Some Popular Australian Mistakes")一文中呼吁澳大利亚作家去如实描述澳大利亚丛林,这篇文章也成为澳大利亚第一个现实主义文学宣言(1893)。在劳森呼吁的影响下,同时期的阿斯特利(William Astley)、迪森(Edward Dyson)、亚当斯(Francis Adams)等人都"以不同程度的热情公开宣称自己以现实主义为创作信条"(qtd. in Jarvis, 1983: 404)。其中,要数亚当斯最为坚定地支持和倡导现实主义文学。亚当斯以刊登在《悉尼世纪杂志》(*Sydney Centennial Magazine*)上的两篇文章《现实主义》("Realism",1888)和《关于斯蒂文森先生的抗议》("Apropos of Mr. R. L. Stevenson: A Protest",1890)明确自己的现实主义文学主张。特别是1888年的《现实主义》更是受到了《公报》杂志的推介,亚当斯在文章结尾号召澳大利亚本土作家将现实主义文学作为今后澳大利亚作家的创作信条:

> 这是一篇阐释艺术创作理论的佳作,自始至终真实一致,这就是现实主义。如果澳大利亚要有自己的艺术,那么只有来关注这个理论并将它融合到创作实践中去,这样就会产生出澳大利亚的荷马(Homer)、但丁(Dante)、莎士比亚(Shakespeare)或者弥尔顿(Milton)或者歌德(Goethe)式的艺术佳作。(qtd. in Jarvis: 1983: 417)

除此之外,亚当斯与劳森一样,同样表达了对社会不公现象的关切,并且以更加敏锐的嗅觉来思考社会不公背后的政治内涵以及隐藏在其中的与英国社会之间的关联。在劳森现实主义"创作宣言"和亚当斯创作理论的号召和指引下,现实主义文学终于在澳大利亚19世纪80年代开始出现。而对应于欧洲早在20至30年代就开始的现实主义文学,澳大利亚之所以到80年代才姗姗来迟,一方面是因为澳洲大陆自身地理位置的独立性,远离欧洲大陆,在交通、通讯、出版、流通都不是很发达的当时,澳大利亚读者

5

很晚才接触到欧洲现实主义作品;另一方面,临近世纪之交的澳大利亚经济萧条,著名的羊毛工人大罢工也正在筹备和酝酿中,工人面临着大规模的失业风险,工人和资本家冲突加剧。在这样的社会背景下,澳大利亚进入了民族主义时期。1880 年《公报》(*Bulletin*)杂志的发行,是这一时期民族主义情绪集中爆发的产物,在民族主义思潮推动下,一种新的富有民主色彩的现实主义文学题材开始出现。本课题的研究年代自 1880 年开始,原因也即在此。1896 年,斯蒂芬斯(A.G. Stephens)在《公报》上专门开设了文学创作专栏(Red Page),作为民族文学的培育园和保障地来培育具有澳大利亚本土意识的民族主义作家。到 90 年代的时候,由于《公报》的引领作用,它提倡"一些具有原创性的,摈弃当时小说中的英国风尚"(Barnes, 1964: 175)的采稿原则,使得民族主义和丛林书写成为了这一时期创作的鲜明特征。值得一提的是,为了真实描述澳大利亚丛林的地域与文化风貌,劳森接受《公报》资助到昆士兰边境的亨格福德(Hungerford)丛林地区体验丛林生活,以期为《公报》提供澳大利亚丛林本土生活的素材。8 个月的丛林生活体验,使得劳森精确地再现了丛林生活,在劳森"书写丛林文化、表达丛林人生活经历"(Lee, 2004: 12)的创作引领下,19 世纪后半期澳大利亚文学呈现出三个特征,其中最大特征就是麦克拉伦所认为的,"尽管这一时期澳大利亚已经是世界上城市化比较发达的地区,(然而)几乎没有(作家写)城市生活题材小说,丛林书写依然占据主导地位"(qtd. in McLaren, 1980: 43)。

世纪之交《公报》上刊登的小说具有明显的"丛林现实主义"(Barnes, 1964: 175)特征。尤其是弗菲在《公报》上连载的《光脚的鲍勃》,以个人经历、方言土语不时地唤起人们脑海中关于早期丛林人的形象的回忆,丛林人也成了"澳大利亚所产生的强有力的和独特的民族类型"(Adams, 1892: 55)。劳森在《工人联合会给死者举行葬礼》(*The Union Buries the Dead*)中说,"丛林人才是我们真正的样子";弗菲认为"毫无疑问,丛林人才是真正的澳大利亚人"。

也就是说，澳大利亚民族主义作家往往都采取了"简单、客观的现实素描"（A.G. Stephens, 1896）来讲述"片段式"的丛林故事。劳森和弗菲则以"真实的丛林态度"从民族主义作家中脱颖而出。

在民族主义时期以丛林为主题的现实主义作家有很多，然而能够在澳大利亚文学史上留下深深烙印的为数不多，主要有劳森、弗菲、弗兰克林、拉德等。芭芭拉·贝恩顿（Barbara Baynton，1862—1929），虽然在杰奥弗里·达顿（Geoffrey Dutton）编纂的《澳大利亚文学》和约翰·巴恩斯（John Barnes）的《1920 年前的澳大利亚小说》中只是一笔带过，但她的《丛林研究》（Bush Studies）以一个丛林女性的视角描写了女性在丛林生活中的真实生活情景有其可圈可点之处，值得关注。这一时期，另外一位重要作家亨利·汉得尔·理查德森（Henry Handel Richardson, 1870—1946）也值得关注，她出生在澳大利亚，但主要在国外生活，中途（1912 年）只回过一次澳大利亚，而且那次澳大利亚之行还是一段不愉快的经历，因而她的作品并不反映《公报》所提倡的"澳大利亚文学传统"。她对"民族文学"不感兴趣，作品也都与反映丛林理想的"伙伴情谊"不相关，更多地延续了此前殖民文学的"英国思维"，但她有着"将事实转化为生活般经历"的能力。她的《贵客莫莉丝》（Maurice Guest, 1907）和《智慧的获得》（The Getting of Wisdom, 1910），特别是《理查德·麦昂尼的命运》（The Fortunes of Richard Mahony, 1930），让她成为澳大利亚文学史上第一位不以澳大利亚本土为创作背景却备受学界关注的作家。本课题没有将其纳入讨论范围之内，不是其作品的艺术性不够，也不是其作品不是现实主义作品，恰恰相反，其作品的现实主义艺术手法，从一定意义上说，是这一时期内最高的；而是因为，她的作品不以丛林为描写背景，且都与澳大利亚本土性保持了相当的距离，也就是说理查德森的作品是现实主义小说，但不属于本研究的丛林现实主义小说范畴。

本著作主要以 19 世纪末 20 世纪初民族主义时期除了理查德森之外的澳大利亚民族主义作家的丛林现实主义小说为研究对

象。研究以独具澳大利亚地域与文化风貌的丛林为主线,从丛林神话、丛林情谊、丛林传统、丛林叙事几个方面来系统地探究丛林现实主义小说的主体思想、创作特色,以及其对澳大利亚民族身份建构的艺术想象。

选择 19 世纪末的澳大利亚丛林现实主义小说作为研究对象,除了上述国内这一研究课题处于起步阶段尚无学者涉猎之外,主要还源于澳大利亚民族身份形成于 19 世纪末期的缘故。到 19 世纪末,澳大利亚丛林人在丛林生活中集体展现了伙伴情谊、互助精神、坚韧勇敢的丛林品质,以及他们追求平等、向往自由的精神风貌。19 世纪 90 年代,随着澳大利亚民族主义思潮的兴起,加上工会运动以及民族主义杂志《公报》的成立,早期丛林人所展现的这些价值观受到了澳大利亚民众的欢迎,"丛林人的这些信条甚至成为了澳大利亚民族教义(the catechism of a nation)"(Waterhouse, 2000: 201)。

亨利·劳森作为澳大利亚民族主义时期最为重要的作家,是一个"有能力拯救自己却无能力解救自己的澳大利亚预言家,是澳大利亚的良心,正如普希金是俄罗斯的良心一样"(qtd. in Dutton, 1964: 322)。他的丛林作品,无论是对于人物角色还是细腻情感的把握都是一流的,在他笔下,"丛林中没有家庭、没有女性、没有已婚男人的一席之地"(Lee, 1996: 98),因而丛林就成了单身的、独立的、游牧式的丛林人的生活天地。但也正是这片只适合"独立的、单身的丛林人"的丛林缔造出了澳大利亚男性英雄气质,成为"澳大利亚新的民族身份"(Lee, 1996: 107)的诞生地。另一方面,劳森也真实细致地捕捉到了丛林人的悲惨命运,在他笔下,丛林人悲惨的人生境遇和多舛的命运既有丛林恶劣环境的因素,也有丛林人自身道德勇气的因素,环境决定论和性格决定论共同构成了丛林人既悲观又乐观的矛盾性格。劳森也因他的丛林现实主义短篇故事成为澳大利亚文学史上一位重要的作家。透过劳森的丛林现实主义小说,我们得以一览澳大利亚殖民期、淘金期、民族主义时期丛林历史、社会、文化概貌。

弗菲(Jospeh Furphy, 1843—1912),用他自己的话说,一个"半丛林人,半书虫",他的《人生如此》(Such Is Life, 1903)是以现实主义为指导的一部关于丛林作品的经典。作为现实主义小说,《人生如此》的目的在于塑造出"生活的美妙画卷",去解释而不是去记录丛林生活对他而言的感受。在小说结构和叙事方式上都表达了作者对早期殖民浪漫传奇故事中对丛林生活歪曲的反对态度。虽然说,弗菲并不是文笔绚丽的作家,但没有哪部小说比《人生如此》更具地方色彩,在坚持现实主义创作方面,"他比同时代的其他任何作家都更严格地遵循现实主义"(Barnes, 1964: 180)。

菲利普斯(A.A. Philips)曾经比较过劳森和弗菲的作品,在他看来,劳森和弗菲笔下的"澳大利亚人遭受的苦恼力量并不来自自身,而是完全来自外部"(1976: 177)——如弗菲所塑造的"乔布所受到的对手的打击"。这个澳大利亚土生土长的乔布有着惊人的忍受能力,这种品质被认为是"丛林生活中最现实的基本美德"(1976: 177)。

在弗菲的作品中,他一方面真实地展现了澳大利亚丛林人在艰苦的丛林环境中求生存的艰辛和不易,另一方面将澳大利亚民族主义时期的社会矛盾一一展现,深刻揭露"资本主义和帝国主义的罪恶",并呼吁"组织工会"对社会进行反抗。作为最为坚定的以现实主义叙事为创作原则的作家,在小说《人生如此》中,他旗帜鲜明地激烈批评澳大利亚此前的浪漫主义文学传统。生活在里弗里纳丛林中的人物既不像斯蒂文森(Robert Louis Stevenson)、哈葛德(Rider Haggard)、吉卜林(Rudyard Kipling)笔下低劣卑鄙的小人物,也与同时代其他经典作品中的人物有所区别。小说叙事者汤姆·科林斯在谈起澳大利亚小说的口头传统时,讽刺味儿十足地说,"丛林强盗故事、丛林坏人、农场主可爱的女儿戴安娜的婚姻等这些主题就留给那些出生高贵的新手写吧"(qtd. in Pierce, 1996: 163)。小说通过对澳大利亚浪漫主义文学传统的批评,宣示了作者的现实主义主张,并将丛林人生活现实的描写建构为澳大利亚民族未来的梦想。"弗菲的小说既没有后来者继承,也没有后来者对之进行模仿,也许这就是弗菲小说的影响力所在"(Pierce, 1996: 164)。然而,小说艰深晦涩的语言,断断续续的故事情节,貌似杂乱无章,其实暗含千秋的篇章结构使得小说成为澳大利亚文学史上少有人问津的经典。

作品中的叙事者柯林斯是一个"九品芝麻官"(9th Grade Sub-Assistant Inspector),叙事者以一个公务员的身份令人更加信服地揭露了资本主义官场内"任人唯亲、裙带关系和任意临时的公务员任免制度"(Croft, 1996: 214)。另外,这部小说的哲理性也让不断思考生活本质和意义的人陷入虚无和悲观情绪,让人觉得"人生真是如此"。正如他的故事情节安排那样,被赋予哲理性的"喜剧—悲剧—喜剧—浪漫传奇—悲剧—喜剧"的篇章结构,让读者情不自禁地认同作者对于"人生如此"的哀叹,人生的章节犹如生活的章节,生活的章节犹如这部小说的章节:喜一回,悲一回;哭一回,笑一回。一切似乎充满无定,而一切又似乎早已注定,与选择无关。作为一部丛林现实主义小说,从艺术成就和艺术价值来说,在格莱坦(Hartley Grattan)看来,弗菲的《人生如此》在澳大利亚文学中的地位,就如赫尔曼·麦尔维尔(Herman Melville)的《莫比·迪克》(*Moby Dick*)在美国文学中的地位一样"(qtd. in Dutton, 1964: 349)。

拉德(Steele Rudd, 1868—1935)的学校教育,跟劳森一样不规范,并且相当贫瘠,基本靠自学。他不到12岁就独立谋生,直到1903年才专注于写作,一生共创作了24部小说,主要作品有《在我们的选地上》(*On Our Selection*, 1899)、《我们的新选地》(*Our New Selection*, 1903)、《桑迪的选地》(*Sandy's Selection*, 1903)和《重返选地》(*Back at Our Selection*, 1906)等。其中,以《在我们的选地上》最为成功,1912年被改编成剧本并上演,1932年被拍摄成电影,均获好评。他的文学成就可以通过他的故居上的题词得以窥见一斑——"他为澳大利亚创作带来了丰硕的礼物:诚实的笑声,其中包含着先驱者的苦斗和悲哀"(Smith, 1980: 86)。丛林中艰辛困顿的生活,整日辛劳却食不果腹,在选地上定居过程中的种种意想不到的困难,在拉德笔下,都成了幽默的场景。他借助夸张的手法大肆渲染生活中那些滑稽可笑的真实细节,并都制造了浓郁的喜剧效果,因而他被认为是澳大利亚第一位幽默作家。如果说,在劳森笔下,丛林环境主要给人以阴郁悲观色彩的话,拉德则刻意描画丛林生活中的愁苦,并且加以渲染制造幽默,凸显出丛林人乐观开朗的性格。

具体到本研究所关注的《在我们的选地上》,小说描写了丛林选地农拉德率领家人在一个穷僻的地区垦荒耕种,艰辛创业的故事。在此过程中,他们终日面临着缺钱投资、工具简陋、食物匮乏、生活无着落的困顿局面。虽然每天起早贪黑,也依然食不果腹。正如小说所描绘的那样,"欢快表面的背后总是不幸,但轻松和希望软化了困境"(黄源深,2014: 86)。拉德家族的创业史,真实地还原了早期移民在澳大利亚丛林环境中建立家园的艰辛,并且以幽默的笔调反映了丛林人在与丛林抗争中所表现出来的乐观主义精神。

《在我们的选地上》中"老爹"这一人物形象至今让人喜闻乐见。小说总体而言,与劳森的小说有很多异曲同工之处,因其鲜明的澳大利亚特色而成为澳大利亚民族主义小说的重要组成部分,其中过分夸张的现实,也正表达了作者对丛林人在选地上艰难生活的客观现实的关照,因而也是丛林现实主义小说的经典之作。

对澳大利亚文学产生过重要影响力的迈尔斯·弗兰克林(Miles Franklin, 1879—1954)是本研究涉及的唯一一位女作家。她出生在新南威尔士州的丛林,从小在澳大利亚丛林环境里长大,小时候的生活基本上都是在与世隔绝、群山环绕的丛林里度过的,孩提时代的丛林生活环境解释了她从小爱思考、爱想象的性格特征。她一生共写了 17 部著作,其中 12 部小说,主要有《我的光辉生涯》(*My Brilliant Career*, 1901)、《我的生涯破产了》(*My Career Goes*

Bung, 1946)、《自鸣得意》(*All That Swagger*, 1936)以及用"宾宾地区的布伦特"(Brent of Bin Bin)作为笔名创作的《乡下》(*Up the Country*, 1928)。这当中最为有影响力的小说，也是本研究所重点关注的就是她16岁那年创作的第一部小说《我的光辉生涯》。

　　弗兰克林的《我的光辉生涯》，受到劳森和弗菲等作家丛林现实主义叙事的影响，是一部具有鲜明现实主义特征的丛林小说。在本研究中，没有把它分开到各个章节里一一讨论，而是集中在第三章的"丛林女性情谊"里展开论述，这样做的目的一方面是强调这部小说作为"澳大利亚第一部小说"的重要性，另一方面旨在说明澳大利亚丛林中"女性有着自己的一席之地"。不仅如此，单独集中笔力讨论这部小说还意在强调在澳大利亚丛林现实主义小说作家中，弗兰克林的创作占有她自己的一席之地，也就是说，澳大利亚丛林不是劳森说的"丛林中没有女性的一席之地"，弗兰克林其人其作就是最好的证明。

　　通过弗兰克林的创作，我们可以看出，她致力于描写澳大利亚的本土和地方色彩，描写对象有别于劳森笔下没有固定工作，在丛林中流浪的丛林人，而大多是在丛林中有一定土地的选地农和牧场主，但与劳森一样的是，她同样意在客观、忠实地记录澳大利亚丛林先驱者们在丛林中抗争和奋斗的艰辛历程。《我的光辉生涯》的艺术魅力在于成功地塑造了丛林少女西比拉(Melvyn Sybylla)这一人物形象。小说描绘了她在单调乏味的丛林环境中所经历的苦恼和抗争，刻画了她追求自由自我，富于反抗精神的丛林性格，真实地再现了澳大利亚19世纪末期的社会风貌。

　　按照亨利·詹姆斯(Henry James)在《小说的艺术》(*The Art of Fiction*, 1884)中的观点："一部小说能够存在的唯一理由就是它试图表征生活"(1957: 25)，澳大利亚丛林现实主义小说在试图表述丛林生活方面都显示了他们存在的充分理由，并且对这些丛林生活的真实描写使得澳大利亚拥有了自己的现实主义小说。

　　从上面的论述可以看出，澳大利亚现实主义小说发展进程要

引　言

晚于世界现实主义小说，但具有鲜明的澳大利亚丛林地域与文化特色。劳森的丛林短篇小说奠定了其"澳大利亚文学之父"地位的同时，还因其对丛林生活"客观、细致、不加修饰"的现实主义手法，有着鲜明的现实主义小说特征。在劳森的影响下，澳大利亚本土诞生了一批以丛林环境为书写背景，采取现实主义创作手法的作家，如弗菲（Joseph Furphy）、拉德（Steele Rudd）、弗兰克林（Miles Franklin）、贝厄顿（Barbara Baynton）等，他们的作品被澳大利亚学界（如Kerryn Goldsworthy、John Docker、Susan K. Martin、Mitchell Adrian等）界定为"丛林现实主义"（bush realism）小说。简单来说，所谓丛林现实主义小说就是以丛林为描写对象，以现实主义手法真实再现澳大利亚民族主义时期丛林人生活的小说。这类小说对于丛林人生活真实再现背后都有一个更加崇高的主旨，就是以丛林叙事将丛林人在丛林环境中为了求得生存而不断抗争过程中所缔造的丛林神话、所结成的丛林情谊、所形成的丛林传统真实地再现，旨在建构出"澳大利亚是一个建立在丛林上的民族"的想象。

19世纪与20世纪之交的澳大利亚处于民族主义思潮高涨期，这一时期的小说又兼具澳大利亚民族特色。如帕尔玛所说："世纪之交的澳大利亚主要作家的共性就是都有一种'民族意识'。此时的澳大利亚不再是无足轻重的殖民地，不再是大不列颠怀抱里像百慕大和斐济岛那样可有可无的殖民地，澳大利亚就是澳大利亚。当然澳大利亚民族真正是什么样子，意味着什么，最重要的还在于作家们去发现"（Palmer, 1924: 1）。在劳森等澳大利亚民族作家专注于丛林书写的影响下，"丛林神话"构建的民族想象成为这一时期现实主义小说的主旋律。这些都构成了本课题的选题因素。

进入新世纪，有必要对传统现实主义文学重新审视。20世纪80年代以来，西方学术思潮与文学理论纷纷登场，并引起了学术界的一片惊呼和盲从：后结构的解构思潮、后现代的游戏特征、新历史的文本历史性与历史文本性、后女性主义的两性和谐共处呼吁、后殖民的文化物质性等，你方唱罢，我又登场。然而，当这一切热闹过后,学术思潮逐渐颓势下去,文学理论逐渐意识到正本清源,重新回到文学本身的必要性。现实主义文学在新时期重新获得关注的原因也即在此:有必要以新的学术视野和学术理论对曾经的经典进行新的阐释和解读。本研究选择澳大利亚丛林现实主义小说作为研究对象,一方面源于澳大利亚现实主义文学有着欧美传统现实主义小说的影子,另一方面,澳大利亚又具有鲜明的丛林地域与文化特色,更重要的是,这一文学现象在学界没有得到应有的关注和重视。

澳大利亚民族主义时期文学的一个最大特征就是摆脱了传统上唯英国文学"马首是瞻"的创作思想。这一时期文学以忠实、逼真为原则,真实地描绘了移居澳大利亚的人群在丛林中艰辛创业,与丛林恶劣环境做斗争中表现出的勇敢和坚韧,并且重塑了澳大利亚丛林人的形象,颠覆了长久以来"澳大利亚的果子酒是酸的,啤酒是掺水的,乳酪是腐臭的,蜜饯是烂的"(Clark, 1969: 180)的歪曲形象。这些作品,让澳大利亚丛林读者倍感亲切。以亨利·劳森为代表的现实主义文学忠实地记录了澳大利亚人在丛林狱火中所经历的肉体与灵魂的折磨,以及精神的升华,创造了自己民族的神话。在其"创造民族神话"的鼓舞下,同时代的弗菲、弗兰克林、拉德等纷纷响应,他们以同样的现实主义手法如实反映丛林生活,饱含深情地再现丛林人的生活风貌,使作品洋溢着鲜明的丛林地域特色,试图建构出澳大利亚人在茫茫的桉树丛林荒原中建立起高度发达的文明国度的神话。从这个意义上说,澳大利亚丛林现实主义小说建构了澳大利亚人乐观向上的民族精神。

其次,澳大利亚民族主义时期的现实主义文学在很大程度上可以说就是澳大利亚丛林现实主义文学。"丛林文学"在澳大利亚文学史上因其鲜明的民族特色和地域特色而成为值得研究者深挖的"金矿",因为"丛林是这个国家的灵魂,是真正澳大利亚人的澳大利亚"(Adams, 1892: 47)。丛林在劳森等现实主义作家笔下被提升为"这个新兴国家的象征,而朝气蓬勃的丛林汉则几乎成为了澳大利亚人的代表(黄源深,2014: 55),但它又代表着一种"精神追求和想象的神奇的可能性"(Schaffer, 1988: 17)。因而丛林生活成了现实主义作家小说创作取之不尽的源泉,并且在丛林书写中,摈弃了过去一味模仿、缺乏活力的殖民文学,从而在澳大利亚文学史上留下了浓墨重彩的一笔。

另外,澳大利亚民族主义时期的丛林现实主义小说创作处于澳大利亚民族、社会、历史剧烈变革时期,这些作家始终以一种欢呼的精神来热情观察、描写现实,为澳大利亚民族呐喊,欢呼澳大利亚的独立自由。他们各具特色的现实主义手法创作了主题多样的丛林小说,为世纪之交的澳大利亚文学同时也为世界文学留下了宝贵的财产,因为它们在澳大利亚文学史上塑造了"一大批豪爽、幽默、粗犷的澳大利亚人形象",奠定了澳大利亚民族特色和地域特色。具体的研究意义表现在:首先,现实主义小说的审美回归,要求文学批评家在新时期以新视野来审视传统现实主义小说。在重新审视现实主义小说时,一直处在"期待被挖掘的一隅"的澳大利亚丛林现实主义小说值得我们关注。因为这些小说既具有鲜明的传统现实主义小说特征,又具有明显的澳大利亚民族特色,并且在澳大利亚文学史上留下了巨人般的足迹。其次,澳大利亚民族主义时期丛林现实主义小说是澳大利亚文学从蹒跚学步的殖民文学到当前在国际上发出声音的澳大利亚文学"顺承转接"的重要阶段。而国内尚无学者对这阶段文学进行系统研究。此外,本研究致力于挖掘澳大利亚丛林现实主义小说在现实主义文学史上重要的理论地位。在国内外国文学研究"欧美文学"占据主流的当下,将澳大利亚现实主义小说置于世界传统现实主义文学体系下,系统地梳理澳大利亚丛林现实主义小说独具民族特色的丛林主题和艺术风格,考察其对世界传统现实主义文学的继承与拓展关系,表明澳大利亚丛林现实主义小说是对世界现实主义小说版图的一大丰富。

第二节　文献梳理及研究意义

根据澳大利亚文学研究网最新统计(截至2015年12月底),澳大利亚民族主义时期(1880—1914年)文学研究成果数劳森的最为丰富。这与劳森作为澳大利亚民族文学的奠基人和澳大利亚丛林声音的传话人的地位有关系。具体看来,在研究专著与论文方面:劳森研究为412部(篇),弗兰克林90部(篇),弗菲61部(篇),拉德32部(篇)。从这一时期研究来看,内蒂·帕尔玛(Nettie Palmer)的《澳大利亚现代文学:1900—1923年》(1924)是研究澳大利亚民族主义文学的第一部专著。50年代,万斯·帕尔玛(Vance Palmer)的《90年代传奇》(1954)、拉塞尔·沃德(Russel Ward)的《澳大利亚传统》(1958)、菲利普斯(A.A. Philips)的《澳大利亚传统:殖民文化研究》(1958)集中论述了澳大利亚19世纪末文学的文化自觉与民族意识。

在澳大利亚民族主义作家研究中,学界对劳森的挖掘比较深,视野多样,角度不一。从单篇论文来看,可谓是汗牛充栋,难以细数。菲利普斯(A.A. Philips)的《工匠大师劳森》(1948)是较早讨论劳森作品艺术性的论文。自20世纪50年代,劳森逐渐成为澳大利亚评论界研究热点。英格丽丝·摩尔(T. Inglis Moore)的《亨利·劳森的"起"与"落"》(1957)分析了劳森在澳大利亚评论界经历的起落问题及其历史渊源;20年后,菲利普斯的《再论亨利·劳森的"起"与"落"》(1979)在摩尔的分析基础上重新审视了劳森作品,勾勒出劳森在澳大利亚文学史上"褒—抑—褒"的经典形成过程;考林·罗德里克(Colin Rodercik)是劳森研究贡献最为突出的学者,在80年代撰写了若干篇劳森研究论文,并且毕生致力于劳森小说、诗歌、书信、文论的搜集与整理工作,是劳森研究的集大成者;90年代,克里斯托弗·李(Christopher Lee)是澳大利亚文学评论舞台上劳森研究的主将,刊发了 10 多篇劳森研究论文,至今仍致力于劳森的研究。其他如曼宁·克拉克(Manning Clark)、约翰·巴恩斯(John Barnes)、哈维·庞斯(Xavier Pons)等澳大利亚知名学者虽不是劳森研究专攻教授,但他们一直以来从未停止过对劳森研究的关注,并常常撰写劳森研究论文,论著颇丰。

这里按照年代顺序做一个详尽的梳理。60 年代劳森研究专著共有四部:考林·罗德里克(Colin Roderick)作为劳森研究集大成者,他的 1960 年的《亨利·劳森的形成期:1883—1993 年》是研究劳森的第一部专著,该专著集中论述了劳森在 1883—1893 年的作品,并认为劳森的民族文学奠基人的地位主要形成于这十年的创作;斯蒂芬·穆雷-史密斯(Stephen Murray-Smith)的《亨利·劳森传》(1962)以传记形式记录了劳森的一生;紧接着,普鲁特·丹顿(Prout Denton)从悲观主义诗学角度出版了《亨利·劳森:灰色梦想家》(1963),该专著以劳森的一首诗歌《流浪者之光》(1903)为引子,集中分析了劳森诗歌对现实生活流露出的悲观态度;随后在 1964 年,斯通·瓦尔特(Stone Walter)搜集和整理了劳森在 1887—1924 年年间在《公报》杂志上刊登的所有作品,分析了劳森对于澳大利亚民族主义杂志《公报》所做出的贡献;60 年代末,威廉·哈里森·皮尔森(William Harrison Pearson)在《亨利·劳森在毛利人中生活的日子》(1968)分析了劳森在新西兰的生活经历及其在与毛利人生活经历中对毛利人的态度,作品认为,劳森对新西兰毛利人生活的记载流露出劳森的殖民思想以及白人优越论的局限性思想。在考林·罗德里克的《亨利·劳森批评:1894—1971 年》(1972)的率先垂范下,进入了劳森研究的新十年。这部批评集囊括了近八十年来关于劳森批评的几乎全部声音,比较全面地梳理了劳森研究的各种批评观点和声音。这部编撰著作至今被认为是研究劳森必不可少的学术参考书,有着极高的学术价值。同年,布莱恩·马修斯(Brian Matthews)以《正在退去的波涛:亨利·劳森作品》为劳森逝世 50 周年献礼;1978 年,澳大利亚著名历史学家、文化研究学者曼宁·克拉克(Manning Clark),出版了《探寻亨利·劳森》,并且这本书在 1995 年获得再版,足见其对劳森研究的影响。80 年代劳森研究成果更加丰硕,考林·罗德里克的《真正的劳森》(1982)、《评劳森及其作品》(1985)依然引领着 80 年代的劳森研究;1985 年,道格拉斯·巴格林(Douglass Baglin)的《亨利·劳森的澳大利亚形象》论述了劳森在其作品中对澳大利亚民族身份建构的问题;哈维·庞斯(Xavier Pons)的《走出伊甸园:心理分析学视阈下的亨利·劳森的生平与著作》(1984)借助心理分析学分析了劳森创作的内心焦虑以及这些内心活动对劳森作品的影响;凯·谢菲尔(Kay Schaffer)的《亨利·劳森:澳大利亚建国之父》(1988)将劳森提高到澳大利亚民族文学之父的高度,研究其对澳大利亚民族主义运动的影响;1989 年,林·桑德兰(Lynn Sunderland)出版了《完美入侵:吉卜林、康拉德与劳森》,该著作颇为宏观地讨论了劳森丛林书写对吉卜林和康拉德小说的非洲丛林书写的借鉴,并且比较了三者丛林描写之间的不同着力点。进入 90 年代后,尽管罗德里克没有论著推出,学界依然出版了四部劳森研究专著:阿德里安·米切尔(Adrian Mitchell)的《论亨利·劳森短篇小说》(1995)论述了劳森丛林小说的艺术特征;罗比恩·李·巴罗斯(Robyn Lee Burrows)与阿兰·巴顿(Alan Barton)合著的《亨利·劳森:丛林大岭区的陌生人》(1996)论述了劳森作为一个住在悉尼的城市人,却写出了让每个澳大利亚人都为之惊艳的丛林作品,而他对澳大利亚丛林的天才观察力和惊人的叙事才能更是让人赞叹;弗兰克林的《作为个人对劳森的致敬》在 1999 年获得出版,从中我们获悉弗兰克林对劳森创作才能的敬意和欣赏;马克·霍甘(Mark Horgan)的《美妙想象还是模糊困境?——佩特森与劳森之争》(1996)则讨论了劳森与佩特森的诗歌艺术,并且鉴赏了浪漫主义诗歌与现实主义诗歌的审美意境。进入 21 世纪以来,澳大利亚学界对劳森研究依然保持着高度关注。主要研究专著包括:克里斯托弗·李(Christopher Lee)的《城市丛林人:亨利·劳森与澳大利亚想象》

(2004),作为亨利·劳森研究的澳大利亚当代知名学者,克里斯托弗的专著在前人研究基础上比较系统地论证了亨利·劳森的"经典地位"的形成过程以及"劳森身后"对当今澳大利亚文化、艺术、经济、旅游等方面的影响,表明劳森影响的恒久性;同年,玛格丽特·迈克菲(Magaret McPhee)编撰的《亨利·劳森》(2004)作为教材出版,编著主要选取了劳森最为脍炙人口的几篇诗歌,并设置了讨论题目供学生讨论,是劳森走向课堂的选修教材。海迪·迈尔(Heidi Maier)的《诗辩:佩特森与劳森之诗》(2011)比较了劳森与佩特森(A.B. Pertson)诗歌的艺术成就,以及他们在澳大利亚各领域的贡献。

在弗兰克林研究方面,尽管她著作颇丰,学界更多地探讨了其被誉为澳大利亚第一部小说的《我的光辉生涯》,而对其他作品如《我的生涯破产了》、《自鸣得意》以及以笔名"宾宾地区的布伦特"发表的故事集《乡下》(*Up the Country: a Tale of the Early Australian Squattocracy*, 1928)没有受到应有重视。21世纪前,国外学界关于弗兰克林的研究成果相对较少。莱·马修(Ray Mathew)的《迈尔斯·弗兰克林》(1963)是第一部比较系统的弗兰克林研究专著。伯纳德·玛乔丽(Barnard Marjorie, 1897—1987)的两部研究成果《弗兰克林传》(1967)和《弗兰克林:澳大利亚的著名故事》(1988)是弗兰克林研究的代表作品。80年代的另一部代表性研究成果是亨利·劳森研究学者罗德里克(Colin Roderick)的《她的光辉生涯》(1982)。这几部著作从不同的视角讨论了《我的光辉生涯》的女性抗争意识、小说自传性、小说对澳大利亚文学的贡献等问题。值得一提的是,维纳·科尔曼(Verna Coleman)的《她不为人知的光辉生涯:弗兰克林在美国》(1981)从美国人的视角记录了弗兰克林在美国生活期间对婚姻、家庭和女性意识的思考。进入21世纪,尤其是2004年以来,由于版权解禁,以麦考瑞大学吉尔·罗(Jill Roe)为代表的学者日益关注弗兰克林作品及其创作思想,弗兰克林研究成果在短短十年中井喷式增长。在研究专著方面,有吉尔·罗

(Jill Roe)和玛格丽特·贝迪森(Margaret Bettison)合著的《文化融合：迈尔斯·弗兰克林作品主题研究》(2001)以及吉尔·罗的《迈尔斯·弗兰克林传》(2008)，后者一经出版，就备受评论界关注和好评。桑德拉·诺尔斯(Sandra Knowles)、马丁·席尔瓦(Martin Sylvia)、苏珊·玛格莱(Susan Magarey)、安吉拉·史密斯(Anglea Smith)、玛丽菈·诺斯(Marilla North)等均发表了书评，评论著作在弗兰克林研究方面做出了巨大贡献。吉尔·罗在澳大利亚学界对弗兰克林研究贡献犹如罗德里克在劳森研究方面的贡献，著作等身。在研究论文方面，成果丰硕，不一而足，评论视角围绕弗兰克林小说的澳大利亚性、自传性、女性思想等方面进行了大量的讨论。新世纪以来，简内特·李(Janet Lee)的两篇论文视角比较新颖：《弗兰克林：美国男性与白人奴隶制度——红十字护士个案研究》(2007)和《弗兰克林与芝加哥服装工人大罢工》(2011)借助弗兰克林在美国创作但未发表的短篇小说《红十字护士》论证了弗兰克林对美国女性工人群体生活状况的关注。

弗菲一生著作不多，只发表了三部小说：《人生如此》(*Such Is Life*)、《瑞格比的浪漫史》(*Rigby's Romance*)、《波恩地区与澳洲鹤》(*The Buln-Buln and the Brolga*)。此外，他也发表过诗歌、小品文、新闻报道等。学界的批评关注集中在被誉为澳大利亚文学史半经典的《人生如此》上，但是小说在作者生前甚至在身后的相当一段时间内都没有受到应有的重视。由于《人生如此》内容庞杂，故事情节断断续续，缺乏连续性，对于普通读者而言，无异于一部天书，甚至不敢问津。在当时电子、媒介、网络不发达的条件下，理解这部小说更加困难。这种客观现状也从90年代之前弗菲研究成果为数不多上有所体现。随着小说的意义和内涵进一步被挖掘，《人生如此》对19世纪80年代澳大利亚丛林生活的真实呈现和描写使其被认为是澳大利亚民族主义时期的一部经典小说，可以与拉塞尔·沃德的《澳大利亚传奇》相媲美，也被认为是"澳大利亚无产阶级文学"(Croft, 2013: 3)的一部经典之作。

引　言

　　最早对弗菲作品思想性做出评价的是万斯·帕尔玛（Vance Palmer）的《弗菲在言说》，在这篇纪念弗菲诞辰一百周年的论文中，帕尔玛认为弗菲是"澳大利亚民主思想的先锋"（1943: 7）；同一年，A.K.汤姆森（A.K. Thomson）以《弗菲的伟大之处》一文纪念弗菲诞辰一百周年，文章论及了《人生如此》以及弗菲作品集独特的叙事方式，认为弗菲是可以与劳森媲美的"精妙的艺术大师"（1943: 20）；1955年，澳大利亚文化研究学者 A.A.菲利普斯（Arthur A. Philips）的《乔瑟夫·弗菲的艺术性》用翔实的例证证明了"《人生如此》看上去随意的小说结构，是作者的故意所为，体现了一般读者不能捕捉到的文学性"（1995: 13）；紧接着，约翰·巴恩斯（John Barnes）以《弗菲小说〈人生如此〉的结构》对菲利普斯的观点进行回应，指出菲利普斯对弗菲的评价"走出了常规"（1956: 374），并在此基础上颇富真知灼见地指出小说看似杂乱无章的结构内部的逻辑性和艺术性；1961年，克里斯·华莱士-克拉伯（Chris Wallace-Crabbe）的《乔瑟夫·弗菲：现实主义作家》论述了小说《人生如此》的现实主义特征，并指出小说是"澳大利亚文学史上少有的三、四部经典之一"（1961: 49）。克里夫·哈马尔（Clive Hamer）的《弗菲的基督哲学思想》从宗教角度出发，认为弗菲在小说《人生如此》中倡导的是"基督现实主义而不是社会现实主义"，并宣传了"积极的基督现实主义的生活态度"（1964: 142）。

　　从梳理情况来看，不无奇怪的是，从1970年到1989年的20年里，弗菲研究几乎处于学术真空，少有关照。进入90年代后，这种情况随之发生了根本性的改变，沉寂了20年之久的弗菲研究没有"在沉默中灭亡，而是在沉默中爆发"了。这种爆发表现在弗菲研究的三部专著都是在90年代出版的。1991年，朱利安·克罗夫特（Julian Croft）的《汤姆·柯林斯的生平与观点：弗菲作品研究》问世，这是弗菲研究的第一部学术专著，该著作全面地论述了弗菲的三部长篇小说、诗歌、短篇小说以及他的新闻报道，为普通读者全面了解弗菲做出了很大的贡献。两年后，迈克尔·怀尔丁

(Michael Wilding)推出《激进传统:劳森、弗菲、斯泰德研究》(1993),该著作从澳大利亚19世纪末的社会历史背景出发,论述了三位作家作品中所体现的民族理想和澳大利亚独立思潮。1995年,巴恩斯(John Barnes)和霍夫曼(Lois Hoffmann)共同编撰了《丛林人与书虫:弗菲的信》,这部编著搜集整理了弗菲的全部书信,并从中梳理出弗菲作为"丛林人和知识分子的"社会平等思想和民族理想。在90年代,关于弗菲的评论文章共有3篇,其中两篇是关于弗菲的女性思想研究。帕丁顿·道恩(Partington Dawn)的《弗菲与女性》,对弗菲的女性思想研究做了概括,从弗菲是一个女性歧视者到弗菲支持性别平等都有所论述,是了解弗菲女性思想的一篇佳作。在《乔瑟夫·弗菲与女小说家》中,澳大利亚知名女性研究学者苏珊·莱福尔(Susan Lever)指出,虽然说读了弗菲的小说,我们会发现澳大利亚文学的丛林传统有一种深深的男性气质,但是小说"抵制了传统现实主义小说文本的菲勒斯中心主义,并且将性别表征问题置于批评的中心"(1996: 163);吉奥弗里·帕丁顿(Geoffrey Partington)在《一个民族的弗菲》中引用弗兰克林对《人生如此》的评价,"这不只是一部小说,这是澳大利亚的《堂吉诃德》,澳大利亚的《悲惨世界》,澳大利亚的《莫比·迪克》,澳大利亚的《名利场》"(1998: 23),指出《人生如此》在很多方面都代表了澳大利亚的文学经典,因为它在100年前就提出了"多元文化政策来对待土著和其他民族的移民"(1998: 29)。

进入21世纪后,学界对弗菲的研究延续着90年代的高涨势头。2000年,雷蒙德·德雷斯(Raymond Driehuis)以《乔瑟夫·弗菲与一些美国朋友:民主脾性与令人偏见的自力更生》一文论述了弗菲小说的澳大利亚民族性,并且引用了小说中的一段"通往卓越的道路没有关闭,目前,我们已经来到澳大利亚未来诗歌、小说、哲学的大门,为什么不敲门进去呢?"(qtd. in Driehuis, 2000: 135)来证明弗菲坚定的澳大利亚民族独立思想。继《一个民族的弗菲》发表三年后,吉奥弗里·帕丁顿发表了《乔瑟夫·弗菲与教育的目的》,

该文概述了澳大利亚早期丛林人接受人文通识教育不够的现状，认为弗菲借助小说《人生如此》表达了丛林人"在丛林生活中的生存技能和丛林经历很重要，但他们要加强阅读来获得知识"（2001:82）的必要性。2009年，克里斯·格罗兹（Chris Grosz）提供了一张弗兰克林与弗菲在一起谈话的珍贵图片，西恩·马罗尼（Maloney Shane）为图配文《迈尔斯·弗兰克林与乔瑟夫·弗菲》，再现了弗兰克林对作为作家的弗菲的仰慕和钦佩之情，体现了两个民族主义作家间的友谊，也是研究澳大利亚民族主义时期作家作品的一张非常有价值的图片。

2012年弗菲逝世一百周年。澳大利亚文学研究会杂志（JASAL）专门推出弗菲研究专栏以示纪念。一时间，澳大利亚知名文学研究学者，如约翰·巴恩斯（John Barnes）、苏珊·马丁（Susan Martin）、苏珊·莱福尔（Susan Lever）等都纷纷撰文纪念这位堪与劳森齐名的澳大利亚民族主义作家。这些研究视角不一，涉及弗菲的生平、作品的思想性等诸多方面。相关电子资源都已公开，篇幅原因，这部分不赘述，感兴趣读者可以参看 JASAL（*Journal of Association of Studies of Australian Literature Furphy Specials*，2013）。

拉德出生于澳大利亚图旺巴（Toowanboo）地区，一生著作不算丰厚，主要代表作品为《在我们的选地上》、《我们的新选地》、《桑迪的选地》、《回到选地》四部丛林选地故事；他的《拉德家族》（*Rudd Family*，1926）也为他带来了一定的声誉。拉德在描写选地上种种艰辛故事时的幽默态度和表达，深受读者喜爱，也使得作品一经发表，就大获成功。这些以拉德本人生活地区为背景，以自己及周边家庭生活琐事为题材的选地故事集成为了澳大利亚文学史上一座不可或缺的文学宝库。

90年代前，学界对拉德研究不太关注，成果也不丰硕。布莱恩·艾利奥特（Brian Elliott）在《为拉德辩护》（1944）中，最早对拉德作品的成功做了分析。他认为拉德的成功不仅仅在于他特有的幽默,还因为他的故事真实再现了"选地上的真实生活条件和对选地生活客观公正的临摹"(103)。1956年,澳大利亚著名诗人、评论家霍普(A.D. Hope)在《斯蒂尔·拉德与亨利·劳森》一文中,比较了拉德与劳森作品的异同之处,他指出,"与劳森相似,拉德擅长描写丛林选地农们的日常抗争、不幸、幽默、梦想,并且他们的短篇小说在临摹和速描真实场景和具体事件上也类似:都不注重叙事的连贯性"(24)。1976年《拉德年代与拉德生平:在我们的选地上,老爹和戴夫的缔造者》是拉德研究的第一部研究专著,该著作主要记载了拉德的生平及创作生涯,并讨论了拉德选地故事与他自身生活的内在联系。1987年,汤姆斯·柯克来(Thomas Coakley)以《斯蒂尔·拉德归来》对弗兰克·摩尔豪斯(Frank Moorhouse)选编的《斯蒂尔·拉德选地:拉德最佳故事与经典选集》(*A Steele Rudd Selection: The Best Dad and Dave Stories with Other Rudd Classics*,1986)做出评价,他认为"摩尔豪斯在选编拉德故事时,选择的标准是拉德与他自己故事风格类似的不连贯叙事故事,这让读者看到了丛林选地日常生活的全景画"(111)。

90年代后,拉德研究成果逐渐丰富。但是直到1995年,也就是距拉德研究第一部专著出版近20年后,拉德研究的第二部专著才姗姗来迟。1995年理查德·福林汉姆(Richard Fotheringham)的《探寻拉德》(*In Search of Steele Rudd*)一经出版,就受到了学界关注。肯·斯蒂瓦特(Ken Stewart)在《肯道尔与拉德的人、人物与作品》中评价了迈克尔·奥克兰(Michael Ackland)的《亨利·肯道尔神话》(*Henry Kendall: The Man and the Myths*,1995)和《探寻拉德》,在文中,斯蒂瓦特比较了拉德与肯道尔的创作成就,并指出,"20世纪的文化界被现代主义诗学和霸权垄断,拉德作为一个悲剧现实主义作家没有受到应有的重视"(Stewart, 1995: 292);同年,彼特·皮尔斯(Peter Pierce)也在《澳大利亚书评》上对该著作进行了评价;1996年穆雷·马丁(Murray S. Martin)以《寻找真实的拉德》对《探寻拉德》做出评价,他认为,"这部著作恢复了或者说让读者对拉德重新产生兴趣,因为就他在澳大利亚1890—1920年的影响来说,并不逊色于劳森、弗菲等作家"(170)。1997年,吉姆·霍依(Jim Hoy)刊发了《美国农场与澳大利亚选地的文学回应》一文,在文中,他认为,"拉德对昆士兰选地略带讽刺的幽默,也许反映了澳大利亚失败的主题。但这也激起了美国人书写边疆失败的兴趣,因而美国有了约翰·伊瑟(John Ise)"(94)。进入21世纪后,拉德研究还在延续,虽断断续续但一直在向前。值得一提的是,拉德创造的老爹和戴夫形象,早在1940年就被拍成了电影,在2006年被第四次搬上电影荧幕,获得了巨大成功。悉尼大学朱莉安娜·拉蒙德(Julieanne Lamond)对2006年版的电影写了影评《老爹拉德:创造了整个民族的观众》,在影评中,她认为,"电影的成功源于拉德塑造的好人老爹形象,这一人物是澳大利亚民族的先锋"(2007: 92)。

以上按照年代顺序对澳大利亚民族主义作家劳森、弗兰克林、弗菲、拉德研究做了一个整体回顾。新世纪以来关于这一时期文学的研究成果还包括:哈维·庞斯(Xavier Pons)的《澳大利亚幻想》(2009)、罗杰·奥斯本(Roger Osborne)的《丛林传奇》(2011)、托比·戴维森(Toby Davidson)的《宗教神秘主义与澳大利亚诗歌》(2013)等。从综述的情况来看,在澳大利亚民族主义作家中,学界对劳森、弗菲、弗兰克林的关注要明显超越了对拉德的关注,这可能源于拉德作品着眼点比较小,对于家庭生活的描写使得作品缺乏了对当时风起云涌的民族意识和民族独立的关注,思想高度不够。

澳大利亚学界对劳森的研究覆盖面最广、挖掘最深。关于作品的思想性、艺术性和时代性都有很深的研究,这其中罗德里克对于劳森研究贡献最大,他编撰了三大厚卷本《亨利·劳森诗歌集》、《亨利·劳森小说集及其他作品》、《亨利·劳森批评集》,是劳森研究的集大成者;在弗菲方面,研究也颇为渗透,尤其是对《人生如此》的叙事风格和结构安排的讨论颇为深入,弗兰克林、拉德研究相对薄弱。

　　国内澳大利亚民族主义时期作家作品研究还仅局限于单个作家、单个作品,未有系统研究。或者说,国内澳大利亚文学研究主要集中在自怀特以来的当代作家作品上,近年来成果丰硕。对于澳大利亚现实主义小说,则集中在因为"表达了当地澳大利亚人的真实经历,从而成为民族的宝库"(Lee, 2004: 232)的劳森的作品上,目前关于劳森的研究论著有三部,分别是张卫红的《亨利·劳森与现代派文学》(1989)、徐经闰的《一位富有特色的短篇小说家——论亨利·劳森短篇小说的主题和写作技巧》(1992)、张效勤的《探索乌托邦理想世界——亨利·劳森诗歌和短篇小说综论》(1993)。截至2015年12月底,国内劳森研究论文共21篇,陈振娇的最新研究《文学刊物在劳森经典形成中的作用》(2013)和《〈公报〉杂志的性别取向》(2014)将国内劳森研究提高到一个新高度;《我的光辉生涯》研究论文共17篇,其中11篇是关于女性形象的分析,视角相对单一;此外,郭兆康在1982年曾对弗菲的《人生如此》做过简评,而这迄今依然是除了笔者本人在近年来发表过一篇相关研究论文外的国内唯一一篇介绍;国内对于拉德的研究则更加匮乏,除了笔者曾经翻译过他的一篇短篇小说外,其他可谓一片空白。

　　从梳理情况来看,劳森、弗菲、弗兰克林、拉德等作为澳大利亚民族主义经典作家,他们的作品在创作内容、思想、形式上呈现出诸多共性。首先,在内容上,澳大利亚民族主义作家都自觉地以书写澳大利亚地域文化风貌为己任,专注于澳大利亚本土的人和事的书写,内容上摆脱了此前迎合宗主国英国殖民旨趣的创作;其次,在形式上,澳大利亚民族主义作家都采取了现实主义表现手法,以真实、客观的态度描写世纪之交的澳大利亚普通民众,尤其是澳大利亚丛林人的生活点滴,突出了澳大利亚民族的地域和时代特征;此外,澳大利亚民族主义作家都注重对澳大利亚性的书写,关注澳大利亚民族的独立和未来,欢欣鼓舞地为世纪末澳大利亚民族主义思潮呐喊,这一点在弗菲的小说中表现得尤为突出。

具体地说,澳大利亚学界对劳森的研究覆盖面最广、挖掘最深。批评视角涉及其作品的思想性、艺术性、时代性、阶级性等诸多方面。对劳森研究综合梳理后可以发现:一、罗德里克是劳森研究贡献最为突出的学者,毕生致力于劳森小说、诗歌、书信、文论的搜集与整理工作,是劳森作品整理、编纂研究的集大成者,他编撰的三厚卷本《亨利·劳森诗歌集》、《亨利·劳森小说集及其他作品》、《亨利·劳森批评集》成为劳森研究必不可少的学术参考书。90年代后,克里斯托弗·李(Christopher Lee)是澳大利亚劳森研究的主将,刊发了20多篇劳森研究论文和三部相关研究专(编)著,至今仍致力于劳森的研究。其他,如克拉克(Manning Clark)、巴恩斯(John Barnes)、哈维·庞斯(Xavier Pons)等澳大利亚知名学者虽不是劳森研究专攻教授,但他们一直以来从未停止过对劳森研究的关注与思考。二、从研究视角来看,澳大利亚学界覆盖了劳森的方方面面,如传记研究,诗歌短篇小说的主题、艺术、思想研究,悲剧诗学、民族性、殖民思想研究等。三、从研究势头来看,国外学界对劳森研究从未间断,在前人研究基础上,不断推陈出新,表明劳森作品作为澳大利亚经典的经久不衰性。

对于弗菲,学界在很长一段时间都采取了讳莫如深、敬而远之的态度。人云亦云地贬之者有之,"怕别人嘲笑自己看不懂显得无知从而大肆褒奖者有之"(Barnes, 1990: 255),根本不看不评者有之,看了根本看不懂从而不敢妄加评论者有之,这也是关于弗菲在60年代中期直至90年代都无人发声的一个因素。1999年,随着弗朗西斯·黛芙琳-格拉斯(Frances Devlin-Glass)注释的《人生如此》出版,学界对弗菲的了解与关注日益增多。尤其是新世纪以来,随着网络、传媒和电子的普及,学界借助这些媒介对弗菲及其作品有了更加深刻的理解,并逐渐取得一种共识,认为"弗菲是一战前澳大利亚最有影响力的小说家之一"(Wilde, Hooton, and Andrews, 305)。对弗菲的研究梳理后可以发现:一、学界对《人生如此》不拘一格的独特叙事风格和结构安排的讨论颇为深入,或贬之或褒之;

二、由于小说的晦涩性以及弗菲在写这部小说之前,没有任何发表物来证明其出版资历,这些导致小说《人生如此》同《我的光辉生涯》一样,在出版过程中经历了一个比较漫长而复杂的过程,学界对小说的出版始末进行了深入的探究;三、学界对弗菲的研究集中在《人生如此》上,对小说讨论的主题和主旨也比较广泛深入。但对他的其他作品,如《瑞格比的浪漫史》、《波恩地区与澳洲鹤》等批评则明显不够。

在弗兰克林研究方面,有一点与弗菲研究状况相类似,即学界更多关注了她的代表性作品《我的光辉生涯》。梳理弗兰克林研究可以发现,尽管她个人极度崇拜弗菲,但学界对她的关注则明显超越了对弗菲的关注。具体说来,弗兰克林研究呈现出以下几个特点:一、学界对弗兰克林,尤其是对其经典作品《我的光辉生涯》的研究较为深入,涉及到作品的自传性、澳大利亚性、本土性、时代性等多重主题;二、学界对弗兰克林作品及她本人的女性主义思想以及她对女性主义运动的贡献研究比较深入;三、弗兰克林奖的设置有力地推动了澳大利亚文学的发展,使得澳大利亚文学在世界文学舞台上的声音日益凸显,推动了一批澳大利亚作家走向世界,如数次获得弗兰克林奖的蒂姆·温顿(Tim Winton),彼特·凯里(Peter Carey)也数次获得了曼·布克奖。

国外澳大利亚民族主义作家研究虽然成果丰硕,但依然给多元文化并存、各种声音瑕瑜互现的当今澳大利亚学界,留有很大研究空间。

一、在劳森研究方面,劳森作为澳大利亚民族主义文学的奠基人,受到了学界最为持久的关注,学界对他的研究也最为深入,研究渗透到他的个人传记,作品的思想、内容、形式等。在今后的研究中,学界可以关注:(一)劳森作为一个有智慧和思想的作家,为了出版和迎合读者的需要,在作品中流露出一定的阶级、种族和性别局限性,尤其是他在英国时期的创作思想在这方面表现明显,而学界对此讨论却不多;(二)作为中国学者,建议结合劳森作品淘金期的历史背景,挖掘其作品中对华人形象的描写以及作品中涉及的中国元素,这对于我们了解劳森的种族思想,了解中国人在澳大利亚淘金期的生存状况都是有益尝试;(三)学界对劳森关注更多的是他的短篇小说,事实上,劳森在诗歌上的创作成就同样值得关注,尤其是国内,几乎没有任何劳森诗歌研究成果;(四)从作品翻译来看,国内劳森作品的翻译数量少之又少,只有零星的几部短篇小说的选译,这是国内劳森研究也是翻译实践的新课题。

二、在弗兰克林研究方面,学界更多地关注了她最具代表性的小说《我的光辉生涯》,研究覆盖了小说的方方面面。建议学界今后研究关注:(一)她的"具有典型的澳大利亚风格,堪称澳大利亚经典的《自鸣得意》"(Stephenson, 1954:3)以及她在美国期间创作的戏剧《生存者》等其他作品。戏剧《生存者》涉及弗兰克林在美国期间关心的两个主题:艺术在个人和社会变革中的作用;对贫富不均现象的强烈批判,尤其批判了将"适者生存"作为阐释人类不平等现象的合法借口,但学界对这些研究还相当少。(二)弗兰克林小说《我的光辉生涯》最终得以出版中间经历了一个曲折复杂的过程,具体状况值得今后学界认真探讨,这也有助于我们了解19世纪中后期的澳大利亚女性作家的写作与生存状况。(三)澳大利亚学界对弗兰克林的研究,出现了一个20年的研究真空。即从1981年到2000年的20年间,弗兰克林研究成果为零,颇为奇怪,这是值得学界认真思考的一个现象。

三、在弗菲研究方面,前面讲到,澳大利亚学界对于他的研究主要集中在他的小说《人生如此》上,事实上,作为一部澳大利亚文学史甚至世界文学史上的经典,《人生如此》还有很多值得挖掘的地方。今后学界可以思考的领域包括:(一)从1964年到1989年的25年里,澳大利亚弗菲研究处于学术真空,少有关照。虽然进入到90年代后,沉寂了20年之久的弗菲研究没有"在沉默中灭亡,而是在沉默中爆发"了,但整整20多年的时间内没有研究成果,这背后的社会历史因素是值得学界思考的问题,20世纪70年代开始,澳大利亚政府开始施行多元文化政策,一些激进的民族主义者在多元文化语境下,很难发出自己的声音。文化上,不再认同弗菲小说中单一的澳大利亚民族。(二)弗兰克林的《我的光辉生涯》、拉德的丛林选地故事集等都被数度拍成电影,使得西比拉、老爹等人物形象成为澳大利亚最为熟悉的人物形象。而对于弗菲的《人生如此》,至今无人轻易尝试做第一个吃螃蟹的人将其搬上电影荧幕。(三)国内已经有人选译了劳森短篇、弗兰克林的《我的光辉生涯》,笔者也曾翻译过一篇拉德的短篇,虽然《人生如此》是一部值得向国内推介的经典小说,但考虑到小说的晦涩难懂,在可见的将来,国内估计还不会有弗菲作品的中文译本。笔者一直想着等完成手头任务就开始尝试,每每未能如愿,但愿在不久的将来可以。(四)在国内,拉德和弗菲的研究都尚处于起步阶段,有大量推介、译评、研究工作亟待开展。

整体来看,在澳大利亚民族主义作家笔端下,他们共同表达了对世纪末澳大利亚人民现实生活的关注,有着鲜明的澳大利亚本土性、时代性与民族性特征,都渴望借助对即将独立成为一个联邦国家的澳大利亚的人民的生活状况的描写,以强调澳大利亚人民生活的时代性与地域性,澳大利亚民族的独特性、独一性。然而,国内外对于澳大利亚民族主义作家作品没有系统考察,"澳大利亚丛林现实主义小说研究"是在对澳大利亚民族主义作家作品研究文献展开系统梳理基础上提出的一个议题。

按照马克思主义"经济基础决定上层建筑"的唯物论观点,文学是一个国家国运兴盛的风向标,澳大利亚因其传统的英属殖民地地位,一直被视为罪犯的流放地,难以培育出主教、法官、教授的地方。而二战后跨入发达国家行列的国力,使得自怀特以降的澳大利亚作家备受世界关注。此前的文学虽同样精彩,却鲜有问津,这既是澳大利亚文学研究的遗憾,也表明了澳大利亚文学研究的广阔前景。

本研究以翔实的文献梳理为基础,围绕澳大利亚丛林现实主义小说进行深入研究,对丛林现实主义小说创作的历史背景、主题思想和叙事特征等多方面展开分析,力求为国内澳大利亚文学研究提供一点管窥之见。澳大利亚现实主义小说因其独具澳大利亚本土文化和历史意蕴的丛林意象,与世界传统现实主义有着显著区别。开展丛林现实主义小说的研究,在多元文化发展的今天,有助于我们理解和洞见澳大利亚丛林现实主义小说中丛林地域风貌书写对构建澳大利亚民族身份的重要意义。当然这些是假想的诸多意义和价值,实际完稿后,能否达到预期,还期待读者指正,另外由于学术所限,书中纰漏之处,自是不在少数,恳请同仁不吝赐教。

第一章

理论回顾:现实主义传统与澳大利亚丛林现实主义小说

第一章 理论回顾：现实主义传统与澳大利亚丛林现实主义小说

第一节 现实主义文学传统

"现实主义"这一名称最早在欧洲文艺界盛行，"现实主义"（réalisme）首先"被正式使用也是在 1826 年的法国"（Rachel Bowlby，2010：XV）。在 19 世纪 50 年代的法国形成了一个以它命名的文艺流派。1850 年左右，法国画家库尔贝（Gustave Courbet）和小说家尚弗勒里等人初次用"现实主义"这一名词来表明当时的一种新型文艺，并由杜朗蒂等人创办了《现实主义》刊物（1856—1857 年，共出 6 期）。刊物发表了库尔贝的文艺宣言，主张作家要"研究现实"，如实描写普通人的日常生活，"不美化现实"。这派作家明确提出用现实主义这个新"标记"来代替旧浪漫主义，把狄德罗、司汤达、巴尔扎克奉为创作先锋，主张"现实主义的任务在于创造为人民的文学"，并认为文学的基本形式是"现代风格小说"。从此，"现实主义"流派逐渐走向文艺理论的前台，并且日益在文学、艺术、绘画、哲学等人文学科领域发出自己的声音。

对现实主义文学的理论探讨，最早可以追溯到古希腊的"摹仿"说。柏拉图曾经用"床"作为例子对"现实"和"理念"做出过形象的阐释，柏拉图在《理想国》中解释道：若干个有着一个共同名字的客体，构成了一个"理念"或"形式"。例如，虽有若干张床，但床的"理念"或"形式"只有一个，例如镜子里所反映的床仅仅是现象而非实在，所以各个不同的床也都只是对"理念"的临摹，而"理念"的床才是一张实在的床，是客观现实。艺术家只对理念的"床"感兴趣，而不是对感觉世界中所发现的许多张"床"感兴趣。柏拉图关于"现实与理念的阐释听上去有些似是而非"（Villanueva，1997：7），不太让人明白。亚里士多德在《诗学》中进一步明确指出，"摹仿就是对生活的表征"，并提出对现实摹仿有 3 种方式，认为"人人都喜欢去看模仿的作品，喜欢最具现实表现力的艺术"（qtd. in

Adams & Searle, 2006: 53),成为"艺术应当模仿现实"的倡导者。随后,吉雅柯坡·马佐尼(Giacopo Mazzoni)在其《为但丁喜剧辩护》中认为,"诗歌首先就是模仿,目的在于表征和相似"(qtd. in Adams & Searle, 2006: 215)。文艺复兴时期一些人文主义代表(阿尔贝蒂、达·芬奇、卡斯特尔韦特罗等)坚持并发展了"艺术摹仿自然"的思想。18世纪启蒙运动的代表狄德罗和莱辛则从唯物主义观点出发,坚持文艺的现实基础,肯定"美与真"的统一,论述艺术既要效法自然又要超越自然的重要性。应该说,现实主义概念形成之前"摹仿论"是最好阐释"文学与现实"关系的理论术语之一。

后来,狄德罗和莱辛在《沙龙》、《画论》、《汉堡剧评》等论著中针对新古典主义束缚文艺的清规戒律提出批判,比较系统地论述了现实主义的创作原则,对近代现实主义文艺的兴起产生了促进作用。与塑造那些不可能发生的传奇故事的浪漫作家比起来,现实主义作家往往冒着极大的风险,因为浪漫传奇故事不真实、不可信。而现实主义由于旗帜鲜明的现实标志,而不得不冒着怎么做都受批评的风险。在塞缪尔·约翰逊博士(Samuel Johnson)看来,"当代现实主义作家,由于接近真实,因而也就必须在作品中表征出合宜的道德。就是说,现实主义作品要不展现生活中的邪恶,要不就要让这样的邪恶行为得到应有的惩罚。这是现实主义作家所要做的"(qtd. in Adams & Searle, 2006: 357)。也就是说,现实主义作家的任务是要揭示出生活中阴暗、污秽的现实,并对造成阴暗和污秽的社会加以批判。

当人类历史随着科技和产业革命的兴起进入到19世纪中期的时候,现实主义文学由于反映生活本身,反映社会真实而"成为通往星穹的阶梯,成为通往此前梦都未及之处的艺术大道"(Fast, 1950: 44)。在资本主义革命取得成功后,科技革命、产业革命飞速发展,当这一切置人类的精神思考和精神家园犹如一片孤舟在摇摇欲坠的社会道德滑坡颓势下听之任之的时候,当一部作品只是去关注人类应该如何去建造华丽的城堡,却从来不去思考如何建造一个人类的精神城堡的时候,当高楼、烟囱、列车将人作为为其正常运转的工作机器的时候,当资本主义内部的金钱、腐化、贪婪将人类道德、怜悯、同情肆意践踏的时候,人们发现"没有比现实主义更好的艺术创造方法"(Fast, 1950: 43)能够更好地反映这样的社会现实。

从国别来看,俄国现实主义文学取得无可辩驳的成就,出现了大批现实主义大师,别林斯基(Vissarion Grigorevich Belinsky)认为,艺术作品应该是"对现实生活的忠实再现,而不是对现实生活的创造"(Becker, 1963: 41-43)。车尔尼雪夫斯基(Nikolay Gavrilovich Chernyshevsky)则认为,"一部艺术作品的目的在于将现实生活中发生的事情再现出来,并且关心人类的(生存状况)"(qtd. in Villanueva, 1997: 16)。而契诃夫(Anton Chekov)则更是旗帜鲜明地指出现实主义小说就是要按照生活的本来面目描写生活。

而欧洲现实主义研究之集大成者,奥尔巴赫(Erich Auberach)在《模仿论》中具体地指出现实主义"是对那个时代社会现实的严肃表征,并且是以历史发展的眼光来表征"(1953: 486)。他认为现实主义的创作"一方面,要对日常生活的现实严肃对待,将广大的、处于生存困境的社会下层人民作为表征的主体;另一方面,将任意的事件和人物嵌入流动的历史背景,考察当代历史的总体进程"(Auerbach, 1953: 491)。

现实主义理论家卢卡奇(Georg Lukács)认为,"艺术的使命在于通过直接的感官来恢复具体现实……而现实是我们通过观察发现的而不是创造出来的"(1955: 187)。所以说现实主义小说作家更加突出"他们的观察能力而不是艺术能力,以及他们追求真相的坦荡胸襟"(Villanueva, 1997: 17)。也就是托尔斯泰在1894年论及莫泊桑(Maupassant)时所说的,现实主义作家对于道德品行和真理都要有明确的表达态度。而对于上述关于现实主义种种,恩格斯更加明确地指出:"现实主义,除了对细节的精确描写外,它还是对典型环境下典型人物的精确再现"(Marx and Engels, 1954: 1651)。

19世纪后半期至世纪末,现实主义作家在不断调和如何维持某种叙事热情来表现日常生活中乏味的真实中逐渐露出疲态,陷入下坡路,法国自然主义逐渐超越现实主义,以更加明确的姿态来描写"更加丑恶的现实";在此过程中,现代主义主张以新的方式来取代线性叙事,以突破时空界限的意识流来取代"时序"叙事,现实主义逐渐让位于现代主义。进入20世纪尤其是60年代以后,各种文学理论思潮不断推陈出新,粉墨登场,一派热闹景象,促使现实主义文学逐渐淡入文艺思潮的主流。

近半个世纪以来,随着雅克·德里达(Jacques Derrida)、罗兰·巴特(Roland Barthes)等解构主义理论思潮和与之伴随的怀疑一切的现象阐释学以及其他各种后现代理论流派的奔突涌流,现实主义批评历史逐渐从读者眼前消失。究其原因,在解构主义思想的影响下,隐藏在现实主义自我陶醉的背后被解构出"具有权力欲望",因而现实主义一直以来都在"以光鲜的表面、宣称的真实"欺骗着读者。所以不足为怪,在充满怀疑精神的现象阐释学里,现实主义大师巴尔扎克笔下描述的事情不可避免地也就意味着对于其他明确的事实的"背叛"、"欺骗"。而对于现实主义理论进行批评的还有新历史主义,作为解构主义的一支,新历史主义批评现实主义的目的在于找到"更加令人信服的真实",通过阅读表征现实的现实主义文本寻求到那种"真正触手可及"的现实。也就是新历史主义代表人物斯蒂芬·格林布拉特(Stephen Greenblatt)和凯瑟琳·加拉格尔(Catherine Gallagher)所说,"我们需要在文学批评中恢复一种更加自信的现实理念,无需放弃文学去关注日常生活的权力……我们需要触摸到他们(现实主义)所临摹的现实"(2001:31)。今日,我们知道,现象阐释学这种怀疑一切的做法显然已经走过了头,新历史主义者也因种种理论分歧而日益失去往昔的光辉。

文学思潮始终在发生、发展、反拨运动中向前发展,文学理论的"钟摆效应",以及后理论时代的"文学的衰竭"也在呼吁当前学界需要关注曾经辉煌,一度被忽视甚至有被抛却危险的现实主义,近200年来,学界在这个领域里耕耘不断,成果斐然。19世纪初,现实主义文学立志于反拨新古典主义以及浪漫主义的创作原则,在资本主义建立最先完备的欧洲大陆发轫兴起,在与浪漫主义思潮的抗争中逐渐取得主导地位,并一度成为文艺思潮的主流,后在与现代主义的论战中失势,随着西方20世纪60至80年代理论占领天下的后现代主义思潮到新世纪后的理论逐渐式微,文艺界也显现出"返璞归真"的迹象,即文艺创作思潮又思起精神原乡,回到现实中来。而自现实主义文学登场以来,它从来也始终没有退出过创作思潮,只是在以一种变换名称的方式迎合理论界"追新",求"主义"罢了。一路走来,现实主义经历了"二战"后的社会主义现实主义,始于60、70年代南美大陆的"魔幻现实主义"以及当前学界所热议的基于新形势下的现实而创作的"新现实主义",还有我们所经常看到的诸如"后现代现实主义"、"新现实主义"、"超现实主义"、"肮脏现实主义"等。而各种称号的现实主义不管在其前面加上怎样的修饰语,现实主义仍然作为核心词出现于各种新的命名之中,就如阿兰·罗布-格里埃(Alain Robbe-Grillet)曾经提出类似于"一切新文学实际上都不过是现实主义的新形式,一种现实想象的新途径"的观点。言下之意,现实主义具有无限包容性。这些梳理表明,现实主义作为一种审美范式在文学创作的历史行程中仍然具有强大的生命力。而其根本原因便在于,作为经典文学理论命题的现实主义审美范式"有着一种作为'人'的认识方式的意识深度存在"(李建盛,1998: 144)。现实主义的生命力依然强大。

在理论思潮陷入后现代困境的当下,文学研究有"返璞归真"的趋向;文学理论和文学批评都感知重新审视经典的必要。现实主义经典文学也正重新获得重视,虽然拉尔德(Laird)教授在1937年时说的"现在,我们不太听到(现实主义),但他的影响四处逗留,从任何意义上说,都是如此"(162)距今久远,但这句话,放在后现代的今天同样成立,现实主义传统中一些曾经被忽视的、被冷落的也正在被重新挖掘。"现代主义和后现代主义在20世纪的发展似乎已经把现实主义的审美范型置于文学的被告席上,但现实主义的审美范型并没有从文学发展的被告席上败下来"(李建盛,1998:144)。哈罗德·布罗姆(Harold Bloom)的《西方正典》(*Western Canon*)从某种程度上,验证了这一观点。实际上,在当代文艺领域,现实主义文学不再"幼稚"和"危险",而是正"当时"(in full play today)(Beaumont, 2010: 9)。

现实主义作品,不是简单复制"自然"。一个作家只是将某个人一天的生活原封不动地记录下来,如他每天有意识地做的事情,包括所看到的、所感觉到的、所品味到的、说过的话、他的回忆等,全部记录仪一样地记录下来,这样的作品,即便洋洋洒洒几百页,也绝对称不上是现实主义艺术。那么现实主义艺术作品又是怎样的呢?有着怎样的创作要求?20世纪早中期,欧洲现实主义的批评家对此作了不少论述。总体而言,主要有这三个方面的创作原则。首先,拉尔德(Laird)在1937年给现实主义文学下了一个定义,"所谓现实主义,笼统而言,就是指对现实的忠实临摹,是指对客观现实的表征,尤其是让社会上污秽的现实得以被表征出来"(1937: 162)。将这样的定义具体联系到20世纪初期的欧洲社会现实,我们就会发现,现实主义的任务就是要将色彩光鲜、光怪陆离的资本主义社会表面所呈现出的鲜亮、富足背后隐藏的"污秽"给真实地揭示出来,将"金钱就是一切","金钱、贪欲、性之间的丑恶勾当"如实地再现给读者,在揭示中,强调资本主义社会中人伦、道德的失范。因而现实主义的第二个创作要求就是,它一定是关乎道德的,"一部没有道德判断的作品绝对称不上是文学作品;不管他们是否意识到这个问题,道德判断或者说伦理衡量是作家在从现实全景画中选材时应该牢牢坚守的"(Fast, 1950: 44)。需要强调的是,这种伦理衡量并非主观的而是基于对客观现实的反映,是将"客观现实变为动态的人类社会关系的"(Fast, 1950: 78)要求。此外,现实主义小说所关注的人物一定是社会下层,从占据社会主体的下层人民身上映照出显目的光辉来观照社会的整体状况，伊恩·瓦特(Ian Watt)在《小说的兴起》中对于18、19世纪的现实主义小说往往"强调独特性，拒绝总体性"(Watt, 1963: 16)提出批评，并指出"伴随着人物的发展"，要牢记现实主义的创作主旨，那就是"对于个人的真实经历作真实的描述"(Watt, 1963: 28)。但仅此，还不足够，艺术作品一定是社会现实的某个片段，但这种社会片段不可以脱离社会生活的整体。也就是卢卡奇(Georg Lukács)在《现实主义问题》中指出的："如果文学真正是某些客观现实的独特反映，那它一定是基于对于客观现实理解基础上的反映，在直接再现过程中不加任何限制。如果一个作家以临摹和捕捉现实为目的，如果一个作者是真正现实主义的，那么对客观现实的整体性关照一定是必需的"(1955: 293)。文学世界并不等同于现实世界，一定是有选择性的真相，是对现实中感受强烈的整体。这是卢卡奇现实主义理论的本质内涵。

至此我们也可以看出，关于现实主义的源头、创作原则以及现实主义创作特征的探讨似乎都要比给"现实主义"下一个明确的定义要容易些。一直以来，现实主义理论家也都深知这绝对是一件吃力不讨好的事，没有人敢于轻易地给出定义，无论是上述拉尔德(Laird)教授对"现实主义"的定义，还是1963年，贝克(Becker)在《现代现实主义文学文献》中，给出的一个相对完善但绝不是没有问题的定义——"现实主义，是以某种方式对现实进行想象的一种艺术形式，以相对固定的规则为基础，对现实进行模拟式再现"(36)。应该说，贝克的定义相对精准地表达了现实主义文学创作的基本方法，但不禁让人去追问这里的某种方式是指什么方式？相对固定的规则又是什么？虽然这不影响别人对现实主义文学的基本理解，但也正是这些看似简单而又没有明确答案的问题使得现实主义文学始终是一个开放而值得讨论的文学理论。这也是我们今天依然应该讨论现实主义文学的意义所在。

以上对于现实主义、现实主义小说作了一个总体概述，从它的理论概念起源到理论流派到理论特征,再到创作原则与要求做了一个粗略的介绍,并且对现实主义小说的历史沿革和发展趋势以及当下的回归作了探讨。19世纪中期的欧洲现实主义是世界文学史上一个重要的文学阶段,至今为止,研究者几乎涉及了所有的研究议题,但越是被讨论的,就越没有定论,而且很多问题没厘清,不少论断还有待进一步丰富和完善。这也是现实主义在当下回归,正获学界重新重视的另一个因素。显然,欧美现实主义小说这一议题尚有诸多问题值得进一步研究和考察,但本研究的重心不在于讨论欧美传统现实主义小说,而是将研究视野聚焦在尚没有学者涉猎的澳大利亚丛林现实主义小说这一新命题上。

选择澳大利亚丛林现实主义小说作为研究对象的原因不言而喻。一方面,澳大利亚作为英联邦的殖民地,其文学创作长期以来有着"母国"情结,特别是1880年之前的殖民文学,基本上都是在模仿英国传统,没有自己的特色;另一方面,自1880年以后,澳大利亚民族主义风起云涌,各种自发的表达民族情绪的呼声逐渐兴起,高举"民族主义"大旗的澳大利亚刊物《公报》在1880年的诞生使得各种关于民族独立、追求自由、摆脱英国的声音逐渐为越来越多本土的澳大利亚人所感知,丛林现实主义小说作为反映澳大利亚这一时期社会、历史现实的文学也应运而生。以劳森为代表的民族主义作家以澳大利亚广袤无垠的丛林为背景,真实细致地去记载、素描、勾画丛林人在丛林里、选地上、牧场上的生活,勾勒出活泼、生动,独具澳大利亚丛林特色的生活画面。

在劳森的带领下,这一时期现实主义小说家也都将视角聚焦在独具澳大利亚地域与文化风貌的丛林背景,并以丛林为主题,一方面描写丛林人竭尽艰辛在与丛林抗争中缔造出一个崭新民族的自豪,彰显了丛林人不畏艰辛的乐观态度和积极互助的民族形象;另一方面这些作品以一种或欢呼或鼓舞的"现实主义"态度来观察生活、描写丛林,为澳大利亚民族争取独立和自由呐喊。

值得一提的是,由于澳大利亚与英国的历史渊源和长期的殖民地历史地位所形成的对英国那种不即不离的关系,19世纪末与20世纪初,澳大利亚将要取得独立而又没有完全脱离英联邦的历史现状总是与英国有种"剪不断,理还乱"的关系。正如"19世纪后期的美国也不能完全摆脱英国文学的神话,因为美国20世纪40年代之前的自然主义文学深受英国神话的影响"(Fast, 1950: 78)那样,英国对澳大利亚的影响更是全方位的,多领域的。澳大利亚丛林现实主义小说也深受英国传统现实主义小说的影响。文学作为反映历史的手段,现实主义文学作为再现历史真实的文学途径,最重要的是,"要管窥澳大利亚本土文学,不管是从什么意义上说,如果完全弃英国于不顾,这不仅仅是对澳大利亚文化传统的忽视,更是对澳大利亚文化传统正在进行创新于不顾的忽视"(Macainsh, 1978: 50)。

所以,我们在探讨澳大利亚丛林现实主义小说之前,首先要对英国传统现实主义小说做粗略的介绍,这有助于我们了解英国传统现实主义小说对于澳大利亚现实主义小说的潜在影响,也能廓清澳大利亚丛林现实主义小说区别于英国现实主义小说的特征,从而阐明澳大利亚丛林现实主义小说对英国传统现实主义小说的继承和拓展关系。

第二节　英国传统现实主义小说

众所周知,英国现实主义小说的奠基之作是丹尼尔·笛福(Daniel Defoe)的《鲁滨逊漂流记》(*The Adventures of Robinson Crusoe*, 1719)。笛福的小说开启了英国写实小说的先河。在他之后,塞缪尔·理查德森(Samuel Richardson)和菲尔丁(Feilding)等人不断向前推进。如,理查德森的小说《帕米拉》(*Pamela*, 1740)和《克拉丽莎》(*Clarissa*, 1748)一改过去那种惯用的奇异恋情和浪漫历险来吸引读者的传奇手法,以日常生活中的"求婚"为小说的主线索,通过对人物情感和心理的揭示来引起读者的共鸣,从而开辟了写实的言情小说的新例;菲尔丁的《汤姆·琼斯》(*The History of Tom Jones, a Foundling*, 1749)则较笛福和理查德森更为广泛地描绘了英国 18 世纪民间生活的现实图景,是一部写实艺术的杰作。

19 世纪中期自然科学方面的一系列重大发现,对当时的英国社会思想产生了巨大影响。达尔文 1859 年出版《物种的起源》一书,创立了生物进化理论,在自然科学和思想界都引起轰动,并在英国社会引起两股潮流:民主和科学。受此影响,这一时期英国文学不断地从浪漫理想转向现实,现实主义逐渐取代浪漫主义而成为时代文学。因为维多利亚时期的文学家对浪漫主义诗歌小说都持鲜明的批判态度。虽然批评家们对于浪漫主义的想象力和优美华丽的语言褒扬有加,但时代的发展,特别是科学的进步,使得这种过于脱离现实而纯粹依赖于思想的浪漫艺术日益受到诸如约翰·拉斯金(John Ruskin,1819—1900)等文艺批评家的批判,而随着华兹华斯(William Wordsworth, 1770—1850)、柯勒律治(Samuel Taylor Coleridge, 1772—1834)等湖畔诗人创作力的衰退和拜伦(George Gordon Byron, 1788—1824)、济慈(John Keats, 1795—1821)、雪莱(Percy Bysshe Shelly, 1792—1822)三大浪漫诗人的英年早逝,浪漫主义运动日薄西山,最终让位于现实主义运动。

英国现实主义文学的兴盛除了上述两大因素外,还与英国维多利亚初期一度处于"动荡年代"(Time of Troubles)有一定关系。这一时期,英国人对于科学技术引起的社会、政治和精神层面的现实危机表现出担忧。特别是 19 世纪 40 年代,英国经济大萧条引发的工人失业、暴动罢工、新兴工矿企业恶劣的生产条件以及对工人苛刻的工作要求都在预示着一场革命的到来。而任何一场革命都几乎会化为一场文学革命,以狄更斯(Charles Dickens)为代表的现实主义小说作家对当时的社会黑暗现状进行了深刻的揭露与激烈的批评。在这些作家的群体努力下,现实主义小说成为维多利亚早中期时代文学的主要形式。在 19 世纪 30 到 60 年代涌现了一大批优秀的反映社会现实、揭露社会丑恶的现实主义作家，包括萨克雷（William Makepeace Thackeray）、特洛罗普（Anthony Trollpoe）、盖斯凯尔夫人（Elizabeth Gaskell）、勃朗特三姐妹（Bronte sisters）、艾略特（George Eliot）、哈代（Thomas Hardy）、奥斯汀（Jane Austin）等，成为当时英国文坛、欧洲文坛以至整个世界文坛的盛景之一。

　　这一时期，无论是狄更斯、萨克雷，还是简·奥斯汀，他们的创作理念与创作思想或者说创作的关注点有异曲同工之妙，即都集中描写身边的人和身边的日常琐事。一种历史现象也许最能说明这个问题。那就是，爱尔兰在19世纪80年代曾遭受大饥荒，成千上万人饿死，并致使上万人背井离乡，这一切都发生在英格兰家门口，而这却未引起英国现实主义的关注，虽然这一时期上述作家都已处于创作巅峰，但他们无一对此表现出兴趣。因而要想在法国或者英国19世纪资产阶级经典现实主义中找到关于"种族屠杀"、"奴役制度"、"人口大迁徙"等这些"现代欧洲帝国主义建设基础的宏大主题"是注定徒劳的（Joe, 2012: 259）。换言之，传统现实主义小说更加关注"人"，特别是"下层人民"在当时历史、文化、社会状况下的生活现状。

　　谈及英国传统现实主义小说，不可避免地要先从法国现实主义大师巴尔扎克（Honoré de Balzac）说起，因为他对于19世纪特别是维多利亚时期现实主义小说产生过巨大影响（关于巴尔扎克在英国的接受与评价是一个很有趣的故事，本文限于篇幅，这里并不深入展开）。正如王尔德（Oscar Wilde）所说，"19世纪，可以说就是巴尔扎克创造的世纪"（1891: 31）。巴尔扎克因何会对英国现实主义产生巨大影响？

　　作为作家的巴尔扎克"是一个表面平静而内心深刻的人类社会和人类激情的观察者，他将眼前呈现的细致、耐心而又有力地临摹出来。"他的小说"黑暗但却是对人性的逼真复制"（qtd. in Kendrick, 1976: 12）。因为"他讨厌自己的时代超过讨厌一切"（Brooks, 2005: 22）。还因为"他已经远远地令人费解地走在了他的

43

时代之前"(qtd. in Shaw, 2013: 429)。这些足以让当时英国小说家被他所吸引，而且更多的是"由于个人魅力原因被他所吸引"(Shaw, 2013: 429)。而这些作家之所以被巴尔扎克所吸引与有人在 1843 年《爱丁堡评论》上认为他可以跟英国的"理查德森、拜伦，甚至莎士比亚"相提并论不无关系(Hayward, 1843: 64)，加上十年前《爱丁堡评论》就将巴尔扎克成为"天才作家"。至此，巴尔扎克在英国的影响力逐渐显现，以至于"巴尔扎克成为英国作家小说态度变化的晴雨表，1859 年和 1895 年的英国作家相比最显著的一个变化就是后者迫不及待地学习巴尔扎克"(Kendrick, 1976: 15)。如此可见，英国传统现实主义作家集中在 19 世纪中期全面繁荣与巴尔扎克的影响有很大关系。

巴尔扎克认为现实主义作家在真实地描写现实生活的同时，还要对现实社会予以揭露和批判。这一时期的英国现实主义小说，深受巴尔扎克创作影响，通过对社会独特事件的聚焦，以一种客观、不偏不倚的态度对亲身体验的经历进行客观报道，这种有别于浪漫主义善于想象和空发忧愁的客观报道其实就是对社会现实的揭露，特别是对社会阴暗面的揭露，旨在引起社会公众的注意，从而达到推动社会变革，推动社会进步的目的。

刘文荣在《英国 19 世纪小说史》中曾经尝试着总结了维多利亚时期英国传统现实主义小说的三大特征：

> 首先，维多利亚时期的现实主义小说严格使用写实手法。力求"忠实于生活的现实性的一切细节、颜色和浓淡色度"，"按照生活的本来面目描写生活"，让小说世界尽可能地酷似现实世界。其次，这一时期的小说大多具有完整、有序的艺术结构。在这一类小说中，一切服从于小说所描写的社会矛盾而从不游离于小说主题之外。此外，传统现实主义小说都以小说人物作为支柱。这一点也许最重要。现实主义小说家不再追求故事的传奇性，

第一章 理论回顾：现实主义传统与澳大利亚丛林现实主义小说

而是以描写表面"平淡无奇"的日常生活为己任，并以"人"作为衡量标准。尤其重要的是，现实主义小说家会自觉地把人物置于特定时代的社会环境、置于富有时代感的生活现实中、置于特定的道德和文化氛围中，从而揭示出环境对人的生活、欲望和命运的决定性影响。换言之，现实主义小说家把人物提高到艺术典型的高度，遵从"典型环境中的典型人物"。（刘文荣，2002: 67-70）

以上归类和概括，对于英国维多利亚时期的现实主义小说是客观而有道理的。但事实上，英国传统现实主义小说又要远比这些要复杂得多。英国传统现实主义小说，如肯恩（Keen）所观察的那样，"'同情'贯穿维多利亚批评与小说的始终，因为它是19世纪小说实践的中心"（1997: 53）。从这个意义上说，英国传统现实主义小说普遍具有社会和伦理功能，或者说具有特罗洛普强调的"道德教化功能"，从而让文学成为"合理而有力的社会变革的工具，而这种功能在维多利亚时期达到了前所未有的程度"（Harrison, 2008: 262）。再者，现实主义小说创作的目的在于希冀改变他们所表征的现实，旨在用文学模式来"干预"现实世界。历史也证明，现实主义小说有力地推动了当时英国社会"流产制度、禁酒令、动物权利、选举权、工厂变革"等方面的变革。林肯曾经不无夸张地说，美国内战是一个小妇人引起的，也就是说斯托夫人的《汤姆叔叔的小屋》成为了美国内战的一个导火索。现实主义小说的道德教化以及推动社会变革功能让人感叹现实主义魅力的经典性和永恒性。

狄更斯对"丑恶、乏味世界的忠贞表征"的现实主义小说，代表着英国传统现实主义小说的最高成就。"在读狄更斯小说的时候，随着阅读进程，我们会对描写的人物和场景越来越熟悉，以致经常会回想起自己的日常经历"（Winter, 2011: 129）。在《董贝父子》中有这样一段描写：

45

那张小小的、高高的木头椅子,扶手就像阶梯的横档,是我当年跟保罗·董贝差不多年龄的时候吃饭时坐过的椅子。壁炉、炉格上的横条,煤堆上的水壶,一旁的风箱,系在绳子上的铜铲子,透过镜子返照过来的壁炉上的饰架、席垫,绒毛布包裹着的桌子,墙壁上的蜘蛛网——这一切跟我自己家里是一样的,跟索贝爷爷家的也一样,跟尼科尔森奶奶家的也一样,跟吉姆叔叔家的也一样。(Nicholson, 1975: 142–145)

其实,读过狄更斯小说的人都知道,这种对房间里简陋而直观场景的拍照式再现,在《雾都孤儿》、《远大前程》、《艰难时世》以及其他小说中也都大体相当,而且比比皆是,因为这就是当时英国下层社会家庭里的真实现状。在谈及《艰难时世》时,狄更斯说小说中曾经的红砖墙变成现在漆黑、阴暗的焦煤镇(Coketown),是想借此表达"焦煤镇不只是一个城镇",目的在于"让大家看到它是全英格兰工人阶级工作的真实背景"(qtd. in Harrison, 2008: 266)。

狄更斯对社会下层的关注和对社会现实描写的目的正如他在自己创办的杂志《百家闲话》(*Households Words*)上对盖斯凯尔夫人所说的那样,"杂志的主要思想和目的是帮助扶持社会上的下层人民,以期社会状况能得到总体改善"(1894: 275)。狄更斯的现实主义小说,总体来说,一方面,因他自己来自一个贫困的家庭,孩提悲惨的经历让他对自己阶层的生活有着深刻的体验和同情;另一方面,这些描写下层阶级真实生活的小说丰富了中产阶级的生活,但这些小说在丰富中产阶级生活的同时,还起到了另一个作用,就是能够唤起中产阶级的同情心,"那些社会上的中上层,在看到小说中下层生活的各种凄惨遭遇时,被感动的、有同情心的人就会去干预"(Harrison, 2008: 263)。通过这些,作者最终都会如他在《雾都孤儿》中对忒斯特(Twist)历经各种恶的、负面的、阴暗环境所浸染而坚定地"不改善良本性"那样,要向世人展现"善必将在与各种不利、恶劣和敌对的交锋过程中胜出"(Dickens, 1894: XIV)。

所以说读狄更斯小说给读者带来的是泪水而不是欢欣,因为他是"贫苦、苦难、受压迫阶层的"代言人。作为一个对现实深刻讽刺的幽默作家,他是一个符合特罗洛普标准的道德家。这也是英国传统现实主义小说家们所共有的特征。狄更斯对伦敦街头巷尾、下层民众困苦生活的描写就如一个特派通讯员一样精准、客观。他的小说就是将日常生活中的细小事件"略加选择地"如实记录下来,让人有一种在读新闻报纸的感觉。而这种拍照式的、照镜子式的白描手法,使得狄更斯现实主义小说中的人物形象都有一种"以小见大"的功能,也就是,他小说中的人物都具有普遍的现实象征意义,无论是备受压榨、欺凌和屈辱的工人阶级,还是狡诈、贪婪、凶残的资本家,他们都是当时社会现实中不加修饰的真实写照。这种真实,让当时的工人阶级愤怒,让资本家害怕,也正是这种真实使得狄更斯的现实主义小说成为社会变革的有力力量。

马克思在论及狄更斯、萨克雷等英国现实主义小说家时说,"他们用逼真而动人的文笔,揭露出政治和社会上的真相:一切政治家、政论家、道德家所揭露的加在一起,还不如他们揭露的多"(转引自杨绛,1959: 1)。事实上,萨克雷犀利的讽刺文笔几乎触及英国社会的方方面面,寥寥数笔就把贵族、资产阶级的面纱揭开,露出最隐痛和羞于面世的赘疣。而这也是现实主义经典小说的意义所在,也就是说这些现实主义小说具备了拉尔德(Laird)所说的"伟大的艺术是那种包容一切并且有着持久吸引力的作品"(1920: 132)。

维多利亚现实主义小说可分为两类:一类是狄更斯、萨克雷等作家的批判现实主义小说;一类是艾略特、特罗洛普、吉辛的家庭现实主义小说(Meckier, 1987: 242)。这两类小说代表了英国传统现实主义小说在维多利亚时期的艺术瑰宝,也成为了世界文学史上至今令人惊艳的一笔独特"宝贵财富"。

相较而言,特罗洛普的现实主义要比狄更斯、萨克雷、艾略特等人更加简单直白。在他的《自传》(Autobiography)中,曾经论及过现实主义小说,他认为小说应该"惩恶扬善",也就是要"让美德熠熠生辉,让邪恶丑陋不堪"(virtues alluring, vice ugly)。而对于小说的艺术形式或者说艺术技巧,他认为是毫不重要的,甚至认为成功的小说就是要让"技巧消失",一般认为,他的小说充满道德意味,强调虚构的道德就是现实中的道德,因而更加强调"社会责任",代表着维多利亚时期"道德小说"的高峰,从某种意义上说,他类似于英国传统中存在已久的世俗牧师式的艺术家。作为家庭现实小说,特罗洛普笔下所展现的邪恶与狄更斯所揭露的相较而言"不是那么'公然直露',是经过加工修饰的,因而要委婉些"(Meckier, 1987: 248)。

另一方面,在分析澳大利亚丛林现实主义小说的时候,特罗洛普的地位就显得尤为突出和重要,因为特罗洛普曾写过三部关于澳大利亚和新西兰的旅游传记和小说,分别是《澳大利亚与新西兰》(Australia and New Zealand, 1873)、《甘高尔的西斯科特·哈里先生》(Mr Harry Heathcote of Gangoil, 1874)、《约翰·凯尔迪盖特》(John Caldigate, 1879),这三部著作中关于澳大利亚的论述在现今看来依然"具有现代性和预见性"(Durey, 2007: 170)。这三部著作,写于澳大利亚民族即将独立之前,关于《澳大利亚与新西兰》,作者在自传中说,"任何一个肯花时间读这本书的人,都一定会从中受益,因为这是一部整整 15 个月不倦工作的成果,我不遗余力地在所到之处调查、观察、倾听,这样做的目的很简单:力求提供一些关于澳大利亚的信息,并真实可信地描写各州殖民地的生活"(Trollope, 1873: XIX)。

特罗洛普在澳大利亚产生了重要影响的原因还在于,在他的传记和小说中,无论是政治的、经济的、种族的、文化的,他自始至终都在坚定地支持澳大利亚的政治独立,不仅支持,他还为澳大利亚实现独立指明方向,即建议按照美国模式实现独立。毫无疑问,对于这样一个高调站在澳大利亚立场说话的英国作家,澳大利亚

第一章 理论回顾：现实主义传统与澳大利亚丛林现实主义小说

批评界不可能不知道，而且特罗洛普以如此饱满的热情来"既表扬又批评澳大利亚人的做法"（Durey, 2007: 171）的确让他们感到惊讶。但在惊讶背后，却看到了惊喜。到19世纪70年代，很多澳大利亚人还没有自觉的民族独立意识，看不到独立的重要性。特罗洛普在《澳大利亚与新西兰》第二卷讲述"西澳"部分，强烈谴责了殖民者，他说，一些澳大利亚土著人对于殖民者加诸在他们身上的许多指控都无法理解，也不知道如何去辩护（Trollope, 1873: 172）。在对澳大利亚土著居民的公开支持中，认为他们是"勇敢的爱国者，捍卫着自己的民族和权利"（Trollope, 1873: 175）。

作为英国现实主义作家，特罗洛普这种公开谴责、批评殖民者对待澳大利亚土著人"无恶不作"的姿态让他同时代的人未免震惊，因为没有批评家敢在这个问题上站出来回应（Durey, 2007: 174）。同样，对于特罗洛普认为澳大利亚应该寻求政治独立的呼应，评论家到现在也还没有做出回应，这不能不让人敬佩特罗洛普的预见性和前瞻性。因为19世纪70年代的澳大利亚，大部分人都没有意识要去割断同英国的关系，甚至"不愿意被告知澳大利亚未来会独立"（Trollope, 1873: 18）的前景。不仅如此，特罗洛普的作品还对澳大利亚如何取得公平、平等提出了自己的看法，"我不希望看到拥有了财富的人获得更多，而却要去从那些什么都没有的人那里攫取更多"（A&N, 1: 76）。"比较而言，应该鼓励澳大利亚的自选农，尽管他们限于财产限制而导致的不诚实的偷取新定居者的牲畜行为不太光彩，因为这样做可以避免重蹈英国阶级划分和不公平的覆辙"（A&N, 1: 77）。

80年代，随着社会独立风潮的涌动，民主呼声的兴起，澳大利亚人开始意识到把自己看成是澳大利亚人的必要性。在这片土地上躬耕了近一个世纪的他们不再满足于此前习惯将自己称为"维多利亚人、昆士兰人或者新南威尔士人，因为此时一种爱国主义情绪正悄然兴起"（Trollope, 1873: 66-67）。澳大利亚人开始憧憬可以将自己称为独立的澳大利亚人的那一天的到来。

英国同时期的现实主义艺术家拉斯金(John Ruskin)在《现代画家》中,强调现实主义"独特"的重要性。他认为"几乎所有规则都有例外,但这不适用于艺术,艺术就得详细刻画细节,像水晶般轻盈剔透"(1873: 65)。艾略特(George Eliot)深受此影响,她在《德国生活的自然历史》中解释说,"艺术是最接近生活的,(它)放大了生活的经历,在拓展我们与同伴联系中超越了个人命运"(1856: 71)。并且她在现实主义代表作《亚当·比德》(Adam Bede)的第17章开篇中,阐明了其创作的现实主义立场和态度,"我尽最大努力地将映照在我大脑中的人和事以客观态度忠实地再现",并说,"关于家庭的和日常生活的肖像画式的描写有其审美意义上的吸引力"(1799: 179)。对于艾略特而言,现实主义小说就是要让读者在读小说的过程中将自己投入到小说的虚构世界中去而发觉不到自己是在读小说。再如艾略特在《亚当·比德》中对于现实主义重要意义的阐释:

> 不管怎么说,也许有些矛盾,(但)生活中那些无足轻重的小人物的存在对世界有着重要的影响。比如,他们会影响工资水平,会影响面包价格,他们会激起自私的人的邪恶心理,会唤起充满同情心的人的英勇行为。并且在生命的悲剧中,他们也会以不同的方式发挥不小的作用。比如,我们那位帅气、大方、令人尊敬的欧文(Adolphus Irwine)牧师,要不是那两个毫不起眼,在这个社会上看不到任何希望的姐妹,他的命运就会完全不一样:他也许年轻的时候,就会娶了一位得体的妻子,到现在当头发灰白的今天,就会有高个的儿子,正当妙龄的女儿。(Eliot, 1859: 68)

这种"向读者直接阐明态度的方法"也是维多利亚中期现实主义小说的一大显著特征(Kendrick, 1976: 16)。艾略特、特洛罗普和萨克雷等现实主义小说家都惯用这种技巧,在他们的作品中,"读者、作者和小说人物共享一个持续的真实世界,作者的艺术往往从属于主题和读者。对他们而言,艺术只是一个载体,只是在将现实世界里的道德真相成功地传递给读者的时候才有价值,也就是说,艺术是为意义服务的,除了作为一种叙事媒介,另外就只是一种装饰作用"(Kendrick, 1976: 17)。

进入维多利亚后期,被誉为"英国现实主义流派的领导者和大师"(Wells, 1904: 38)的吉辛(George Gissing)的现实主义小说得以保证"文学的现实表征依旧是当时主流的文学样式"(Youngkin, 2004: 58)。在短暂的人生旅程和短短的创作生涯中共写出了23部现实主义小说的吉辛说,"我(创作)的真实目的在于对那些不光彩的体面人物的绝对现实主义描写。……我的人物都是非英雄式的,是那些日常生活中微不足道的,让人怜悯的人物。……有人意在将他们理想化——真荒谬! 对我而言,我将一字一字地、诚实地记录他们呢,这样的结果也许让人感到乏味,确切地说,这就是不光彩的体面生活,如果不乏味,那就不真实了"(*Gissing* Vol. I, 1990: 264-265)。简言之,"吉辛不喜欢浪漫主义的矫揉造作和历史主义的怀乡主题"(Matz, 2004: 219),而是更加致力于不加装饰地描写贫苦的、下层人民所生活的真实社会状况。与狄更斯不一样的是,狄更斯往往以一种诙谐幽默的态度来描写英国当时下层阶级的贫困,而吉辛因为对"维多利亚后期的英国工人阶级的贫穷有着无比的同情",因而往往以一种严肃的态度来对待"工人阶级那令人扼腕、令人讨厌的贫穷"(Eakin, 2010: 3)。也正是他这种严肃的态度让他在英国传统现实主义小说家中占据了重要的历史地位。难怪奥威尔(George Orwell)在仅仅读了他的《新贫困街》(*New Grub Street*)、《德莫斯》(*Demos*)、《奇怪的女人们》(*The Odd Women*)后就感到震撼,认为"英国历史上没几个比他好的作家"(qtd. in Stove, 2004: 27)。

可以想象,一个男性作家要将异性描述得真实可信,这绝对是对作家的一种挑战,但吉辛却做到了。他的现实主义小说中对女性现实的关注使得他一度成为当时英国"女权主义"杂志《长矛》(*Shafts*)、《妇女先驱报》(*The Woman's Herald*)上经常获评的男作家,显然这源于他对女性婚姻、独立主题的思考,特别是他的《奇怪的女人们》对女性的社会功能和女性婚姻问题的关注让他的女性读者数量不亚于艾略特。正如评论家所指出的:

> 没有人像吉辛这样用尽一切地、恰如其分地展现出女性的全部状况,他作品中的人物都是从真实环境下的真实生活中塑造出来的,人物形象一点也不抽象,更不是受人幕后操纵的傀儡形象……吉辛是一个现实主义作家,是我们当前社会生活方式的忠实画家,而且他也许比忠实还要忠实……并且他对现实细节的描写一点也不令人乏味,将精挑细选的细节蕴含在某种暗示中是他现实主义的秘诀。(Winter, 2011: 281)

英国传统现实主义小说中那些以家庭题材为主线的小说,也就是说艾略特、特罗洛普、吉辛等作家的现实主义小说意在阐明,"美可以在平凡的家庭生活中被发现"(Bowlby, 2011: 429),美也就在平凡人身上得到了最好的呈现,这也是英国维多利亚家庭现实主义小说的特点。

纵观维多利亚时期现实主义小说,不管是狄更斯、萨克雷的批判现实主义小说还是艾略特、特罗洛普、吉辛等人的家庭现实主义小说,他们的作品中有一个共性,即英国传统现实主义作家都在揭露当时资本主义社会的"拜物性"。尽管后者批评方式和态度都稍显温和委婉,但小说主旨很明确:对当时英国资本主义的拜物教性质进行辛辣讽刺和直接批判,强调"绅士和流浪汉"、"中产阶级和工人阶级"、"贫富二元对立"的矛盾和冲突,以激发中产阶级的同情心,从而使其成为推动社会变革的一股力量。

第一章 理论回顾:现实主义传统与澳大利亚丛林现实主义小说

史实证明,英国维多利亚时期的传统现实主义作家在19世纪60年代的澳大利亚有着相当广泛的读者,而这些作品毫无疑问对澳大利亚的现实主义产生过影响,尤其是狄更斯、特罗洛普和艾略特等的现实主义作品在澳大利亚的受欢迎程度大大超过了其他作家。并且从下文的分析看来,澳大利亚丛林现实主义小说,也可以将其按照英国现实主义的"批判现实主义"(如劳森、弗菲、弗兰克林等)小说和"家庭现实主义"(拉德)小说两大类来研究,这些都源于英国传统现实主义小说对澳大利亚丛林现实主义小说的影响,但另一方面,澳大利亚丛林现实主义又有着明显的地域性和本土性特征,与此同时,还具有鲜明的澳大利亚民族主义特征。

1856年在阿德莱德成立了南澳学院(South Australia Institute),"南澳学院在传播和流通维多利亚中期书面文化上发挥了核心作用"(Dolin, 2006: 280)。19世纪文学研究学者杜林(Tim Dolin)曾就英国传统现实主义小说在澳大利亚的流通和传播做过专门的梳理和统计。南澳是澳大利亚大陆上没有被流放过英国囚犯的自由殖民地,那里的人因而也都是"虔诚的、持不同政见而来到那里的大英帝国者"(qtd. in Pike: 130),差不多都是维多利亚中期的中产阶级。而且从南澳学院借书阅览情况的分析来看,1861—1862年年间,艾略特、特罗洛普、狄更斯的现实主义小说都拥有为数众多的读者群,在杂志方面,狄更斯主编的《家庭闲话》(*Household Words*)和《年复一年》(*All Year Around*)分别排在借阅杂志的第一和第五。而在小说方面,艾略特因浓郁的北方地域风情描写而倍受欢迎,她的《书记员的生活》(*Scenes of Clerical Life*)在1857年首次在澳大利亚出现,但到1861年的时候,她就有四部小说排在借阅榜的前20位,《亚当·比德》(*Adam Bede*)更是仅次于司科特(Sir Walter Scott)的《威弗里》(*Waverley*),排在借阅榜的第二位。而狄更斯则成为借阅榜上排名第一的作家（见 Dolin table 3）。[①] 他的《远大前程》(*Great Expectations*)、艾略特的《亚当·比德》(*Adam Bede*)、特罗洛普《三个小职员》(*The Three Clerks*)中都有直接关于澳大利亚和新西兰的描写，这些都成为当时澳大利亚人争相竞阅的重要因素。当然，狄更斯《远大前程》中关于澳大利亚的殖民想象也激起了澳大利亚本土居民和读者的不满，因为英国被流放到澳大利亚的囚犯麦戈维奇（Abel Magwitch）被禁止回到故土英格兰。一方面，狄更斯努力建立麦戈维奇和匹普（Pip）两人之间相互依存的关系，而另一方面，匹普则在不断否认这种关系。不仅如此，在萨义德（Said）看来，"《远大前程》中塑造的一个不受英国社会欢迎的富足而慷慨的囚犯情节意在表明维多利亚中期都市历史文化中殖民世界的'阴影式的存在'"（1993: xviii）。因此，我们必须"引导麦戈维奇从阴影中走到阳光下，看看在这部小说中他是如何参与到帝国建构过程的，而且是这样的醒目不加任何隐蔽"（Said, 1993: xv）。

除了狄更斯的《远大前程》，特罗洛普的《约翰·凯尔迪盖特》以及玛丽·伊丽莎白·布拉登（Mary Elizabeth Braddon）的《奥德雷夫人的秘密》(*Lady Audley's Secret*)中关于澳大利亚的描写，其核心目的还是在缓解英国作为日不落帝国光荣的"帝国文化焦虑"，因为在这些小说中，澳大利亚"并不是一个作为适合英国移民的地方而提供给读者的，他们更多的还是关心这些殖民定居者回到英国后对英国的影响问题"（Vandenbossche, 2010: 92）。

澳大利亚民族主义作家以独具澳大利亚地域与文化特色的丛林为描写对象，回击了英国传统中对澳大利亚歪曲和不真实描写。他们意在让英国人和世界人民了解澳大利亚真正的文化原貌，因而在小说中也往往蕴含了对英国殖民思想和帝国文化进行反击的

[①] 上述数据统计分析系根据 Tim Dolin 的论文《澳大利亚殖民时期的维多利亚中期小说》(THE MID-VICTORIAN NOVEL IN COLONIAL AUSTRALIA)中的表格数据分析后整理形成，在此表示感谢。另外，关于英国传统现实主义小说在澳大利亚的接收情况，感兴趣的读者亦可参阅该论文。

火苗。《远大前程》这部小说更加激起了后来澳大利亚作家，如博易德（Martin Boyd）、彼特·凯里（Peter Carey）等人，重新书写澳大利亚历史文化的雄心，拟改变"澳大利亚殖民地的土著居民在英国殖民定居者和作家眼中是被忽视的，在英国人的意识里，澳大利亚本地人是指澳大利亚出生的英国殖民者的后裔，而不包括澳大利亚土著人"（Vandenbossche, 2010: 41）的文化刻板印象。

就像特罗洛普所说，澳大利亚的民族独立要以美国为模式，澳大利亚民族主义时期的现实主义小说同样从美国现实主义作家马克·吐温那里吸取了不少养分。他（Mark Twain）对现实的深刻领悟，或者说，对于其所处时代现实中基本元素的牢牢掌控才创造出堪称完美的现实主义佳作。马克·吐温的《哈克贝利·费恩历险记》（The Adventures of Huckleberry Finn）是对美国奴隶制度和黑人压迫的野蛮控诉，有力地鞭笞了美国南方野蛮的"世仇心理"（feud-psychology）和生活在奴隶轨道中的人的偏狭、卑鄙和小气。而这一切都不是通过宗教和政治说教来进行的，恰恰相反，这一切现实都是蕴涵在一个高明而引人入胜的故事里的结果，并且在引人入胜的故事里，让人感觉到现实主义是（通过揭示丑恶来改变社会）使生活变得更好的有效工具（Fast, 1950: 49）。

一部好的现实主义小说在如实揭露出社会"虚伪、卑鄙、残忍、不公"等现象时由于各个读者群的社会效应，会达到推动社会变革的功能。19 世纪 90 年代末和 20 世纪初的澳大利亚，处于民族独立风起云涌的觉醒时期，特罗洛普这样一位英国现实作家公开支持澳大利亚独立的立场显然更加激起了澳大利亚人民的民族独立愿望。

世纪之交的澳大利亚民族主义时期的文学创作，急于摆脱英国殖民文学的影响。一方面，他们以一种写实的精神来书写澳大利亚人丛林生活的艰辛和英勇，歌颂和赞扬丛林人的不畏困难和自立自强，反映澳大利亚人在丛林荒野中追求自由、奋勇抗争的独立精神。以劳森为代表的民族主义作家非常反对澳大利亚诗人对澳大利亚绮丽的丛林风光进行浪漫幻想的殖民文学。劳森是"浪漫主义文学的主要反对者,因为浪漫主义忽视了丛林人生活的艰辛和大自然绮丽背后的残酷,生活在其中的丛林人(农村女性、背包流浪汉、选地农)根本看不到生活的前景"(qtd. in Waterhouse, 2000: 212)。另一方面,他们也通过对澳大利亚社会贫富不公、阶级对立的描写来批判在那些英国和澳大利亚绅士心中,只有钱才是真正的上帝,唯利是图是资本家的本性的现实,具有鲜明的现实主义文学的批判性。这些无论是劳森的短篇小说集《洋铁罐沸腾时》(*While the Billy Boils*)中的《阿维·阿斯匹纳尔的闹钟》("Arvie Aspinall's Alarm Clock"),还是弗菲的《人生如此》抑或是拉德的《在我们的选地上》都有具体而深刻的揭露。拉德的《在我们的选地上》更是以幽默的语言、现实主义的手法,不断重复着澳大利亚丛林生活中淳朴和美德的主题,并且批评了城市对丛林人生活的利用和剥削,反对社会的不公平。

细究看来,澳大利亚丛林现实主义小说明显具有英国传统现实主义小说的影子痕迹。因为"处于从属地位或者说边缘的澳大利亚人会从(英国)主流文化(都市文化)中选择一些素材来进行自我创造,尽管说他们(处于从属地位的人群)不能主动控制主流文化所传递的思想和内容,但他们却完全可以自主决定如何将这些按照自己的理解去接受并决定如何使用它们"(Pratt, 1992: 6)。

比如,丛林现实主义小说女作家贝恩顿(Barbara Baynton)备受《公报》文学主编斯蒂芬斯(A.G. Stephens)推崇的《丛林研究》近年来越来越受欢迎,并且被贝克(David Baker)导演拍成了电影;顾勒特(H.B. Gullet)在回忆录中说,"贝恩顿小时候在牧师家庭长大,她的父亲就饱读了欧洲现实主义作家狄更斯、托尔斯泰、陀思妥耶夫斯基和屠格涅夫的小说"(qtd. in Macainsh, 1978: 52)。言下之意,贝恩顿也深受狄更斯等现实主义作家影响。

"这些新来到殖民地的人,当他们试图在这片土地上按照英国社会和体制结构、技术和叙事来建造另一个英国时,他们却发现被故乡疏离,在这片新地方也格格不入"(Dolin, 2006: 276)。在严峻的现实面前,他们重新考虑起自身的前途和澳大利亚的前途问题,不再以英国为模板,而立志在广袤的丛林环境里通过自身的努力来塑造一个崭新的民族。对丛林现实进行描写的文学作品就成为了为澳大利亚民族独立和民族自由欢呼鼓舞的工具,成为推动澳大利亚民族独立进程的宣传册。

第三节　澳大利亚丛林现实主义小说

丛林在世界现实主义小说的形成与发展过程中一直是一个重要的民族表征意象和地域主题。在现实主义小说来临之前,"法国是一片丛林,是巴尔扎克(Balzac)作为探路者"(Brooks, 2005: 22),开辟了法国现实主义;美国早期边疆小说以及独立后的西部荒野小说成为美国现实主义小说的先声,代表人物为库珀(James Fenimore Cooper);英国的吉卜林(Rudyard Kipling)的丛林小说同样成为英国现实主义小说的早期发言人;在俄国现实主义小说中,丛林也占据着一席之地。这些世界上现实主义文学发展比较完备和成熟的民族都有着或深或浅的丛林传统。从这个意义上说,丛林荒野环境孕育了现实主义艺术。

欧洲现实主义文学繁荣与发展的时候,澳大利亚文学尚处于殖民文学的浪漫主义阶段。因为当欧洲大陆正进行着如火如荼的资产阶级革命,纷纷建立资本主义制度,巩固资产阶级政权,发展资本主义经济,繁荣资本主义文化的时候,远在世界另一极的澳洲大陆尚处于英国殖民主义时期。同样,当现实主义文学正在欧洲大陆同浪漫主义争论并逐渐取得"胜利"的时候,澳洲大陆尚处于唯英国浪漫主义殖民文学"马首是瞻"的阶段,在艺术上,一味模仿"宗主国"英国的早期创作。也就是说,在早期移民登上澳洲大陆的最初一百年里(1788—1888年),澳大利亚文学基本上是母国文学的移植,在这片土地上植根生存了一百年后,他们对"摆脱传统英国文学的束缚,抛弃刻板的模仿,跳出因袭的框框,创立反映自己民族特点,具有本民族个性的文学"(黄源深,2014:53)充满了渴望。当然,澳大利亚作为一个远离世界大陆,偏于一方的广袤丛林,现实主义小说要明显晚于世界现实主义文学进程。

  在澳大利亚民族主义时期的 19 世纪 90 年代之前不久,澳大利亚殖民主义作家已经具有了澳大利亚现实主义文学的萌芽,如博尔德伍德(Boldrewood)和法文克(Favenc)的小说"就杂糅了浪漫主义和丛林现实主义的形式,从而在殖民地读者中架起了一座连接大众文学和高雅文学的桥梁"(Eggert,2008:145)。也就是说,这一时期,澳大利亚已经有意识要以澳大利亚本土现实主义文学来唤起读者的注意,而这个所谓澳大利亚本土现实主义文学就是上面所说的"丛林现实主义小说"。对澳大利亚丛林文化风貌和丛林地域特色的现实主义描写塑造了澳大利亚是一个建立在丛林上的国家的艺术想象。

  到 19 世纪 90 年代的时候,在《公报》杂志的引领下,澳大利亚民族作家日益意识到澳大利亚本土声音的必要性,不断发出"丛林之声"(a voice from the bush)。与此同时,安格斯和罗伯特森(Angus & Robertson)出版公司在悉尼成立,为专门书写澳大利亚本土人和事的澳大利亚本土作家提供创作平台,一些作家因此解决了生计问题,这进一步激发了他们书写澳大利亚的积极性和雄心。可以说,对丛林生活进行真实描写成为这一时期作家创作的一大动力。澳大利亚现实主义小说是在 19 世纪 90 年代由劳森(Henry Lawson)开创的说法也许并不夸张。劳森的丛林现实主义小说创作奠定他"澳大利亚文学之父"地位的同时,也推动了澳大利亚民族主义运动。

  19 世纪末 20 世纪初是澳大利亚民族主义情绪高涨,独立建国愿望最为强烈的时期。澳大利亚现实主义小说诞生于民族主义时期的另一个重要因素就是上面提到的澳大利亚民族主义杂志《公报》(*Bulletin*)的推动作用。作为《公报》杂志的创始人,阿奇博尔德(J.F. Archibald)更加"偏好于现实主义形式的艺术和文章"(Lee, 2004: 21)。在1896年斯蒂芬斯(A.G. Stephens)在《公报》上开设文学专栏(Red Page)之前,阿奇博尔德是《公报》刊发文学作品的主审人,并且在他的指引下,19世纪80年代之前的文学作品均被视为"不健康,不具澳大利亚性,并且缺乏科学性"(Lee, 2004: 22),他主张,"文学应该是推动社会民主进程的有力工具,作品都应致力于'现实主义……文学应该是推动平等的载体,……应该具有民族价值'"(Jarvis 30)。并且他主张文学作品应该以法国作家左拉(Emile Zola)的作品为典范,"《娜娜》是现实主义小说的先驱之作,更是一部天才之作,在其中我们感受不到任何不道德描写的虚假,而是如实地再现了生活的真实,让我们去客观地面对"(Archibald, 1984: 4)。"因为这位备受争议的法国现实主义作家的社会洞察力成为了社会变革的助推器和向导"(qtd. in Lee, 2004: 22)。

在澳大利亚知名学者克里斯托弗·李(Christopher Lee)的劳森研究专著《城市丛林人》中,李认为劳森不仅仅是一位"政治诗人",而且是一位现实主义的政治诗人。因为劳森认为,民族主义时期作家应该"放弃丛林生活经历的浪漫表征,转而表达丛林人的真实困境和需要,这样城市里的澳大利亚人和政治代表才能知道他们(丛林人)的实际渴求"(Lee, 2004: 25)。与此同时,视野狭隘的丛林人也应该有责任、有义务熟悉澳大利亚城市,这样才更加有助于在澳大利亚大陆上实现民主和进步。这是著作的两个关键词"城市丛林人"和"民族想象"的意义所在。

正是在《公报》的推动和引领下,劳森坚持"现实主义"创作信条,也就是说他的创作灵感更多地来自于他自身的实际体验而有别于此前澳大利亚殖民文学的想象色彩。因为文学应该表征社会生活现实,这样的文学才能成为社会改革的推动力和某个群体的向导。并且"没有哪个诗人像劳森那样,'举起镜子来映照澳大利亚到处干旱的丛林现实',我们应该感激他的大胆创新,诚实和他对传统的蔑视，正是他摒弃了传统上将丛林作为浪漫之地的束缚，让我们得以一见历史上真实的一页"(Roderick, 1972: 39)。

不仅如此，他的短篇小说集《在路上和活动栏杆上》(*On the Track and over the Sliprails*，1900)在英国和爱尔兰也备受好评。汤姆森(Francis Thompson)对于劳森的现实主义手法推崇有加，认为劳森的现实主义作品好于同时代澳大利亚其他作家，并且认为"他的作品对于栖居在任何英语语言世界的读者来说都很有吸引力"(Roderick, 1972: 109)。

这一时期的澳大利亚小说也都受到了劳森丛林现实主义创作的影响，显示出鲜明的现实主义创作特征。每一个现实主义作家的创作都基于自身的体验和对周边人的了解，而"弗菲的创作则比其他作家更加注重现实"(Barnes, 1956: 378)，在弗菲的《人生如此》中，他除了想展现丛林生活真实的印象外，还更加强调丛林细节的正确性。在对丛林的描述中，他总是力求精确，并且他特别讨厌刚学写作的作家歪曲事实的描写。本研究将这一时期的小说界定为丛林现实主义小说并展开系统研究。澳大利亚丛林现实主义小说不断诞生本民族作家，不断建构澳大利亚民族形象，并不断形成澳大利亚民族特色的创作特征，显示出"分享艰难的气度和力量"。澳大利亚丛林现实主义小说通过丛林表达了对民族独立的追求和对自由平等的渴望，既具有现实主义创作的共性特征，又体现了澳大利亚民族的时代和地域特征。

澳大利亚的现实主义文学也经历了一个分别对应于欧洲现实主义的发展进程的过程，只是由于特殊的地理位置原因，相对"后知后觉"，但这一点也没有影响澳大利亚现实主义文学的成就。在民族主义时期确立的现实主义小说在澳大利亚历史上留下了浓墨重彩的一笔，在"现实主义文学之父"亨利·劳森的带领和影响下，澳大利亚社会主义现实主义文学在二战期间纷纷确立了创作主张，主要代表作家有弗兰克·哈代(Frank Hardy)、万斯·帕尔玛(Vance Palmer)、苏珊娜·普理查德(Susannah Katharine Prichard)、约翰·莫里森(John Morrison)。

1938年8月,普理查德在《共产主义评论》(*Communist Review*)上发表了《澳大利亚文学的反资本主义核心》("The Anti-Capitalism Core of Australian Literature"),在10月,又以《向亨利·劳森致敬》("Tribute to Henry Lawson")跟进。两篇文章都认为"当代作家是澳大利亚民主文学传统的继承人,现在的社会主义现实主义就是由批判现实主义发展而来的"(Lee, 2004: 128)。社会主义现实主义是通过文学手段在马克思主义意识形态主导下对生活的忠实反映。克里斯托弗·李教授曾经与人合作编撰过《弗兰克·哈代与文学献身精神》(*Frank Hardy and the Literature of Commitment*)一书,在前言部分,他集中而系统地论述了澳大利亚社会主义现实主义的缘起以及其发展脉络。澳大利亚民族主义时期文学就有一种民主传统,就是"抵制资本主义,发展社会主义",以保证"每个人(无论男女)都有工作,享受悠闲,平等地享有文化"(Lee, 2004: 128)。劳森以一种令人同情而熟悉的随意笔调记录各行各业普通人"由于邪恶的经济制度而导致的愤怒和痛苦,他以现实主义手法,以对澳大利亚风土人情知识为基础,表达了对社会进步的渴望"(Prichard, 1943: 107)。这成为了澳大利亚社会主义现实主义的先声。

而在帕特里克·怀特在1973年获得诺贝尔文学奖后,澳大利亚文学受到国际关注,随着现代主义和后现代主义的实验性创作的渐行渐远,在当前,澳大利亚现实主义文学进入了一个新的发展时期,出现了以马歇尔(Alan Mashall)、沃顿(Judah Waten)等为代表的新现实主义作家。这些新现实主义作家的作品也展现了与劳森为代表的民族主义时期丛林现实主义小说的一脉相承性,是对丛林现实主义小说传统的继承,对丛林现实主义小说的深入探究有助于我们对于澳大利亚现实主义小说的总体把握。

19世纪80年代的澳大利亚是澳大利亚历史上一个"特殊时期"。在帕尔玛看来,"这一时期不仅是我们民族传奇的一个时期,也是被国外观察者接受认可的时期"(Palmer, 1954: 2)。丛林是澳大利亚民族主义时期文化的"伟大传统"。一方面,劳森等民族主义作家的丛林现实主义小说建构了澳大利亚民族文学,也参与建构了澳大利亚民族身份;另一方面,丛林精神是澳大利亚民族精神的集中展现。在澳大利亚文学史上,不论是殖民主义时期文学,还是民族主义文学,以及在丛林到城市的世纪转变中都有着深层的民族意蕴,都涉及了丛林精神和丛林形象在澳大利亚民族精神中的呈现。19世纪末20世纪初的澳大利亚丛林成为以亨利·劳森为代表的民族主义作家创作的主题,他们着眼于丛林这一主要意象,围绕丛林神话、丛林情谊、丛林传统、丛林叙事等方面建构了澳大利亚是一个建立在丛林上的民族的艺术想象。

劳森在澳大利亚文学史上的地位犹如马克·吐温在美国文学史上的地位,堪比鲁迅在中国文学史上的地位,他们都引领了各自新兴民族的现实主义创作,建构了对各自民族的理想表达。正如法斯特(Fast)在评述美国现实主义小说奠基人马克·吐温的名篇《破坏哈德莱堡的人》(*The Man That Corrupted Hadleyburg*)时所说的,"马克·吐温在揭示哈德莱堡居民的自私、狭隘、刚愎自用的生活态度时,他一直还是从人性的角度来看待这些不足的,而作为人,他们这些不足之处也不能掩盖他们的发展潜能!之所以这样,是因为马克·吐温把自己就当作是他们中的一员,因为通过揭露他们人性中邪恶的一面,才能看到他们的前途和希望。换言之,通过揭露哈德莱堡居民的自私、狭隘等诸多不足,并不表明作者对哈德莱堡人的讨厌、不满和鄙视,而正是对他们真正了解的结果,也是马克·吐温以现实主义手法再现他们现实的结果"(1950: 50)。

我们知道,作为澳大利亚丛林现实主义文学奠基人,亨利·劳森在澳大利亚现实主义创作的成就和影响可以堪比马克·吐温在美国的地位。而且从某种意义上说,劳森还超越了马克·吐温,因为劳森笔下的丛林人,同样有着丛林人自身的自私、狭隘,他还如实地记录了丛林人的肮脏、邋遢、不羁,但这些并没有影响他们在

第一章 理论回顾:现实主义传统与澳大利亚丛林现实主义小说

恶劣的丛林环境中抗争、奋斗、坚韧的勇敢精神,反而激起了他们作为丛林人的自豪,如果说马克·吐温完整地展现了"哈德莱堡"人性的全面性的话,劳森则更进一步,他笔下的丛林人内在的丛林品质还升华为澳大利亚民族精神。

在读了《洋铁罐沸腾时》之后,澳大利亚年轻而充满活力的政治家迪金(Alfred Deakin)在1896年11月7日说:

> 澳大利亚的本土文学终于开始了……通过各种因素的对比,劳森创造力、作品的活泼性、对冷酷情绪的表达能力等都要优于佩特森(Paterson),……他是真正的丛林人,是工人、流浪汉、羊毛工的代言人,他内在的澳大利亚性超越了城里的或者说外来的影响,也就是说体现了澳大利亚人的澳大利亚性……在这部短篇小说集中,丰富的洞察力、细节的真实性和真实的精神都远远超越了此前所谓的澳大利亚文学。(劳森)是一个地地道道的真正的澳大利亚人。(Nauze and Nurser,1974: 93 - 94)

弗雷德里克·詹明信(Fredric Jameson)认为一切文学都是某种"民族寓言",因为这些文本预设了个体和集体的生存境况,具有普世的和集体的象征意义。"民族"从这个意义上是指,在特定的地理空间里的民族建构的历史时刻,也就是说,是指一场文化革命,——不管是资产阶级的还是社会主义的,——一种集体的或者公众的"民族"就产生于其中,就如德鲁兹所说的,一个民族应当以全心为民为宗旨和核心。澳大利亚在世纪末的风潮中,发起了民族独立运动,在这场"文化革命"中,澳大利亚独特的地理空间——广袤的丛林——参与了澳大利亚民族身份建构的光荣使命。

澳大利亚是建立在丛林上的一个国家。对于澳大利亚而言,丛林不仅指遍地是桉树的自然地理风貌,它还代表一种源于澳大利亚本土的、远离城市、贴近自然的丛林精神,丛林生活蕴含了具有澳大利亚民族特色的丛林精神。从一定意义上说,丛林是澳大利亚民族的摇篮,因为"丛林是这个国家的灵魂,是真正澳大利亚人的澳大利亚"(qtd. Schaffer,1988: 1)。所以建立在"丛林意象"上的现实主义小说不仅创造了澳大利亚民族,也与世界传统现实主义小说有着区别性的特征。丛林现实主义小说,是澳大利亚民族主义时期文学的主要文学范式,是民族文学叙事的主旋律。澳大利亚丛林现实主义小说体现了澳大利亚作家立志摆脱英国文学的羁绊,书写自己民族文学的担当。

第二章

丛林神话：澳大利亚丛林现实主义小说源泉

第一节　丛林神话与民族想象

"神话"是一个最为常见却非常复杂而难以给出精准定义的术语。细细考究，在 1830 年版的《牛津英语辞典》(OED)尚无神话(myth)这个词条；在 1753 年，证实在公元前 4、5 世纪时希腊语中有"mythoi"(mythos 的复数形式)的存在，而在最终变成"myth"中间经历了很长的一个过程。直到 19 世纪中期，这个词依然只是作为希腊语(mythos)和拉丁语词(mythus)存在，用来指称希腊和罗马神话。当神话(myth)这个词最终在英语中出现并被使用时，除了本身具备希腊语原本"虚构"、"不真实"等含义的同时，更多地被赋予了学术意义，被用来对应英语中原本存在的"非真实叙事"(untrue narrative)。作为学术意义上的神话学研究，法国著名人类学家克洛德·列维-斯特劳斯(Claude Levi-Strauss)的观点深深地影响了后来的神话批评家，一个明显的事实就是罗兰·巴特(Roland Barthes)的《神话学》(*Mythologies*, 1972)是在对列维-斯特劳斯神话学观念深度吸收和同化基础上的拓展，就如精神分析学家弗洛伊德(Sigmund Freud)对神话"集体现象的无意识特性"的关注一样，神话的一大特征就是后来卡尔·古斯塔夫·荣格(Carl Gustav Jung)提出的"集体无意识"。所谓集体无意识，简单地说，是一种代代相传的无数同类经验在某一种族群体心理上遗留下来的沉淀物，而之所以能代代相传，是因为相应的社会结构成为了这种集体无意识的物质支撑。基于此，我们可知"神话，最初作为一个古典研究的分支，逐渐发展为一门新的学科，研究领域包括：民间故事、人类学、文学阐释学……"(Fulk, 2002: 225)。

作为一个文学术语，"神话故事"往往是由"最初某种口头传统"(qtd. in Dawson, 1987: 24)形成并逐渐流传下来后经过整理而成的有条理、有逻辑的故事。这类故事"能够解释人类的进取精神，

第二章 丛林神话：澳大利亚丛林现实主义小说源泉

并且塑造了特定的历史和特定人群的价值"(Westbrook, 1985: 14)。或者说，神话故事塑造了一类人的价值体系，从而成为该民族历史和文化的一部分。任何一种神话最初的源头大致都产生于某场突发的洪涝、大火、旱灾等，并以歌谣或者歌曲形式出现。从最早的圣经故事，到古希腊神话、罗马神话，再到别具中国传统的《山海经》神话抑或是本研究所论及的澳大利亚丛林神话，莫不如此，而且这些神话也都具有一定的共性，即"关于历史的超自然想象"(Eliade, 1963: 18)，也就是说，"研究学者往往认为神话内容都是不真实的"(Nagy, 2002: 261)；另一个共性就是，神话都是想象的产物，因而也更能激起想象。一般意义上说的神话，往往是对立于相对真实的历史，从而可以激起关于历史的争论。一个神话的形成，有其历史的偶然性和必然性，一旦形成，就将成为一个相对固定的文化符号，除非历史学家"能找到打破这个神话的新神话"(Ross, 1990: 501)。从这个意义上说，神话又是真实的，因为神话都是某个历史时期的创造和想象，而这种创造和想象的历史条件是客观的、现实的。不仅如此，神话故事往往还兼具心理和实际功能，这种功能性主要表现为通过了解某个神话，我们可以知道这个神话的源头，从而了解神话的意义及其衍生过程，并最终了解某个地域或民族的精神图腾，因为他们都表达了某种地域特色和民族精神，具有相应的目的性和统一性。神话不是一成不变的，它是一个动态发展的概念，涵盖内容包括宗教、文化、道德、历史、文学以及政治等多个方面。

在澳大利亚文化中，澳大利亚丛林神话是"任何尝试探究澳大利亚生活方式都绕不开的中心议题"(Dawson, 1987: 25)。因而在分析澳大利亚丛林神话之前有必要梳理和厘清澳大利亚丛林神话是如何被缔造的以及如何延续的。在澳大利亚，帕尔玛（Vance Palmer）和沃德（Rusell Ward）先后以《90年代传奇》(*The Legend of Nineties*, 1954)和《澳大利亚传奇》(*The Australian Legend*, 1958)率先对澳大利亚民族神话和澳大利亚民族传统作了较为深刻的剖析和探讨。他们认为,在澳大利亚充满浪漫和心酸的丛林里可以追溯到澳大利亚民族神话的源泉。

澳大利亚丛林神话是一个没有争议的存在,但关于澳大利亚丛林神话是"在丛林里还是在城市里首先被缔造"却引起了一番争论。沃德(Ward)在其1958年的《丛林传奇》中首先提出,颂扬"平等、团结、务实和坚韧"的澳大利亚丛林神话首先在丛林里诞生然后传播到城市里。但后来有学者提出不同的观点,认为澳大利亚丛林神话始于城市,发端于悉尼。如戴维森(Graeme Davison)的《悉尼与丛林:澳大利亚丛林的城市语境》(*Sydney and the Bush: An Urban Context for the Australian Legend*, 1978)旗帜鲜明地通过标题表达澳大利亚丛林传统的城市语境。怀特(Richard White)的《创造澳大利亚:形象与身 1688—1980 年》(*Inventing Australia: Images and Identity*, 1688—1980, 1981)则更是颇具挑衅地认为"澳大利亚男性形象是城市居民对丛林人的形象塑造"(85)。阿斯特伯里(Leigh Astbury)在1985年的《城市丛林人:海德堡学派与乡村神话》中提出,"澳大利亚印象派画家的丛林画作并不真实,因为这些都出自城市人的想象"(84),从而支撑了沃德的"澳大利亚神话始于丛林"的观点。2012年比尔·加纳(Bill Garner)也撰文专门对戴维森的观点提出反驳,"澳大利亚丛林生活为独具澳大利亚民族身份特征的集体主义和平等思想提供了现实的经验基础"(2012: 452)。在另一颇有影响的学术专著《女性与丛林》(*Women and the Bush*)中,作者谢菲尔(Kay Schaffer)更是指出"丛林神话是城市作家、艺术家和批评家建构出来的"(1988: 29),言下之意,澳大利亚丛林神话是通过城市精英话语建构起来的。谢菲尔并且借助福柯(Michel Foucault)的权力话语(power discourse)进一步解构了"劳森是澳大利亚民族的奠基人"(35)的地位,认为劳森的创作反映了当时社会的主流,是权力话语体制下建构出来的民族作家。这种观点也许是基于劳森的主要生活经历是在悉尼,从而认定劳森是一个城市丛林人(city bushman),他的创作标准也是适应城市杂志的发表要

第二章 丛林神话:澳大利亚丛林现实主义小说源泉

求而写的,从而认定澳大利亚丛林神话始于城市。

对此本研究有着不同的看法。劳森的创作生涯是在悉尼开始的,最初有不少作品也是关于城市主题的,并且描写和揭示了城市资本主义的罪恶和邪恶。如《共和国之歌》("A Song of the Republic")、《大街上的脸庞》("Faces in the Street")、《阿维·阿斯匹纳尔的闹钟》("Arvie Aspinall's Alarm Clock")等。但劳森的作家成就主要源于他的丛林诗歌和小说。他质朴、自然、不施修饰的丛林作品备受澳大利亚读者欢迎,不仅如此,他还影响了同时期其他民族主义作家,正是在劳森的影响下,澳大利亚丛林现实主义小说才取得了后来在澳大利亚文学史上留下了"巨人般足迹"的成就,奠定了澳大利亚本土文学的基础。而且上面的论断忽视了一个现实,即丛林是澳大利亚民族主义时期文学取之不尽的源泉,在丛林书写中,作家们摈弃了先前一味模仿英国维多利亚社会那种缺乏活力的殖民文学,缔造了丛林现实主义文学样式。"丛林是这个国家的灵魂,是真正澳大利亚人的澳大利亚"(Adams, 1892: 47)。这是英国记者亚当斯(Francis Adams)在19世纪80年代到澳大利亚后的游记印象,在体验了澳大利亚丛林生活中的各种艰辛后,他说,"丛林不仅孕育了澳大利亚人和代表着真正的澳大利亚,而且也孕育了澳大利亚人最为崇高、仁慈和高尚的品质"(Adams, 1892: 154),因而"丛林人形象也就成了最能代表澳大利亚民族的形象"(Adams, 1892: 163)。从这个意义上说,澳大利亚丛林神话源于对于澳大利亚丛林的想象。亚当斯(Francis Adams, 1862—1893)在其在伦敦出版的《澳大利亚游记》(*The Australians*, 1892)中讲述了两个丛林冒险者波尔克(Burke)和威尔斯(Wills)在1861年企图穿越澳大利亚南北丛林,但最终被丛林吞噬的传奇故事。亚当斯借助丛林传奇来阐释"生活在丛林中的盎格鲁-澳大利亚人(Anglo-Australian)比在澳大利亚沿海和城市里的英国人会更快地被澳大利亚丛林所吞噬"(qtd. in Palmer, 1954: 47)。而丛林的吞噬力量也更加激起了爱好冒险的探险者对于丛林的征服欲望。也就是说,在这一时期的澳大利亚,丛林才是澳大利亚的中心,城市还只是文化的边缘。毕竟"丛林是我们澳大利亚人自己的——这也是将我们区别于母国文化的符号印记"(Dawson, 1987: 25)。因为我们知道,澳大利亚城市文化(悉尼)被视作是从母国文化——英国——移植过来的,而所谓英国也就是指其大城市伦敦,那么,这样简单对比就会发现,"澳大利亚本土文化其实就只剩下丛林文化了"(Dawson, 1987: 26)。当时的伦敦已经是腐朽不堪的了,新兴的悉尼城市文化也往往与文明、高雅、大都市、工业化、拥挤和腐朽联系在一起,而澳大利亚当地文化则是澳大利亚自然、田园、纯真、质朴的丛林文化。在这种背景下,澳大利亚丛林神话是在丛林自身中被缔造出的论断更具说服力。

一方面,"劳森待在丛林中的时间远比他去亨戈福特(Hungerford)路上的时间长,他的丛林厨师、丛林木匠经历都让他成为了澳大利亚丛林真实可信的代言人"(Garner, 2012: 460)。这是将他称为澳大利亚丛林之父、澳大利亚民族主义文学奠基人的原因所在。另一方面,丛林描写使得丛林人和城里人都对丛林充满了好奇和渴望,从而进一步加深了解丛林的动机,因为正如丛林诗人佩特森在其著名丛林诗歌《洋洋自在的克兰西》("Clancy of the Overflow")中所描述的那样,"丛林人的自由、活力和纯洁与城市中污糟的空气、吵闹的人群和毫无生机的生活形成鲜明的差异"(qtd. in Williams, 2001: 15)。但是,从某种意义上说,浪漫主义丛林诗人佩特森却在丛林之争中输给了现实主义的劳森,因为"佩特森将丛林生活浪漫化是因为他缺乏了劳森那样在丛林困境中真实生活的经历"(Murrie, 1998: 72)。城市与丛林、浪漫与现实的交相呼应所形成的鲜明差异是澳大利亚丛林神话形成的客观基础,使得人人向往丛林,更何况丛林里还有英雄凯利。

众所周知,任何一个民族都有着浓郁的边疆传统。对于美国人来说,他们的边疆传统就是美国建国后的边疆拓荒者的西进运动;对于澳大利亚来说,则是他们对于丛林纵深的开拓,丛林是他

第二章 丛林神话：澳大利亚丛林现实主义小说源泉

们民族的象征。但有别于美国西进运动的边疆神话，因为它充满了对当地印第安人的大肆杀戮和血腥征服，澳大利亚的边疆则更多体现了丛林人在丛林环境中生存下来的艰辛和不易。在澳大利亚本土，基本上没有发生过西方文明发展过程中所经历的大规模的战争与流血革命。英国殖民者来到澳大利亚大陆后与土著人的冲突算是比较大的流血事件，19世纪90年代的羊毛工人罢工算是澳大利亚历史上比较大的社会动荡，因为世纪末的澳大利亚不是美国当年骑在马背上的国家，而是"一个骑在羊背上"的国家。这些骑在羊背上的丛林工人成为了澳大利亚当时经济来源的重要依赖，但他们为此得到的回报与他们的生存境况、付出的艰辛却远不对等，这成为1894年剪羊毛工大罢工的一个主要因素。丛林人生活艰辛加之社会对他们的不公正对待就成了到昆士兰体验丛林生活的劳森诗歌小说创作的重要素材，劳森笔下丛林剪羊毛工、牧羊人、流浪汉等丛林人在丛林艰辛、困顿中求生存的景象真实反映了澳大利亚社会丛林人生活现实，是丛林人生活的缩影。

澳大利亚神话最早可以追溯到1800年。神话源头应当为澳大利亚土著居民，但由于土著居民的艺术形式往往多是口头流传艺术，缺乏文字记载，因而没有确定的形式，也没有形成具有澳大利亚民族特色的神话故事。严格说来，澳大利亚丛林神话在殖民时期的浪漫想象中逐渐完善。历史事实表明，丛林神话给人的印象就是澳大利亚人都住在丛林里，而不是住在城市里，这样的质疑是合理的，因为澳大利亚在50年代的淘金期以后，经过了一段时间的发展变革，到了世纪末的时候，居住在城里的人口越来越多并超越了丛林人，但是丛林之所以能够成为澳大利亚神话其原因在于丛林人在丛林环境求生存过程中形成的果敢、坚韧和勇敢的丛林精神，而这些精神也成为了今天澳大利亚人赖以自豪的澳大利亚精神。

神话的重要性在于它体现了神话缔造者的价值观。对于任何一个民族的文学史或者文化史的讨论，都离不开对这个民族神话的讨论和理解。在美国西部拓荒初期,作为美国早期最重要作家之一的库珀(James Fenimore Cooper)创作了《拓荒者》(*The Pioneers*)和《长腿故事集》(*Leatherstocking Tales*)等美国边疆小说。他的边疆小说,不但建构了美国梦,而且还缔造了美国神话,充满了对当时美国那片新大陆前途和命运的向往与思考,以及对居住在边境地区当地人的命运的关怀,他以欣赏的眼光去描写那些普普通通的西部拓荒者的生活,并且非常赞赏他们的英勇行为。在此过程中,他也将敏锐的目光投向卑鄙、挥霍、奢侈和不公的社会现象,具有早期现实主义思想萌芽。《长腿故事集》共5部,以编年体叙事方式讲述了美国18世纪40年代西部边疆故事,缔造了美国西部神话,成功塑造了西部牛仔形象,美国人至今仍然对曾经缔造了田园牧歌式边疆神话的西部文学充满诗性崇拜和向往,90年代,科马克·麦卡锡(Cormac McCarthy)的"边境三部曲"是对这一神话的有力延续。

同作为英国的殖民地,澳大利亚的早期被殖民史和民族运动与美国有着诸多相似又有着明显的区别之处。但澳大利亚的丛林神话和美国西部边疆神话有着诸多暗合却是不争的事实。澳大利亚殖民主义时期,有一些歌谣讲述了被流亡到澳大利亚的囚犯从监狱逃跑后靠盗窃、抢劫为生的生活轨迹,成为澳大利亚较早的神话缔造素材,但这些逃亡囚犯的盗抢行为并没有能够成为澳大利亚神话,例如丛林强盗(bushranger)本·霍尔(Ben Hall)、疯人丹·摩根(Mad Dan Morgan)、船长雷霆(Captain Thunderbolt)、船长摩恩赖特(Captain Moonlite)以及加蒂纳(Frank Gardiner)等。一方面,这些丛林强盗既抢贫也掠富,另一方面他们对无家可归的丛林人提供帮助没有做到善始善终,当然更因为他们缺乏"民族意义"(Palmer, 1954: 53)。

最为澳大利亚人津津乐道的当属丛林英雄内德·凯利(Ned Kelly)神话。因为19世纪凯利的丛林侠义故事一直"是澳大利亚文化符号的象征,其所缔造的丛林神话对今日多元文化的澳大利

第二章 丛林神话:澳大利亚丛林现实主义小说源泉

亚也依然有着重要影响"(Tranter & Donoghue, 2010: 187)。其对于民族主义时期丛林人的影响更是不言而喻,凯利神话自缔造至今一直是绘画、建筑、电影、音乐、文学等各种艺术素材的源泉。在小说方面,罗伯特·德鲁(Robert Drewe)的《我们的阳光》(*Our Sunshine*,1991)和彼特·凯里(Peter Carey)的《凯利帮真史》(*True History of the Kelly Gang*,2000)等都围绕凯利神话对澳大利亚民族进行了想象。这些作家和艺术家利用凯利身上具备的"囚犯、强盗、澳大利亚丛林环境和澳大利亚对于欧洲传承"等元素试图重构"凯利神话",并将它作为澳大利亚民族身份的象征向世人展现。而无论以包括小说形式在内的哪种艺术形式融合这些元素建构起来的凯利神话都激起了自殖民时期一直到现在的欧洲白人的不安、恐惧和愤怒。因为他们时时会感到凯利神话在眼前和身边的围绕,时时会迷茫于澳大利亚民族身份是丛林的还是白人文化的。不仅如此,在2000年澳大利亚悉尼奥运会上,凯利还作为一种民族符号参加了开幕式:一群身着盔甲的凯利,手持长矛,向来自全世界各个国家的人民展示澳大利亚民族的象征。凯利神话,从某种意义上来说,已经成为了澳大利亚不可或缺的文化符号,充满对澳大利亚民族未来建构的想象。

具体说来,澳大利亚的凯利神话就是英国早期传奇英雄罗宾汉(Robin Hood)在英国缔造的神话,虽然不及"罗宾汉已经成为英语世界的文化象征"(Seal, 1996: 25)影响力那么大,但传说中具有爱尔兰血统的凯利相貌英俊、侠义肝胆、劫富济贫、有勇有谋,并且具有中世纪的骑士精神,对姐姐和妈妈等女性彰显柔情。他在家里收留无家可归的丛林人对抗警察(早期澳大利亚的警察也是那些穿着制服却不守规矩的代名词),并且私藏枪支占领土地、杀牛宰马作为储备、劫富济贫、对抗权威,在与警察对抗过程中连杀3名警察,从而被列为警察悬赏的对象。最终被绞死的凯利却成为丛林绿林好汉和丛林传奇英雄被竞相传颂和赞扬,凯利缔造的神话对于澳大利亚民众生活和想象都带来了深刻的影响,在1880年

11月11日被执行绞刑当天,"墨尔本共汇集了32 000名民众为凯利向总督请愿,要求延迟执行死刑"(Molony, 2001: 196)。因此,凯利成为了"澳大利亚历史上最受人尊重和最被人熟知的人物"(Hirst, 2007: 31)也不足奇怪。不仅如此,凯利作为澳大利亚文化传承,在是"丛林英雄"还是"丛林强盗"的永恒争论中成为了澳大利亚民族神话,更成为了丛林人所竞相传颂的传奇人物。同美国建国前后西部边疆拓荒者一样,凯利独立自强、不畏强权、公然挑战权威、勇于拓荒的丛林精神已然成为了澳大利亚丛林人敬仰和尊重的精神,并且这种精神已经在潜移默化中融进了澳大利亚民族。当我们谈及澳大利亚丛林现实主义小说时,就不得不考虑到丛林神话和丛林现实背后的民族意识。"人类在将自己生活融入周围自然环境的过程,就是一个地域神话缔造的过程,否则人类就会有生存的不舒适感"(Palmer, 1954: 41)。而在融入过程中,就有了地域自豪感,从而日益发展成为群体居民自豪感,并最终升华为民族自豪感。在丛林人身上体现出的深刻的民族自豪感与他们早期在艰辛的丛林环境里抗争并最终实现澳大利亚民族独立密不可分,充分表达了澳大利亚民族的丛林性。

一定意义上说,澳大利亚民族想象与凯利神话也就是丛林神话有着深深的渊源。凯利来自丛林,他身上体现出的不畏强暴、豪侠仗义的一面与丛林人血液中流淌的英勇无畏和乐善好施精神血脉相连。澳大利亚丛林现实主义小说所缔造的丛林神话之所以能够对澳大利亚民族产生与其人口不相称的影响也正得益于凯利神话的延续和传承。

在凯利神话的延续基础上,凯利所生活的丛林环境又进一步丰富了澳大利亚丛林神话和民族想象。因为在19世纪末20世纪初的时候,"丛林已经成为这一时期诗人、小说家和短篇故事的灵感发源地"(Waterhouse, 2000: 202)。可以说,澳大利亚丛林神话的缔造是丛林人一种重要的交际方式,是将四处散居的丛林人聚集起来的一种方式,是将有着相同生活体验与感受的丛林人团结在一起的一种方式。生活在澳大利亚远离城市数百英里的丛林人，他们凭借着自己的丛林经验和为了求生存而不断抗争过程中所形成的丛林精神缔造了澳大利亚民族神话。正可谓，"我们任何时候要想展示澳大利亚民族，都离不开'丛林、淘金者、凯利'这三者"（Seal, 2002: 158）。

在从凯利神话到丛林神话的延续中，有一点始终没有变。那就是澳大利亚神话呈现出神话所固有的一成不变的文化符号，细细分析会发现以下几点：澳大利亚丛林环境塑造了澳大利亚丛林人一以贯之的比较务实、缺乏理论思维的特点，他们更加重视手工技能，面对困境，总能保持乐观，平时更是一幅随和、热情的态度，今天布里斯班市区的每月单周周日，澳大利亚人依然保持着这一传统，一些来自丛林的人将各式自制手工产品拿来销售与交换；另外，丛林人一贯朴实、纯真，特别不能忍受矫揉造作和文化自负，他们不会一下子就给人以深刻的印象，但在丛林中喝酒、赌钱、说脏话的那种放荡不羁又给人一种毫不掩饰的爽快，他们崇尚独立和平等、蔑视权贵、憎恨显达。而这些可以简单概括为"他们对丛林情谊毫不动摇的忠贞表明了他们对个人主义的抛弃"（Murrie, 1998: 68）。换言之，丛林神话中最核心的价值就是丛林情谊的团结、互助，这些也成为参与建构澳大利亚民族想象的重要元素，这在下文中还将详细论述。

第二节　丛林神话与身份表征

神话是想象的产物，往往对应于某种不真实的、虚构的原型。那么丛林神话怎么又与本研究讨论的澳大利亚丛林现实主义小说产生联系呢？岂不是自相矛盾？这是阐释丛林神话与澳大利亚丛林现实主义小说之前要弄清楚的一个问题。首先，神话与现实有没有关系？他们之间是一种什么样的关系？在给神话定义的时候,伊利亚德·梅西(Eliade Mircea)认为,"神话是一个极度复杂的文化现实,可以通过不同的观点和方法来阐释"(1963: 5)。言下之意,某个神话的产生一定依赖于某种文化现实,或者说,神话是"人根据自身的性别、特点和文化特性的一个超自然创造"(1963: 6),这样一来,任何神话的产生就都有它产生的现实依据。

神话不外乎两种源泉:一种是关于神灵、天使、天堂的超自然想象;另一种是关于古部落英雄或者民族英雄的神话,也就是英勇无畏的冒险英雄,这种英雄,一般都是出身卑微的青年,为了拯救同伴不惜与怪兽、饥荒和其他灾难抗争,并表现出崇高的英雄品质。而无论是关于神灵还是关于英雄的神话,他们都是先民们囿于当时社会认知能力的一种美好想象,因而想象基础就是他们当时生存的客观现实,或者说是种种不能理解的社会、自然现象。并且神话一旦形成,就对人类的价值观和道德建构起着积极的作用,因为"形成于原始文化中的神话表达了某种渴望和信仰,强化和保障了道德,并且包含了对当地人的引领作用"(Eliade, 1963: 20)。从这个意义上说,神话是人类文明的一个重要组成部分。

从上面对于神话的分析来看,澳大利亚丛林神话的起源、特点和现实基础等既有着一般神话的共性,表现为上述的英雄神话,但又有别于其他民族的神话,澳大利亚神话的产生基础是澳大利亚孤寂、荒野的丛林,或者说是对孤寂、荒野丛林艰辛生活现实想象的产物。澳大利亚丛林神话跟丛林现实直接相关,而丛林神话之所以产生于19世纪末20世纪初这样一个在澳大利亚历史上有着传奇色彩的时代,是因为澳大利亚本土艺术,包括文学、绘画、音乐、建筑等在这个时期开始繁荣,并且自觉地传递着有着鲜明澳大利亚特色的丛林声音,而所谓的澳大利亚本土丛林特色和声音就是指这些艺术形式的素材都源于独具澳大利亚地域与文化特色的丛林生活。而且这个现象一直延续到20世纪初,因为"20世纪初的各种形式的艺术成果比世纪末还要丰富得多,单就文学来说,就产生了弗菲、弗兰克林、拉德、贝恩顿等丛林小说家和麦克格雷

(Hugh McCrae)和布伦南(Chris Brennan)、欧都德(Bernard O'Dowd)等民族诗人"(Palmer, 1954: 3),19世纪90年代澳大利亚文学传统和民族想象的一个中心论题就是围绕着丛林神话的建构的。另外,澳大利亚丛林神话与澳大利亚丛林现实主义小说之间有着内在的紧密联系。上文说过,澳大利亚丛林现实主义小说产生于澳大利亚民族主义时期,在民族主义主流杂志《公报》的引领下,这一时期的文学创作主旨非常明确,就是以真实的澳大利亚丛林人的生活为原型,以现实主义为指导,如实地记录丛林人在炎热,到处是蛇、蟋蟀、壁虎的艰辛丛林环境的生活,一反此前唯"宗主国"英国文学"马首是瞻"的殖民文学,也有别于佩特森等浪漫主义诗人对于澳大利亚丛林单纯的浪漫想象,而这种浪漫想象就跟丛林的现实相距甚远。而正是那种如实地记录了丛林人在丛林环境中历经"血与火"历练的真实缔造了澳大利亚丛林神话。澳大利亚丛林神话早在丛林人在丛林生活之前就开始萌芽,澳大利亚先民(原住民)在丛林中生活的经历是澳大利亚丛林神话的现实基础。也验证了"我之所以是今天这样子,因为,在此之前,一些先我生存的原住民们经历过种种神秘而圣洁事件后遗留下来的传统使然"(Eliade, 1963: 13)。

顺应时代的需要,澳大利亚丛林现实主义小说真实记录了丛林人在丛林各种艰辛与困顿生活环境中求生存的经历,为澳大利亚丛林人坚韧不屈的英勇行为欢呼鼓舞。一方面,澳大利亚人对早期丛林人在丛林中所付出的艰辛创造出的神话进行祭奠以示尊重,他们会以真实的笔触去颂扬和赞美那些务实、勇敢的丛林人,因为"澳大利亚丛林人对于澳大利亚民族产生了与其人口数量和对经济增长相比做出了不成比例的贡献和影响"(Ward, 1958: V)。在澳大利亚民族主义时期,特别是世纪之交之际,"丛林人的声望已经超越了城里人"。另一方面,"这一时期丛林人的行事方式和士气也都影响着城市居民。而且这一影响一直持续到今天"(Ward, 1958: 5)。在今天的澳大利亚人眼里,丛林人依然是他们的民族英雄,丛林神话依然是他们的信仰和向往,他们依然珍视丛林神话所蕴含的丛林精神,因为丛林赋予了澳大利亚人或者说澳大利亚丛林人一种深深的文化独特性,并成为丛林人的精神归属,从一定意义上说,丛林神话已经融入到了澳大利亚民族的血液中,成为澳大利亚民族的一种文化符号。

更重要的是,澳大利亚民族主义丛林神话是澳大利亚丛林现实主义小说的一种集体表征,而不是单个作家作品现象,并且丛林现实主义小说凸显了对澳大利亚民族身份建构的集体表征。这类作品不再反映符合大英帝国想象的现实,而是竭力去建构存在于另一个半球的另一种不同想象。"我们背着背包的丛林人,在通往崇高的奥林匹亚山的攀登中,也许看上去有些奇怪,甚至还有些粗俗不堪,但我们有信念,最终,他们必将以自己的方式到达那里"(Deakin, 1957: 428)。澳大利亚丛林神话源于凯利缔造的丛林英雄形象。在早期关于丛林人的浪漫主义文本中,澳大利亚丛林人往往都是面目丑陋,外表肮脏,头发又长又脏、蓬乱不堪,他们是生活在小木屋里,甚至不知床为何物的一群人,但这样的一群人却终日辛劳、不畏艰辛,并且互帮互助。但在现实主义作家笔下,这些不畏艰辛而又彼此互帮互助的丛林人却是真正澳大利亚人的杰出代表。因为这些丛林人以特有的方式,以丰富的丛林生活经验,甚至以集体对抗政府机构,公然蔑视士兵、警察的丛林"法则",引领着澳大利亚民族争取平等、独立与自由。不仅如此,在丛林人的影响下,"长期在丛林环境中生活的牧区工人,也习惯性地公然挑战法律,追随着丛林人的反抗精神,这些人也成为了澳大利亚民族丛林神话的象征"(Ward, 1958: 157)。

前文提及,从一定意义上说,澳大利亚是建立在丛林上的一个国家。而澳大利亚丛林,从某种程度上说,则如美国建国后的西部平原。"美国西部平原上的生活是艰辛的。无论男女都面临着生存困境,许多人胜利地克服了环境安定下来,而有些人则向环境屈服,回去的回去,疯癫的疯癫,死亡的死亡"(Meldrum, 1985: 51)。丛

第二章 丛林神话：澳大利亚丛林现实主义小说源泉

林的艰辛远甚于此，丛林人正是在艰辛的环境中历经了"血与火"的考验后缔造出了丛林神话，表现出坚韧的澳大利亚民族性。

劳森的丛林现实主义作品奠定其"澳大利亚文学之父"地位的同时，也推动了澳大利亚民族主义运动，并且缔造了澳大利亚文学史上的"劳森神话"。正如道森（Jonathan Dawson）所说的那样，"19世纪90年代的澳大利亚，是澳大利亚创作的黄金年代，因为这一时期的创作既有佩特森笔下理想化的丛林又有劳森笔下艰辛的丛林，这本身就是澳大利亚的神话"（1987: 25）。的确如此，区别于佩特森（A. Banjor Paterson）、莫兰特（Morant）等诗人对澳大利亚丛林的浪漫化想象，在劳森的引领下，弗兰克林、弗菲、拉德等澳大利亚本土作家创作的丛林现实主义小说成为澳大利亚这一时期文学的新景观。这些作品共同描写了丛林人不畏艰辛、开拓荒野的抗争精神。他们在困境面前，对朋友慷慨解囊的丛林情谊；他们在不公面前，不畏强权、反抗权威的仗义执言；他们在社会压迫面前，抵制权贵、反抗剥削的抗争意识，既具有现实主义小说的民主特征，也具有追求自由与民主的民族特征，这些丛林主题的真实描写共同缔造了澳大利亚丛林神话。

"劳森神话"既是一部关于劳森个人的神话，也是一部澳大利亚民族的神话。劳森以一个"没怎么受过教育，双耳几近失聪，毕生描写澳大利亚丛林"的丛林作家身份在去世后受到了"国葬"（state funeral）的待遇，使得他成为澳大利亚历史上第一个享受"国葬"礼遇的艺术界人士。而之所以能够享受"国葬"待遇，因为他是"一个活得太久的天才（Baker，1963），因为在澳大利亚有史以来的知名作家中，没有人比劳森更加悲惨，而他最大的悲剧显然不在于他只活到了55岁，而是因为他人生的后20年都是在疾病和痛苦中度过的，他的个人悲剧史是他成为澳大利亚神话的一个神奇因素。毕竟，有谁可以在9岁半聋，14岁就几乎全聋的状况下还能谱写出如此绚丽、可泣的民族篇章呢？有谁能在人生的20多岁的时候就以作品奠定自己民族传奇的地位呢？又有谁可以凭借着自己作品的成就而让一个民族持续在一个世纪的长廊里，无数批评家为之颠来倒去地捧他、扶他、倒他然后又再去扶他呢？劳森的个人悲剧史及其艺术成就造就了劳森神话，当然，劳森神话主要还是因为其丛林作品对澳大利亚民族的贡献。

　　劳森神话的缔造一方面源于他"短暂而惊艳"的创作天才，另一方面源于他短暂的创作一生都致力于忠实的丛林表达。正是他对丛林生活精确、细致的临摹和深切的丛林体验让他成为了澳大利亚"民族预言家"（a portent for the nation）（Palmer, 1954: 11）。换言之，劳森神话作为"澳大利亚民族的文化神话、民族传奇，与澳大利亚其他神话一样，它有助于我们理解澳大利亚文化，更有助于我们理解澳大利亚丛林的意义"（Schaffer, 1988: 112）。劳森通过故事形式将丛林人形象如实表征，在这个表征过程中，劳森借助丛林中的淘金者、丛林工人和赶羊人的妻子等人物形象的展现作为一种理想主义表白，将丛林秩序作为神话缔造的原始素材。澳大利亚丛林神话就被赋予了与希腊神话和圣经神话一样有着深刻内涵的文化原型。正如悉尼《每日电讯报》（*Daily Telgraph*）所说，劳森作品

>　　表达了（澳大利亚）新兴运动的呼声，他那时时萦绕在耳，具有强烈反抗力量的诗篇反映了澳大利亚十九世纪八九十年代动荡不安的社会现实，这个年代正是澳大利亚工人罢工不断，政党交替更迭不断的乱世。在这样的背景下，劳森毅然远离城市纷扰，漫步走进澳大利亚丛林深处——而他的文学声誉也因此与日聚隆——他将自己观察到的丛林兄弟们在丛林中粗鄙、艰辛的生活如实地记录下来，……他所歌颂的生活就是他自己的真实（丛林）生活，他所写的生活就是他所看到的（丛林）生活。在他的作品中，我们看不到一个词表明他不是"诚实的澳大利亚人"。（1922: 6）

第二章 丛林神话:澳大利亚丛林现实主义小说源泉

这表明,"劳森神话"的缔造得益于劳森坚定的现实主义创作原则的坚守,更得益于他对独具澳大利亚特色的丛林生活现实的客观再现。他的丛林作品,读上去有些粗鄙,甚至缺乏艺术性,有种"以牺牲美学价值为代价的"遗憾,但是国内外批评家都将这看作是劳森对丛林生活、丛林文化和工人阶级现实描写所"不可避免的牺牲"(Lee,2004:38),因为劳森对澳大利亚丛林倾注了短暂一生深情的创作注定会成为澳大利亚"民族神话"。他的作品除了"给人以现实感以外(劳森作品坚持了一贯的现实主义创作原则),还含有深深的民族情感,而且其中充满了澳大利亚人特有的幽默"(qtd. in Roderick, 1972: 412)。正是这种独具澳大利亚丛林特色的短篇小说,或者正是他短篇小说中的现实主义让劳森在英国也享有高度声誉:

> 劳森对我们来说,是一个对特定环境进行描写的代表性作家,是澳大利亚本土生活的临摹者,他笔下的澳大利亚人的生活场景、精神面貌,以及他们对世界和生活的看法都丰满、形象、逼真。而正是这些成千上万个澳大利亚丛林人活生生的思想和情感造就了澳大利亚民主。(Garnett, 1902: 122)

劳森的作品不仅描写了80、90年代那个充满焦虑、传奇和民族风云的社会现实,还表达了对澳大利亚民族身份建构的美好想象。他是一个只在人生20~30岁显露创作"天才"的作家,却缔造了在澳大利亚短篇小说领域尚无几人能超越的神话。各种争议背后的博弈让他成为了澳大利亚民族的真正代表。"劳森神话"在各种左倾、右倾、激进、保守的争论中得到了牢固确立,而这一切之所以能够让人信服,因为在任何时候,我们都能够从劳森笔下的描写看到世纪末澳大利亚丛林的真实生活风貌。

澳大利亚丛林神话的缔造,主要得益于劳森的丛林书写,然而独木不成林,在丛林神话形成过程中,其他丛林作家也不可忽视。如弗菲(Joseph Furphy)、弗兰克林(Miles Franklin)、拉德(Steele Rudd)等澳大利亚民族主义作家均以丛林为主题,以现实主义为叙事策略创造出一部部澳大利亚历史上经典的丛林现实主义小说。特别是,这些以丛林为主题的作品在真实再现丛林人在不同境遇下的"狡猾、勇气,对社会不公的反抗"(qtd. in Roderick, 1972: 412)场景中,总是在不断重复两个重要的意象,"丛林情谊"和"劳动尊严"。这两者被融入民族主义时期的澳大利亚就被赋予了更多历史意义,他们在推进澳大利亚丛林传统、书写澳大利亚丛林传奇过程中缔造了澳大利亚丛林神话。

19世纪90年代丛林现实主义小说所书写的澳大利亚丛林神话是澳大利亚民族身份表征坚定的基石。正如巴顿(Edmund Barton)在1897年说过的那句名言,"历史上第一次,我们在自己的大陆上有了自己的民族,我们的民族有了自己的大陆"(qtd. in Dixon, 2014: 154)。前文曾经分析过,澳大利亚之所以在世纪之交发出民族独立呼声,其中一个重要因素应该得益于19世纪早中期以来凯利神话、丛林神话和劳森神话的引领。有了神话的引领,澳大利亚作为一个"想象的民族群体"(Anderson, 1983: 3)才逐步形成,而这个形成时期也在澳大利亚历史上被称为"联邦时期"(1888—1901年)(Dixon, 2014: 142),也有人称之为"民族主义时期"(黄源深,2014: 53),尽管名称不同,但内涵所指是一样的:澳大利亚在世纪之交有了自己的民族意识,认识到建立一个自由与独立的,属于澳大利亚人自己的民族的必要性。或者说,澳大利亚"民族神话,特别是融合了政治与文学年表的民族神话将照耀着澳大利亚文学史,必将为后来者增光添彩"(Continental Australia)。正如帕尔玛(Nettie Palmer)所说:

> "澳大利亚是一个整体",这是弗菲不断大声吟唱的主旋律……而整个世纪之交,特别是在1901年,澳大利

第二章 丛林神话：澳大利亚丛林现实主义小说源泉

亚作家都已经建构起了民族意识，澳大利亚不再像大不列颠广袤的其他诸如百慕大和斐济岛的殖民地一样，是一个或有或无的殖民地，澳大利亚从此就是澳大利亚，而这个名字的真正意味有待于澳大利亚作家自己去挖掘！（1924: 1）

这段引文讨论了澳大利亚民族丛林神话的缔造离不开劳森丛林作品的贡献。而除了劳森，澳大利亚文学史上也将弗菲视作澳大利亚民族主义经典作家。《人生如此》描写了发生在19世纪80年代维多利亚州谢帕顿（Shepparton）丛林地域的故事，并在澳大利亚联邦政府成立2年后的1903年发表。当时《公报》杂志文学专栏主编、澳大利亚著名文学批评家斯蒂芬斯（A.G. Stephens）这样评价，"这是一部澳大利亚经典，或者说半经典，因为它再现了让澳大利亚人念念不忘的丛林性格、丛林生活、丛林风光，这是一部民族之书，一部丛林之作，一百年后一定还会备受喜爱"（qtd. in Croft, 1991: 54）。这的确是一部关于澳大利亚史诗般的丛林佳作。在小说的第三章，小说的叙事者柯林斯（Tom Collins）在广袤丛林里的一个黄昏时分，一度难以辨别东南西北。"那一刻，你可能会认为日落应该在你左侧，从而往北岸游去……我就是这么做的，我从来也没有想过维多利亚会在新南威尔士的北边"（Furphy, 1903: 100）。这一描写客观地记载了丛林人汤姆的真实经历回忆，也就是说丛林环境让人经常不能辨别东西南北，更是经常不知今夕何夕，漫漫丛林让人可谓"两涘渚崖之间，不辨牛马"。小说中穆勒河（Murray River）是维多利亚和新南威尔士两块殖民地的官方分界线，而这个分界线汤姆根本难以辨别，对于作者的言外之意，我们也许不妨做出这样的假设：在1883年的澳大利亚，民族感已经在澳大利亚丛林人心目中有所雏形，澳大利亚民族虽尚未存在，但殖民地的疆域概念正在逐渐淡化。也就是麦克恩（Andrew McCann）在研究克拉克（Marcus Clarke）时所说的，在澳大利亚民族主义文学之前，

83

"民族这个概念一直是'缺席的'"(2004: 7)。在《人生如此》中，弗菲借助丛林人的言行举止和精神风貌表征了独具澳大利亚丛林特色的民族身份，民族身份正慢慢形成。从这个意义上说，《人生如此》唤起了澳大利亚民族独立意识，表征了澳大利亚民族身份，其中关于丛林环境和澳大利亚绮丽风光的真实再现和丛林人在丛林环境生存过程形成的丛林情谊更是对澳大利亚丛林神话的延续。

同样，在离布里斯班不远的图旺巴(Toowoomba)长大的拉德(Steele Rudd)，在19世纪末，通过对自己童年在那里的生活回忆写成了以《在我们的选地上》(*On Our Selection,* 1899)为代表的系列丛林选地故事集。故事集主要以丛林选地一家人的日常生活经历为描写对象，塑造了老爹和戴夫两个几乎为澳大利亚家喻户晓的小人物，他们在丛林困境面前表现出的抗争精神也成为了澳大利亚丛林人形象的外延，老爹一家生活的丛林大岭地区(Darling Downs)更是被认为是澳大利亚"丛林神话扎根的地方"(Wright, 2001: 1)。

不无夸张地说，澳大利亚民族一切文化的真正发源都可以追溯到擅长于口头表达的土著文化。这些土著文化与独具澳大利亚特色的丛林地貌有着深层关系，即便在1901年联邦政府成立，澳大利亚成为一个独立民族以后，在城市中找到工作岗位的土著居民依然有一种"回归丛林的倾向"(McCorquodale, 1985: 9)。前文也说过，在劳森和佩特森等人的丛林诗歌之前，澳大利亚丛林歌谣就由丛林中的畜牧工人和羊毛工人在篝火边广为传颂。"这种不知作者的、被即兴传颂的丛林口头歌谣显然就成为了澳大利亚(丛林)神话的源头"(Davison, 2012: 430)。而这种不知作者的、被即兴传颂的丛林口头歌谣就是来源于澳大利亚土著居民在丛林劳作过程中创作的口头文学。当然，源头终归是源头，丛林口头歌谣由于没有统一的流传形式也没有任何客观记载，最终没有能够发展成为丛林神话。但是"我曾经强烈感受到，它(丛林神话)就诞生于丛林人们围坐在篝火边吟唱传统,但随着我对丛林神话的进一步溯源,我越来越发现我们的神话源于文学艺术"(qtd. in Davison, 2012: 444)。这表明澳大利亚丛林文学缔造了丛林神话,劳森等作家的丛林书写延续了澳大利亚丛林神话的同时,又使得澳大利亚丛林神话内涵有了新的延展。

无论是劳森,还是在他的影响下同样致力于描写澳大利亚丛林的弗菲和拉德,他们笔下的丛林人都具有了玛尼福德(John Manifold)所认为的"在澳大利亚土壤上长大的、真正本土的、未经雕刻的、充满活力的"丛林人(1963: 11)特质,这些澳大利亚丛林人在文学作品中的真实再现成为了澳大利亚丛林神话背后民族意识逐渐提升的源泉。

围绕澳大利亚丛林现实主义小说所建构的丛林神话,有学者认为,"劳森是澳大利亚丛林经历的记录员,它的作品提供了一种独立于大学形式的公众权威"(Lee, 2004: 152)。显然,在劳森的影响下,劳森以及拉德笔下围绕丛林平民化、妇孺皆能读的丛林故事所建构起来的丛林神话"使得(他们)的作品成为了普通澳大利亚人触手可及的力量源泉"(Lee, 2004: 152)。澳大利亚丛林现实主义小说树立起澳大利亚丛林神话艺术丰碑的同时,也使得这一文学类别成为了澳大利亚文学史上"留下巨人般足迹"的一个文学现象;另外,创作于澳大利亚民族主义时期的丛林现实主义小说共同建构了关于澳大利亚民族未来的想象。换言之,澳大利亚丛林现实主义小说的丛林书写缔造了澳大利亚丛林神话的同时,也续写了丛林是澳大利亚民族身份重要元素的想象,进一步强调了澳大利亚是一个建立在丛林上的民族的想象。

在澳大利亚,"丛林英雄是澳大利亚民族神话的一个重要方面"(Bell, 2003: 75)。在澳大利亚,丛林神话是一个不断被缔造、不断被传播、不断被重建而永恒常在的话题。澳大利亚丛林神话原型包括来自英国的殖民者、流放囚犯、丛林拓荒者,当然还有丛林英雄。在澳大利亚民族想象与身份表征上,澳大利亚丛林神话发挥了极大作用,显示出澳大利亚民族深厚的丛林传统。凯利神话和劳森通过丛林书写建构的丛林神话共同构成了对澳大利亚民族身份的想象,在民族主义时期,丛林神话与劳森神话更是成为澳大利亚民族争取独立和自由的鼓舞力量,引领着澳大利亚民族独立大义。

今天的澳大利亚已经是一个高度城市化、多元文化并存的现代发达国家。这非但没有削弱澳大利亚人对自己民族身份的思考,反而激起了备受后现代文化身份焦虑困扰的澳大利亚人对澳大利亚丛林神话的向往和对澳大利亚未来民族身份的不停探索,而这种探索的脚步也一定是沿着建构了澳大利亚民族身份的"丛林神话"和"劳森神话"的印迹前行的。

第三章

丛林情谊：澳大利亚丛林
现实主义小说灵魂

丛林情谊(mateship)是澳大利亚民族身份建构中的一个重要意象,是澳大利亚丛林现实主义小说集体表征的核心要素。当亚瑟·菲利普(Arthur Philip)1788年1月带领第一批英国官员及罪犯抵达澳大利亚新南威尔士的博塔尼湾(Botany Bay)时,他们面临着前所未有、闻所未闻的恶劣环境:漫无边际的荒原、成片的内陆沙漠、漫山遍野的丛林、酷热难耐的气候、长年不断的干旱、森林火灾等,这一切令他们望而却步。而早在第一批英国囚犯来到这片大陆之前,澳大利亚土著人就已经在这样的环境中生存,他们在与恶劣的丛林环境抗争过程中产生了以互帮互助、团结友爱为核心的伙伴情谊。最早的丛林情谊萌芽于早期在澳大利亚大陆以游牧、狩猎为主的土著人。那时的"伙伴情谊"是指丛林人在孤独的丛林环境里工作过程中形成的一种社会关系。一般认为,"丛林情谊"真正形成于19世纪50年代的淘金时期,但是到了世纪之交的民族主义时期,丛林情谊在丛林人身上得到了最显著的延续。沃德(Ward)认为,丛林情谊在澳大利亚一直就有,主要是由流放囚犯和刑满释放的流放囚犯在丛林艰辛的生活环境中求得生存的过程所展现,从而成为了独具澳大利亚民族特色的精神气质(1958: 115)。英格丽丝·摩尔(T. Inglis Moore)在《伙伴情谊的意义》中开篇指出,"丛林情谊作为澳大利亚的神话与传奇,在今日,依然是活生生的现实存在,是我们行动的信条,是生死危机面前的答案"(1965: 45)。到了19世纪90年代,随着澳大利亚民族意识的觉醒,民族运动的高涨,丛林情谊开始"被赋予了独特的政治意义"(Murrie, 1998: 73)。

1891年的丛林剪羊毛工人大罢工、90年代的经济大萧条时劳工的政治组织等都将"丛林情谊"当作自己的组织信条,呼吁澳大利亚人团结起来争取自由和平等。民族主义时期,"丛林情谊甚至被视为是澳大利亚民族争取平等的、真正的澳大利亚人绝不可以背离的精神内核"(Murrie, 1998: 73)。因为在澳大利亚早期丛林中,技术落后,交通不便,丛林人主要依靠手工在丛林中走路寻找工作。当时,他们所从事的工作主要就是看畜牧、赶羊、剪羊毛、扎篱笆墙,并且这些工作往往都是临时的,也就是说丛林工作往往具有季节性、临时性——这也就意味着丛林人过的是一种半游牧民族的生活。不可忽视的是,丛林中游牧工作需要很强的团队性,且依赖于相互之间的支持、帮助,需要彼此忠诚,这些就成为了丛林情谊的基础。不仅如此,丛林情谊的形成与早期丛林人在丛林环境中的艰辛环境有着直接的关系,是他们对抗"令人讨厌的、敌对环境的最后一道防御线"(Heseltine, 1960: 8)。

此外,澳大利亚丛林情谊还被赋予了神话色彩。尽管英国、美国、法国、俄国、非洲等民族也都有着关于边疆(丛林)的神话,但没有哪个地方的边疆创造出类似澳大利亚丛林神话的影响力,或者说没有哪个民族的神话能够对一个民族起着如此深远的影响。德尼斯·阿尔特曼(Dennis Altman)指出,"在澳大利亚,丛林情谊已经成为了澳大利亚民族性格,被神话为澳大利亚的民族属性"(1987: 166)。不仅如此,随着时间的推移,当我们今天回头看时,"丛林情谊已经成为了澳大利亚民族崇拜的庙堂之神,质疑丛林情谊就是在质疑澳大利亚斗士的英勇精神"(Altman, 1987: 166)。

正如沃德(Ward)在其《澳大利亚传奇》(*The Australian Legend*)开篇所说,"然而,(他)很热情好客,最主要的是,不管如何都会跟随着他的伙伴,即便他认为他可能是错的"(1958: 1 - 2)。这里沃德所说的"他",是在没有任何语境的情况下提出来的,但是人人明白,这里的"他",是一个男性,是白人,是出生在澳大利亚的人,就是澳大利亚丛林人;换句话说,"他"是一个二元对立等级制下的客体,由"他""所不是"获得建构:"他"不是女性、不是城里人、不是中产(更不是上层)、不是非白人、不是非澳大利亚人。这样的人,显然就只能是澳大利亚丛林人;而且这里的"他"是每一个丛林人的代指,也就是每一个丛林人都非常珍惜丛林情谊,不管如何都不会放弃丛林伙伴。这里的"他"——澳大利亚丛林人——是澳大利亚传奇的缔造者。而丛林人之所以能够成为澳大利亚传奇的主角,这很大程度上依赖于他们的丛林情谊。因而丛林情谊创造了澳大利亚民族的丛林传统,在民族主义作家笔下也被建构为澳大利亚丛林现实主义小说的灵魂。

从社会学角度看,丛林情谊崇尚"一种简朴、节约的生活理念"(Palmer, 1954: 2)。从社会范式上说,丛林情谊结成于澳大利亚丛林人的生存体验和抗争经历,为澳大利亚民族性的形成发挥了独特的作用,也留下了至今让澳大利亚人津津乐道的历史佳话。具体到丛林现实主义小说文本,劳森、弗菲以及澳大利亚著名的丛林诗人佩特森(Banjo Paterson)笔下所赞颂的"丛林情谊",是指澳大利亚创业早期人与人之间,特别是丛林人之间的友情,象征着同情、友好、互助、牺牲、忠实,这也是以劳森为代表的丛林现实主义小说向人们传达的一种丛林精神,因为丛林人之间如同伙伴一般,相互给予对方鼓舞、力量和安慰。

"丛林情谊"是澳大利亚早期丛林人在社会交往过程中自然而然地形成的一种社会范式,现已内化为澳大利亚民族精神的一个重要层面。澳大利亚丛林现实主义小说以丛林生活场景为原型,以丛林人在丛林生活中构成的友谊为叙事焦点,使得"丛林情谊"成为澳大利亚丛林现实主义小说的灵魂。

在劳森、弗菲笔下,伙伴情谊更是被理解为"所有丛林人皆兄弟"的独特情谊。劳森在《丛林儿童》(*Children of the Bush*)中这样描写澳大利亚丛林情谊,"澳大利亚丛林人一生下来就拥有一个伙伴,这个伙伴儿就像一颗痣那样与其一生相伴。也许有时候,他们会相隔千山万水,有时会数年不见,但他们确是终生的伙伴——一个丛林人,总是有这样一个伙伴儿在他手头紧的时候过来安慰他,借给他钱;他们会互称对方傻瓜,甚至偶尔会打上一架,在人前羞辱他,却在背后坚定地捍卫他。甚至会给他做假证来护卫他的灵魂"(qtd. in Roderick, 1972: 247)。这句话表明,在澳大利亚丛林人心目中,伙伴情谊高于一切,在一切困难面前,只要有伙伴情谊就能将一切迎刃而解,成为他们克服丛林重重障碍的最大心理慰藉。

第三章 丛林情谊:澳大利亚丛林现实主义小说灵魂

而这种在背后却坚定地捍卫伙伴儿的丛林情谊在劳森的一首小诗里得到了最充分的表达:

Ned's Delicate Way

Ned knew I was short of tobacco one day,
And that I was too proud to ask for it;
He hated such pride, but his delicate way
Forbade him to take me to ask for it.
I loathed to be cadging tobacco from Ned,
But, when I was just on the brink of it:
"I've got a new brand of tobacco," he said—
"Try a smoke, and let's know what you think of it."
(—Sydney: *Bulletin*, 18th June 1892, qtd. in Roderick, CV. Vol.1, 209)

丛林人由于生活困苦,往往有工作辛劳后抽烟消愁的习惯,但是生活贫困的他们精神世界却不贫瘠,他们同样有着自尊心和丛林人的尊严。在这仅仅数行的小诗中,劳森把丛林人之间亲密无间、从对方角度思考问题、照顾对方情绪的丛林情谊表现得淋漓尽致。

在劳森笔下,伙伴情谊还指丛林陌生人之间自发的互帮互助情谊。在《工人联合会为死者举行葬礼》("The Union Buries Its Dead")里,劳森则讲述了一个令人振奋的丛林情谊的故事。一个来自罗马的丛林人在过河时,不幸溺亡,在没人认识这个可怜的外乡人的丛林里,丛林工人联合会自发地为这个丛林陌生人举行了葬礼,深刻呈现了丛林陌生人之间互帮互助的伙伴情谊。小说开篇,"在这个小镇上他是个陌生人,也正是这个葬礼'他是工会的人'才被他人所知"(Lawson, 1984: 265)。"当葬礼的队伍经过三个喝醉躺在栅栏背阴处的人的时候,有人尽量站起来,摘下帽子尽量回避","牧师也会提醒人们摘下帽子,认为这是纪念我们已故兄弟的方式"(Lawson, 1984: 266)。为陌生人送行的人共有14个,但他们一个都不认识死者,在葬礼行进过程中,一个刚从外地回来的赶羊人看到后更是自发地加入到了行葬队伍中。劳森的小说以丛林为背景,在这一艰苦的环境中人与人之间逐渐形成的伙伴情谊促使着澳大利亚人乐观面对困境。这样一种互帮互助、相互扶持、彼此忠诚相待的伙伴情谊也不断内化为澳大利亚的民族精神。从"长颈鹿"的热心助人到父亲与朋友之间的互相陪伴与扶持再到人们自发地为一位客死他乡的陌生人送行,可见伙伴情谊并不仅仅局限于亲近的友人之间,因为不论是长期相处还是未曾谋面的丛林人,他们之间总能结成一种内在的伙伴情谊,这种伙伴情谊不仅克服了丛林中的重重困难,也增强了丛林社会人与人之间的凝聚力。

再如,在《给天竺葵浇浇水》("Water Them Geraniums")中,"斯佩塞夫人(Mrs. Spicer)让儿子给新来到丛林生活的邻居玛丽(Mary)送来一大包牛肉"的细节,让被丛林折磨得快要发疯的玛丽感到异常的温馨和鼓舞,并且坚定了她在丛林中生活下来的信心;在另一篇备受好评的短篇小说《把帽子传一传》("Send Around the Hat")中,劳森以客观真实的笔调记录了丛林人鲍勃(Bob),他只要看到或者听到别人有困难,而自己一个人又不能帮忙的话,他就会脱下帽子在帽子里放点钱,开个头,让大家凑钱来帮助他人。他的理念就是"人总得做点事情,并且我喜欢给任何有需要的人伸出援手"(Lawson, 1970: 210)。当汤姆质疑他这么做会饿死,并且得不到任何感激的时候,他说,"我不是需要别人感谢的人"(an' I ain't a cove as wants thanks),因为"丛林道理十分简单,笨蛋看了也一目了然/别人有困难,你要把帽子传一传,/管他从前是绅士还是囚犯"(Lawson, 1970: 208)。正是在他的带动下,尽管很多丛林羊毛工自己"手头很紧"(hard-up),但只要看到"帽子传来"都会纷纷解囊,帮助过"丈夫离家,留下一大堆孩子的丛林妇女",帮助过"喝醉

第三章 丛林情谊:澳大利亚丛林现实主义小说灵魂

酒后,被马车压断腿的放牛人",还帮助过"丈夫在洪水中淹死的史密斯夫人"(Lawson, 1970: 211)。劳森短篇小说中描写的"伙伴情谊",虽然是丛林人在艰苦的丛林环境里求生存过程中自然形成的,却是对澳大利亚民族性格的提炼和升华,如今,已是澳大利亚人赖以自豪的民族精神。鲍勃在丛林同伴中,身高最高,因而丛林伙伴儿都称他为长颈鹿(Giraffe),给他取的名字也别有深意,因为身高优势,他总是看得更高、更远,能够看到丛林中最需要帮助的人。他在丛林中是一个乐善好施、仗义疏财、打抱不平、跟所有人交朋友,是所有丛林人的朋友的形象,劳森借助"长颈鹿"这一乐善好施的人物形象的描写很好地阐释了丛林伙伴情谊。

在《赶羊人的妻子》中,劳森反映了赶羊人的弟弟在他外出期间对兄嫂(赶羊人的妻子)的定期照顾的兄弟情谊。不仅如此,劳森在小说中,还着重描写了人狗之间的情谊。丛林居民为了对付随时会出现的蛇,都养了一种捕蛇狗,赶羊人的妻子家也有一条绰号"鳄鱼"的狗,因为它的头总是像鳄鱼那样昂首向上,随时为主人——赶羊人的妻子——排忧解难,是赶羊人妻子对付诸如坏人、蛇等各种丛林危险的忠实伙伴。当它发现赶羊人的妻子和她的孩子无法独自应对恶毒的蛇时,它甚至挣脱锁链前去助战。当狡猾的蛇缩进地板缝中时,它又百折不挠地去刨地板进行抓捕。同时,作为主人的赶羊人妻子也很爱护它,她呵止住狗的抓捕行为,因为她"不能让它被蛇咬死,他们经不起这样的损失"(Lawson, 1970: 90)。狗,在这篇小说中俨然成为了赶羊人的妻子孤独生活最忠实的伙伴。

丛林中,狗既是丛林人现实生活的好帮手,还是丛林人排解丛林孤独的精神伴侣,因而在丛林中,狗几乎是丛林中每个家庭都不可或缺的重要成员。在弗菲的《人生如此》、《瑞格比的罗曼史》、《波恩地区与澳洲鹤》三部小说中,一只没有名氏的小狗(Pup)贯穿三部小说的始终,是小说叙事者汤姆·科林斯的丛林忠实伴侣。一方面,在荒际无边的丛林环境中,科林斯经常会迷失在茫茫丛林中，不辨方向，这个时候，狗就是他最忠实的陪伴者。另一方面，在孤独寂寥的丛林生活中，丛林人的娱乐很少，而狗则给丛林人孤独寂寥的丛林生活带来不少欢声笑语，化解了很多丛林孤独。在弗菲的小说中，小狗是引起各种让人哭笑不得的灾祸的始作俑者，这种令人啼笑皆非的场景贯穿弗菲的三部小说，狗的种种可笑、幽默行为，给丛林人带来无尽欢笑。弗菲对这只狗对食物永不满足和狼吞虎咽场面的描写总是在关键时刻起到很好的幽默效果，有时候弄得小说叙事者科林斯尴尬而不知所措，引起丛林人的捧腹大笑，化解了丛林人整天在丛林中艰辛劳作的各种困顿和忧愁。丛林中，科林斯的生活与狗简直密不可分。小说中，这条狗的重要性甚至远甚于此，一次它不在科林斯身边，科林斯邂逅了夸特曼一家，这次邂逅，让他与夸特曼家的"女主人"有了艳遇和调情经历，此中狗以一种动物特有的优越性以及令人难以捉摸的敏感嗅觉多次帮助柯林斯化解尴尬，可谓让人唏嘘不已。在弗菲的小说中，我们可以看到他一方面强调丛林人在艰辛的丛林环境中结成的伙伴情谊；另一方面，他还着力描写了狗作为科林斯在丛林生活中密不可分的伴侣与主人之间的情谊。在《人生如此》中，弗菲还幽默地叙述了科林斯对狗偷吃丛林人私藏的肉的行为的庇护，俨如一对密谋的兄弟。科林斯的狗是一只极其贪吃的狗，对此，他不但没有加以制止，反而不断给他提供机会。一次，当狗偷来了丛林人福隆（Furlong）的鱼的时候，他悄悄地抹掉了狗留下的泥泞的狗爪印，并说一定是丛林野猫偷吃了他的鱼。在小说《波恩地区与澳洲鹤》中，科林斯更是以表面的闲庭信步，悄悄走到艾库查（Echuca）贫民窟为狗提供机会吞食偷来的肉肠。这种人与狗之间亲如兄弟的情谊在丛林中的特殊存在见证了丛林孤独的辛酸与悲伤。

劳森的丛林作品塑造的伙伴情谊则是着眼于地广人稀的丛林环境，着眼于丛林人在丛林环境生存过程中自发形成的丛林情谊。流动迁徙的生活模式，严酷冷峻的丛林困境，都促使丛林人自发地形成了一种患难与共的互助精神，助人为乐的丛林信念以及忠诚

第三章 丛林情谊：澳大利亚丛林现实主义小说灵魂

勇敢的伙伴情谊。伙伴情谊就像黑暗的丛林环境里的一颗夜明珠，让身处荒凉丛林的人们内心充满温暖和希望。面对随时可能发生的灾难和危险，相互守望、相互关照的丛林人总是能够从容乐观地去面对，直至一一克服。这是丛林人在丛林艰辛生存环境下锻造出的品格。这种建立在互助互惠之上的伙伴情谊也成为今日澳大利亚民族"热情、友好、互助"的民族精神的基础。

反观丛林情谊之所以能够成为澳大利亚民族的精神气质以及能够成为丛林现实主义小说的灵魂，或者说，丛林现实主义小说通过将丛林人的丛林情谊真实再现并将丛林情谊建构为澳大利亚的民族气质是对丛林客观现实的一种积极反映，也是对澳大利亚民族独立呼声的积极回应，反映了时代的要求。丛林情谊主要反映了澳大利亚丛林人在各种艰辛丛林环境里求生存过程中形成的一种友谊，这种自发地将"帽子传一传"的热情、乐善、互助精神是丛林精神的外在体现，也是澳大利亚丛林人克服困难、不畏艰辛、团结互助精神的体现，从而被建构为澳大利亚民族气质的一环。以上借助劳森短篇小说的几个例子对丛林情谊的简要分析，让我们对于丛林情谊有了初步的概念。具体说来，丛林情谊又是如何形成的呢？丛林情谊又是如何成为澳大利亚民族的一种精神气质和民族气质的呢？本文认为，澳大利亚丛林现实主义小说的丛林情谊主要是通过"丛林孤独中的兄弟情谊、丛林抗争中的伙伴情谊、丛林女性间的姐妹情谊"三个层面建构起来的，当然这三个层面不是互相独立、毫无关联的，相反这三者相互融合、相互渗透，充分展现了丛林情谊在丛林上遍地传递的丛林风尚。正是在丛林孤独中形成的丛林兄弟情谊彰显了丛林人在克服各种丛林困境时的亲情；在丛林抗争中形成的丛林伙伴情谊展现了丛林人在丛林困境中总是无暇顾及自己、自发助人为乐的互助精神；在丛林女性中形成的丛林姐妹情谊彰显了丛林艰辛生存环境中丛林女性之间照看彼此、亲密无间的姐妹情谊。前两者更多地表现为丛林人在丛林中形成的情谊，具有鲜明的男性气质，常常被建构为澳大利亚民族气质中一个重要元素;姐妹情谊则表现为丛林女性被独自留在丛林家中照顾孩子过程中,女性间互相帮助形成的情谊,但在世纪末的民族思潮中,更多的被忽视了。这一现象表明世纪末澳大利亚民族独立思潮中女性作用被忽视的客观事实。事实上,丛林女性情谊是丛林情谊的一个重要方面,与男性一样,为澳大利亚民族的独立做出了贡献,这在下一章还将具体阐述。这里重点围绕澳大利亚丛林现实主义小说文本来探究丛林情谊的三个方面。

第一节　丛林孤独中的兄弟情谊

　　丛林人在丛林中的工作往往不固定,具有季节性、随机性,因而也具有很大的流动性。无论是赶羊人、剪羊毛工、赶牛车运货的,还是驾四轮马车的,他们大多独自出行,独留妻子在丛林家中照看孩子。丛林荒野中方圆几十公里杳无人烟的地理状况常常将他们置于极度孤独的境地。因此,对于早期澳大利亚丛林人来说,他们的最大困难就是"孤独以及缺乏文明熏陶"(qtd. in Ward, 232)。为了消除孤独感,他们就会在广袤荒野的丛林中任意驰骋,漫无边际的丛林孤独环境给丛林人带来了不受任何限制的自由和独立,这些自由甚至超越了美国早期的西部拓荒者。丛林生活自由赋予了丛林人初步的民族独立理想,到了世纪末的民族主义时期,他们更加迫切地要求民族独立以追求更大意义上的自由和独立。有别于美国早期西部的个人主义自由,澳大利亚丛林人所追求的则是属于整个丛林集体的自由和独立,丛林兄弟情谊也因此形成。这也就解释了澳大利亚丛林人为何能够成为澳大利亚民族传奇,美国西部拓荒传奇却被认为是一部部个人奋斗的英雄史诗,澳大利亚丛林现实主义小说则将丛林人作为一个孤独的生活群体进行了集体阐释。这是澳大利亚丛林与美国西部边疆的区别所在。无论是劳森、弗菲、拉德,还是弗兰克林,他们的作品都紧扣了

第三章 丛林情谊：澳大利亚丛林现实主义小说灵魂

"丛林孤独"中的兄弟情谊主题，而且"他们的孤独不是那种人的内心邪恶感的孤独，而是个体与外在环境抗争的孤独，也就是早期定居者与大自然抗争的孤独"(Lee, 2004: 157)。丛林荒野无助的孤独环境缔造出了丛林兄弟情谊。

在澳大利亚民族主义时期的政治活动家莱恩(William Lane)看来，澳大利亚伙伴情谊就是对澳大利亚丛林兄弟情谊的描写。"渴望成为伙伴、渴望和谐共处、渴望友爱和善、渴望互帮互助的生活态度都是兄弟情谊的表现"(Lake, 1986: 61)。世纪末的澳大利亚，社会风尚的一切都违背和脱离了兄弟情谊。因而在民族主义思潮中，莱恩大肆强调和宣传丛林伙伴情谊，认为丛林情谊有助于改变澳大利亚当时的社会风尚，有助于建立一个正直的王国，他在当时的政治活动信件中，不断欢呼丛林兄弟情谊，认为澳大利亚应该从对盎格鲁-撒克逊的自由认可中更进一步，这下一步就是对"兄弟情谊"的认可，即社会任何一个阶层都是平等的，不应该有超越别人的阶层，是时候有必要认识到"懒散阶层、堕落阶层、流浪汉、社会下层"都是社会阶层，都是澳大利亚大家庭里的成员。有必要立刻消除社会不公和不平等，确保堕落阶层不再堕落(qtd. in Bellanta, 5)。丛林人在艰辛的丛林环境中自由平等、互助互帮的生活态度就成为了澳大利亚民族主义时期丛林现实主义小说关注的重点。不仅如此，他们试图建构丛林人在丛林孤独中结成的兄弟情谊应该成为澳大利亚民族精神核心的民族理想。

澳大利亚丛林神秘而强大，对丛林人的生活产生过巨大的影响。丛林是沉默与孤独之地，在劳森的笔下，许多澳大利亚丛林人为了在丛林中求生存，饱受蛮荒丛林带来的肉体和精神之苦，有些甚至因此丧失生活激情而成为孤独的牺牲品。因为丛林里的一切都充满艰辛和不测，一切都令人恐怖、令人忧伤，与山林联系起来的回忆也都是令人不敢想象和催人悲伤的苦楚经历。更多时候，丛林又是敌人，冷峻残酷，让丛林人倍感孤独与绝望，正如科特尔(Cottle)所说，"怪诞奇异和严酷的地域风貌注定了丛林人能够成功生存下来所具有的品质包括适应性、坚韧性、忍耐性和忠诚性,因为这里到处都是孤独、空旷的丛林"(2009: 39)。

在早期的澳大利亚,丛林深处不仅人烟稀少,而且环境恶劣,氛围阴森恐怖,丛林居民很少有与人沟通交流的机会,精神生活上的匮乏使得他们变得麻木、古怪,甚至濒于崩溃。这些,在劳森的笔下也都得到了详尽的表述,如他的《洋铁罐沸腾时》,这部忠实、直观、充满同情和富于幽默的短篇小说集以无比的真实性再现了丛林人在丛林中的真实情感。而在种种真实的情感传递中,让人备感劳森对于丛林人在丛林孤独中所体验的那令人哀怨、悲伤的情感表达。如收录其中的短篇《丛林的殡葬人》("Bush Undertaker"),劳森以真实的情感如实地再现了丛林殡葬人的独独寂寥。殡葬老人孤身一人,独自生活,只有一条满身灰尘的牧羊犬陪在身侧。"丛林深处的他无人交流,经常自言自语,甚至和牧羊犬说话,仿佛它能听懂主人的话"(Lawson, 1970: 140)。长期生活在丛林深处,使得他的性格和行为怪诞不堪。比如,他会用一种异常温柔而亲切的语气,对一个朋友的尸体说上半天话,就如同在跟自家兄弟促膝交流。另外,殡葬老人每天都生活在危机的边缘,生活的巨大压力以及长期的孤独压抑环境几乎扭曲了他的正常思维,当他发现一具尸体旁一瓶未打开过的朗姆酒,进而认出死者竟是自己朋友时,他竟不自觉高兴万分,因为当天正是圣诞节,丛林孤独一直将丛林老人置于疯癫边缘徘徊。劳森在这篇短篇小说中着重刻画了莽莽丛林中的孤苦凄清的生活给丛林人留下的精神创伤,以及由此衍生的怪僻行为,真实而深刻地反映了丛林孤独给丛林人带来的痛苦。

在上面提到的《给天竺葵浇浇水》中,劳森曾借助叙事者乔·威尔逊说,"我想,那些在丛林中独自生活过一段时间的丛林人,包括夫妻,多少都有点疯癫。当有陌生人造访时,丛林丈夫们显得非常笨拙、害羞,而女性对孤独的忍受力好像要强一些,至少在陌生人面前表现如此。而事后,当你回头再看看的时候,你会发现事实

第三章 丛林情谊:澳大利亚丛林现实主义小说灵魂

并非如此。……牧羊人和巡边员们如果单独在丛林中生活数月,那他们就会到附近的农舍里狂欢,否则孤独也会让他们疯掉"(Lawson, 2008: 65)。而"我常常想,他们在这样的孤独中之所以还没有疯掉,是因为他们的智商不够"(Lawson, 2008: 65)。言下之意,丛林孤独足以让每一个生活在丛林中的人陷入疯癫,劳森对丛林孤独给丛林人带来的身心折磨和影响的观察可谓精准深刻。他们没有疯癫很大程度上得益于丛林兄弟情谊的互相扶持。

丛林荒芜与贫瘠也使得独孤的丛林人生活困苦不堪,经年的劳作与令人失望的结果也让人从身体与精神上都饱受痛苦。在《给天竺葵浇浇水》中,当玛丽的丈夫把她带到一片选地上时,她发现那里荒无人烟,因为干旱,地上寸草不生。唯一的邻居是斯佩塞夫人(Mrs. Spicer),一位"憔悴枯槁的妇人",带着"数都数不过来"的孩子住在四英里之外。劳森用充满同情的笔触描写了斯佩塞夫人:丛林生活的孤独让她"对一切都无所谓";"终日的劳作,生活的艰难,孤独的折磨,让她说话语无伦次,即使有人前来,她也无法与人交流,只能日复一日生活在沉默中"(Lawson, 2008: 182)。而另一方面,由于丛林孤独,他们又极度渴望跟陌生人交流。正如《赶羊人的妻子》中描写的那样,"在一个方圆19英里之外才能看到另外一丝人烟的丛林里"(qtd. in Mann, 1968: 1),在这样的环境下,他们看到有陌生人或者说有客人来访,往往会特别兴奋,所以在《丛林中的婴儿》中,海德夫人才会对着丈夫带回家的杰克说,"沃尔特很少带人回来,我每天对着同样的人,看着同样的脸,讲着同样的事,实在有点受不了。艾丽斯先生,看到你来,真是极大的安慰,因为我终于看到新面孔了"(Lawson, 2008: 156)。这段描写,将丛林人内心的孤独一览无遗地揭示了出来。无论是丛林人特别害怕与陌生人交流还是他们特别渴望与陌生人交流,其背后的深层原因都源于丛林那令人无法忍受的孤独,而听后杰克的心里话"要是有办法,我肯定不会待在同一个地方三个月以上"(Lawson, 2008: 156)更是将丛林人渴望自由而又深陷丛林孤独不得逃脱的心境表达得淋漓尽致。

再如,在小说《某一天》("Some Day")中,劳森通过米切尔的话生动地描绘了一个备受丛林环境折磨、不幸的丛林人:

> 现在什么办法也没有,只有走、走、走,为了食物而走,走到自己变老,变得粗心邋遢,然后变得更老,更加粗心邋遢;像牛一样,对灰尘,对沙子,对酷热、苍蝇、蚊子熟视无睹;没有报复,没有指望,像条狗一样满足现状;走到有一天背包变成身体的一部分,没有它就不知所措,坐立不安,总觉得肩上缺了点什么;走到根本不在乎自己能不能找到工作,不在乎自己的生活还像不像一个基督徒;一直这样走下去,直到有一天人的灵魂变成了牛的灵魂。(Lawson, 1970: 101)

劳森笔下的丛林生活如此单调凄苦,以致丛林成为早期澳大利亚人身上"背负的最沉重苦恼的包袱",并且"饮酒成了打破丛林单调的唯一方法"(Lawson, 2008: 66),死亡成了丛林中最愉快的事!炎热的气候、贫瘠的土地、荒芜的丛林,让丛林人在无尽的孤独中消耗着生命,让很多本来满怀希望、充满激情的丛林拓荒者备尝失望、孤独和无助滋味。因而如克里斯托弗·李(Christopher Lee)在2008年重新出版的《乔·威尔森和他的伙伴儿们》(*Joe Wilson and His Mates*)导言中所说,劳森的丛林书写是"悲观现实主义,因为他总是在不断呈现澳大利亚丛林人不断抗争的现实"(Lawson, 2008: V),长期单调压抑的生活给丛林人留下了深重的创伤感,他们因此会像《丛林里的殡葬人》中的老人一样行踪孤僻、性情乖戾。小说里,劳森真实地再现了丛林那"地广人稀、荒凉可怕、险境丛生"的恶劣自然环境,同时,劳森也将他自己抑郁的内心以及早期在丛林生活中体验到的孤独无助心境反映到这片"被孤独、单调和死亡笼罩着的丛林"。

第三章 丛林情谊:澳大利亚丛林现实主义小说灵魂

拉德对丛林孤独的描写一点也不亚于劳森,甚至这种直描式的孤独更有一股现实的震撼力,《在我们的选地上》作者开篇便写道:

> 毫无疑问,这真的是一片荒野——除了树什么也没有,到处是枯树林、丛林熊;
> 最近的房子——杜耶家——离这儿三英里。我经常诧异于生活在这里的女性是怎么忍受过来的;我还记得母亲,当她一个人的时候,常常坐在现在改造成了一道小巷子的地方的一根圆木上,成小时地哭。(丛林)孤独!是真孤独!(Rudd, 1973: 4)

澳大利亚丛林现实主义小说中关于孤独主题的描写从某种意义上说深受英国传统现实主义小说的影响,但是又有区别。英国传统现实主义小说往往关注的是城里下层人的内心苦闷和心灵孤独,尤其是伦敦小市民为了利益和得失的内心纠结的孤独,是那种不能与他人言说的孤独;丛林孤独则更多的是由于丛林环境的偏僻荒野导致的无人相伴、无人交流的孤独,是形而下的孤独。比如,普莱特-史密斯(Pratt-Smith)在评价狄更斯小说时,认为狄更斯的小说主要"关注繁忙的人们的东奔西走,但这些繁忙的东奔西走的人们也经常会因独处和内心的彷徨而停下脚步"(2009: 15)。事实上,狄更斯对人物独处时内心的那种"忧愁、困惑、迷茫和无所适从"的描写就是对人物形象的一种塑造,那种对孤独的处理往往"无声胜有声"。狄更斯在《美国纪行》(*American Notes*, 1842)中论及"费城和它的监狱"时说,"被迫的孤独,尽管令人悲伤,但也不全是坏事,对于其中的居民来说,在寂静和独处的生活里,他们变得更美"(1867: 56)。

无论是劳森短篇小说中的丛林流浪汉,还是弗菲《人生如此》中在丛林中谋生的临时工,抑或是拉德《在我们的选地上》中的丛林选地农老爹一家人,他们在丛林孤独环境里倍感悲伤,但同时他们在"寂静和孤立"中也因丛林情谊而不再那么悲伤。他们以互相协助、不离不弃的精神在丛林中抗争,这种在丛林孤独中表现出来的坚韧勇敢和不放弃令人感到震撼并让人感到丛林人之美、丛林精神之美。借助劳森短篇小说如《赶羊人的妻子》、《丛林殡葬人》、弗菲的《人生如此》、拉德的《在我们的选地上》等丛林作品,我们可以发现丛林人终年生活在丛林环境里,以坚贞的友谊、顽强的性格、不屈的精神与丛林抗争,克服了丛林中一个又一个困难,在丛林中克服困难的丛林人之美、丛林情谊之珍贵处处显现,这些也正是丛林兄弟情谊的具象化呈现。毕竟,在弗菲的小说中,我们可以看出"在丛林中只有具备超强独立意识和顽强意志力的丛林人才不害怕陷入孤独的情绪"(Thompson, 1943: 22)。在丛林中生活下来的都是丛林强者,而这种强者形象很大程度上源于丛林人将彼此视为兄弟,哪里有困难哪里就有帮助的情谊的默默支撑。在丛林孤独场景下,丛林情谊一直在支撑着丛林人不断向前,更多时候,他们就像劳森笔下的《把帽子传一传》所说的那样,看到别人有困难,就会不顾一切地去帮助,在《人生如此》中,弗菲同样以丛林孤独为主题刻画了丛林人主动给别人提供帮助的丛林情谊。如"我和洛瑞(Rory)已经在这儿待了一个星期,打谷机开来了,我们没有庄稼,(因为一次一头疯牛跨过围栏,将它们吃了个精光)——但我们都去帮助邻居了"(Furphy, 1970: 75)。这里,柯林斯和洛瑞的行为是丛林人在看到邻居或者周围的人有困难时主动提供帮助的真实反映,形成于丛林孤独心境下的丛林情谊,最终会有助于丛林人去克服丛林孤独。这里克服丛林孤独有两层意思:一方面,那些在丛林中没有固定工作的丛林流浪汉的孤独,他们排解孤独的最好方法就是看到哪里需要帮助,就会毫不迟疑地帮助一把,在帮助别人的过程中实现了自我的价值认同,从而也克服了丛林中流浪的孤独;另一方面,在丛林中有了固定选地,整天在丛林中劳作,远离城市的丛林人的孤独,在看到孤寂荒凉的丛林还有人能够为他们

第三章 丛林情谊:澳大利亚丛林现实主义小说灵魂

提供帮助,甚至不惜长途跋涉来提供帮助,他们长期的孤独苦闷也因这样的丛林情谊而得到缓解和宽慰。

在弗菲的《瑞戈比的浪漫史》中,他更加专注于狗与丛林人情谊的描写,并且赋予丛林狗无限象征意义,使其成为孤独的丛林人无限珍惜的丛林"兄弟"。在小说的中部,一个夜晚,一群丛林人夜间围着丛林篝火谈起了狗,汤姆森将新得到的一只狗放在大腿上,爱抚着,这样的场景激起了科林斯与农场主乔治·宾奈(George Binney)关于狗对丛林人的价值和意义的讨论,并且说,"丛林中聪慧的狗容易被盗就是狗在丛林人中的价值的最好证明"。对此,科林斯非常认可。在丛林中以捕捉负鼠、修钟表、制作动物标本为生的弗兰克·福隆(Frank Fulong)认为,"狗的忠诚让人惊讶和感动";爱好读《圣经》和经常引用拉丁语的丛林赶牛人迪克森(Dixon)回忆起他跟狗的故事时说,"丛林中,狗对喝醉酒的主人一次又一次的照顾让人感动,狗简直与人一样,它们肯定也有灵魂";卢辛顿(Lushington),丛林中的一个卫理会教徒、随军牧师,"更是认为丛林狗的思想与主人一样,具有反犹思想"。以上这些关于丛林人与狗之间关系的观点无不表明了澳大利亚丛林里弗里纳(Riverina)地区狗对丛林人生活的重要性,也表明了狗是丛林人生活不可或缺的忠实伴侣(qtd. in Barlow, 2013: 7)。因而我认为,"科林斯与狗的关系代表着某种更加深刻的情感关系,丛林人与狗的伙伴伙伴关系是一种超越了种族的普适情谊"(Barlow, 2013: 1),是人与动物可以和谐共处、互助互帮的情谊。

弗菲在小说中明确地表示,在丛林孤独中,你无法想象没有狗陪伴的生活。小说叙事者科林斯在谈起他的那条狗 Pup 时说,"尽管它(Pup)给我带来的麻烦比钱给我带来的麻烦还要多,但它值得我麻烦,正如你所说,这是一条不错的狗,丛林中有一半的人每天想方设法要把它偷走,另一半人则在考虑怎样把它毒死,它总能自我消失,保护自我。这么说吧,要是没有它,我真的不知道该怎么生活"(Furphy, 1903: 261)。并且在谈及 Pup 时,科林斯从来都是使用"我们"、"我们的想法"来描述他和 Pup 的关系,情谊俨然兄弟。因而 Pup 在弗菲的小说中,"不仅仅是喜剧情节设置的需要,他更是科林斯丛林游牧生活中无可限量、无法缺少的忠贞伴侣。这是一个以爱、尊重为基础的,无条件的忠贞伴侣"(Barlow, 2013: 10)。这种丛林中人与狗之间的亲密情谊在劳森的《我的那条狗》("That There Dog of Mine")更是被刻画得惟妙惟肖,令人潸然泪下。在这则只有两页纸的小说中,丛林人剪羊毛工麦考瑞(Macquarie)在一次酗酒斗殴中,被打断了三根肋骨,浑身瘀伤,前往医院看病,在得知医生不同意他的狗进入医院,并且不帮他救治后,他说,"你们不让它进来,那就不要管我,说完就离开医院。"医生拦住他后,他说"我的那条狗一直忠贞地跟着我,整整 12 年,无论日子多么艰辛,哪怕食不果腹,我们也从没分开过,只有它才知道和在乎我在丛林中过着怎样的日子。若干次我摔倒在丛林小道上,若干次我喝醉了,踢它,对它说脏话,它从来都不在意,也从没有离开过我,甚至成星期地照顾我,并且它不止一次地救过我。丛林中洪灾、火灾不断,丛林中的日子是那样孤独,因为总是有它陪伴在侧,我才没有疯掉。"听了一会儿,喘了口气,他接着说,"这条狗对我来说,比丛林中的任何人对我都好,我对它也是。在丛林中我跟它形影不离,它为我守护,为我照看财物。它一直是我忠诚、直爽、诚实的伙伴"(qtd. in Cronin, 1984: 287)。半小时后,他被告知,医生正在后院里为他的狗治疗腿伤。这则小说中,狗对生活在丛林中的他而言,其重要性不言自明,丛林人与狗之间那种甚至超越人与动物界限的、亲如兄弟的情谊,更是让人感动,让人流泪。劳森这则讲述人与狗的深厚情谊的故事还深深影响了澳大利亚随后的作家。弗兰克·哈代(Frank Hardy)在他的《澳大利亚丛林传统》中讲述了一则同样令人感动的狗的故事《澳大利亚人对狗的珍惜超越了对人的珍惜》("That Australians value dogs more than people")。故事中,两条狗精明能干屡屡救主人于困境,一个夜晚,在一个丛林酒馆中,琼斯对他的丛林伙伴波克(Billy Borker)讲起

第三章 丛林情谊:澳大利亚丛林现实主义小说灵魂

他的狗的故事:

> "一次,我从阿拉伯买回了一船马匹,在距离昆士兰海滩还有 50 英里的地方,突然起了一场风暴。眼看着船只就要侧翻,马匹吓得惊慌不已。船长下令说,'快把马解开把他们赶下船,快!'于是,我就立刻把马全部解开,看着他们一匹匹跳进波涛汹涌的大海。我的狗,你知道就是我的那只狗,随之跟着马匹一头扎进了大海,我则搭上了救生船,当我回到岸上的时候,却发现马匹也都已经在岸边了,你知道,就是我的那只狗把他们一匹匹聚集在一起带上岸的。"酒店老板听到这里,说愿意出价 $500 买下这条狗,琼斯则坚决不同意。与酒店老板愿意出 $500 买下这条狗形成鲜明对比的是,他却不愿意赊欠 5 瓶啤酒给除了狗就身无分文的琼斯。波克则说,"我的那条狗也是在方圆 500 英尺无敌手,甚至威名远扬,一个家伙专门从悉尼赶来与我的狗比赛,你知道怎么了?我的那条狗当时刚生完两只小狗,结果呢,她的两条小狗紧跟着她跑了第二和第三。"(Hardy, 1988: 127–128)

哈代这则关于狗的故事,以一种幽默和夸张的手法叙述了狗的聪明和能干,成为琼斯和波克重金不换的终身伴侣,从中可以感知在孤独的丛林中,狗对丛林人的重要性。也就是说,狗对生活在拮据边缘的丛林人琼斯和波克而言,既是帮助他们克服丛林诸多意外和各种困难的好帮手,也是他们在丛林孤独生活中获得快乐的源泉。

丛林孤独中形成的丛林兄弟情谊在拉德的丛林选地故事集中同样存在,并且是他选地系列故事中表达的一个重要主题。如《在我们的选地上》的《可怜的鲍勃去世的那个夏天》("The Summer Old Bob Died")中的鲍勃,他是在丛林选地上独自生活的一个单身汉,离最近的老爹家也有 2 英里距离,每日陪伴他的只有几份报纸,虽然他并不认字。这种看似荒谬的寥寥数笔把丛林人的孤独寂寥心情一下子凸现出来,而最终当他在一个暴风雨的夏夜死于雷电的时候,老爹一家将他的尸体埋葬在一棵桉树下,因为那个地方有着一群公驴栖居,那样"他可以听到一群公驴在对他说话,他就不会那么孤单了"(Rudd, 1973: 82),读来让人心酸不已。再如收录在《拉德家族》(*The Rudd Family*)中的一篇短篇小说《三只狗》("Three Dogs")的故事。老爹家的一只狗惨死沟渠后,由于狗在丛林人的生活中有着非同寻常的意义,他们就想方设法再要一条狗,这时候,丛林人默里根(Molligan)知道了他们的需求,特地将一条训练有素、灵活聪明的狗送到老爹家里。小说描述了这样一种真情:丛林人之间只要知道别人需要帮助就会第一时间、毫不迟疑地提供一切可能的帮助。正如《把帽子传一传》中的丛林人"长颈鹿"那样,劳森借叙事者口吻说,"我相信,他将来进入天堂后的第一件事情,也一定是,他会将帽子在天使中传一传,为他身后的人间世界进行一次募捐"(Mann, 1968: 110)。

《给天竺葵浇浇水》是劳森丛林短篇小说中的经典,也是澳大利亚短篇小说的经典,更是丛林现实主义小说的经典。这部小说借助丛林环境将丛林人方圆数英里没有邻居的环境孤独,终日在丛林中辛勤劳作而无人交流的内心孤独,对美好生活向往坚定追求不放弃的精神孤独——展现在读者面前,在这三个层面的孤独困苦的境遇下,大部分丛林人都不可避免地陷入了疯癫。劳森的高明之处就在于他在展现丛林孤独的同时,也将丛林人不顾困难、奋力助人的丛林兄弟情谊——呈现,让人倍感丛林人的真诚和无私。小说中的斯佩赛夫人(Mrs. Spicer)在得知玛丽刚来到丛林生活时让儿子送去一大块牛肉的情节让人感到丛林人的友善和温暖。而且借助这个情节,劳森将她一直好善乐施的品质传递出来,当玛丽要付钱给他(斯佩塞的儿子)时,他说,"我们不是卖肉的,我们只不过杀了一头牛自己吃,我们会把肉分给丛林中扎篱笆墙的人、土地丈量员、埋地下管道的人或者其他需要的人"(Lawson, 2008: 67)。并且他说,"妈妈说,担心你们刚来会受不了丛林中的孤独,她昨天本想来看你,后来有事情没来得了,但她一定会来看你们的"(Lawson, 2008: 68)。这一席温暖的话语让玛丽备受感动和鼓舞,让她看到,有着斯佩赛夫人,丛林孤独不再那么难忍和可怕,从而坚定了在丛林中生存下来的信念。

劳森、弗菲、拉德等民族主义作家都注意到了丛林兄弟般的友谊和忠贞给予孤独的丛林人的精神慰藉和鼓舞。他们相信,尽管丛林世界犹如一片生活的荒原,孤独、冷酷、艰辛,但丛林人之间的真情成为了孤独的丛林人不可或缺的支撑。丛林情谊是劳森、弗菲、拉德、弗兰克林笔下所有丛林人在孤独的丛林中唯一的期待和慰藉。他们无限珍视丛林情谊给予丛林孤独心境下的丛林人的支持和鼓励。也正是对丛林情谊的一种信仰让他们在荒野丛生、蛇虫缠绕的丛林中顽强地生存了下来,让他们得以在守望相助中克服丛林种种灾祸更好地生存了下来。正如博克斯(Elsie Birks)的自信表达,"丛林情谊中所传递的人性善并不仅仅是传说,人类的兄弟情谊理想在丛林中遍地传递,在人类大地上也一定可以实现"(qtd. in Gilmour, 1965: 63)。丛林现实主义小说作家对丛林兄弟情谊的集体表征,就像吉尔莫评论的那样,意在"否认阶级差异,否认阶级斗争,强调丛林人是一个大家庭",澳大利亚所有人群可以像丛林人那样组成一个平等的大家庭;而且劳森等作家对丛林兄弟情谊的集体传递表达了"对当时社会不公现象不满,试图予以纠正的努力(qtd. in Bellanta, 2008: 5)"。其实,不仅如此,笔者认为,通过对丛林兄弟情谊的建构,丛林现实主义作家还意在强调对当时澳大利亚社会经济结构进行变革,希冀引起社会对丛林人生活状况的关注,从而达到改善丛林人生活条件的目的,体现了丛林现实主义作家为丛林人现实需求进行诉求的社会责任。

第二节　丛林抗争中的伙伴情谊

威廉·莱恩(William Lane)是19世纪90年代澳大利亚民族主义运动的重要政治家。他明确地指出澳大利亚应当从英国殖民文化和制度中独立,他对独立后的澳大利亚政治理想也颇为明确。一方面,他反对澳大利亚当时的殖民制度,反对一切唯宗主国英国"马首是瞻"的文化犬儒主义;另一方面,他积极认可澳大利亚丛林文化,认为丛林文化才是澳大利亚大陆的文化属性。他倡议新成立的澳大利亚招募运动主要对象应当是丛林工人,也就是那些剪羊毛工、矿工、丛林人,因为这些人才是丛林伙伴情谊的真正缔造者和践行者。在他的小说《工人的天堂》中,他认为这些人才是澳大利亚不朽的人"(Bellanta, 2008: 6)。莱恩的民族理想深深扎根于澳大利亚丛林,在他看来,丛林伙伴情谊与他从欧洲习来的社会主义理想不谋而合,他的新澳大利亚理想正是丛林伙伴情谊所传递的精神内涵。以劳森为代表的澳大利亚民族主义作家的丛林作品所展现的丛林伙伴情谊呼应了莱恩的丛林政治理想。劳森、弗菲、拉德与弗兰克林自幼都生活在澳大利亚丛林,都有着深刻的丛林生活体验,他们将自身的丛林经历作为创作源泉,以现实主义手法再现丛林人在丛林重重困境中的不懈抗争精神,并将丛林人在丛林抗争过程中结成的丛林伙伴情谊建构为澳大利亚民族性中的重要元素。

对于今天的澳大利亚人来说,丛林也许算得上是一片视野开阔,充满灵感和富于想象之地;而对于澳大利亚早期的丛林人来说,丛林则是充满敌意、一片荒芜的恐怖之地,一片"冷漠无情地对抗着人类希望之地"(Turner, 1982: 49)。早期澳大利亚丛林人的丛林困苦经历令人难以想象,他们在无限艰辛的丛林环境下顽强抗争更是缔造了澳大利亚不朽的丛林神话。因而他们在丛林中求生

第三章 **丛林情谊：澳大利亚丛林现实主义小说灵魂**

存的艰辛程度，他们在丛林遇到各种困境时的坚韧，他们为了生存所付出的各种努力程度也才成为了今日澳大利亚民族赖以骄傲和自豪的文化遗产。得益于早期丛林人的那股无所畏惧的抗争意识，得益于他们在丛林抗争过程中结成的伙伴情谊，丛林人遇到任何问题都不屈服的抗争态度孕育了澳大利亚民族积极乐观的民族性格，尤其是在抗争中形成的伙伴情谊更是成为"变革当时澳大利亚社会"(Bellanta, 2008: 6)的重要因素。

一、丛林人与自然环境的抗争

澳大利亚丛林环境是一片艰辛、荒野、毫无怜悯之情的人类荒漠之地。澳大利亚丛林到底有多艰辛？对此，澳大利亚著名文化学者帕尔马(Vance Palmer)这样说，澳大利亚丛林是"一个必须努力抗争，并将之克服的敌人"(1954: 20)。在劳森现实主义笔锋下，澳大利亚丛林"对于丛林人来说，(丛林家园)是一个痛苦的记忆，(他们)对丛林未来一片绝望"(qtd. in Prout, 1963: 274)。对此，我们来读一封劳森给他姑姑的信，信中他的丛林生活体验让我们读来有切肤之痛，对他的感受感同身受，对丛林的荒野恐怖唯恐避之不及。

> 我自上次写信给你以来，背着行囊走了200英里了，现在我露宿在昆士兰边境——一副狼狈样。我明天开始沿着泥泞的土路往回走，大约140英里，估计得9天可以到波尔克(Bourke)。没有工作也没得吃。我们主要以麦面饼(Johnny cakes)和偶尔从路边破落的肉店乞讨一点点肉为生。……我一旦到了波尔克，我就想办法回悉尼——再也不想面对丛林！你不能想象这里的丛林有多恐怖。流浪汉都像流浪狗一样靠乞讨生存。我睡了两个月所谓的床——幕天席地。我们每天能走多远就走多远——直到找到水，然后就裹到毯子里滚一圈躺下来。

从早到晚打苍蝇,终于赶跑了苍蝇,蚊子又开始了。(qtd. in Roderick, 1985: 44)

尽管劳森说他再也不面对丛林了,后来证明"这并不是他最后一次直面丛林,更不是他第一次面对丛林"(Garnre, 2012: 456)。因为丛林虽然困苦,但在困苦中结成的丛林伙伴情谊对劳森却有着更强的感召力。并且正是这种痛苦而真实的丛林体验,让他建构起了对澳大利亚民族身份的想象,关于这一点,后面还会进一步讨论。劳森在信中所描述的丛林艰辛真实可怕,甚至让劳森感到在丛林中待的时间越久,你就会对它越不满意,从而产生再也不会去丛林的念头。这样的艰辛却又是实实在在摆在每个丛林人面前的现状,并且他们只能面对并尽力去克服,因为丛林人大部分都是生活困顿、身无分文的丛林工人,他们没有像劳森以及美国西部拓荒者那样可以回到城市的条件。

其实,真正的丛林人遇到的艰辛远甚于此,澳大利亚战争历史学家宾恩(C.E.W. Bean)将丛林生活看作是对丛林人的一种艰苦训练,"丛林人必须与各种人和自然抗争,这过程跟战争一样残酷,而这样的丛林抗争将澳大利亚人造就得像勇敢的斗士一样"(qtd. in Murrie, 1998: 75)。

19世纪80年代末,丛林现实主义小说"具有民族寓言性质的丛林气质和占据主流的种族态度"(Horton, 2012: 1677)是这一时期民族文化的主旋律并且成为了澳大利亚民族想象的重要组成部分。比如,澳大利亚联邦独立的1901年,古尔德(Nat Gould)的最畅销小说《定居的那一天》(*Settling Day*),就描写了这两大主题。小说写于英格兰,开篇描写了主人公丹尼斯(Jim Dennis)在孤独的丛林中找医生为儿子看病的场景,这段关于丛林艰辛和孤独的描写让人对丛林人内心痛苦感同身受。

他骑着马一路上艰难地拼命往前赶,被太阳烤焦了

第三章 丛林情谊:澳大利亚丛林现实主义小说灵魂

的路面上是一阵马蹄声。他为了生命在赶路,为了他儿子的生命,他还只有6岁。当他催着马儿不断快跑的时候,他好像感到在每一阵风中传来的呻吟声中能听到痛苦的哭喊声。他的表情凝重,眼中虽然没有泪痕,心跳的每一个悸动都令他痛苦。因为每一个脉搏的跳动都在增加着他对自己不在家时可能会发生的可怕事情的担忧。在澳大利亚丛林里,医生很少,而且中间的距离也是远得不可想象,至少都在好几英里之外。(Gould, 1901: 1)

澳大利亚丛林现实主义小说真实地再现了丛林人在恶劣的丛林环境中的坚韧抗争。在与丛林环境和丛林危机的抗争过程中,丛林人结成了忠贞莫逆的丛林伙伴情谊,这种情谊将丛林人紧紧团结成一个整体,共同应对丛林各种风险。

澳大利亚丛林炎热、干旱、降雨量小的环境使得丛林大火时有发生,以致火灾成为丛林人生活最需要防范的敌人。丛林伙伴情谊体现在丛林人共同克服丛林火灾的团结互助上。早期丛林人对火灾始终提心吊胆,这种恐惧心理使他们感到(火灾)危险就在身边,并且难以想象这次是不是比想象的还要严重,而且这种危险因为防不胜防而更加令丛林人担心害怕。

生活在澳大利亚丛林中的人主要分为三类,这里有必要进一步解释,以便于读者对于澳大利亚丛林人阶层有一清晰的轮廓。一类就是从欧洲大陆移民过来保持着欧洲统治阶级价值观的"占地农",他们占据着丛林中最好的土地资源,常常过着富有而骄横的生活;另一类就是"选地农",主要由爱尔兰等国家的农民移民和当地被释放的囚犯构成,他们主要靠租借占地农家中地势低洼、土壤贫瘠的土地生活,希冀自力更生,有着吃苦耐劳精神,但常常由于丛林火灾或者洪灾而终年窘迫,甚至负债累累;第三类就是地地道道的澳大利亚"丛林人",主要指丛林中的剪羊毛工、矿工和拉牛车或赶马车的一类人,他们最为贫困和困苦,主要依靠打零工生存，但他们也最为自由，思想最为活跃，具有反抗精神。本课题所讨论的丛林人主要是指第二类和第三类，尤其是指第三类，从一定意义上说，他们才是在丛林艰辛环境中凭借顽强的意志和坚韧的毅力求生存的真正的丛林人。并且第三类丛林人，往往需要离开自己的妻子和家庭，独自到丛林中谋得一份可以养家糊口的临时工作，这一过程，客观上也历练了他们独立自由的性格。追求独立和自由的生活态度让丛林人在丛林中结起了深厚的丛林伙伴情谊，这种真诚、忠贞的丛林情谊成为他们对抗丛林各种风险的保障，并被丛林现实主义小说作家建构为澳大利亚民族身份的重要元素。

比如，劳森在《劳斯农场上的大火》（"The Fire at Ross's Farm"）描写了占地农沃尔和他家的选地农劳斯之间跨越身份差异的伙伴情谊。沃尔革除身份壁垒，与选地农一起同心协力将丛林大火扑灭，成功地挽救了选地农的家园和庄稼。对于选地农而言，他们一年的衣食和生活完全依赖于当年的庄稼收成，而一场大火就有可能摧毁一年的所有努力，所以狠心残忍的占地农在女儿玛丽丛林精神的感化下，叫上了家里所有的人去帮劳斯扑灭了大火。占地农帮助选地农扑灭丛林大火的故事情节在《给天竺葵浇浇水》中得到了再现。占地农沃尔（Wall）的儿子比利（Billy）看到选地农斯佩塞夫人家的牧场起火后，第一反应就是"不好，斯佩塞不在家，只有斯佩塞夫人一个人，她的庄稼危险了，立马就叫上家里的三四个人赶奔到那里，及时扑灭了大火"（Lawson, 2008: 74）。作为丛林现实主义小说作家，劳森将澳大利亚丛林土地政策问题和不公现象也一并揭露出来，他说，"选地农是那些凭借着自己居民身份从占地农那儿租来一小块土地的丛林人，他们在选地上种植庄稼，按照分期付款的方式交付土地租金。如果他们运气足够好，在干旱的丛林中遇上风调雨顺的季节的话，就可以在付了一定足够长时间的土地金后，免费拥有这块土地"（Lawson, 1902: 163）。但是，要想免费获得这块土地，可不是想象的那么简单，叙事者用调侃的语调

第三章 丛林情谊:澳大利亚丛林现实主义小说灵魂

说:"我继承了一块大约 300 英亩的丛林使用权,但是 30 多年了,我还没有获得这块土地"(Lawson, 1902: 164)。

回到前面所讲的丛林环境。在干旱季节,大火是丛林的常客。要想知道丛林大火究竟有多么凶猛,或者说,一场丛林大火发生对丛林人意味着什么,可以看看劳森在《丛林大火》("The Bush Fire")第三节的描写:

> 整个丛林都笼罩在一片蓝色的烟雾中,你根本看不出火势在往哪个方向蔓延,火苗吞噬着整个枯树枝向上串越,就像黄昏下工厂里的烟囱里冒出的滚滚浓烟,……火苗从一根树枝串到另一根树枝,就跟森林大火一样,蔓延到几百英里外的矮木丛,将贴着地皮的草丛都燃为一片灰烬。(Lawson, 1902: 170)

事后表明,这场火灾是由于一个丛林流浪汉因为对占地农残暴、恶劣态度不满而故意纵火引起的,这场由一根火柴引起的大火迅速燃遍了一大片丛林选地,火势之烈,破坏之大,在劳森细致、真实的描写下,让人惊恐愕然。这起由丛林人故意纵火引发的火灾也从侧面表明了丛林人对于丛林不公的不满和对占地农高高在上的傲慢态度的反抗,是对他们长期欺负的报复。

拉德在《在我们的选地上》中的第四篇《山穷水尽之际》("When the Wolf Was at the Door")描写了丛林干旱季节水资源紧张、干燥缺水让他们不得不全家出动挖井的情形。而在这一过程中,家中的牧场却着火了。

> 整个草堆都着火了,周围的丛林也起火了,热浪滚滚!地狱般的热浪!当我们终于快要将火势控制住时,一场风又吹过来了,火势立刻又变得更高更猛。"一切都于事无补。"老爹最后说。(Rudd, 1973: 18)

这场大火,将老爹一家在选地上数年苦心经营和努力一下子化为乌有,全家立刻陷入食不果腹、衣不蔽体的境地。火灾过后,老爹实在没有办法,就对母亲说:"要不我们再向杜耶(Mrs Dwyer)夫人借点,等有了再还过去。""哪好意思啊,上次借的还没还呢!"老爹想了想说,"那安德森家呢?"(母亲摇了摇头说,"他家早晨刚让儿子到我们家来借呢!")后来,老爹实在没办法,就又到他们还欠着钱的店主家赊欠了一袋米面,临时解决了温饱问题。而事实上,这种缺衣少食的日子几乎折磨着老爹一家的每一天,而这也成为了老爹每天从丛林的辛劳中回到家中后的心病。

老爹沉默不语。他看上去有些悲伤,躺在那儿看着屋顶。你会以为他在看窗外高悬的明月或者在数天上的星星,其实不然。老爹从来没有这种雅兴。他在想这么多年来的辛劳和忧愁为何只是换来了一个个失望,他在想何时会迎来转运,他在想什么时候地里的庄稼才能足够付清利息,他在想怎样才能让母亲和我们每天可以填饱肚子。(Rudd,1973: 61 - 62)

故事中,拉德对老爹在丛林困顿面前展现出的愁苦情绪刻画深刻。虽然丛林人有着阶级和层次之分,但丛林人往往都形成了一方有难,八方支援的丛林伙伴情谊,这也是他们在丛林灾难和苦难中能够生存下来的一大根本因素。就像《在我们的选地上》第九篇《老爹与多诺万父子》("Dad and the Donovans")故事中所描述的那样,"我们一家都在仓库中剥玉米,安德森父子、马洛尼夫人都在帮我们。下周我们也去帮助他们"(Rudd, 1973: 58)。早期机械工业的不发达,导致各种农作物的耕作与收割都依赖于手工,而这种需要互相提供帮助的手工劳作无疑也增加了丛林人之间的交往和情谊,而这也更加坚信了丛林人对于丛林中伙伴情谊的信任和依赖。不仅如此,在机械工业发达和工业革命发展的后来,丛林人一度更

第三章 丛林情谊：澳大利亚丛林现实主义小说灵魂

加珍惜在丛林中形成的丛林情谊，而这也就是后文中还要重点分析的丛林现实主义小说中的丛林怀旧传统的源头。

在丛林现实主义小说中，丛林干旱季节丛林火灾时有发生，丛林人只能借助丛林伙伴的互相帮忙才能生存下来。这篇故事明确地表达了丛林人之间在遇到困难后的互相提供力所能及的帮助是丛林人共度困境、克服丛林障碍的有力保障，并且这种丛林情谊让他们对未来充满了希望，让他们坚信，不管丛林环境有多么恶劣，只要坚持、不懈努力、不断想办法，总归有好起来的一天。正是在这种丛林情谊与乐观信念的鼓舞与支持下，老爹一家克服了丛林中的一个又一个困难，成功在选地上立足。

正如拉德《在我们的选地上》中第四章上所描写的那样：在数年的苦心经营后，家庭生活虽然清苦，但逐渐有点生机了。然而选地上一场大火摧毁了老爹一家人多年来的一切努力。老爹在"母亲生病卧床，家里没有任何吃的，家已经彻底不像家的境遇中依然不愿离开选地"(Rudd, 1973: 21)，但丛林对于澳大利亚丛林人有着不愿割舍的吸引力，因为总会有丛林人提供帮助，"家中一贫如洗，就在举家愁眉苦脸之际，儿子丹（Dan）却从丛林剪羊毛工那里突然回来了，口袋装了一口袋钱，还背回了一背包衣服"(Rudd, 1973: 22)，解了一家的燃眉之急。原来，丹通过在丛林中帮别人家打零工，将家庭暂时的困境告之别人后，就立即获得了丛林人的慷慨解囊，虽然他们自己也一个个都像劳森在《把帽子传一传》中说的那样"手头很紧张"(hard-up)。这种在丛林抗争求生存中相互依靠、相互救济的事件，在丛林中屡见不鲜，彰显了丛林人在丛林抗争中的伙伴情谊。

丛林现实主义小说作家笔下都观察和记录了丛林火灾频发的客观事实。一方面，客观来说，澳大利亚丛林气候干燥，丛林地貌致使丛林火灾多发，丛林现实主义小说作家善于观察丛林中的一切细微之处，时有发生的丛林大火自然就成为他们丛林关注的一个重要方面。正如巴恩斯（John Barnes）谈及弗菲的《人生如此》时所说的,"弗菲的这部小说是基于他的个人经历写成的,即便对不了解弗菲生平的读者来说,如此细节形象的描写,肯定是出自熟悉丛林生活的作者笔下"(1956: 378)。另一方面,这种对于火灾或者火情的关注,也是受到了英国维多利亚现实主义小说的影响。众所周知,《简·爱》中桑菲尔德的最后一场大火让简回到了罗杰斯特身边。再如1854年,克拉西(Ellen Clacy)在《一场丛林之火》(*A Bush Fire*)中对大火的描写,故事描写了一场丛林大火,这场大火非但没有能够毁坏英国农场,并且还成为了英国乡村村民与熊熊大火抗争的避难地。另外,特洛罗普在《甘高里的哈利·西斯科特》(*Harry Heathcote of Gangoil*, 1874)强调了定居居民要摈弃不同的宗教、政治观念,团结一致共同对付丛林纵火案。虽然这几部英国现实主义小说的主旨不太一样,但在将"大火"作为故事情节主旨来推动故事发展,甚至将故事推向小说高潮方面有着共同的表达。后两部英国作家所强调的共同对抗恶劣的丛林环境时所需的团结精神也成了澳大利亚作家致力去描写和关注丛林大火中结成的丛林情谊的先声。

丛林有多艰辛,丛林人的抗争有多艰苦,单从上面澳大利亚本土作家的描述还不足以窥得全貌,缺乏一定说服力的话,那么看看欧洲移民或者那些真正到澳大利亚丛林体验过的欧洲作家的描述,就能更深刻地体验澳大利亚丛林环境的恶劣条件和丛林人的艰苦生活了,也更能表明澳大利亚丛林人的坚韧和顽强的丛林品质。

> 我去澳大利亚无非就是想去看看我儿子在羊群中的情形,的确是这样,他天天跟羊群待在一起,我在那儿愉快地呆了四、五个星期,他在那儿并不在挣钱,他也从没挣过钱。我只能说,出版商慷慨地给我的数千磅书稿费都用在了这次澳大利亚之行上。但开心地说,这跟他没有任何关系。他在管理羊群时那种坚持和诚恳的工作态

第三章 丛林情谊:澳大利亚丛林现实主义小说灵魂

度让我印象很是深刻。(Trollope, 1883: Chapter XIX)

这里特罗洛普以旅行笔记的形式客观地再现了他的儿子作为一个丛林人在丛林环境里所经历的真实生活艰辛和困境:特罗洛普的儿子以坚持诚恳的工作热情终日劳作,却依然食不果腹;终年劳作,却依然分文不剩。我们可以想想那些没有任何支撑的丛林人在这片丛林里终日劳作的生活是什么样子？那就是每日过着跟羊群在一起的生活,却挣不到任何钱。丛林生活困顿如此真是让人心酸,令人动容！这也就是现实的力量,在将客观现实如实呈现的过程中让每一位读者对丛林人同情、钦佩和肃然起敬！

如此可见,对于早期从英国移民来到澳大利亚的作家来说,要想让"女王臣民们"(Her Majesty's subjects)承认他们在征服澳洲大片殖民地时经历了怎样的困难(那对他们来说无疑是羞于承认的事情,毕竟澳大利亚丛林人在那边生活了很久)是一个挑战。摩根(Patrick Morgan)说,"澳大利亚开阔的丛林并不符合维多利亚原本那种错综复杂,充满异域风情的想象。澳大利亚丛林生活与他们想象中藏身于澳大利亚丛林山谷的浪漫是两回事。那种田园牧歌式的生活想象也根本不存在。一望无际的牧场,为生存而不断抗争的丛林人,丛林工人的游牧生活更是与他们的美好想象背道而驰。那些满怀希望地来到澳大利亚尤其是澳大利亚丛林中的人很快就希望破灭了:人怎么会在这里生活呢？人类社会似乎从来没有在这个地方生过根"(1988: 246)。换句话说,维多利亚关于遥远的澳大利亚还仅仅只是以传统的想象为基础,不可能想象出澳大利亚丛林生活的真正艰辛,也不可能想象在那样单调、乏味、千篇一律的丛林中生活的各种困难,更不要说还要与长年不断的旱灾、火灾和洪灾抗争。

劳森笔下所歌颂的丛林生活是他自己真实经历过的生活,他所描写的丛林是他亲眼所见的丛林。任何一位读者都能看出他关于丛林的每一个字都是澳大利亚的现实，因为劳森除了能够仔细观察丛林外，他还一直在用心体验丛林。(qtd. in Prout, 1963: 274)

借助特罗洛普的游记和劳森在伦敦发表的丛林小说，欧洲读者特别是英国读者对于澳大利亚有了别样的了解，从这些丛林中，他们知道了真正的澳大利亚生活与早期为了吸引他们去澳大利亚大陆，一味描写澳大利亚绮丽风光的宣传小册子所写的不一样，也让他们对已经移民到澳洲大陆的先辈们产生了钦佩之情。

此外，澳大利亚独特的地理位置决定了其炎热、干燥的气候条件。澳大利亚春夏秋冬季节交替不分明，对于他们来说，尤其是对于早期生活在北部昆士兰地区的丛林人来说，他们只有干旱和雨季两个季节。除了上述丛林大火是丛林干旱季节的常客之外，余下的季节就属于雨季。而丛林雨季给丛林人带来的麻烦一点也不比丛林干旱或者说火灾好多少，有时候甚至更加糟糕。这是劳森在《雨季》("In a Wet Season")的描述：

> 连续不断的下雨，……天空就像一个潮湿、灰暗的毯子（往下倒水），一眼望去，丛林成了一片死海，只有几棵野草挣扎着露出了水面，丛林——让人说不出的烦闷——而这一切比烦闷的丛林更加令人沮丧，一切都潮湿不堪、灰暗无边、乏味无比，……这一切让人觉得死神快降临了，……我们一心想的就是怎样逃离丛林。……被雨水淋光了树皮的树全都淹在水里，树枝摇曳，鬼影森森。(Lawson, 1992: 89–91)

无论是旱灾还是雨季，丛林对于澳大利亚丛林人来说，终年都是一种毁灭性的力量。在劳森、弗菲、拉德等作家笔下，他们的丛林现实主义小说都将丛林环境视为一种令人疯癫的场所，他们在

第三章 丛林情谊：澳大利亚丛林现实主义小说灵魂

与令人疯癫的丛林抗争的结果就只有两个：要不克服丛林，（所谓克服丛林，其实是克服自我），成为丛林生活的主人；要不被丛林疯癫吞噬，在丛林中陷入疯癫。丛林生活中那种极度的身心折磨就连抽烟和酗酒也不能将之彻底宽解。"当一个抽烟的人有着如此沉重负担的时候，他在烟袋中也寻求不到宽慰，当一个喝酒的人有着如此沉重的麻烦的时候，他在酒精中也寻求不到宽慰"（Lawson，2008: 154）。

有别于佩特森等丛林诗人的浪漫想象，劳森、弗菲、拉德等的现实主义小说对于丛林恶劣环境的"厚重"描写，产生了一种独特的叙事效果，他们丛林作品中无论是对丛林情绪的宣泄，还是对丛林外部风光严酷性的表征，都无不揭示了丛林人的内心危机。对于英国读者来说，他们此前看到的不是模仿维多利亚的翻版小说，就是意在吸引他们的旅行手册之类的风光介绍，而丛林现实主义小说中这种对于丛林经历的"恶化"描写，让他们对于澳大利亚丛林生活的看法有了态度上的转变，并对遥远的澳大利亚大陆有了新的认识。

对于英国殖民者来说，他们更多的是凭借想象论道丛林，认为丛林风光绮丽迷人，令人向往。伴随着澳大利亚民族主义时期丛林现实主义作家对丛林人和丛林环境的客观描写，他们隐约感受到当时环境的恶劣和艰辛，尤其是在了解澳大利亚地域风貌进化过程后，"我们知道艺术家（画家和文学家）对于当年环境的真实临摹的用意不在于告诉我们澳大利亚是怎样一个令人望而却步的丛林沙漠，而意在告诉我们今天的澳大利亚正是从这片丛林发展而来"（Ross, 1990: 501）。对丛林的真正理解会激起他们对丛林的怀旧之情，激起他们对丛林人的感恩之心，激起他们对丛林人在恶劣丛林环境中形成的伙伴情谊的由衷敬意。

劳森的丛林现实主义小说与俄国契诃夫的现实主义短篇有异曲同工之妙：他们都选材于社会底层默默无闻的小人物；另外，他们更加注重人物外部形象（而不深入人物内心）的刻画。因此，劳森被称为澳大利亚的契诃夫。不仅如此,劳森作品所反映的丛林现实映照了特罗洛普在澳大利亚丛林的见闻:他笔下的主人公就是那些自己吃不饱也要依然与丛林伙伴分享自己微薄食物的小人物,并且在面对生存困境和争取成功失败之后,也依然以丛林人的智慧和乐观面对困境,而且要"keep the world at bay",劳森笔下的丛林人就如特罗洛普所说的,终年劳作,却无积蓄。但正如《曾经绅士的故事》("The Story of Gentleman Once")中的主人公那样,无论遭遇怎样的失败和打击,都依然不会放弃心底的渴望。而劳森通过对丛林人米切尔(Mitchell)人物形象的描写,则将劳森对于丛林人的真实情感全部呈现给了读者。克拉克(Manning Clark)这样评价劳森塑造的米切尔形象:

> 到1893年的时候,米切尔这个丛林人的形象可以说举世皆知,他首先是作为一个超越了所有竞争对手的形象出现。每一个澳大利亚人都能看出他属于澳大利亚,因为他的澳大利亚性如此鲜明而突出。劳森将自我形象借助米切尔表现,在这一过程中,劳森不仅仅让澳大利亚人意识到自己的澳大利亚性,而且赋予他们一种自信心。米切尔就是澳大利亚的代表。……米切尔就是劳森向世界传递他自己丛林心声和观点的代言人。通过米切尔,读者知道丛林人在丛林中经历了怎样的艰辛,但这样的艰辛又让每一个丛林人充满了"力量和光荣"感,也让人知道丛林人在与丛林抗争过程中所遭受的各种羞于启齿的羞愧和堕落。(1978: 61)

劳森笔下的丛林人还给人以坚韧勇敢的硬汉印象。如劳森通过米切尔这一丛林人物形象的塑造,使得米切尔成为了丛林人理想的化身,因为他在丛林抗争中表现出了英勇、不屈服的品质,而他在各种丛林危险和威胁面前表现出的勇敢坚毅更是让人想起了

第三章 丛林情谊:澳大利亚丛林现实主义小说灵魂

海明威笔下的硬汉人物形象。

劳森作品的丛林书写让读者对澳大利亚丛林印象特别深刻。"这个世界对丛林人来说,太残酷了! 只有魔鬼和劳森这样敏感的诗人才会去关注"(McLaren, 1980: 47)。这正体现了现实主义作家劳森的道德感和使命感,因为现实主义的任务就是要揭示出社会中的黑暗、邪恶和不公,并将其公布于众,使得各个阶层的读者知道社会上这样不可思议的黑暗存在,从而达到了解社会真实状况,同情弱者并最终推动社会去改革的目的。也就是卢卡奇(Georg Lukács)所强调的现实主义文学所应该具有的社会功能。作为一个现实主义作家,劳森有一种本能的习惯去描写社会中一切负面的东西,而且上帝赋予他这种敏锐的天赋——读者能感受到他所写的一切都是真实的。因为这样的真实才会打动读者,从而让有能力的读者再去影响其他读者,达到推动社会进步的目的。

读弗菲的《人生如此》,包括他的《里戈壁的浪漫史》,我们看到的是对丛林困境的无奈和哀叹,在一个个"人生就是这样"的自我解嘲和宽慰中,重新调整心态,以积极乐观的情绪面对丛林第二天。而读拉德的丛林选地故事,给我们更多的则是丛林心酸背后,有一种丛林幽默将这一切轻轻化解。

应该说,在面对无限艰辛的丛林中各种恶劣的自然环境时,在丛林现实主义小说作家笔下,他们关于丛林人的现实描写总能让人看到积极向上的东西。因为无论在劳森、弗菲,还是弗兰克林、拉德,他们笔下的丛林人总能以一种幽默豁达的乐观去坦然面对各种困境,即使悲观,也都是面对不可更改的现状的一种暂时退避,这也正是丛林现实主义小说的力量所在。也就是说,他们在客观描述丛林生活的同时,总能够以一种轻松、淡定的态度面对种种艰辛和困境。因为没有乐观豁达的品格,无论是对一个人还是对一个民族来说,都不可能成功。澳大利亚之所以将劳森奉为"澳大利亚文学奠基人"的原因也在于其作品真实再现了丛林人豁达、开朗的性格，澳大利亚"不可能将一个悲观主义者奉为文学领域的奠基人，在其他领域也同样如此"（qtd. in Roderick, 1972: 229）。劳森、弗菲、拉德、弗兰克林等作家笔下的丛林人在面对艰辛丛林环境时往往都表现出豁达、勇敢和坚韧的品性，而这种品性是丛林人与恶劣丛林环境抗争的伙伴情谊中形成的，更为重要的是，这种在丛林抗争中互帮互助的伙伴情谊共同参与了澳大利亚民族身份的建构，成为澳大利亚民族性格的一部分。

二、丛林人与社会环境的抗争

19世纪末20世纪初的澳大利亚，工业发达程度已经在当时的世界上处于很高水平。其时，资本主义发展规模与速度日益扩大和提高，通信设施日趋完善，火车四通八达，随着资本主义生产方式和生产关系的发展，经济危机也不可避免地要跳出来证明资本主义发展过程中各种社会矛盾的必然存在，而经济危机爆发，若干城市贫民、手工业者、丛林工人等社会底层的生活困境才真正地在阳光下暴露，经济大萧条，丛林工人（羊毛工人）大罢工等正是这种社会状况下矛盾激化的客观反映。民族主义时期的澳大利亚民众十分渴望效仿美国：摆脱英国殖民统治，成为一个独立的民族，因为"共和制是拯救贫困与其他对人的尊严的冒犯的理想形式"（Roderick, 1982: 461）。作为一个作家，或者说作为一个天生敏锐的观察家，劳森对澳大利亚社会历史发展状况有着天生的职业敏感性。世纪交接，民族独立思潮在澳大利亚大陆逐渐兴起，这也就是劳森刊登在《公报》上的第一首诗歌《共和国之歌》（"A Song of the Republic", 1887）的创作背景和创作主旨。在诗歌中，他号召澳大利亚人民奋起反抗英国殖民统治，建立自己的共和国。接着，他以《大街上的面容》（"Faces in the Street", 1888）、《共和国先驱者》（"Republican Pioneers", 1900）等诗篇持续激励澳大利亚人民奋起反抗殖民压迫，建立一个属于他们自己的独立民族。在接受资助体验丛林生活，从事丛林创作之前，身在城市里的劳森就以宣传民族

第三章 丛林情谊:澳大利亚丛林现实主义小说灵魂

独立的诗歌去激励澳大利亚民众的民族意识。当他到了昆士兰边境的丛林后,发现丛林人的坚贞、果敢、韧性、独立和自由的生活方式更加符合澳大利亚人的生活方式,他就立刻又肩负起丛林书写使命来建构澳大利亚民族想象。悉尼的《每日电讯报》(*Daily Telegraph*)是这样评论劳森的:

> 从本质上说,澳大利亚民族文学诞生于充满政治和思想动荡不堪的 19 世纪 90 年代,……越来越多的澳大利亚民族作家意识到书写(丛林经历)的必要性并且饱含激情地书写周边的社会动荡。而这正是 19 世纪 90 年代的劳森的做法。劳森的声音是一种新的运动,他作品中那回荡在耳边汹涌的反抗声音是对于 80、90 年代的澳大利亚工人罢工,旧的政党分崩离析的社会现实的真实反映。随后,他又深入澳大利亚丛林——他的声誉也因此与日俱增——将他所经历到的和观察到的丛林人的各种艰辛、粗俗、困难如实地记录下来。……他的丛林诗歌就是他的丛林生活,他描写的丛林就是他生活的丛林,在他的笔下,读者看不到一处非真实的描写。(qtd. in *Kendall's Grave*, 1922: 6)

如果说丛林人在面对恶劣的丛林自然环境时,他们也还多能保持着乐观、豁达的态度的话,那么在面对着不是那么"生态"的社会环境时,尤其是在自己的种种抗争努力都以失败告终的时候,他们就会表现出悲观失望的情绪,严重的甚至会陷入疯癫和酗酒,从此一蹶不振。虽然劳森笔下的主人公的失败,往往是由于他们"不能正视他们过去的现实,他们往往将自己的失败归于外因,比如怪罪于干旱的气候或者彰显人性之恶的银行(银行没有给他们贷款),而看不出他们失败是由于他们没有能力与自己的土地和周围的伙伴建立一种持久的关系"(McLaren, 1980: 48),这样的观点有道理,但并不尽然。因为无论是在劳森笔下,还是在其他民族主义时期的其他丛林现实主义作家笔下,丛林人除了与恶劣艰辛的丛林自然环境抗争以外,他们还遇到意料之外的种种社会因素的压迫。丛林人的失败一方面可能源于看不到自己失败的自身原因,但他们的失败与他们被剥夺和被占有的一无所有的身份状况有很大的关系。大部分澳大利亚"丛林人非但不能拥有土地,成不了自己土地的主人,而且他们往往不得不在荒凉无边、与世隔绝的环境里求生存,他们的求生环境也是他们与生俱来的环境"(McLaren, 1980: 48),在这种环境里,他们最终往往消失在找不到自我的莽莽丛林里。

收录在《丛林儿童》中的《丛林之火》讲述了一则发生在丛林中两个身份对立的阶层之间激烈冲突的故事。来自英国的移民沃尔(Wall),现在是丛林占地农,他将自己的一小块土地租给选地农劳斯(Ross)。由于固有的欧洲血统,以及一直对丛林人固有的蔑视和高傲,他总是让他的儿子去监控劳斯的牛群,以防它们跑到自己的土地上去,而作为在殖民地上长大的沃尔的儿子彼利(Billy)却非常反感父亲的这种做法。

> "我对劳斯和他儿子很熟悉,他们不可能跟踪我们家的羊群,劳斯是一个非常正直的人,再说了,他也不可能天天看着自己的牛。""我绝不会鞭打劳斯的牛,劳斯很可怜。"看着父亲沃尔浑身颤抖近乎咆哮的样子,彼利说,"你还是英国人吗?"而沃尔则愤怒地质问他儿子:"你他妈的,那你是英国人还是澳大利亚人?"彼利说,"如果这么说,那我是澳大利亚人。"随后,彼利一头扎进澳大利亚西北丛林,一去就是一两年。(Lawson, 1902: 165–166)

小说中,劳森将英国殖民者在澳大利亚殖民地中表现出来的高傲、无礼、蛮横的一面展露无遗。作为殖民者的后代,彼利在殖民地环境下长大，在模糊和纠结中日益认同自己作为丛林人的身份标识，在面临自己欧洲传统还是丛林人身份选择时，往往会有某种左右都不是的迟疑和难以决断的焦虑，但他最终一头扎进深深丛林的行为与他父亲的欧洲传统思维形成了尖锐对立。故事中，彼利对父亲以英国殖民者固有的骄横蛮横姿态对待澳大利亚丛林人劳斯感到极度的不满，并且为自己英国殖民者后代的身份而羞愧不已。作为在澳大利亚丛林中长大的彼利来说，他更多地吸收和接纳了丛林人之间平等、互助的丛林习俗，厌恶英国资产阶级市侩嘴脸和城市小市民心理。这些也表明劳森对于殖民地背景下澳大利亚丛林人自我认同态度的肯定。

值得肯定的是，丛林人身份表征问题在沃尔的女儿玛丽身上也有明确体现。小说中，她不但支持丛林人追求独立自由和平等，而且还主动去帮助他们。她甚至还跟选地农的儿子鲍勃谈恋爱，完全摈弃英国殖民者的等级观念和阶级观念。在丛林故事中，劳森所要传达的是英国殖民者那种高高在上、高人一等的殖民思想在19世纪90年代的澳大利亚大陆，尤其是丛林中行不通。最终，沃尔不但拿自己的儿子和女儿毫无办法，甚至在女儿的感化下，主动将自己农场上的人叫上，共同去帮助劳斯扑灭了那场象征着阶级冲突的丛林大火。

借助这则故事，劳森一方面表达了沃尔最终帮助选地农劳斯扑灭大火的丛林伙伴情谊，而这种伙伴情谊甚至超越了阶级差异。另一方面，劳森还通过沃尔的儿子彼利和女儿玛丽对于父亲殖民思想的反抗行为来表达一种平等思想——既然都是丛林人，那就是平等的；既然都是在澳大利亚丛林中生活，就要消除阶级偏见。玛丽跟劳斯儿子鲍勃的联姻更是对于阶级平等、丛林平等的美好愿望的表达。当然，劳森在小说中表达的丛林人对于社会不公和社会压迫的反抗很大程度上还要依赖于殖民者自身的觉醒和改革的思想，是劳森一贯的悲观情绪的某种表现。虽然劳森的现实主义小说读上去让那些习惯了资产阶级和殖民思想的英国统治者们有些不舒服,但正是这种立足澳大利亚现实、立足澳大利亚丛林的诚恳态度使其作品中所张扬的反权威、求独立的丛林精神成了澳大利亚历史上弥足珍贵的文化遗产。

丛林人对于社会环境的抗争在弗菲的小说《人生如此》中表达得更加明确、有力。《人生如此》对于丛林环境的反抗主要是基于作者本人对于丛林恶劣和艰辛环境的生活体验,着重描写丛林人在各种艰辛下求生存的不易。而弗菲对于社会反抗的姿态要更加强烈。或者说,弗菲对于英国殖民者的反抗和对社会平等与自由的追求比劳森的态度还要鲜明。弗菲在《人生如此》中运用了大量讽刺叙事来表现丛林人对于社会不公和压迫的反抗,形象而生动地再现了丛林人在生活过程中所面临的自然与社会的双重压力。对于这一点,弗兰克林认为,"《人生如此》的价值和意义已经超越了它作为一部小说的价值和意义,在追求平等和社会反抗的思想表达上,《人生如此》就是《堂·吉诃德》(*Don Quixote*)、《悲惨世界》(*Les Miserables*)、《莫比·迪克》(*Moby Dick*)、《名利场》(*Vanity Fair*)"(Franklin, 1944: 3)。不仅仅通过小说来表达他的这种社会平等思想,弗菲在小说中还借助了叙事者柯林斯(Tom Collins)来将它付诸实践。在帕尔马(Vance Palmer)看来,《人生如此》"表达了强有力的平等主义思潮,也就是激进的平民主义思想、反权威思想,在弗菲的丛林放牛人身上我们看到了他对于平等的热情渴望"(qtd. in Partington, 1998: 23)。弗菲的《瑞格比的罗曼史》(*Rigby's Romance*)是一部将原本属于《人生如此》中的一部分重新整理后完成的小说,更是一部通过一系列短篇故事来宣传社会平等思想的小说。从小说内容所反映的思想来看,弗菲是一个坚定的民主主义者,是一个为了工人利益而不断争取和抗争的民主主义者。

弗菲的平等主义思想,与劳森有着诸多相似之处,都是以强调澳大利亚丛林情谊为基础的平等价值观,即在丛林中面临着困境的丛林人应该互相帮助,互相支持。但是,弗菲笔下的丛林情谊,从一定意义上说,又超越了劳森所描述的兄弟情谊,弗菲所建构的

第三章 丛林情谊：澳大利亚丛林现实主义小说灵魂

丛林人互相支持的丛林情谊摈弃了阶级、种族和性别界限，是一种"天下男人皆兄弟，天下女子皆姐妹"的大同情谊。在弗菲笔下，他不仅客观地承认了"澳大利亚土著居民对丛林土地的拥有权，而且还表达了丛林土著人对于他们土地无可争议的拥有权，因为这是他们早期部落的遗产。在长达一个世纪被白人占有、迫害和打压下，丛林土著人依然表现出友好、慷慨和宽容的一面"（Partington, 1998: 27）。而且弗菲在小说中非常客观地呈现了丛林土著居民的真实，丛林土著居民在丛林中的生存技能和身体能力方面都超越了白人，而土著女性也跟白人女性一样，看上去体面、得体。从现实主义小说特征来看，前文说过，弗菲的《人生如此》既是一部对于澳大利亚里弗里纳（Riverina）丛林生活的现实临摹，也是一部基于自己个人丛林生活经历的真实回忆。小说中，弗菲对于丛林土著人的描写同样是基于他童年生活的经历，"他在童年时期曾经认识过很多昆士兰达林荡（Darling Downs）地区位于雅拉上游（Upper Yarra）拿着长矛狩猎的土著人"（Barnes, 1981: 377）。弗菲以自己与丛林土著人的真实交往经历为现实基础，他还在小说中塑造了一个丛林土著人托比（Toby）的客观形象。在小说中，托比不但有着某种种族优越感和自己最先占有丛林土地的自豪感，而且他很乐意跟澳大利亚丛林白人打成一片，到处显示出丛林伙伴里自己也是一员的积极形象。这种丛林人之间应有的平等与近100年之后澳大利亚政府才勇于公开承认他们曾经针对土著人的迫害政策是"一种无可言说的羞愧"比较起来，弗菲显然远远走在时代的前列，而这种超前的意识无疑是他对社会不公的不满和对社会平等渴望的作家使命感使然。

通过上面的分析，我们可以看出，弗菲对丛林人的社会抗争表达出了更多的热情，他借助这种社会抗争来表达一种丛林平等思想，从而将这种平等思想融入新兴的澳大利亚民族中去。上文曾经说过，弗菲在小说中传递的平等思想已经超越了劳森的丛林平等，即他的这种平等不仅仅是局限在丛林人之间的平等，而是一种超越阶级、超越种族、超越性别的平等。这也是他的民族理想。

此外,《人生如此》还用不少篇幅讽刺了英国殖民者的殖民思想。小说中,叙事者汤姆通过斯蒂夫(Steve)跟他讲述丛林人劳力(Rory)的故事来表达作者丛林深处"非文明的优越性"(Philips, 1955: 21)的丛林思想来讽刺殖民者在澳大利亚的固有的殖民思想。在1850—1890年之间,澳大利亚丛林人所从事的游牧业,特别是那些剪羊毛工所剪的羊毛都是为了适应和满足英国市场的需要。丛林人在恶劣环境中种植的小麦等庄稼,在丛林里养育的马牛羊都是为了满足宗主国大英帝国的市场需要,而这背后丛林人付出了多少艰辛却无人关心。

《人生如此》中既有对丛林恶劣生存环境的"由于没有地表水,这是一大片无人造访的丛林土地;而没有人造访这片土地,就是因为没有水"(Furphy, 1970: 65)的自然描写,也有对丛林中那种充满贫富差异,到处体现出不公现象的深刻揭露:

> "我没有钱,在接下来的日子里也看不到希望,直到我能够将这40英亩的围场圈起来,并在里面耕种庄稼、收割(如果有些收割的话)和变卖出去。——即便那样,我也最多指望100磅的收入,而这100磅又算得了什么呢,我外面累计还欠债200磅呢!"(Furphy, 1970: 77)

对于丛林人年年充满希望地忙碌,年年"收获"失望的现实描写显然表达了作者对于丛林人的同情和对丛林中不平等现象的愤慨。在《人生如此》中,故事叙事者柯林斯,是一个介于富裕的占地农和贫困的丛林人的中间阶层,而在成为丛林助理副视察员(deputy-Assistant-Sub-Inspector)之前,是一个丛林放牛人,他的职业可以让他在丛林中自由地到处来回观察,因而可以看到丛林生活的全面图景,而在丛林中观察到的实际状况也让他站在丛林人立场看待问题。因此,在小说的第四章,他专门论述了丛林人之间

第三章 丛林情谊:澳大利亚丛林现实主义小说灵魂

的这种不公平现象。前文我们说过在丛林中生活的人也有三个阶层,即丛林占地农(squatter)、选地农(selector)、丛林工人(bush workingman)。这其中,数占地农最为富裕但也最无情、最残暴。

> 半个世纪前,占地农通过道德力量掌控了整个外来的丛林移民,使得这些人成为了占地农的奴隶。一方面,他们以非常简单的"绅士形象"来加以掌控,另一方面,他们还以一副卑躬屈膝的讨好姿态来恳求丛林移民。而对于释放的囚犯则一律使用武力使他们臣服,这对他们来说同样很简单。……我们必须以一种括毒疗伤的勇气来承认这种时代错乱传统,否则澳大利亚平民阶层在婴儿阶段就会被社会上那些更好的阶层吞噬掉。(Furphy, 1944: 256)

这段引文表明弗菲对丛林占地农的财富掠夺手段和对丛林人的压迫和剥削现实进行了猛烈批评,对他们虚伪的两面派手法进行了批判与揭露。弗菲通过这场描写表达了对阶级不平等现象的不满,并且看到蕴含在其中的矛盾和危险。因为在弗菲看来,占地农大部分是有着欧洲血统的移民,对他们而言,澳大利亚的未来就是另一个英格兰的样子,正如小说中曾经是占地农的威洛比(Willoughby)所说的那样:"这个国家(澳大利亚)正在经历着发展的一个必经阶段。在不久的未来,这些低矮的牧场房子将被华丽的大厦所取代,周围有空阔的公园。而这些光露露的平原将给勤苦而满足的佃农们以丰厚的回报"(Furphy, 1944: 43)。为了达到这样的目的,占地农坚持社会阶层的等级制度,"社会阶层划分制度,是最适合澳大利亚牧场上的制度了"(Furphy, 1944: 255)。小说中,弗菲以一种嘲讽的态度讽刺了占地农的这种对于土地占有的等级制度。

> 毫无疑问,绅士礼仪要比丛林砍柴工人的肌肉容易练就;批评一部戏剧要比认出 12 个月前看到的坏蛋容易;穿着得体要比在雾气蒙蒙的乡村中修缮一条像蜂线那样直的道路容易;识别各种成本高昂的葡萄酒的酿酒年份要比整天背着满是油污味的背包四处漂泊求生存容易。(Furphy, 1944: 39)

这段嘲讽,一方面表明丛林人对于占地农养尊处优的那种高高在上的态度的不屑和蔑视;另一方面,也表明丛林人对于自己在丛林中辛苦奋斗却"为他人作嫁衣裳"现实的不满,更是对于那些不知感恩、没有同情心的绅士嘴脸的深刻揭露。不仅如此,在小说中,弗菲还批判了占地农对于土地的大肆占有以及他们远离丛林大众的做法,并且表达了丛林选地农和丛林工人对他们(占地农)的强烈反抗情绪。丛林选地农要求从他们那儿获得土地,使得澳大利亚成为以小农场为经营模式的家庭制,而不希望从占地农那儿租借土地求生存。因为他们在选地上的财产得不到保障,更为糟糕的是,他们选地上的牲畜不是被占地农偷走就是被丛林流浪工人牵走。丛林放牧人则与占地农争抢丛林草地放牧,他们觉得丛林上的水草应该是丛林人平等共享的,而事实上却是占地农圈走了肥美的水草,导致他们无处放牧。透过这些表面的冲突和反抗,作者对澳大利亚民族的未来表达了深深的担忧,表明弗菲作为一位现实主义作家的责任感和民族主义作家对澳大利亚民族未来的忧患意识。

澳大利亚民族主义时期丛林现实主义小说有一种民主传统,就是"抵制资本主义,发展社会主义",以保证"每个人(无论男女)都有工作,享受悠闲,平等地享有文化"(Lee, 2004: 128)。他们以一种令人同情而熟悉的随意笔调记录各行各业普通人"由于邪恶的经济制度而导致的愤怒和痛苦,他以现实主义手法,以对澳大利亚风土人情知识为基础,表达了对社会进步的渴望"(Prichard, 1943:

107)。

在《人生如此》中,汤姆在丛林所到之处不停地宣传着他的丛林理想:仁慈、平等和友爱。并且通过斯蒂夫(Steve)跟他讲述丛林朋友劳力(Rory)的故事来表达作者丛林深处"非文明的优越性"(Philips, 1955: 21)的丛林思想来对抗殖民思想,并试图将这些理想付诸实践。

在劳森著名的诗歌《大街上的脸庞》("Faces in the Street")中,劳森这样描写丛林人的生存现状:

> 在这年轻而美好的国度里,我忧伤;
> 看着那些满是饥渴而渴望关爱的面庞,我忧伤。
> And cause I have to sorrow, in a land so young and fair,
> To see upon those faces stamped the marks of
> Want and Care.(Roderick, 1967: 15)*

这不禁让人想起狄更斯在《艰难时世》中对于资本主义煤矿的一段批判,当斯蒂芬(Stephen)被从煤矿中救起的时候,已然遍体鳞伤,狄更斯对象征着资本主义工业犯罪中心场域的煤矿进行了猛烈的批评:

> "I ha' fell into th' pit, my dear, as have cost wi'in the knowledge o' old folk now livin, hundred and hundreds o' men's lives—fathers, sons, brothers, dear to thousands an thousands, an keepin 'em fro' want and hunger. I ha' fell into a pit that ha' been wi 'the' Fire-damp crueller than battle."(Dickens, 1995: 272 - 273)

---

* 为了使得读者能够更好地看到劳森作品与狄更斯作品中对社会底层人民的用词,以及劳森与狄更斯的内在联系,这里特地保留了两段英文原文的引用。

这里劳森笔下的"want and care"与狄更斯笔下的"want and hunger"对资本主义制度下工人生活凄惨现实的观察可谓一样的细致入微,也足见资本主义对于澳大利亚丛林人和对英国工业革命时期的产业工人的欺诈和剥削的残酷,如上文所说"比战争还残忍"(Crueler than battle)。可以说,在对丛林人观察细致程度上,劳森确有独到之处,几乎"一切值得关注和描写的都逃不过他那双敏锐的眼睛,而丛林人在丛林抗争中付出的艰辛使得他的小说被赋予普世价值"(Roderick, 1972: 378)。

在《人生如此》的第二章结尾处,柯林斯在丛林中看到一个丛林伙伴,"皮肤已冷,但临终前痛苦的挣扎还隐约可以想象,显然,他不只是死于饥渴,还有劳累,以及希望的破灭。但这就是人生,这就是死亡"(Furphy, 1970: 99)。"我们把他埋葬在一个牧羊场上的公墓里,左边埋葬的是刚刚喝毒药的英国牧场主沃尔(Val),右边是刚刚打破该区剪羊毛记录的死于心脏病的德拉蒙德(Jack Drunmond)"(Furphy, 1970: 101)。

"连续不断的阵雨越来越大,我只能继续赶路。帽子开始滴水,马背上的货物被风吹得快飞起来了,……路上飞起的沙尘和尘土让马有些受不了了;不管怎么说,看在马的份上,我也得找个地方歇歇脚了。我把马头调过来往立沃德(Leeward)方向,然后小心翼翼地下马。风吹得我的外套都飞了起来,我在风中像折翅的鸟儿那样走了不到三英尺的地方,……在这个地势低洼的地区,空气,厚厚的硬泥块就像冰雹一般砸在我的头盖骨,实际上,被风吹起的一切都在空中飞速飘过,而且都在朝着同一个方向飞舞。"(Furphy, 1970: 331)

这种丛林环境对于丛林赶牛人来说,只是各种恶劣天气的一个缩影,他们的丛林生活有多艰辛,很多都是无法想象的。在弗菲

第三章 丛林情谊:澳大利亚丛林现实主义小说灵魂

看来,环境的影响大于遗传的影响。但丛林人命运多舛备受失败打击,不仅仅是恶劣的自然环境导致的,在弗菲的悲观哲学看来,还跟个人品质和社会不公有关系。所谓个人品质,是指丛林人个体差异有可能导致他们命运的差异,多数丛林人乐观、坚韧,面对困难毫不畏惧、勇往直前、不停尝试,直到最终战胜丛林,站在生活的高处,成为生活的主导者。拉德笔下的老爹就是这一形象。而在《人生如此》中,弗菲更加突出了丛林人对社会不公的反抗,包括在丛林中也存在着不同的阶级和丛林等级差异。前文说过,丛林人分为:有财有势的占地农(squattocracy)、靠租借占地农土地自力更生的选地农(selector)、每逢羊毛季节出来的剪羊毛工(shearer)和放牛人(bullocky),这当中数占地农生活最为自在,无衣食之忧,因而弗菲笔下用了大量篇幅来介绍放牛人在丛林中为了给牛群争得草地与丛林主的斗争,而占地农也一直作为丛林人抗争对象的形象呈现。借助悲观的放牛人汤姆森(Thompson)与占地农争抢草地的故事,弗菲将放牛人的苦楚、酸痛和无奈全部真实地再现出来,让读者感到社会不公和阶级剥削对于丛林人的打击要远比恶劣的丛林环境还要深重。

所以我们可以理解弗菲当时并没有将这些费心尽力地去删除,而是将原小说中的整个第四章剔除了,而在这本来作为全书第四章,现在变成小说《里戈壁传奇》(*Rigby's Romance*)的篇章里,作者"对社会不公与对抗"的态度更加明确(Barnes, 1956: 377)。在小说中,弗菲不断强调公平、平等思想,认为澳大利亚历史上对待土著居民的种种不合理的歧视性政策都是无法接受的,"迟到的正义就是非正义",当初澳大利亚历史上对待土著居民的政策在殖民地的今天仍有遗存,弗菲深深感受到了这一点,所以他在小说中不断强调丛林平等、自由思想以加快澳大利亚民族独立步伐,推动澳大利亚民主进程。

劳森笔下《告诉贝克夫人》("Tell Mrs Baker")中的鲍勃·贝克(Bob Baker)以及其他跟他类似的丛林人之所以失败是由于他们

缺乏道德勇气,而这一因素几乎可以等同于环境决定论对他们生活失败的影响。也就是说,他们在面对丛林恶劣环境的时候,有没有勇气去英勇抗争;在面对恶劣的社会环境时,有没有去积极反抗以争取自己的权利。丛林人在面对无力改变的社会环境时往往流露出一些悲观和失落情绪,从而导致了自己最终的失败。这是丛林人在恶劣环境里悲观和失败形象的展现。劳森作品中丛林人在面对恶劣的自然环境导致的失败、阴郁和困顿的情绪时,还都能以积极、豁达的心态借助丛林情谊来互相共渡难关,总体还是积极向上的。从这个角度看,不管他其他方面如何,但"作为丛林人,劳森是一个'乐天派'"(king of optimists)(qtd. in Brady, 1931: 241),这个评价中肯而有道理。

但劳森笔下的丛林人在面对社会不公和压迫欺凌的现实状况下,往往流露出更多的悲观情绪。劳森自身的悲观情绪也让他对丛林未来表示失望,学界对劳森的丛林悲观主义情绪提出了不少批评,上文中所提及的戴维森(Fred Davison)甚至认为,"单就劳森丛林的悲观、阴郁面这一点而言,就不应将他抬高至澳大利亚丛林现实主义小说奠基人的地位"(qtd. in Roderick, 1972: 231)。这种观点不无道理,但是从另一方面看,劳森的悲观情绪是对社会不公和丛林剥削现实的不满和愁苦的宣泄。作为一个现实主义小说作家,其职责和使命就是勇于揭露社会的阴暗面,让它暴露在公众面前,以达到推动社会变革的目的。劳森的悲观情绪是他对社会现实不满的一种愁苦和无奈。其实,劳森在其丛林小说中也表达了他的丛林理想,即丛林情谊中人与人之间的平等和互助思想。如在《丛林中的婴儿》("The Babies in the Bush")中的一段描写:

"你认识费舍尔吗,杰克? 就是那个拥有所有这些牛群的人。"

"我听说过他。"我说。费舍尔是一个拥有很多土地的大占地农,在新南威尔士和昆士兰两个地方都有牧场。

第三章 丛林情谊:澳大利亚丛林现实主义小说灵魂

"就是他,几年前他还曾来到我在拉克伦的(Lachlan)牧场,那时候他身无分文,背上一只看上去还不错的布包,背包里就剩一小块面包,当时我给了他一份工作,现在他是我的老板。嗨,这就是澳大利亚方式,杰克。"(Lawson, 2008: 152)

从这里我们可以看出,劳森对丛林情谊的深刻阐释:在澳大利亚,不管在什么情况下,无论顺逆,无论阶层,都要随时"把帽子传一传"以给别人提供力所能及的帮助,这样你遇到困难的时候,别人也都会毫不迟疑地帮助你。这种随时以乐于助人为核心的丛林情谊也就成了澳大利亚丛林人的一大原则,这一原则成了他们克服丛林一切艰辛困境的动力,让丛林人成功地生存了下来。这种强调人与人之间摈弃阶级、摈弃富贵的平等思想是丛林情谊的精神内核。

在弗菲和拉德笔下,这种情况又是另一面的。无论是弗菲的宿命论还是拉德的幽默感,都显示出了丛林人的冷峻和从容,不管丛林抗争有多艰辛,不管抗争的结果是多么的失败,甚至远远超出丛林人的想象,但弗菲的一句"这就是人生"化解了丛林人内心的无数烦恼,也让他们对生活的期待在一次次抗争无果后有所看破,也正是这样豁达和从容的心态让他们可以淡定面对丛林生活中每一个哀愁和不幸。

与劳森一样,拉德《在我们的选地上》上同样描述了作为选地农的老爹一家在丛林中生活时的艰辛困顿。他们在与丛林困境抗争时面对着种种不公和不幸:令人伤心欲绝的干旱和火灾,常年的庄稼歉收;丰年又会遇上故意的压价;债务和疾病的缠身;而终年食不果腹、四面孤立无援,加上牲口和农耕配备匮乏使得他们的抗争经常"竹篮打水一场空",甚至一年不如一年。拉德在其短篇佳作《老爹的命运》("Dad's Fortune")中讲述了老爹运筹帷幄后企图改变终年"食不果腹"的命运最终却更加惨淡的故事。他期望通过借钱租地、买牛繁殖来发家致富,结果却失败了,导致老爹不得不四处躲债,不敢回家,最终落得个血本无归、全家倾家荡产的悲惨结局。再如,《三只狗》("Three Dogs"),通过老爹一家养狗过程的细节描写来突出反映丛林人在丛林环境中的生活是多么的艰辛和不易。故事讲述了老爹家原先的一只狗(Bluey)死在沟渠后,他们急需再要一只狗,中途捡了一只狗,却是一只偷吃鸡蛋的坏狗,不得已把它赶走,这时候丛林人默里根(Molligan)知道了老爹家需要一只狗,就将自己聪明伶俐、乖巧听话的狗给老爹看看是否满意,老爹一家看后非常满意,就以10先令买下了,然而,当晚老爹一家就发现这是一个骗局,原来这只狗训练有素,只要听到默里根的口哨声就会立刻回到他身边。当晚,正当老爹一家开心地给这只狗喂肉、洗澡、换衣服的时候,默里根一声哨就将这只狗唤回去了,空留老爹一家追悔不已。这则故事真实地再现了丛林选地农的生活,选地农的生活离不开一只能干的狗,而狗也成了他们生活中不可缺少的伙伴儿。但是故事所表达的真实主旨远不止于此,《三只狗》的故事通过老爹家对狗从"拥有—失去—追求—拥有—失去"这样的一条主线,深刻揭示了丛林人在丛林中生活极度艰辛的现实:一群丛林人怀抱信心和梦想到丛林选地以求生存(希冀有所获得),但是最终的结果却是一次次的失去(各种意想不到的干旱、火灾、洪涝造成的荒年,资本借贷的高利贷导致的连年入不敷出,年复一年在希望—失望—希望—失望中循环往复)。但是不甘失败的丛林人会像劳森《在新土地上定居》("Settling on the New Land")中的汤姆(Tom)一样百折不挠,会重新想尽办法再次踏上丛林抗争的道路(追求),结果却是再次失望。老爹一家令人沮丧地发现,虽然终于风调雨顺地盼来了一个丰年(拥有),粮食却又因丰收而便宜得让丛林选地农连本钱都卖不回来,而重新陷入新的失去当中。这也是拉德著名短篇小说《老爹的命运》的主题,《三只狗》同样通过老爹家从失去狗—拥有狗—失去狗的简单故事深刻揭示了丛林人生存艰难。另外,拉德在《三只狗》的故事中,还将丛林人默

第三章 丛林情谊:澳大利亚丛林现实主义小说灵魂

里根(Molligan)奸诈狡猾的一面如实地再现给了读者,客观来说,默里根的奸诈狡猾与丛林恶劣的生活环境有一定关系,但是其以狡猾的手法骗取可怜的老爹一家的钱财显然说不过去。

拉德的《在我们的选地上》是一则令人非常伤心的故事。在选地上努力打拼奋斗了若干年之后,有一年,老爹家族的庄稼终于获得了丰硕的收成,当店主帮他卖庄稼时,老爹心里已经在美美地想着一大笔钱该怎么规划了,一家人也都在心里计划着拿到钱后准备购置哪些必需品。然而最终情况却是:

> 店主看着老爹,食指上套着一个绳子悠闲地转着,对老爹说:"你的玉米共 12 镑,拉德先生,但是,当然了(然后走向桌子),我看看你的借贷的记录,我看一下,——那应该还剩 3 镑,你看这是账目。"
> 老爹一言不发,看上去病怏怏的。
> 他回家后,就坐到一块桩上,双手托着下巴,盯着火炉里的火苗,妈妈这时候走过来,手放在他肩上,轻声地问怎么了。然后他把店主的账单拿出来给母亲看了一下,把它递给她,她看了后也坐了下来,眼睛盯着火苗看。那是我们的第一个收获年。(Rudd, 1973: 10)

像这样,空欢喜一场的遭遇在丛林人身上几乎司空见惯,这还是丰收之年的前景,你不能想象那种经常一场旱灾或者一场洪涝或者一场大火将一年的努力毁于一旦的情形,更为严重的是,这种情况在丛林选地农身上几乎年复一年地发生着。

如在小说《在新选地上定居》中,劳森如实"再现"了丛林选地农霍普金斯(Tom Hopkins)遭受的占地农的各种迫害和压迫。占地农的残忍和无情与选地农的终年劳作却食不果腹的强烈对比常常让读者感到愤怒,对于选地农的遭遇则无比同情。占地农富有而残酷,选地农贫苦而坚韧,他们之间的不平等差异让人愤慨,借助这种丛林人不平等的生活对比,劳森对于丛林不公提出严正的批评,通过对这种不平等现象的揭露,让人们看到不公正背后的社会现实,让人感觉到建立一个公正、平等的社会环境的紧迫性,这也呼应了澳大利亚 19 世纪末民族独立思潮蓬勃发展的社会历史语境。故事结尾,占地农和选地农同时进入疯人院并且成为好朋友的情节也让人得以管窥劳森的丛林平等主义思想。在丛林中生活的人,即便如占地农这样生活无忧的人,孤独、荒野的丛林环境会将丛林所有人逼疯,从这一意义上说,丛林人在本质上是平等的,或者说,无论是丛林占地农、选地农还是丛林临时工他们都共同在丛林中默默抗争为澳大利亚民族经济社会发展做出了同等贡献。不同于劳森的是,即便在描写如此悲惨的生活境遇时,拉德也总是以一种幽默、调侃的口吻在讲述老爹的悲惨命运。因而拉德笔下的丛林人总是更加令澳大利亚人喜爱,因为他们在遇到任何问题时总能以一种幽默、乐观、开朗的态度视之。除此之外,他们的反权威态度也同样明显,往往对政府时不时会流露出轻蔑和嘲讽的态度。在《拉德家族》(*The Rudd Family*)的另一个短篇《代表团》("A Deputation")中直言不讳地对政府工作人员大加嘲讽:

>"政府工作人员、报社记者,以及所有那些在城里坐在椅子上上班的人都是骗子,他们的话都不足信,他们(竟然)会告诉我们丛林人要多去丛林里准备干草,为干旱季节准备草料,为雨季未雨绸缪。"父亲不无嘲讽地说。
>
>"是啊,"雷格赞同地说,"他们对别人的事情看上去真是从不缺关心!"
>
>"哈哈,他们大部分人连自己是谁都不知道。(却还要来指导别人)。"爹爹转过身又去看报纸。(Rudd, 1926: 59)

在拉德笔下,我们看到的是丛林人通过自己的努力和艰辛去

第三章 丛林情谊:澳大利亚丛林现实主义小说灵魂

对抗丛林和社会环境,最终即便遭遇苦难和失败,他们依然不改丛林人的乐观和爽朗态度,依然坦然和镇定,这也进一步证明了前面第一章里分析的丛林精神为什么能够成为澳大利亚民族形象的一个重要因素。正如,另一首丛林诗歌所描述的那样:

他们不识其浮夸和优雅	They are strangers to airs and graces
他们鄙视权力与浮华;	And scornful of power and pride
丛林中的他们啊,	The men of the open spaces
骑在马背上,就拥有了天下!	Who rule the world when they ride! (Ogilvie, 2001: 1)

这让我们不禁想起莎士比亚的《十四行诗 29》中的诗句,"幸福的是,我想起了你,你的友谊带来的财富,/即便用帝王的位置跟我换,我也不屑!"(For thy sweet love remember'd such wealth brings, / That then I scorn to change my state with kings)丛林人在丛林中的生活环境虽然恶劣,但是他们却得到了忠贞的丛林情谊,享受丛林生活的独立和自由,这是任何东西也换不到的,这也是劳森《赶羊人的妻子》中的女主人公"她"虽历经种种令人难以想象的丛林遭遇,却越来越适应丛林生活而不想离开丛林前往城市的原因。

拿起笔反抗英国殖民者也是当时澳大利亚民族杂志《公报》的创作主张,"尽管澳大利亚民族的独立究竟会以什么样的形式实现,我们还不是很明确,但是摆脱旧传统、脱离旧世界的邪恶社会制度的决心是明确而强烈的"(qtd. in Lawson, 1987: 133)。劳森对丛林人艰辛生活现实的描写,对他们坚韧抗争态度的欢呼和颂扬也正是对《公报》杂志的积极响应,因为当时杂志主编阿奇博尔德(J.F. Archibald)对刊物稿件的要求非常明确,"在文学栏目,几乎只刊发描写澳大利亚丛林的诗歌和短篇小说"(Pons, 1984: 221),但这一近乎苛刻的用稿标准也培养了如劳森、弗菲、拉德、迪森在内的澳大利亚丛林作家,形成了澳大利亚独特的丛林现实主义创作范式。当然这是题外话,不是这里探究的问题。

丛林人在与自然环境和社会环境不断抗争的过程中所形成的以平等、忠贞、互助为特征的丛林情谊,让他们不屑于城里人富足而无忧虑的生活。或者说,他们在面临各种难以想象的困境时,曾经是那么向往城市的生活,而当他们最终凭着自己的顽强毅力和奋力抗争的精神获得了今天的自由和独立的时候,他们有理由自豪地去轻视和嘲笑曾经的城市人养尊处优的生活习惯和态度。在丛林抗争过程中所形成的丛林情谊,才是他们更加珍视,用什么也不愿换的。因为丛林情谊是他们在患难中不离不弃的真正友谊的体现,更是他们克服一切难以想象的困难的支柱,同时也是澳大利亚人在面对任何其他困难时的心理支撑。从这个意义上说,丛林情谊融入到了澳大利亚民族性,是澳大利亚丛林精神的核心,是澳大利亚丛林现实主义小说的灵魂。

"丛林情谊代表着我们的本质特性,是澳大利亚最真实、最具本心的民族精神。这种以个人间的友谊为最初基础的丛林情谊,正发展为一种兼收并蓄的精神内核,直至最后,丛林情谊会变成我们大一统世界的口令,而各个民族也应该放弃各自间的疯狂竞争,应该为了人类的共同美好而去奋斗"(Brereton & Gay, 1931: 353)。用这样的评价来表达丛林情谊对澳大利亚民族以及对世界各民族的奉献也许并不夸张。

澳大利亚现代社会是一个文明程度越来越高,人类文化越来越复杂,社会竞争越来越激烈的多元文化社会。19世纪末丛林现实主义小说作家所描写的"丛林情谊却代表着我们的本质特性,是澳大利亚最真实、最具本心的民族精神。这种以个人间的友谊为最初基础的丛林情谊,正发展为一种兼收并蓄的精神内核,直至最后,丛林情谊会变成我们大一统世界的口令,而各个民族也应该放弃各自间的疯狂竞争,应该为了人类的共同美好而去奋斗"(Brereton & Gay, 1931: 353)。这样的评价去表达丛林情谊对澳大利亚民族以及世界各民族民主进程的奉献虽有些夸张,从一定意义上说,却也不无道理,因为丛林情谊就是马克思共产主义理想的一种朴素表达。

第三节　丛林女性间的姐妹情谊

　　澳大利亚女性觉醒进程伴随着澳大利亚民族觉醒。尽管澳大利亚民族作为联邦独立比较晚,但是澳大利亚女性解放思潮搭上了澳大利亚民族主义运动的火车,从而在女性解放和女性平等方面都走在世界前列。这一方面得益于澳大利亚女性知识分子世纪末的女性意识觉醒;另一方面,澳大利亚丛林女性生活的困苦也激发了女性主义者对澳大利亚女性的关注,丛林女性困苦的生活状况成为女性主义者追求女性解放和宣扬女性平等的突破口。在世纪末的民族主义时期,"澳大利亚丛林人的自由精神,逐渐被兄弟情谊所取代"(Saunders, 1990: 180)。莱恩所宣扬的澳大利亚民族独立后的社会主义道路,正是看到了丛林人在丛林中形成的丛林情谊,因而他明确地表达,"社会主义就是丛林情谊"(qtd. in Bellanta, 2008: 10)。1894 年,《声音》(*Voice*)杂志编辑西斯科克(E. J. Hiscock)更是进一步地表示"澳大利亚男女都充满了真正的丛林情谊"(qtd. in Bellanta, 2008: 2)。也就是,女性之间、男女之间同样可以结成同伴情谊,并且一样可以成为社会事业的平等参与者。至少,丛林女性之间在丛林生活过程中形成的丛林姐妹情谊顺利地帮她们从各种丛林风险中顽强地生存下来,并且参与建构了澳大利亚民族的丛林情谊。

　　与丛林对于男性的影响相比,丛林对于女性身体、精神和心灵都有着更加令人震撼的影响。终年狂风、干旱、炎热将她们逼向疯癫的边缘,有些人为了逃离丛林,甚至选择移民国外。这一时期的女作家理查德森(Richardson)选择离开去英国,而创作的作品也与澳大利亚丛林保持着遥远的距离，也从侧面说明女性在丛林生活中的艰辛以及遭遇到的难以想象的困难，从而极尽所能地去逃离。如前文阐释所说，丛林主要还是男性的丛林，丛林话语也主要是丛林男性话语。丛林人在丛林环境中聊以解闷或者消愁的"酗酒、赌博、抽烟"无不是男性形象和男性性格的表征。而女性则处于"寂静无声"的状态，充分表明了"在澳大利亚民族气质的潜意识中女性被歧视的状况"（Dixon, 1976: 22）。关于澳大利亚早期的女性，从历史研究来看，澳大利亚女性往往被排除在研究考察之外；从文学作品来看，没有围绕女性爱情的小说和诗歌，有的只是对她们性孤独或男性对于女性身体的恐惧描写；从社会学来看，女性的社会地位则更为低下，在工会、政治或者各行各业中都没有女性代表。

具体到丛林现实主义小说关于女性形象的讨论，不同的作家笔下呈现出了不同的形式和态度。总体而言，有一点不可否认：丛林女性在丛林现实主义小说中处于边缘地位，或者说处于被忽视的地位。但是，我们也应当看到，丛林现实主义小说中一些描写丛林女性的作品证明了特洛罗普关于澳大利亚女性意识在世界女权主义运动中的领先位置的事实。

正如批评家厄格特指出的那样，"可以理解，女性主义批评普遍认为 19 世纪 90 年代的丛林现实主义小说是一种意识形态的产物，这一时期的男性作家笔下的丛林和澳大利亚乡村都明显具有'菲勒斯中心主义'和'种族歧视'语言特征。澳大利亚的"丛林土地"被社会性别化为女性，供男性丛林人支配、了解和勘察"（Eggert, 2008: 133）。厄格特的意思是说，19 世纪 90 年代的女性创作还处于"失声"和"他者"地位，丛林中没有女性话语权，"在民族主义的推动下，澳大利亚女性作家关于澳大利亚的本土小说不太可能获得文化保障（cultural warrant），不管她们可以创作出多少部小说，也不管她们卖得多么便宜"（Eggert, 2008: 147）。

在女性处于男性话语和男性语言法则为主导的社会状况之下，这一时期的女性作家不得不伪装成男性，或者以男性口吻叙事,或者以男性笔名投稿。所有这些男权社会桎梏的加诸和女性运动的重重阻力,再加上女性在恶劣丛林环境中的生存困境都使得女性的生存和抗争有着难以想象的困难。

关于"丛林中女性有没有一席之地?"的问题,在男女作家的不同立场中也就有了不同的话语立场。在劳森、拉德等丛林作家笔下,丛林中几乎没有女性的一席之地,而在女性作家眼中,丛林女性在丛林小说中的确存在,而且的确占有一席之地。在丛林男性眼里,女性天生应该是显示出美的一面,然而在丛林中,女性的娇柔、漂亮都不存在,也就是说女性必须与男性一起参与到生存抗争中去。在抗争中,她们与男人一样,与各种蚊虫叮咬相搏,与各种丛林动物如毒蛇、壁虎等不时出现的恐怖做斗争,在食不果腹的丛林中独自带着孩子求生存。这一切让她们看上去跟丛林男性一样坚韧、勇敢,甚至具备了男性气质,用弗菲在《人生如此》的话来说,与丛林男性相比,"丛林女性就差没长胡子了"(qtd. in Roe, 1972: 400)。客观地说,弗菲在丛林女性描写方面很好地体现了一个现实主义作家的良知和责任,他在小说中将女性在丛林中的真实生活状况和在丛林中跟男性一道与丛林抗争求生存的努力如实地再现了出来。

总体来看,女性表征在丛林现实主义小说作家笔下是缺位的,或者说即使有所表征也是不得已而为之,或者是被作为丛林他者形象呈现的。自英国殖民者首次踏上这片土地以来,尤其是在1850年的淘金狂潮之后,用谢菲尔(Kay Schaffer)的话说就是,"澳大利亚土著人、白人女性和中国移民都变成了他者范畴"(1988: 96)。当然土著人和中国移民被故意歪曲的策略可能比白人女性他者更严重。如果说女性在澳大利亚民族建构过程中是被忽视的群体,那么土著和中国人则是被恶意迫害和故意歪曲的群体,这个群体中的女性地位更是可以想象——从来不存在。

作为一部反映澳大利亚19世纪90年代的社会状况和女性就业状况的小说,《克拉拉·莫里森》(*Clara Morrison*)是这样描述当时澳大利亚社会女性就业状况的："各种类型的家庭女教师都很紧缺，有人甚至会从来自英国的每艘新到的船只上寻找，在她们上岸之前就预订下来"(Spence, 1986: 6)。从这一段描述以及澳大利亚丛林现实主义小说的"现实叙事"来看，丛林人对于教育的需求同样强烈，丛林女性也同样渴望追求知识和文化，这使得澳大利亚丛林人的整体文化水平和阅历在世纪末达到了前所未有的程度，也使得他们对于独立和自由的渴望更加强烈，从一定意义上说，促进了澳大利亚民族运动的发展。不管是弗兰克林的《我的光辉生涯》中的西比拉(Sybylla)还是劳森笔下的"赶羊人的妻子"("The Drover's Wife")，她们在艰辛的丛林环境里劳作之后，只要有任何空闲，就会找来各种书籍学习。西比拉更是对于象征着中产阶级生活的棋琴书画都表现出强烈的好奇心，"我渴望各种艺术"(Franklin, 2004: 21)，并且想成为一个女作家，只要一有时间她就会去阅读。"在白天砍柴、挤奶、照看花园累得不行的时候，我依然会从夜间的休息中找出几小时来读从邻居家中能够借到的每本书"(Franklin, 2004: 21)。虽然"讨厌做教师的想法"(Franklin, 2004: 31)，但为了替家庭抵债她不得不在父亲的丛林伙伴家里做家庭教师的遭遇，显然违背了西比拉内心对光辉的生涯充满渴望的初衷，她一心想通过写小说来实现自己中产阶级生活的梦想，最终却在现实中做了家庭教师。这一方面表明，女性在19世纪90年的社会地位不可与男性同日而语；另一方面也表明，与维多利亚时期一样，家庭教师依然是当时女性所能获得的较好的职业。正如在《我的光辉生涯》中，西比拉的母亲对她说的那样，"你准备怎么办呢？要不你去参加考试做一个老师？这对女孩儿来说是最好的职业了"(Franklin, 2004: 31)。因为从就业状况来看，世纪末的澳大利亚那些劳工组织往往都会"将女性强迫性地挤出劳动市场，而对此中女性被剥夺的权利他们则故意视而不见"(qtd. in Lawson, 1889: 45)。不仅如此，丛林女性除了在职业上无法跟男性竞争以外，丛林女性与城市女性相比，在家庭婚姻中也处于劣势。比如同样在《克拉

第三章 丛林情谊:澳大利亚丛林现实主义小说灵魂

拉·莫里森》(Clara Morrison)中,雷吉纳德(Reginald)觉得与丛林中的克拉拉相处结婚相较而言要轻松容易得多,因为他的前未婚妻是一个英国人,却因为同他结婚就意味着不能过回原先英国社会生活而要在澳大利亚远离城市的丛林生活而离开了他。也就是说,丛林女性对生活渴望更低,因为丛林艰辛环境的锻造,她们对待生活更加随和、淡定,因而也更容易相处。但这种将丛林女性的性格优点加以利用的雷吉纳德(Reginald)的举止无疑变成了加诸在丛林女性身上的桎梏,因为这"使得丛林世界变成了一个专为男人创造的世界"(Franklin, 2004: 170)。

"女性主义和女性文化在澳大利亚 90 年代发挥着重要的影响力"(Docker, 1996: 132)。弗兰克林的《我的光辉生涯》一反当时浪漫传奇的小说传统,以现实主义手法讲述了一个相貌平平甚至有些丑陋的十六七岁的丛林女孩儿西比拉(Sybylla)一心抵制传统婚姻,试图通过自己的努力争得自由和独立的女性身份,并开辟出一份属于自己的光辉生涯(brilliant career)的故事。小说中,西比拉对于婚姻表现出了强烈的反抗态度。悉尼妇女选举权运动领导人斯科特(Rose Scott)曾经这样呼吁:"澳大利亚母亲,你可不可以劝说你们的女孩儿,没有爱情的婚姻对于她们来说其羞愧程度不亚于大街上沿街乞讨的穷苦女人"(Scott Family Papers, 38/22/9)。对此,弗兰克林积极响应,小说中,西比拉"嘲笑了关于爱情的想法,并且决定永远、永远、永远都不结婚"(1979: 32)。因为当她无意中发现母亲年轻时候的一张照片时,对比之下,母亲的婚姻生活让她看不到希望,甚至对于她的打击很大,"(婚后的)母亲全然没有了她的青春、自由、力量,在婚姻中,她消耗了几乎全部的女性"(1979: 44)。这里,显然,弗兰克林对于世纪末的丛林男女之间的婚姻状况表达了极度的不满,尤其是对于女性只是成了生育工具的不满,如小说中"'这么说,你已经有了 12 个小孩儿?'我问。'是啊',她笑着回答,好像在讲笑话一样。"(1979: 172)的对白,体现了弗兰克林对于女性命运沦为生育机器现状的不满。

丛林女性职业和丛林女性婚姻角度对小说《我的光辉生涯》的探讨让我们看到丛林女性在婚姻生活中的不幸和抗争压力。不仅如此,从女性身份和女性独立角度来看,她们同样面临着巨大的社会压力。在男性丛林中,或者说,在男性占据着主流话语或权力话语的丛林中,女性要挣得自己的独立地位或者说要保持自己的独立身份难度可想而知。因为即便如看书这种简单的想法在丛林环境中也是很困难的,"要想在丛林生活中还能读读英国小说,这意味着先得把丛林里的马牛羊群照看好以后才能考虑的事情"(Franklin, 1979: 265)。小说中,这种对于丛林女性生活状况的现实描写从另一方面说明丛林女性在各方面面临的压力和不公。在这种境况之下,西比拉一心想当作家的理想也就变成了白日梦,也就是弗洛伊德(Sigmund Freud)所说的,只能在幻想中完成她白日梦的创作。世纪末女性主义争取选举权的女性主义运动就是"对旧的男女不平等秩序的抗议,而《我的光辉生涯》则是针对这种抗议的女性表达"(Magarey, 2002: 395)。从小说开头,西比拉说"我的丛林生活范围实在跟我性格不合"(Franklin, 1979: ix)到小说最后的倒数第二段,"我一事无成的一生将有如我在这片丛林上付出的各种艰辛一样被任意踩塌,——我只是你们中的一个,我只是丛林中的一个普通人,渺小而无用,我只不过是——一个女人"(Franklin, 1979: 232)。

劳森、弗菲尤其是拉德作品中丛林女性往往都是没有受过教育、没有文化的家庭主妇,但是她们同样有着丛林情谊。在小说《我的光辉生涯》中,西比拉对于丛林情谊表达出了无比的渴望,"社会习俗却不允许男女之间成为好伙伴儿,就像男人和男人之间的兄弟情,女人与女人之间的姊妹情。在男女之间可以形成柏拉图式的友谊,这是多么令人向往呢!"(Franklin, 1979: 69)。弗兰克林这种男女之间的丛林伴侣思想是劳森和弗菲小说中丛林情谊的另一种表达:在丛林中生活的男女,他们同样应该可以结成忠贞、真诚的友谊,以共度丛林中的各种艰辛。但是,在丛林中,丛林男

第三章 丛林情谊：澳大利亚丛林现实主义小说灵魂

性之间的伙伴情谊被认作是兄弟之情，"女性之间的情谊却会被当作是同性恋看待"（Roderick, 2000: 74），这让一直对婚姻有着恐惧的弗兰克林感到非常的疑惑。虽然弗兰克林跟民族主义作家诸如劳森、弗菲、《公报》杂志主编斯蒂芬斯（A.G. Stephens）等人保持着很好的关系，甚至当时"最为高雅的丛林诗人佩特森还曾经努力追求过她"（More, 2008: 10），而弗菲与她则保持着某种超越了好朋友关系的交往，但是她对婚姻和对生育的恐惧让她都跟他们只保持着朋友的关系。这从一个侧面也表明了在丛林中女性同样有着对于丛林情谊的渴望，因为在丛林中形成的伙伴情谊让她们克服了很多丛林苦难和艰辛。并且不可否认的是，在当时民族主义宣扬丛林"平等、独立、自由"等具有男性气质的话语里，弗兰克林艺术生涯的成功，特别是她的《我的光辉生涯》的出版，受到了丛林现实主义小说作家尤其是劳森丛林情谊般的帮助，这也许是弗兰克林无论是在个人生活上还是在小说创作上都只相信伙伴而不相信婚姻的一个因素，也成为了她终生未婚的一大因素。从弗兰克林的小说对西比拉的描写来看，她认同丛林女性情谊在丛林中的存在，而且她认为这种情谊可以在不同阶级、不同性别之间存在。

在英国维多利亚现实主义作家特罗洛普眼里，澳大利亚丛林中所体现出的男女平等思想已然超越了当时的维多利亚时期。当他认为澳大利亚年轻女性应当强烈要求女性独立权利的同时也应当要求男性遵守骑士精神的时候，这种观点就已经激起了当时澳大利亚女性的强烈不满。然而特罗洛普的这种逻辑，在一个多世纪后的今天看来，"虽然矛盾，但也还是有些道理的"（Durey, 2007: 172）。因为特罗洛普的预测是精确的。他观察到澳大利亚男性依然有着骑士情怀，"男性应该为女性服务，为女性遭受痛苦，并且不惜为女性牺牲，因为女性比男性脆弱，需要得到男性的保护。但女性则表明自己与男性一样强壮，一样勇敢、刚毅，要证明女性生来柔弱的观点本身就是错位的，骑士精神，由于习俗的力量存在过但已成为过去，必须从此从男性心理排除出去"（A & N, 1: 92）。也许

"进入21世纪初期,澳大利亚女性接受大学教育的人数已经超过了男性"(Durey, 2007: 173)可以很好地说明曾经骑士制度的过时和可笑,也说明曾经强加在女性身上的桎梏是那么多余。所以我们在特洛洛普的《甘高里的哈里·希思科特》(Harry Heathcote of Gangoil)中,很少会看到澳大利亚丛林女性在家庭中任何处于从属和支配地位的描写。如,"他将熟睡的孩子轻轻地接过来,把他放在毯子里。他已经习惯了这样一个'男护工'的角色,而每当她看到孩子在他手臂里,也觉得无比的开心"(Trollope, 1991: 232)。这里特罗洛普在作品中暗示19世纪澳大利亚后期在家庭中的"男护工"形象已经是远远超越了当时英国女性地位的现实。也就是说,特罗洛普在其颇具欧洲中世纪骑士精神的影响下,在看到澳大利亚实际女性生活状况时,就不禁大胆预测"妇女最终会在职业和休闲方面超越男性,而这种现象首先将在北美和澳大利亚实现"(Durey, 2007: 173)。

特罗洛普作品超前的女性意识显然影响到了澳大利亚丛林现实主义小说作家,正如吉辛(George Gissing)的《庆典之年》(In the Year of Jubilee)中的南希(Nancy)对于女性独立的渴望和对自己女性生活模式的追求,作为独立女性,她所知道的就是想过一种新生活,一种摆脱了单调和乏味的生活。事实也正证明了特罗洛普的预期,因为澳大利亚女性是在世界上第一个获得女性选举权的国家,而这一点也让澳大利亚女权主义者特别自信和自豪,"获得选举权的澳大利亚女性们!也许自人类历史以来,没有哪个时期的女性像你们这样可以庄严而自豪地参与到爱国行动中去!"(Noar, 1903: 287),而正是这些被赋予选举权的女性地位让女性享有了独特的民族身份。

正如弗兰克林所担心的那样,在民族主义思潮盛行的历史背景下,她的性别还是影响了小说《我的光辉生涯》在澳大利亚的接受和批评。在关注"女性作家作品的文学成就和她们对于澳大利亚民族主义的贡献显然是一件尴尬的事情"(Lamond, 2011: 32)的时代背景下,苏珊·谢立丹(Susan Sheridan)说:"弗兰克林是如此渴望有自己光辉的生涯,也就是说,希望成为澳大利亚民族主义作家中的一员,但当时的社会现实却让她不得不移居国外,变成了一个职业女性主义者"(1995: 82)。

弗兰克林(1879—1954)的《我的光辉生涯》是一部具有明显自传性质的丛林小说。弗兰克林的父亲出生在布林达贝拉(Brindabella)牧场,是一个爱好冒险的丛林人,熟悉各种丛林并且爱好文学和诗歌,母亲则更是有着深厚文学底蕴的莎士比亚和米尔顿爱好者,"父亲和我则喜欢读拜伦"(qtd. in Roderick, 2000: 83)。受此影响,在丛林中出生的弗兰克林的童年生活既有着丛林生活背景又深受文学熏陶,按照罗德里克的观点:"一个作家10岁前的生活经历往往决定着他(她)成年后的写作"(2000: 13)。她从小在母亲的影响下,广泛接触了丛林拓荒故事以及充分享受了童年的丛林自由。但是丛林里的自由伴随着丛林孤独和沮丧,这些情绪也在弗兰克林的幼小心灵中留下了深深的印记,而这些印记就成了小说《我的光辉生涯》中西比拉心理的原型。尽管后来弗兰克林不太愿意承认这部小说的自传性,"这不是我自己的生活"(Franklin, 1901),但弗兰克林个人生活经历表明,这部小说的自传性质非常明显,西比拉的生活就是她自己真实生活的写照。小说中,西比拉对于参加老师资格考试的厌恶心理正是弗兰克林在1897年在桑福特公立学校(Thornford Public School)做了一周代课老师的心理写照,但是"她却通过了那个小学老师的资格考试"(Roe, 2002: 359)。而且小说开篇第一行点明的故事背景是围绕在古尔本地区(Goulburn)周围的,而古尔本地区周围则是一个叫作班古娄(Bangalore)的地方,也就是1899年3月弗兰克林完成《我的光辉生涯》手稿的地方。不仅如此,班古娄(Bangalore)实际上还是弗兰克林父亲在1890年回到古尔本地区后家庭居住的地方。* 这些事实都表明弗兰克林本人生活在小说中的呈现。而富兰克林不承认小说的自传性,情有可原,因为这是她的第一部小说,正为寻找出版商伤透脑筋的她,承认小说的自传性无疑等于承认自己想象力缺乏,对于出版前景本就堪忧的她而言,就更不利于出版。当然,这里强调弗兰克林的自传性意在分析弗兰克林自身的丛林反抗精神在西比拉身上的延续和表达,也就是说,西比拉的反抗精神和反抗意识是弗兰克林个人对女性婚姻的反抗态度以及她对澳大利亚女性生存困境的焦虑的反映。小说创作背景设定在19世纪90年代的经济萧条、银行破产的社会背景,这也加剧了弗兰克林的反抗和不满情绪,因为无论是小说还是当时的社会现实,经济发展萧条停滞状况必然导致丛林人生活态度更加悲观。"这一时期,选地农到处寻找生机,他们的牲畜将丛林草地啃得光秃秃的,留下了一片荒凉、乏味的丛林"(Roe, 2002: 364)。这一社会现状将丛林人的生活进一步逼向了困境,但在弗兰克林看来,这种社会状况给女性带来的影响更为巨大。

在世纪末澳大利亚民族独立思潮高涨背景下,男性气质和丛林情谊是丛林小说书写的主旋律。当弗兰克林这部具有明显丛林抗争意识和女性反抗意识的小说完成后,并没有能够得到澳大利亚出版社的青睐。劳森发挥其在澳大利亚和英国伦敦的双重影响力促成了小说的最终发表,在他的积极推荐和斡旋下,小说在英国出版。在劳森向悉尼安格斯与罗伯森出版社(Angus & Robertson)推荐发表的时候,他说这是一部关于澳大利亚丛林的小说,"是澳大利亚的《简·爱》"(qtd. in Roderick, 2000: 78),但没有被采纳。小说在英国一经发表,就好评如潮,"伦敦的《太阳》(*Sun*)杂志将小说

---

* 关于《我的光辉生涯》的故事背景和弗兰克林的真实生活地址的考证请参见 Jill Roe. "*My Brilliant Career* and 1890s Goulburn." *Australian Literary Studies* Vol. 20.4(2002): 359–369.

第三章 丛林情谊:澳大利亚丛林现实主义小说灵魂

的现实主义比作法国左拉的'肮脏现实主义'(sordid reality);《世界》杂志(*World*)则称之为一部'令人好奇的小说';《文学世界》(*Literary World*)则认为,'这部小说的每一页都是现实的真实写照'"(qtd. in Roderick, 2000: 81)。

可以说,小说中西比拉(Sybilla)这一人物形象是弗兰克林写作时实际状况的真实反映。西比拉是一个具有明显反叛意识的丛林女孩,她一心想逃离丛林,想通过自己的努力去缔造自己独立而自主的人生。弗兰克林在英国现实主义小说家特罗洛普、吉辛等人的影响下,在这部带有半自传性质的小说中,当弗兰克林看到特罗洛普的《甘高尔的哈里·希思科特》(*Harry Heathcote of Gangoil*)中关于英国乡村和澳大利亚丛林房子差异性的时候,不由得升起一股反抗情绪,这也就解释了为什么西比拉对什么都不满,对什么都想反抗的丛林反叛精神的来由。

> 甘高里的房子本身决定了不太可能像英国乡村中家庭的设计那样完备。……伦敦乡村中将房子按照各功能划分成不同房间的设计在丛林中是不可能的。比如丛林中的阳台,同时兼具起居室、会客厅、图书馆的功能,甚至抽烟也在那里。在丛林中,男女用餐后不可能像伦敦那样各自回到"绅士房"、"女士房",都只能回到阳台,也就是说阳台是男女共同工作休闲的地方。玛丽的缝纫机跟哈里的商业票据是在一个地方,婴儿室也没有,大人小孩儿住一块儿。(Trollope, 1992: 234-235)

弗兰克林在《我的光辉生涯》里对丛林房子的构造描写也如实地映衬了特罗洛普对澳大利亚丛林的描写。无论是斯宾塞(Catherine Helen Spence)还是弗兰克林,她们以现实主义手法真实地再现了克拉拉和西比拉在丛林中或不断适应或不断反抗丛林生活的女性态度。在斯宾塞和弗兰克林看来,无论是反抗还是不断调整自己以适应丛林环境都表明了在丛林中,女性要想占有自己的一席之地非常困难,尽管她们参与了丛林生活的方方面面。不仅如此,斯宾塞还是一个坚定的社会主义支持者,追随着莱恩的社会主义理想,她认为,"丛林情谊有助于我们理解很多澳大利亚女性支持莱恩的兄弟情谊理想,因为这有助于调和将上帝当作父亲的父权中心主义,因而有助于女性解放事业,并且容易引起男性的共鸣(从而获得男性支持)"(qtd. in Bellanta, 2008: 9)。

如上所说,澳大利亚女性在世纪之交与民族主义争夺"文化控制权"上逐渐传递出女性声音,并且日益获得社会认可。首先,澳大利亚女性能够在世界上率先获得选举权,跟澳大利亚是一个新兴的民族国家有很大关系。其次,澳大利亚女性,在谢菲尔看来,被喻指为澳大利亚丛林,因为"就像丛林人通过征服丛林来获得自己丛林人的身份那样,他们也试图通过征服女性来获得丛林男性身份"(Schaffer, 1988: 120)。

尽管劳森对《我的光辉生涯》推崇有加,但在劳森本人的丛林作品中,丛林中女性的失败形象要远远多于成功的形象。在贝恩顿的《丛林研究》中,丛林黑暗、阴森、可怖气氛让人看到丛林对女性身心造成的严重影响。劳森不少丛林作品描写了丛林男性通过征服女性来获得丛林男性身份的"男权思想"。就劳森描写女性的作品来看,单从标题就可以看出,女性往往被当成了男性的附属物,也就是说女性往往都是无名氏,是被男性物化的产物,如《他母亲的伙伴》("His Mother's Mate")、《赶羊人的妻子》("The Drover's Wife")、《选地农的女儿》("The Selector's Daughter")、《他收养的女儿》("His Adopted Daughter")、《布赖顿的小姨子》("Brighten's Sister-in-Law")、《小酒馆主人的妻子》("The Shanty-Keeper's Wife")、《军中漂亮的女孩儿》("The Pretty Girl in the Army")等。从这些小说的题目来看,劳森作品中女性都是直接以妻子、女儿、母亲来指称,没有自己的名字,从而让人不禁怀疑劳森的男权思想,"女性都只是男性的占有品"(Schaffer, 1988: 118)。

第三章 丛林情谊:澳大利亚丛林现实主义小说灵魂

从劳森作品的标题上来看,丛林女性是男性的附属物;而从劳森作品的女性身份背景看,她们大都从城市来到丛林。而我们知道,城市和丛林这是两个完全不同的语域场,城市人作为丛林人反对和抗争的对象,劳森作品中的女性大都来自城市的背后意图也就显而易见了:欲将女性置于丛林人的敌对位置,置于他们反抗的对象,因为女性有着跟城市人一样的缺点,她们"肤浅、自私、无知、残忍"(Roderick, 1972: 480)。

具体说,劳森作品中对于女性的描写,让我们看到丛林女性命运更加多舛,更加艰辛。在丛林中,她们比丛林男性面临着更加严峻的"疲倦、绝望和死亡"威胁。如果说男性在丛林中的忧愁还可以通过酗酒、赌博、抽烟等各种方式来缓解,而丛林女性则没有任何消愁方式来缓解她们的丛林苦闷,因而更加容易陷入绝望,这也就是我们看到劳森、弗菲小说中丛林女性往往都难逃疯癫或者死亡命运的原因。如劳森的《选地农的女儿》,小说中玛丽(Mary),是一个只有17岁的女孩儿,但是她穿着褪色的衣服,戴着丑陋而过时的头巾,看上去倒像一个老妇人。父亲一连出去好几个星期,留她在丛林家中照顾生病卧床的母亲,而当父亲最终回来时,却是一副喝醉酒、发着酒疯的样子,而且还从哪里偷了一头小公牛回来了。父亲最终和哥哥汤姆因盗窃罪被捕入狱的时候,她终于不堪家庭中种种打击而病倒了,近乎疯癫。父亲被逮捕后,她在丛林孤独中,独倚围栏,翘首期盼。最终她不堪丛林孤独的折磨,更接受不了母亲病逝后父亲成天喝醉酒打她,还带回来一个更加爱发脾气,将她打得鼻青脸肿的"女人"的种种打击,纵身从悬崖上跳了下去。正如故事开头就埋下的伏笔那样,丛林女儿孤身一人在丛林黑暗中行走时说:"哦,我多么希望能够逃离这片丛林"(Roderick, 1972: 59)。故事最终以她的纵身一跳而结束了她的丛林生涯。无疑,丛林对于女性生存是一个更大的挑战,也就是她们面临着更大的抗争:自然的、社会的、家庭的压力都成了她们要去抗争的环境。而在这部小说中,丛林选地农父亲(Wylie)对母亲和孩子的恶劣态度"让她感到无比的紧张,紧张到生病,甚至要发疯的程度"(Roderick, 1972: 62)。劳森另一篇以女性为主人公的小说《丛林中的婴儿》讲述了另一则丛林疯癫故事,故事中,海德夫人(Maggie Head)不堪丈夫成日酗酒纵乐,孩子在丛林中失踪的打击,而陷入疯癫。加上我们此前讨论过的《给天竺葵浇浇水》,斯佩塞夫人先疯癫后死亡的悲剧,这一切让人感觉,在劳森眼里,丛林中没有女人的一席之地。并且丛林女性悲惨命运一方面源于丛林的恶劣环境,另一方面还源于她们在家庭中的地位。"丛林女性的行踪都被限定在丛林家里承担无穷无尽的家庭责任,而男性在家庭责任中则往往选择了逃离"(Schaffer, 1988: 124)。当然这种说法更是被丛林选地农威利(Wylie)所证实。不过,客观说来,丛林男性形象更多的还是正常的硬汉形象。丛林男性远离家庭,或出去赶羊,或出去剪羊毛,其主要动机还是挣钱承担家庭的经济负担,但从一些丛林人的不负责和对家庭不闻不问的态度又可以看出,谢菲尔的偏激之中又不无道理,如《选地农的女儿》中的父亲那样成日酗酒,甚至带回新妈妈的做法。而这样的做法,显然又在丛林恶劣环境的基础上给女性带来了新的精神痛苦,让她们一心想逃离丛林。"我受不了这里(丛林)的生活,简直就是要人命"(Lawson, 2008: 61),在《给天竺葵浇浇水》中刚从悉尼随乔(Joe)来到丛林的玛丽(Mary)的抱怨道出了无数丛林女性的心声。

　　劳森是一个现实主义作家,这也是他所有作品所坚守的创作原则,也就是说,劳森对于丛林的描写始终没有背离其现实主义宗旨。劳森笔下既有丛林女性不堪丛林恶劣生存环境折磨而陷入疯癫和死亡的现实主义描写,也有表现丛林女性独立、勇敢、智慧的一面,这些都源于丛林现实。所以我们必须看到,谢菲尔认为"单从劳森丛林作品的标题就能看出,劳森将女性看作是男性附属物和占有物"的批评有道理。从这一意义上说,女性形象的描写多多少少反映出劳森意识形态中的男性思维或者说"菲勒斯中心主义"。但是谢菲尔在其著作中一直强调劳森将女性比作丛林,是丛

第三章 丛林情谊:澳大利亚丛林现实主义小说灵魂

林人竭力克服和征服的对象,并且是作为"绝望、疯癫和哀怨"的客体呈现在丛林人面前,尤其认为,女性犹如丛林一样"原始、无情、毫无怜悯",这样的类比显然有些牵强。*

毫无疑问,澳大利亚丛林有着"原始、无情和毫无怜悯"的特征,而澳大利亚丛林女性也是这样吗?这就值得商榷,单就劳森的丛林现实主义小说来看,这就不是事实。劳森除了给我们真实再现了不堪丛林折磨而陷入疯癫的丛林女性之外,他也给我们如实地呈现了生活在丛林中的女性的另一面,并且表达了对女性生活的同情,而且其对女性的同情一点也不亚于丛林男性,"我觉得这个世界上没有什么比丛林女性的眼神更让人悲伤"(Lawson, 2008: 151)。给劳森带来恒久声誉或者说让劳森赖以成名的短篇《赶羊人的妻子》就是一篇以无比同情的笔调来颂扬丛林女性独立、勇敢、智慧的丛林经典。

曼宁·克拉克(Manning Clark)将"赶羊人的妻子"称之为澳大利亚丛林女性的圣徒(saint),因为,她集中展现了丛林女性在丛林中生活的另一面,即积极乐观的一面,是澳大利亚女性的真实代表。在澳大利亚几乎没有人不知道她,因为从孩童开始,几乎每个人就开始读劳森的这部小说。英国批评家加内特(Edward Garnett)甚至这样评价这部小说:"在这部只有十来页的故事中,这部看上去毫无任何艺术性的素描,将澳大利亚丛林女性的生活做了一个真实的概括,(这一点)恐怕就连莫泊桑(Maupassant)也难以做到"(1902)。后文我们在讨论劳森的叙事艺术时,还将谈到在众多对于劳森毫无艺术性可言的叙事、狭隘的丛林视野、愁苦的悲观情绪等提出批评的声音中,"独不见对《赶羊人的妻子》的批评"(Schaffer, 1988: 129)。

作为经典这部短篇小说值得我们一读再读。那么《赶羊人的

---

* 参见 Kay Schaffer. *Women and the Bush*: *Forces of Desire in the Australian Cultural Tradition*. Melbourne: Oxford University Press, 1988.

妻子》为何给劳森带来如此高的声誉？通过对"赶羊人的妻子"这一丛林女性"英勇、刚毅、独立"形象的塑造，劳森弥补了丛林女性在丛林话语中的缺失问题，并且将劳森从具有女性主义歧视的审判台上挽救了一些。小说描述了一个赶羊人(此前是一个很有钱的占地农，由于18个月的旱灾摧毁了一切庄稼地，无奈只好离家去赶羊谋生)外出后，独留妻子和一只忠诚的大黑狗(Alligator)在家照看四个孩子，后来家中突然出现了一只五英尺的毒蛇企图攻击孩子，在赶羊人妻子和狗的合力下，最终将蛇剁成了碎段扔进了火炉的故事。故事特别着墨于赶羊人妻子的勇敢、独立和智慧，让人对于丛林女性的沉着和冷静由衷地钦佩。不仅如此，更为重要的是，小说重点观照了赶羊人的妻子如何凭借着自己的智慧和沉着，最终成功地打死了那条象征着丛林凶险和邪恶的蛇。这样的描写显然是在强调女性在克服丛林艰辛中从来都不是"他者"，更不是"缺席者"。这部小说佐证了劳森笔下丛林形象的丰富性和全面性，在劳森看来，澳大利亚丛林男女共同参与到了丛林抗争，共同参与到了澳大利亚民族身份的建构。

除了《赶羊人的妻子》之外，劳森其他不少丛林小说也都表现了丛林女性英勇形象和积极参与澳大利亚民族身份建构的主题。《丛林之火》(The Bush Fire)中的占地农沃尔(Wall)的女儿玛丽(Mary)，在劳森笔下，她被描绘成丛林女性形象的新代表，具有强烈的女性意识和男女平等意识。而由于是殖民者后代的因素，她又多了一份超凡的自信和主见，特别是她跟鲍勃的恋情，她一直都占据着主导者和指挥者的角色。在劳森看来，玛丽"一个丛林女孩儿，身高5尺9，是这个地区身材最好的。但她是这个地区最好的骑手，她经常藏起裙子，像男子一样骑马放牧"(Lawson, 1902: 166)。不仅如此，玛丽还有着强烈的平等意识，反对阶级差异，在她身上既有着丛林人豪放开朗、乐于助人的性格，也有着女性自由和平等思想的展露。"她说，她一辈子都不想结婚"(Lawson, 1902: 166)。因此，她跟鲍勃处对象，从来都不提婚姻。不仅如此，玛丽在得知

第三章 丛林情谊:澳大利亚丛林现实主义小说灵魂

租自家土地的选地农劳斯的庄稼着火了以后,她第一时间就回去让父亲派人去帮忙扑火,而当父亲摆出一副"资本家"对于佃农家的不幸遭遇幸灾乐祸的嘴脸时,玛丽更是一个人跑过去,跑到选地农鲍勃的家里换上鲍勃的衣服乔装成男性一头冲去救火。父亲在她的感染下,也立刻叫来了牧场上的工人赶去劳斯的选地上一起把火扑灭了。这里,玛丽的形象完全是一个丛林新女性的形象,她的果敢、大胆和摒弃阶级差异的平等思想正是劳森丛林情谊的平等思想在男女性别平等上的表征。

在劳森作品中,无论是对于女性在丛林抗争失败形象的描写,还是对赶羊人的妻子积极形象的描写,都是劳森对于丛林女性形象的真实再现。通过女性失败形象的描写,劳森意在唤起读者对于女性在丛林中遭遇的各种悲惨遭遇的关注和同情,呼吁社会应该考虑为她们的实际悲惨的生活状况提供帮助。也就是说,我们甚至可以做出这样的假设:劳森意在通过丛林女性生活现实的表征来唤起社会对女性生存状况的关注,从而达到推动社会总体变革和进步的目的。对丛林女性形象的积极描写表达了丛林女性勤劳、智慧、独立精神对于澳大利亚民族身份建构做出的积极贡献,这一点也是对此前澳大利亚殖民文学中女性处于被遗忘角落的一种反拨。

有人据弗菲的《人生如此》中的一句"我们的处女大陆,你这当新娘的一天延迟了这么久后终于到来了!"(Our Virgin Continent! How long has she tarried her bridal day!)(Furphy, 1944: 81)来推断弗菲的女性主义观。有学者认为,弗菲的这句表明了他"将土地的特征比作女性特征,而这样的比喻表明了女性在男女关系中的被动地位,因为将女性比作土地的意象意味着女性作为男性财产而被置于被开垦和被保护的地位"(Keogh, 1989: 60)。客观来说,从女性主义角度来看,这种分析与解释也许有一定道理,但也不无漏洞,甚至有断章取义之嫌。事实上,小说中这句话的语境是汤姆是对于澳大利亚大陆形成史的一个意识流想法。他从尼罗河、幼发拉底河、长江的一点一滴的形成到今日的澳洲大陆壮观景象表达了对于澳大利亚民族的渴望。前文讲过,丛林是丛林男女共同拥有的一片土地,他们共同开垦了这片土地,而且澳大利亚丛林男女共同在这片艰辛的环境中求生存,在求生存的过程中,他们之间也结成了互助、忠贞的丛林情谊。这种具有澳大利亚独特性的丛林情谊在劳森等民族作家的现实主义笔触下升华为了澳大利亚民族气质。所以弗菲的这段带有强烈感情色彩的民族宣言是对于建立澳大利亚民族的内心呼唤。在这片本属于澳大利亚丛林人自己的大陆上建立一个属于这片大陆的澳大利亚民族是每个追求独立、自由的澳大利亚人的梦想。而在19世纪末,这一切就要变成现实,弗菲所以欢呼澳大利亚即将以"新娘"的形象展现在世人面前,这是对澳大利亚即将告别殖民过去的宣言。

事实上,无论是弗菲的个人经历还是其小说创作,我们都可以看出弗菲是一个竭力倡导公平、提倡两性平等的作家,而且他的丛林现实主义小说蕴含着强烈的性别平等思想。在弗菲的作品中,虽然女性的作用或者说关于女性的描写也依然是位于边缘的,但是"他对于做出贡献和颇有成就的女性的认可至少是跟男性一样的,持较为欣赏态度。并且他在竭力倡导社会的司法公平与政治平等过程中,强烈呼吁性别平等,比如在他的小说中,他经常会使用不具性别色彩的代词,如'se'、'sim'、'sis'等来表明他性别平等的主张"(Partington, 1998: 27)。

在不少女性批评家眼里,弗菲是一个性别平等主义者,甚至有批评认为,在他的小说中,都成功地塑造了令人印象深刻的积极女性形象,如《人生如此》中的茉莉(Molly Cooper)、《里格比的罗曼史》中的凡达德肯(Kate Vanderdecken)和《波恩地区与澳洲鹤》(*The Buln-Buln and the Brolga*)中的丽莲(Lilian Falkland-Prichard)。尤其丽莲,更是一个"具有爱心和宽容心的女性",她"可以原谅所有心地善良的人,包括他极度不忠的丈夫"。在克罗夫特(Julian Croft)看来,弗菲笔下的丽莲简直就是一个传奇式的女性,因为她

第三章 丛林情谊:澳大利亚丛林现实主义小说灵魂

是一个身上展现了"坚韧、独立、意志力强、富有爱心"等多重优秀品质的丛林女性形象(1983: 10)。

莱斐儿(Susan Lever)也认为,弗菲"是一个值得女性主义者关注和阅读的作家,他的小说表现出对性别问题和性别写作与阅读的兴趣"(1996: 157)。因为在弗菲小说中,男性作家笔下一贯的男性中心地位的笔触很少,并且也看不到他关于那种具有偏见色彩的性别表征。应该说,弗菲的小说比较客观地承认了男女性别上的差异性,体现了弗菲比较超前的性别意识,即男女之间的关系应该是一种和谐的关系,一种承认差别性基础上的互补关系,没有性别的优劣之说,一切性别问题的探讨都应该是在这样的前提下去探讨才更加有意义。如在小说中,弗菲在借助叙事者汤姆表达了作者男性诗人也许比女性优越,但是"女诗人笔下的真诚也是男诗人不可企及的"男女平等的思想(Furphy, 1944: 320)。

更有论者认为,弗菲的《人生如此》是一部"比他同时代女作家更加具有女性意识的小说,因为小说中各种超越了叙事者汤姆的理解能力的神秘事件和各种不可解释的蹊跷都显然属于女性天生的神秘性"(Lever, 1996: 161)。按照莱斐儿的理解,弗菲小说中各种神秘事件的未解之谜都源于人类对于女性的神秘未解。这种解释其实是有道理的,因为在这部小说中,弗菲数次提出一些关于女性之谜的问题,如"她是谁?"(Who is she?),"女人是什么构成的?(What makes a woman?)","怎样才能认识女性? (How can one know a woman?)"等。

在现实主义小说领域,即便包括维多利亚时期极度繁荣的女性现实主义小说中,《人生如此》可以说是少有的对于男性菲勒斯中心主义进行抵制的经典,因为它将性别表征主题置于了讨论的中心地位。从这一点上说,弗菲对于澳大利亚丛林、对于澳大利亚民族的平等思想的建构是非常具有前瞻性和预见性的。在19世纪90年代,弗菲就有性别平等的思想,足见作家的前瞻性和预见性,这也表明弗菲对于澳大利亚的贡献已经超越了文学本身,这也是他的《人生如此》成为了澳大利亚文学史上经典小说的原因之一。

拉德笔下女性又是以怎样的形象呈现给世界和读者的呢？在澳大利亚民族主义时期之前的殖民文学作品中，"丛林是男人的国度，在这里女人则令人讨厌"是一种普遍的基调。虽然事实上，人人都知道这种论断有失公允。但澳大利亚早期丛林女性的确就是在这样的权力话语下生存的，这种生存语境也就预示着丛林女性除了要与自然灾害和社会压迫抗争以外，他们还得同男性抗争，要想在丛林中有自己的一席之地，其困难程度可想而知。虽然丛林女性对于澳大利亚民族身份的建构发挥了相同的作用，因为她们的丛林体验与丛林男性是一样的，而由于她们敏感的天性和良好的直觉判断有时会发挥极其关键的作用。从拉德的丛林选地故事系列看来，拉德比较客观而真实地描写了丛林女性在丛林中的真实生活状况，虽然他的描写重点是老爹一家在丛林选地上如何积极抗争求生存，对于女性的描写，也都仅局限在家庭层面，但是比较客观地再现了丛林女性的家庭生活，或者说拉德笔下的女性是比较客观真实的，他在这一客观真实再现过程中，更多地遵从了当时社会中关于女性地位的主流思想。拉德在其丛林选地系列小说中，女性的社会地位和作用从未被涉及，基本处于被忽视状态，对于女性少数的描写也往往流于社会习俗的偏见。如《在我们的选地上》的第 11 篇《玉米丰收年景》（"A Splendid Year for Corn"）中母亲虽然做出了关键决定，致使那年他们比往年收成都好。但是，当选地上只会讲德语的莉普夫人（Mrs Lipp）来到家里跟母亲聊天的时候，虽然两个人谁也听不懂谁，拉德说，"但这根本不重要，因为对于女性来说，她们理解或者不理解都不重要"（Rudd, 1973: 67）。这句话表面含义是在说语言不通不会影响爱唠叨的女性之间的交流，而隐藏话语却是，女性说什么、能不能被他人理解都不重要，因为她们说的话根本不重要。

再如，在第 13 篇故事《可怜的鲍勃去世的那个夏天》（"The

第三章 丛林情谊:澳大利亚丛林现实主义小说灵魂

Summer Old Bob Died")中关于萨拉(Sarah)的描写,"老爹认为,萨拉跟男的一样棒,她在丛林中几乎无所不能,无论是缝衣服还是挖桩埋杆。她的胳膊一点也不比戴夫短,而且敢于跟人比大腿,她的腿?真是一条美人腿!——她的脚踝处几乎就跟老爹的大腿一样粗"(Rudd, 1973: 79)。在拉德看来,丛林女性一方面要有跟男性相比不逊色的丛林生活能力,另一方面,丛林女性又要能够展现女性美的一面,上面两个女性的互不通语言也能交流和这里拉德对于萨拉的"美"的讽刺描写,表明了拉德对于丛林选地中存在的女性歧视的不满,他再现了丛林选地中丛林人对女性苛刻而不合理要求的存在。一方面要求她们能干,另一方面又要求她们貌美温柔,这无疑是一种矛盾。女性的这种困境和矛盾源于当时社会对于女性的普遍要求。这表明,在丛林中生活的女性,她们的抗争面临着更多的艰辛和困难。任何时候,爱美是每个女人的天性,但是丛林生活的艰辛环境决定了这样的追求不可能得到满足,为了生存抗争而丢却温柔、体贴从而变得像男子一样的形象又让她们遭受到了另一层歧视。这对于丛林女性来说,无疑不公。

在《赶羊人的妻子》中,澳大利亚丛林艰辛的生活给丛林女性的心理带来了巨大的压力。在小说中,丛林荒野给赶羊人妻子带来了恐惧和忧愁,不仅仅有毒蛇,还有时不时会到来的风暴,风雨交加的夜里,用来照明的蜡烛灯火随时会熄灭。那个夜晚,赶羊人妻子彻夜未眠独自留意着蛇的动向,保护着孩子的安全,并陷入自己在丛林生存中的各种不可思议的艰辛遭遇的回忆:如一场洪水将堤坝冲垮、一场疯牛病使自己患上了肺炎、一次疯牛的袭击、图谋不轨的陌生人的留宿企图、一个人骑马带着孩子的尸体到远处找人帮忙埋葬等丛林生活的凄惨无不让人对赶羊人妻子的生存境遇同情落泪。而这就是丛林女性的真实生活。

在《给天竺葵浇浇水》中,劳森并没有像在《赶羊人之妻》那样对丛林默默无闻的女性积极称赞和赞扬。无论是对玛丽还是对斯佩塞夫人的描写,叙事者威尔森的口吻总是让人感觉对女性的嘲

161

讽和不屑或者说歧视。如,威尔森在丛林中的邻居女主人"是一个面容憔悴、神态消瘦的女人,我想,她在这样艰辛和孤独的丛林中之所以还没有疯掉,要么是因为她的智力,要么是因为她的记忆力,她的眼光最远也超不过她家门前那棵苹果树"(Lawson, 2008: 63)。"大部分丛林女性都给人非常可笑的感觉,不过这也避免了她们的疯癫"(Lawson, 2008: 74)。这种对于丛林女性的调侃和偏见从某种程度上反映了劳森的女性观。但是丛林女性在互相提供帮助方面,却一点也不逊色于丛林男性,也就是说丛林女性之间也有着同样的伙伴情谊,这具体体现在丛林女性对于别人家庭方面的援助,比如《给天竺葵浇浇水》中玛丽和斯佩塞夫人的情谊。从斯佩塞夫人给玛丽送牛肉,到每次玛丽生病的时候,她都会过来帮帮忙(lend a hand),她过来后绝不仅仅是给她安慰,而是从不浪费时间地"脱下草帽,卷起衣袖,帮玛丽洗头、整理房间"(Lawson, 2008: 76),而玛丽也会在斯佩塞夫人生病时去陪伴她,帮她照看小孩儿,并且一有机会就让斯佩塞夫人把孩子送过来教他们知识。拉德《提防袋鼠的一夜》("The Night We Watched for Wallabies")中的布朗夫人待在老爹家整整十多天,就是为了照看快要临盆的妈妈,一直到孩子顺利生产。在作者看来,丛林选地上的诸多家庭事务得益于丛林女性之间的互相协作,因而谁也不能否认丛林女性情谊的存在及其意义。在男性的丛林话语中,女性的抗争困难显然更加严峻,而在互相帮助中形成的姐妹情谊则成了她们与丛林抗争的精神支持,丛林男性可以通过酗酒、抽烟来对抗丛林的孤独寂寥,而丛林女性则在互相间的家庭琐事帮忙中通过拉家常、诉说愁苦和丛林遭遇来消解丛林苦闷。

不可否认,劳森等丛林现实主义男性作家笔下还是有着明显的性别歧视印记。还是在《给天竺葵浇浇水》中,斯佩塞夫人习惯对于自己的孩子喋喋不休,然后以一句"丛林女性都有爱唠叨的习惯"来表明"丛林女性对孩子喋喋不休的习惯,对于敏感的小孩来说,其对孩子的影响远远大于酗酒的父亲对孩子的影响"(Lawson,

2008: 78)。其实,丛林女性的爱唠叨跟丛林孤独环境有着很大的关系,她们终日没有人可以交流,丛林男子白天要不下地干活儿,要不外出放牧剪羊毛,经常性地成年累月不在家。这部小说中,斯佩塞一出去就是18个月,独留斯佩塞夫人一人在家照看将近10个小孩儿。不难想象,斯佩塞夫人的最后疯癫和死亡与丛林生活的艰辛有着极大的联系。同时,她的悲剧命运也是若干丛林女性生活的剪影。而斯佩塞夫人临终前不停地跟玛丽讲述自己在丛林中经历的种种令人骇闻的遭遇更是让人联想起鲁迅笔下的祥林嫂,斯佩塞夫人的悲惨命运成为了与祥林嫂一样的社会悲剧。祥林嫂悲惨的疯癫命运悲剧是鲁迅对中国腐朽的吃人的封建制度的控诉,而斯佩赛夫人的悲惨命运寄予了劳森对勤劳、困苦、英勇、坚韧的丛林女性无可逃脱的疯癫命运的无比同情之情。

在丛林中有一个形象的比喻表明了丛林女性所遭受的不平等遭遇:妇女就像多产的奶牛,她们被挤出了一桶奶,然后又将奶桶踢倒。莱克(Marilyn Lake)认为在澳大利亚民族主义作家笔下,丛林人是澳大利亚的民族英雄,这背后得益于丛林男子没有家庭的束缚。她因此指出"《公报》作家们往往认为婚姻和家庭剥夺了男性的独立能力和男性气质"(Marilyn Lake, 1986: 118)。有一点不容否认,就是丛林人在发起的严禁赌博和酗酒以及争取妇女选举权方面发挥了卓越贡献,但在民族作家笔下,"丛林女性往往都是叨叨不休和让人扫兴的人"(qtd. in Waterhouse, 2000: 207)。处于这些明显具有性别歧视的社会话语下,丛林女性对此并没有抱怨,而是从属地做好丛林女性的家庭本职工作,不仅如此,她们还积极参与到与丛林环境的抗争,为丈夫出谋划策,甚至在与坏人较量中表现出的勇敢和智慧毫不逊色于丛林男性克服丛林险境时的勇敢和智慧。

"应该认识到,一个家庭中母亲的工作对于一个民族来说,是不可缺少的,有着更加基础性的地位,无此,任何一个国家将不能持续,而尽管母亲的价值如此重大,还是不计任何报酬的"(Street,

1942: Y789)。这也就是劳森的母亲路易莎·劳森（Louisa Lawson）（一位在澳大利亚学界很有影响力的女性，对于劳森的创作生涯产生了重要影响）曾经说的，"单单就伟大的母爱这点来说，如果允许适当的政治表达，她们将会把澳大利亚提高到一个更高的文明程度，在国家生活中，她们一定也会像照料自己的家庭一样照料好别的家庭"（1895: MSA）。

弗菲的小说很好地体现了女性平等思想，客观地再现了丛林男女各自在家庭社会中的价值贡献，这也是弗兰克林认可和推崇弗菲的地方，也是他们形成深厚友谊的一个因素。弗兰克林以一个丛林现实主义小说作家对丛林男女日常生活进行了客观真实的描写，不可否认的是，她对丛林男性形象的刻画也非常客观公正。比如，西比拉被丛林人毕凯姆（Harry Beecham）的外貌深深吸引的一段描写：

> 举止投足之间，他身上透出一种男性的高尚气质，他看上去气质是如此高贵，——不是那种打着黑领结、脸面刮得整洁的穿着白色衬衫的高贵，因为他不是那种城里上班的人装束——而是那种被阳光晒了有点黝黑的丛林占地农的高贵，一种让人对于阳光、马鞍、空阔的丛林遐想无边的气质。这才是真正的男人，一个没有任何女人的柔弱，能够通过自己的勤劳谋生的男人——而且有一双一有危险就随时可以提供帮助的胳膊。（1979: 217-218）

然而，对于这样一个如此吸引人的丛林男性形象，即便他对西比拉伸出橄榄枝，西比拉对此也依然是一贯拒绝的态度。因为在她对光辉生涯的追求中，她从来都认为一切依靠于自己的努力才是最终走向女性独立的途径。因此，在小说中，当毕凯姆（Harold Beecham）在丛林中拥有无限财富的时候，她对此却不屑一顾；而

第三章　丛林情谊：澳大利亚丛林现实主义小说灵魂

当毕凯姆因一场丛林大火而变得不名一文的时候，她毅然选择替他分忧，帮他克服困难。

> "我现在这么困顿了，你还真的爱我吗？"
> 我听后很是愤慨。"你认为我是那种人，那种只去关心有点钱的人？为什么！这是我最看不惯和反对的。即便一个绅士或者一个百万富翁在我面前，如果我不爱他，我也不会看他一眼；相反，即便一个贫困的残疾人，如果我爱他，我也会跟他在一起。"（Franklin, 2004: 173）

这里，西比拉对于自己爱情观的表达深深体现了一个丛林少女独立自主的觉醒意识，更是在丛林艰辛中体现出的积极的正确的爱情观，这值得后来在工业革命和资产阶级恶习侵染中逐渐迷失了自我的现代男女反思。《我的光辉生涯》关于丛林女孩儿西比拉的女性主义表达赢得了澳大利亚女权主义者斯科特（Rose Scott）和古尔德斯特恩（Vida Goldstein）的积极颂扬："这样一个具有强烈反抗精神的丛林表达让我们看到了长期生活在丛林中的女性的希望。因为这让她们看到了女性应该有着自己的声音"（Goldstein, 1902: 142）。

劳森、弗菲、拉德和弗兰克林笔下的丛林女性在丛林生活中互帮互助的精神共同构成了不可磨灭的姐妹情谊。她们在丈夫离家后，独自承担丛林中的一切，在面临洪水、火灾等自然灾害时，在家中孩子缺衣少食、无钱供孩子上学时，丛林女性总是不顾自家的困难，竭尽所能去帮助丛林周边中生活困顿的人，这些无不彰显了丛林女性之间的姐妹情谊。正是在这种姐妹情谊的互相支持与鼓励中，她们在丛林中克服了一个又一个丛林危险，与男性一样在丛林中顽强地生存下来。另外，斯宾塞与弗兰克林通过小说文本建构的丛林女性之间情如姐妹的情谊还有着更深的民族理想。丛林女性情谊，一方面源于她们对丛林女性生活现实的关注，另一方面,也表明她们的澳大利亚民族理想:丛林情谊是澳大利亚民族身份的核心要素,丛林女性情谊则是丛林情谊不可或缺的组成部分。因而至少在理论上,丛林现实主义小说中丛林姐妹情谊的存在表明了女性对澳大利亚丛林情谊的积极参与和贡献,因而对澳大利亚民族身份的建构做出了自己的贡献。

  作为澳大利亚民族主义时期丛林现实主义小说的代表作家,劳森、弗菲、拉德和弗兰克林等在各自作品中都建构了丛林情谊这一核心意象。他们以现实主义手法共同表征的丛林人在丛林艰辛生存过程中形成的三重丛林情谊使得"丛林定居者被欢呼为澳大利亚(民族)社会主义事业的积极倡导者"(Scates, 1997: 119)。无论是丛林孤独中的兄弟情谊,还是丛林抗争中的伙伴情谊,抑或是丛林女性间的姐妹情谊,他们都表达了作家们的民族理想和民族情怀,澳大利亚独立不仅仅是澳大利亚人从此不再受英国殖民政策束缚的独立,也是为澳大利亚独立做出卓越贡献的丛林人的独立。不仅如此,"丛林人在丛林中形成的互相协作的生活方式还应当成为澳大利亚未来社会发展的模式"(Bellanta, 2008: 5)。工人政党领袖莱恩看到了这一点,他认为,那些满手老茧的丛林剪羊毛工、在丛林艰辛中靠饮酒麻醉自己的丛林人是澳大利亚民族的代表,也是澳大利亚民族身份的代表。他不善于夸夸其谈的对未来充满期待的演讲,而是强调丛林人生活的孤独困苦、坚韧抗争和丛林女性备受迫害的生活现实来强调澳大利亚民族的丛林性,认定丛林人在丛林中构成的丛林情谊是澳大利亚民族身份的核心。他将丛林情谊视作丛林社会主义政治理想赢得丛林人的广泛支持。因为在莱恩的政治理想中,独立后的澳大利亚应当是一个消除阶级差异、女性享有同等政治权利的民族,充满竞争的资本主义制度应该用友善和仁爱的社会制度所代,丛林情谊应当是澳大利亚"正直王国"的灵魂。与此同时,在民族主义杂志《公报》"将澳大利亚丛林作为澳大利亚民族身份的象征"(Bellanta, 2008: 5)的呼吁下,澳大利亚丛林现实主义小说作家以对丛林情谊的积极欢呼,来表达他们对澳大利亚民族未来的丛林理想。借助丛林情谊的建构,他们认为,澳大利亚不仅是一个建立在丛林上的国家,澳大利亚取得民族独立身份之后,还应该坚守丛林情谊,积极寻求以丛林情谊为核心的社会主义道路,不仅让丛林人享有城里人共同的物质生活待遇,还要共享民族独立的自豪和尊严。

第四章

丛林传统:澳大利亚丛林现实主义小说核心

第四章 丛林传统:澳大利亚丛林现实主义小说核心

第一节 丛林传统:澳大利亚民族的精神传统

19世纪末澳大利亚民族独立思潮高涨,民族独立呼声响彻整个澳洲大陆。简单梳理一下澳大利亚短暂而辉煌的历史,就会发现澳大利亚民族独立呼声在世纪末高涨的社会历史根源:随着1888年新南威尔士与昆士兰的铁路通车,到19世纪80年代末,澳大利亚各个殖民地之间的铁路已经基本全部开通;与此同时,在1861年的时候,澳大利亚人口中还有大约50%的人口是在英国诞生的,到1871年的时候,已经有大约60%的人口诞生在澳大利亚殖民地,到1891年,这一比例为75%,1901年为82%(qtd. in Clark, 1986:145)。这种人口比例结构的变化,为澳大利亚民族文学提供了庞大的阅读群体。民族主义文学倾诉了那些长期在殖民地生活的人心中的苦闷,说出了他们被压迫的心情,表达了他们对那些为英国马首是瞻的人的强烈不满,也就是说,在澳大利亚大陆出生长大的人越发发现他们的思维和生活方式都不再习惯此前殖民地的思维和生活方式。

从一定意义上说,澳大利亚民族意识自第一批欧洲殖民者来到这片大陆时就有所萌芽,在随后反对流放制度和殖民统治过程中独立意识逐渐增强,19世纪五六十年代的"淘金热"初步显现了澳大利亚民族的丛林气质,因为很多淘金失败者在淘金地当地丛林中扎根,寻求生存,成为丛林拓荒者。澳大利亚民族主义意识在19世纪80年代呈现出星火之势,90年代达到风起云涌的高潮。时代催生了艺术,艺术是时代的见证。"19世纪末,澳大利亚诗人开始自觉对丛林进行自我阐释,是澳大利亚民族诗歌开始的年代"(Elliott, 1967:75),也"是澳大利亚文学艺术领域英雄辈出的年代,是澳大利亚民族缔造的传奇时代,是伴随着对澳大利亚现代性反思的年代:怎样在丛林上建立起了一个令人不安的大都会?"

(Mead, 2009: 549)。

创作于世纪末的澳大利亚丛林现实主义小说,赋予了澳大利亚民族独立未来以无比的想象和灵感,1901年澳大利亚联邦政府成立标志着澳大利亚作为一个民族的独立,也标志着澳大利亚民族身份意识的开始。萌芽于殖民时期,发展于淘金热,高涨于80年代的丛林传统不断在文学艺术作品中呈现,在这些作品中,丛林传统被建构为澳大利亚民族身份的核心。这一方面得益于社会中产阶级精英知识分子的推动,另一方面也源于这一时期澳大利亚艺术家和作家对社会政治进程的反映和书写(qtd. in Horton, 2012: 1679)。本章将重点探讨丛林传统作为澳大利亚民族核心在丛林现实主义小说中的具体表征。

"民族文学,一个重要的方面就是强烈的地域风貌意识。澳大利亚民族文学尤其如此,其对澳大利亚地域风貌的深深眷顾是澳大利亚民族身份的构成要素"(Mead, 2009: 552)。而澳大利亚地域风貌最大的特征就是丛林地貌。关于澳大利亚丛林传统,沃德(Russel Ward)的《澳大利亚传奇》(*The Australian Legend*, 1958)做了比较详尽的历史溯源,沃德从美国建国后早期的边疆传统联想到澳大利亚的内部丛林,通过对澳大利亚丛林的分析建构了澳大利亚"高尚的丛林人"(Noble Bushman)的神话体系。澳大利亚的民族神话起源于澳大利亚丛林工人的丛林经历,由于这种丛林经历的独特澳大利亚性,在具有澳大利亚文化与地域风貌的丛林中形成的丛林情谊和反权威思想成为了澳大利亚丛林传统的最显著特征。在此基础上形成的丛林传统日益成为澳大利亚民族身份的核心。简单说,丛林传统,是指澳大利亚早期丛林人在艰辛的丛林环境中历经困苦求生存,饱经沧桑不屈服的丛林抗争传统。澳大利亚丛林传统,在一定意义上说是指澳大利亚丛林人传统,因为澳大利亚丛林传统是通过澳大利亚丛林人形象塑造而来,并通过丛林伙伴情谊在丛林环境中的传递而逐渐形成的。当然丛林人范畴比较广泛,主要包括三类人:占地农(squatters)、选地农(selectors)、

第四章 丛林传统:澳大利亚丛林现实主义小说核心

丛林工人(swagman、shepherds、shearers、bullock-drivers)。在本研究中,主要是指第三类,即丛林工人。

根据卢卡奇的现实主义文学理论,现实主义文学的价值体现在文学的社会功能。我们知道,正是《冰河上的来客》("The Man from Snowy River")——对丛林一切困境驾轻就熟的丛林人,《骑在毛驴上的人》("The Man with the Donkey")——在一片枪林弹雨的危险中护送受伤同伴的丛林人,《自鸣得意的克朗西》("Clancy of the Overflow")——悠闲自得地在沙漠和湍急的河流边赶着牛群的丛林人,《野蛮的殖民地男孩儿》("Wild Colonial Boy")——为了丛林自由与侵占自己土地的当局对抗的丛林人,以及令澳大利亚人倍感自豪的丛林反叛英雄内德·凯利(Ned Kelly)等这些丛林人"将澳大利亚梦想塑造为丛林人的自我形象"(Ashbolt, 1966: 374)。也就是说,无论是殖民时期的浪漫文学还是民族主义时期的现实主义文学,这些以丛林为背景、以丛林书写为核心的作品不约而同地将丛林人形象塑造为澳大利亚的民族形象,将丛林精神塑造为澳大利亚民族精神,将丛林传统升华为澳大利亚民族传统。正如宾恩(C.E.W. Bean)所说,"丛林人在半是荒漠的丛林环境中求生,他们像超人一般顽强地生活着,……而正是他们超人一般的形象塑造了澳大利亚人的理想"(qtd. in Ashbolt, 1966: 375)。当然,丛林人除了他们的超人形象之外,乐善好施的品质也让他们的形象变得高大,丛林人在困境中互帮互助的丛林情谊也被升华为澳大利亚民族精神,如劳森在《将帽子传一传》中的鲍勃(Bob)。小说中,一个新来到澳大利亚的牧师,想得到一笔捐赠建一座教堂,就找到了"长颈鹿"鲍勃(Giraffe Bob),虽然鲍勃不是教徒,也从不去教堂,但他说:"我会帮你的,虽然帮不上大忙,但一定会竭尽全力"(Lawson in Mann, 1968: 112)。除了给出资助之外,他还在天主教堂旁边的市场帮助安装了几个购货亭。这让牧师很是惊讶,不过这也让他"特别感激长颈鹿和他的丛林伙伴儿,而且完全由于丛林人的缘故,从此爱上了澳大利亚"(qtd. in Mann, 1968: 112)。丛林人不但深深影响着澳大利亚人的社会态度，而且也影响着来自其他国家移民对于澳大利亚人的态度和看法。

任何一个民族在其民族身份形成过程中都呈现出这样几个基本特征："一个有着共同名字的人口，他们共享同一片历史疆土，有着同样的神话、同样的历史记忆、同样的大众文化、同样的经济以及法律权利和义务"(Smith, 1991：14)。而这其中，共同的神话和共同的历史记忆显得尤其重要，尽管对于什么才是共同的神话会有不同的解释和争论。正如艾勒克·博埃默所认为的那样，"民族是一种社会建构物，是一种在象征层面的构成，而不是一种自然的本质存在。它存在于建设这个国家的人民的心底，存在于公民、士兵、报纸的读者和学生等对它的体验和感受。因此，任何一个新的独立实体——也许有人还要说，在争取独立过程的每一个新的阶段——都需要这个民族国家在人们的集体想象中重新加以建构；或者说，让这种属性化作新的象征形式"(1998：211)。而民族主义的实质就是通过想象来建构出一个原本并不存在的民族。澳大利亚丛林是澳大利亚民族想象的源泉，是澳大利亚民族建构的物质基础，也是澳大利亚民族身份的核心所在。虽然说澳大利亚在19世纪90年代的时候，城市人口已经超出了丛林人口，但是这一时期的文学作品依然都是关于澳大利亚丛林和澳大利亚丛林人生活方式。"澳大利亚丛林小说也成了世上最为自然而不需要任何努力的民主形式。……丛林中更大片开阔空间所带来的自由以及丛林的伙伴情谊都成了这个时期澳大利亚对于民主和平等的渴望"(Barnard, 1941：417)。而这种首先通过丛林传递出的民主思想也一直影响着澳大利亚社会，澳大利亚在战后消费主义、保守主义和文化犬儒主义中，通过丛林传递出的民主传统依然是澳大利亚社会中最有价值的传统。这些表明，丛林传统已经融入了澳大利亚民族，成为了澳大利亚民族身份的一大核心。并且"19世纪80年代的澳大利亚，爱国主义已经成为民众一种共同的热情，因为在令每个人引以为自豪的民族文学的鼓舞下，脑海里翻滚奔腾的丛林记忆使得澳大利亚民族独立越来越成为可能"(Hancock, 1930: 51)。1890年马丁(Catherine Martin)的《澳大利亚女孩儿》(*An Australian Girl*)中关于澳大利亚"新世界乌托邦梦想的破灭,1890年和1891年丛林羊毛工人失败后弥漫在澳大利亚大陆上空的悲观主义情绪,丛林选地农遭遇了旱灾和庄稼歉收后的破产,资本主义在1892年和1893年的银行破产中为了挣得信任"(Lee, 1999: XXⅱ)的种种努力都急切地需要一种方式来表达他们的困境,这些都变成了民族主义情绪的素材。

澳大利亚丛林作为澳大利亚最明显的地域与风貌特征就不可避免地被当作了澳大利亚民族表达所急需的一种物理属性,而澳大利亚丛林人在艰辛的丛林环境中求生存的坚韧与勇敢则成为了澳大利亚民族表达所急需的社会属性。在世纪之交的民族主义思潮风起云涌,民族情绪空前高涨的历史背景下,最具澳大利亚性的丛林传统则成为了丛林现实主义小说表达澳大利亚民族独立诉求的媒介和载体。

具体来说,澳大利亚丛林人在干旱、丛林大火、洪灾、毒蛇等丛林环境中历经艰辛但最终成功地生存下来;在那片广袤、开阔的丛林面前,他们并没有被击倒;在丛林大火和丛林无尽烦闷中,他们成功地种植了庄稼,并且使得这片土壤越来越肥沃,从而最终成功地开辟了一个民族。也就是汉考克所认为的,"丛林人是澳大利亚丛林之子(native son),是澳大利亚民族的缔造者"(1930:32)。这种观点也在劳森、弗菲、弗兰克林、拉德等丛林现实主义小说作家的丛林书写中得到验证。毕利格(Billig)认为:"民族身份更多的是一种生活形式,与内心心理感受和个体界定相比,一种民族的日常生活状态更能展示民族身份"(1995: 69)。丛林现实主义小说对澳大利亚丛林日常生活的描写正是对澳大利亚民族身份的书写。澳大利亚丛林人,尤其是羊毛工(shearer)和牧场工(rouseabout)等,他们"虽然给人以无知和愚昧的印象,但他们却是澳大利亚民族的主心骨"(Waterhouse, 2000: 217),因此在澳大利亚他们被认为是真正的丛林工人,也就是真正的澳大利亚人(Waterhouse, 2000: 221)。

具体到文学作品来说,澳大利亚民族主义时期作家拒绝英国模式,摈弃此前缺乏活力的殖民文学,将视野专注于澳大利亚本土,丛林人生活现实便成为了澳大利亚现实主义小说取之不尽的源泉。"丛林是这个国家的灵魂,是真正澳大利亚人的澳大利亚"(Adams, 1892: 47)。这是英国记者亚当斯(Francis Adams)在19世纪80年代到澳大利亚后的游记印象,在体验了澳大利亚丛林生活中的各种艰辛后,他说:"丛林不仅孕育了澳大利亚人和代表着真正的澳大利亚,而且也孕育了澳大利亚人最为崇高、仁慈和高尚的品质"(Adams, 1892: 154),因而"丛林人形象也就成了最能代表澳大利亚民族的形象"(Adams, 1892: 163)。19世纪澳大利亚文学研究学者克里斯托弗·李认为:

> 在这个急迫而有生机的世纪,澳大利亚经历了很多伟大的进程,这其中就包括劳森的著作。这是一个生活在劳森艺术和文学中的民族,我们生活在劳森的文学里,因为他是我们民族的代言人。他为属于澳洲大陆的真实声音代言,他写的话就是我们想对世界说的话,就是我们对未来澳大利亚想要传递的信息。所以为他建造一座实至名归的纪念碑,我们也是在纪念我们自己,纪念我们的民族,纪念澳大利亚(丛林人)的命运和生活信仰。(qtd. in Lee, 2004: 74)

这样的评价,对于劳森而言,是客观的。因为在澳大利亚,没有一个人能够像劳森那样,将自己的艺术生命和写作才华全部奉献给了澳大利亚丛林。"丛林是澳大利亚的心脏",劳森作品的丛林书写无愧于劳森是澳大利亚丛林之声的丛林诗人美誉。"劳森的每一个字都具有澳大利亚性,他笔下的每一幅图景,每一个人物都能够在我们今天生活的丛林中找到原型,他的思想与我们民族

第四章 丛林传统:澳大利亚丛林现实主义小说核心

的灵魂相互交融,(他不停地)向世界低声细语地诉说着澳大利亚"(qtd. in Lee, 2004: 74)。

虽说丛林在劳森笔下是"一个甚至连哀号都没有的,令人讨厌的,单调的荒野"(Schaffer, 2010: 106),但它又代表着一种"精神追求和想象的神奇的可能性"(Schaffer, 2010: 17)。可以说,劳森对于澳大利亚民族的明天一直有着自己深深的思考和想象,在他看来,澳大利亚丛林才是澳大利亚民族的摇篮和发祥地。随着世纪之交的澳大利亚社会经济和政治发展,澳大利亚城市人口已经远远超出生活在丛林中的人口,对于无比热爱和亲近丛林的劳森来说,他不可避免地会流露出对澳大利亚民族前途的担忧。特别是1901年澳大利亚组建独立的联邦政府后,工业革命催生的城市快速发展将很多丛林人都吸引到了城市里去生活。正如劳森在《乔·威尔逊的求婚》("Joe Wilson's Courtship")所担心的那样,"澳大利亚丛林孕育了一群诗人,虽然我不知道这个国家最终会变成什么样子"(Lawson, 2008: 9)。阿尔杜塞(Louis Althusser)曾说过,意识形态是每个个体对自己真实生存条件进行想象的一种关系再现。在城市意识形态的渲染下,澳大利亚一些政治精英也都不可避免地站在城市生活立场看待曾经的丛林。因而劳森对于澳大利亚丛林未来的担忧不是多余的,体现了一个民族主义作家对澳大利亚民族前途和命运的责任意识。尽管如此,在穆雷-史密斯(Stephen Murray-Smith)看来,丛林现实主义小说已成为当今澳大利亚"大众文化的一部分"(1975: 27-28),并且是澳大利亚赖以自豪的一部分,因为"我们看一个人,可以说,从摇篮时期就能看出他的未来。一个民族的发展与此类似,他们都有某种与生俱来的出生标记;而伴随着他们出生的环境影响了他们的成长,从而影响他们最终的样子"(qtd. in Ward, 1958: xi)。

斯蒂芬斯(A.G. Stephens)在评论劳森的《地广人稀的日子里》(*In the Days When the World Was Wide*, 1896)时认为,劳森和佩特森是澳大利亚民族诗人,因为他们的作品"一贯地表达了世纪末澳大利亚民族主题",并且在澳大利亚历史上,他们的诗篇让澳大利亚人"第一次听到了自己的声音和具有澳大利亚特征的表达"出处。"劳森对澳大利亚丛林男女的真实描写吸引着所有在这片广袤沉寂的土地上生活和工作过的人,在他的笔下,丛林流浪汉、牧羊人、丛林定居者一个个真实的生活形象,就是澳大利亚地广人稀的(*In the Days When the World Was Wide*)书名所直接指示的那样的真实写照"(Smith, 1924: 36)。并且"劳森19世纪后期通过丛林作品所表达出的对丛林那种不离不弃的态度已经成为了澳大利亚文化史上一种颇具影响的态度"(Lee, 2004: 11)。

澳大利亚丛林现实主义小说对澳大利亚民族身份进行建构,表达了劳森、弗菲等民族主义作家的民族理想。尤其是劳森,他对丛林生活的描写大都基于他自身真实的丛林生活体验,没有任何"浪漫化"色彩。劳森是"澳大利亚最早如实、精准描写澳大利亚生活的作家"(Horton Peter, 2012: 1680),他既描写了他所处时代的澳大利亚丛林,也描写了他所生活的城市。在对丛林和城市生活都有着仔细观察和深刻洞悉的临摹中,劳森的作品蕴含着丛林传统和民族关注。当他将八个月的丛林生活体验结合到自己的城市生活体验时,他发现澳大利亚的民族未来和命运与澳大利亚丛林息息相关,从而将自己对澳大利亚民族的想象通过丛林书写来向澳大利亚丛林人和城市人同时传递出去。

收录在小说集《当洋铁罐沸腾时》(*While the Billy Boils*)中的短篇大都是以颂扬和传颂丛林男性气质与丛林伙伴情谊为特征的小说。小说再现了澳大利亚丛林气质,以延续丛林神话传奇的方式建构澳大利亚民族想象。劳森短篇小说一方面颂扬丛林人在丛林情谊中形成的平等关系;另一方面,劳森的丛林作品表达了丛林人在丛林环境中求生存时的那种艰难和困苦。由于丛林工作——具有季节性、随意性和团队性——这也就意味着丛林人过的是一种半游牧民族的生活。他们的工作不外乎看畜牧、赶羊、剪羊毛、扎篱笆墙,而这些工作无不依赖于互相之间的支持、帮助和忠诚,这

第四章 丛林传统:澳大利亚丛林现实主义小说核心

也就成为了丛林情谊的基础,"丛林情谊"已经成为澳大利亚民族的一种文化内质,成为澳大利亚社会各个阶层共同墨守的行为准则,是澳大利亚独特的民族气质。丛林情谊是澳大利亚丛林传统的核心思想。

此外,劳森的短篇小说,以鲜明的现实主义手法对澳大利亚丛林人生活进行了客观再现,借助这种客观呈现来探求澳大利亚民族身份。这种现实主义小说创作,要远比《公报》上开设的论坛专栏激烈讨论和争辩有意义得多,因为这种公开的讨论有时候会激化成为一种相互之间的指责和怒骂,而有一些甚至以一种毫无文学意味的打油诗(doggerel)在互相争辩。劳森则一以贯之地通过对丛林的真实描写来展现丛林人在遇到各种不利局面时的互相尊重、互相鼓励和互相帮助的品性特征。比如在《当洋铁罐沸腾时》的最后一篇《友谊天长地久》("For Auld Lang Syne")中,故事讲述了 10 名丛林人在丛林中找工作的艰辛和困难,他们不得已从悉尼来到新西兰和西澳找工作。就像故事中描述的那样:

> 我们是石膏匠、搬砖工、漆匠、木匠、毫无手艺的手工工人、管道工,每个人都或多或少地不断遭罪——当然更多情况下,都是一个比一个更遭罪,这一点也是很平等的,我们不断地去城里、去丛林里寻找工作,而更多的则是到丛林里,当一切看上去还有点进展的时候,那是我们最开心的时光,而当一切毫无进展的时候,我们只好开开玩笑来打发内心的忧愁。我们之间都有那些正确思维的人所认为的'某种痛苦、某种贫困、某种流浪经历、某种原罪',从而我们之间的互相同情也就成为了最强烈而最真诚的品质。我们是那些总是错误思维的人,当然这不影响我们之间的互相同情。(Lawson in Roderick, 1972: 268)

在整部故事集《当洋铁罐沸腾时》中,从第一篇《父亲的老伙伴儿》("An Old Mate of My Father's")到最后一篇《友谊地久天长》，劳森都在不断地重复着同一个主题：跟朋友、跟心爱的人、跟丛林伙伴的道别，表达着对丛林的眷恋和不舍之情。在《公报》杂志主编阿奇博尔德（Archibald）探求澳大利亚政治与文学身份的呼吁下，劳森"对于澳大利亚民族性做出了卓有意义的贡献"（Horton, 2012: 1682）。

在劳森短篇小说中，他通过对丛林人的真实描写将丛林人形象塑造成澳大利亚丛林神话的原型，丛林人在面对丛林困难所展现的丛林伙伴情谊和相互间的忠诚、勇气、决心，成为澳大利亚民族在工作中、在运动场上，包括后来战场上的精神内涵。在1914—1919年期间，出于战争需要，澳大利亚人被应征到英国军队，参加一战。丛林人固有的坚韧、英勇的丛林品质，特别是在加利坡利（Gallipoli）战场上的表现，以实际行动证明了他们丛林人坚决不言败、坚决不退缩的丛林品质，也以实际行动证明了澳大利亚丛林凯利神话中凯利的英勇善战不仅仅是"神话"。也就是说，一战期间，澳新军团在战场上面临绝境时的英勇无畏的表现，是丛林人在丛林环境历练出来的不畏艰难、忠诚勇敢的品质的延续。澳新军团作为澳大利亚联邦政府于1901年成立以后第一次以澳大利亚军队身份的形象展示，而这一次"也的确展示了一种新的民族形象"（Lake, 43: 1997）。

克里斯托弗·李（Christopher Lee）认为，"劳森19世纪末期所创作的丛林小说，传达了一套丛林价值和态度，在澳大利亚文化史上留下了重要的影响"（Lee, 2004: 11）。丛林人的这些丛林价值和丛林品质正是劳森通过丛林作品向读者传递出来的，而这些品质也在战场上再次得到了验证，所以莱特（David McKee Wright）把劳森称之为澳大利亚民族的预言家（qtd. in Schaffer, 1988: 115）。19世纪50年代澳大利亚淘金时期的丛林人的表现，劳森笔下世纪末丛林人形象以及一战中澳新军团的英勇表现，共同组成了澳大利亚统一的民族形象，即以丛林精神为原型的"阳刚、独立和英勇"

第四章 丛林传统:澳大利亚丛林现实主义小说核心

气质。

如果说在美国西进运动过程中,当那些殖民拓荒者在遇到西部恶劣的生存环境后还能选择回归到城市的话,而澳大利亚丛林人在遭遇干旱、炎热、风暴的任何恶劣环境下则没有任何逃离的可能。虽然说美国西部运动过程中逃离会被别人看成是一种失败的表现,特别是被那些留下来的人所不齿,但是逃离可以让他们生存下来。在依塞(John Ise)的美国西部小说《草地与麦渣》(*Sod and Stubble*)中详细地记录了 1880 年被一场干旱赶走的人群的场面,"灰心的定居者不得不赶着马车行囊,长途跋涉地离开这个被干旱笼罩的地区,他们日复一日地往前走,一个个男的头发灰白,心情沮丧,面容愠怒,女的则病怏怏的,疲惫不堪,一副失望表情"(1936:126)。

而澳大利亚的丛林则正如劳森在《赶羊人的妻子》中所写的,"到处都是丛林"(Bush All Around)(Lawson, 1970: 107),方圆几十公里都杳无人烟,面对荒野无边的困境,他们无处可逃,只能勇敢地面对,凭借智慧和坚韧顽强地抗争。为了生存,他们只能立足丛林,与丛林抗争,克服丛林各种恶劣的生存环境。也正是这种有别于美国西部的澳大利亚所独有的丛林文化史、丛林人奋斗史,构成了今天澳大利亚人赖以自豪的丛林传统。

澳大利亚是在一片空旷、广阔的丛林上建立起来的,是丛林选地农、丛林工人在这片广阔的土地上工作、流浪过程中缔造的一个家园。澳大利亚民族则是在"无土地的大多数选地农和拥有土地的少数占地农之间的阶级斗争过程中形成的"(Hancock, 1930: 55)。弗菲的《人生如此》以对澳大利亚丛林深处丛林人生活现实的刻画缔造澳大利亚民族想象。小说中,弗菲客观地描写了丛林中的男女和小孩儿;客观地描写了英国人、爱尔兰人、苏格兰人、德国人、荷兰人等欧洲移民来到澳大利亚丛林中生活的原貌。这些客观描写真实地再现了澳大利亚丛林人的艰辛生活。通过对丛林人生活的描写,弗菲直白地宣告:"澳大利亚的民族意识不是在我们的城市和乡镇,不是在农产区和矿产区,而是在这里,就是在这个大陆的中心——丛林里获得的。对我而言,这片漫无边际、枯燥无边的丛林有着无比的魅力;如此庄严、如此含蓄、如此相异于那些一般认为更具吸引力的乡村风景,也有别于名山峡谷的宏伟壮观"(Furphy, 1948: 81)。

在那个充满传奇色彩的 90 年代,"每一个印记着澳大利亚羊毛标记的丛林人都认为"可怜老旧的欧洲已经过时"。在大部分丛林人心里,真正的澳大利亚与"沿海地区塑造出的蓝色文明"关系不大,是澳大利亚内陆深处丛林人"忠贞、坚韧和不屈"的精神在潜移默化中锻造了澳大利亚民族性格。小说《人生如此》中,弗菲将处于丛林深处的里弗里纳(Riverina)地区描写为具有鲜明的世纪末澳大利亚地域特色的丛林缩影,有着强烈的象征意义,将其想象为澳大利亚未来民主的发源地。如果将这种想象与 20 世纪一些新兴国家的发展态势联系起来看,我们就知道弗菲的想象并非毫无根据,特别是"澳大利亚 90 年代后期从丛林生活中发出的声音更是成为人类学发展上的一个传奇和奇迹,值得我们认真研究。未来怀有感激之心的历史学家很可能会同意弗菲的预言"(Philips, 1955: 14)。因为弗菲在小说《人生如此》中将澳大利亚丛林人的骑马艺术、赶马艺术、广泛流传的丛林故事和闲暇的聊天方式、丛林人不同的手工艺技巧、丛林人在丛林生活中所必须具备的惊人的记忆力、丛林人对丛林伙伴的忠贞、丛林学者古怪的性格、丛林令人好奇的礼仪,以及丛林伦理等都一一呈现在读者面前,这一切都属于澳大利亚民族。在弗菲笔下,独具澳大利亚地域与文化风貌的丛林传统才是澳大利亚的民族传统。由于澳大利亚特殊的历史境况和地理位置,早在 1901 年澳大利亚民族独立之前,包括取得了政治独立之后,澳大利亚(丛林)人一直都在致力于民族叙事和文化身份的建构。从讴歌"伙伴情谊"的劳森派现实主义小说,到注重心理刻画的怀特派现代主义小说,无不表现了澳大利亚白人"内心深处的恐惧"和"澳大利亚民族想象力的核心——菲利普斯

(A.A. Philips)的'民主主题'、土地冲突和由殖民地向国家独立转变"(Webby, 2000: 275)。

在《人生如此》的第二章,弗菲更是用大幅篇幅介绍了爱尔兰在18世纪各宗教之间的纷争和角力,作者借助爱尔兰民众克服教派纷争建立自己的民族来激励澳大利亚争取实现自己的独立理想。"共同的民族血脉让他们(爱尔兰)克服了教派的疏离"(Furphy, 1970: 73)。1782年,爱尔兰自愿者们自发组织集会来抵御外国入侵,在爱尔兰历史上,"没有哪个时期像现在这样持不同信念的教授们一起在友好氛围中喝醉","这也是历史上无法再现的"(Furphy, 1970: 73)。在1788年,英国拓荒者来到澳大利亚大陆前,澳大利亚是一片"没有任何历史记录的大陆,作为生在这块大陆上的丛林人有着天生的责任和义务来让它成为一个没有地域纠纷、没有种族分歧的伊甸园。这是一片不存在任何民族嫉妒和国土纷争的自由之地"(Furphy, 1944: 81)。"想象一下,对于这片没有任何历史记忆的土地,我们拥有着一个多么不可限量的未来啊"(Furphy, 1944: 82)。事实也正如此,生活在澳大利亚丛林中的人,无论是牧羊工、放牛人、选地农,还是背着包的流浪汉在民族主义时期都在传递着"团结友好互助"为核心的丛林传统,这种丛林传统,在独立后也被内化为澳大利亚的民族精神。弗菲在以爱尔兰的例子来阐明自己的主张,也就是在主张自己的民族大义:抵御国外入侵的历史时刻,所有澳大利亚人应该团结起来,争取民族独立。在小说中,弗菲表达了他对澳大利亚的民族主张,希望在丛林上建立的澳大利亚是一个有别于英国的国家,"一个温和的、民主的、独特的澳大利亚国家"(Brady, 2006: 30),是一个能够保持鲜明的澳大利亚丛林传统的国家。在表达对英国资产阶级腐朽生活不满,展望澳大利亚民族未来的时候,弗菲坚定地认为,20世纪的世界将被一些新兴国家的新兴文化所拯救,言下之意,澳大利亚的丛林文化是新兴国家澳大利亚的文化标识。

在小说中,弗菲塑造了几个英国血统的人物作为嘲讽对象,以凸显他们在澳大利亚丛林生活中的格格不入。维罗毕（Willoughby）更是被弗菲精确地塑造为一个因持宗主国英国阶级态度而让人生厌的人物。不仅如此，《人生如此》还对澳大利亚殖民文学大加讨伐和嘲讽。在被克拉克（Marcus Clarke）和博尔德伍德（Rolf Boldrewood）奉为"最好的澳大利亚小说"《杰奥弗里·哈姆林》（*The Recollections of Geoffry Hamlyn*）中，英国殖民者往往被理想化为高尚、纯洁的绅士。在《人生如此》中，弗菲则故意塑造出占地农斯图瓦特（Stewart）的形象，在《吉奥福利·哈姆林》中斯图瓦特是一个基督教徒，但是在弗菲笔下，斯图瓦特则是一个非绅士形象，他这个来自苏格兰地主家的儿子，虽然在澳大利亚丛林中生活了40年，但行为准则中毫无澳大利亚丛林传统的平等思想可言，而是充满功利思想。不仅如此，小说中在讨论英格兰的伟大之处时，弗菲借助小说叙事者柯林斯的口吻讲述了自己在澳大利亚丛林里弗里纳的经历，并且不止一次地强调："圣经是英格兰的伟大之处，而不是里弗里纳的伟大之处"（qtd. in Barnes, 2013: 7）。弗菲的《人生如此》无论是对丛林人物的真实再现还是对英国传统的颠覆与嘲讽无不在宣示着澳大利亚的本土性，强调着澳大利亚民族的丛林传统。

　　澳大利亚民族传统是英国殖民者的欧洲文化的进化还是澳大利亚土著人丛林传统的延续？学界对此有着见仁见智的争论。弗菲在《人生如此》中明确地表达了自己的见解：在小说叙事者科林斯看来，澳大利亚"丛林人目光敏锐，是澳大利亚的孩子"，他认为，澳大利亚欧洲移民在来到这片土地后不断朝着土著文化进化。在小说《人生如此》的七个以日记体记录的章节中，我们都能感受到作者对丛林传统的塑造。丛林传统贯穿小说始终。让读者深深领悟到丛林传统是澳大利亚的民族传统，是澳大利亚民族身份的文化符号的深刻民族内涵。

　　澳大利亚丛林地域文化古老而静默，弗菲的这种观点受到了当时不少智识者认同。在由利奥德·奥尼尔（Lloyd O'Neil）出版社

第四章 丛林传统:澳大利亚丛林现实主义小说核心

出版的拉德"选地"系列全集的卷首语中,斯蒂尔·拉德(Steele Rudd)将自己完成这部鸿篇巨制的动机通过《致澳大利亚先驱》("PIONEERS OF AUSTRALIA! —to 'You Who Gave Our Country Birth'")满腹深情地表达出来:

> 致留给我们永恒记忆的你们:因为你们的名字、你们的精神、你们的英勇、你们的无畏,没有在任何墓碑上显现;
> 致在寂静的丛林中抗争的你们,是你们的抗争让我们以丛林人为自豪;
> 致在那荒凉孤寂的岁月里开拓的你们,虽然那些岁月如今已经成为了过往;
> 致在我们的民族史上还没有留下你们一笔的你们,但你们使它发生了改变;
> 致为了这片丛林付出了全部的你们,
> 致被忙碌喧嚣的城市人遗忘和疏忽的你们,澳大利亚的先驱们最要致敬的人就是好人老爹!
> ——谨以此书饱含真情地献给澳大利亚先驱们,献给缔造了澳大利亚民族的你们。(Rudd, 1973: Preface)

19世纪末20世纪初的澳大利亚丛林现实主义小说一边以真实的笔调描写澳大利亚丛林,再现丛林人在艰辛的丛林环境中抗争的生活原貌,另一方面又在通过丛林书写来探究"我们是谁"的身份问题。他们试图在"世界的另一端"建构起一个区别于欧洲大陆的新的民族,劳森、弗菲、弗兰克林以及拉德都以丛林为书写对象,以现实主义作为叙事技巧建构出一幅属于澳大利亚民族的美好想象,试图摆脱英国殖民思想的阴影。这一时期的民族小说是澳大利亚作家"以文学的方式来寻求和界定自我的小说"(Carr, 1994: 5)。对于民族主义作家来说,那种一味强调英国殖民者在澳大利亚丛林风光中的闲适生活与澳大利亚人真正的生活相去甚远,显然不可接受,他们希望表达真正属于澳大利亚自己的现实主义小说。对于劳森、弗菲、弗兰克林、拉德来说,他们以丛林为背景的现实主义创作以真实的笔触再现了澳大利亚丛林人的生活,另一方面,他们不加任何歪曲的对丛林人生活现实的如实临摹以及对丛林人富于反抗的丛林精神的塑造表达了澳大利亚民族传统的丛林性。借助这些丛林人,他们表达了共同的民族理想。"唯有这些小写的人(丛林人)的历史汇聚到一起,才可以成为大写的历史。换言之,个人记忆汇聚成集体记忆,成就了关于时代的记忆"(杨金才,2016:7),也成就了澳大利亚民族想象。厄内斯特·瑞南认为,一个民族是某个人群的"心灵与精神原则"(qtd. in Mead, 2009: 551),在劳森、弗菲等作家对丛林人生活现实的集体呈现中,丛林人的抗争精神、伙伴情谊、忠贞勇敢汇聚成一股力量,成为澳大利亚丛林人"心灵与精神原则",并成为澳大利亚民族的丛林传统。

第二节　丛林怀旧:澳大利亚民族的思乡传统

1954年,万斯·帕尔马(Vance Palmer)将19世纪末90年代称为"澳大利亚民族主义的梦幻时代"(qtd. in O'Grady, 1971: 80)。丛林怀旧是澳大利亚丛林现实主义小说表征的一个重要方面。劳森笔下的丛林人物,在听到丛林乡村音乐时,往往会流露出强烈的感伤情绪,因为这些歌曲会让他们想起丛林父母、丛林爱情、丛林辛酸、丛林家园,想起先辈们从苏格兰和英格兰流放到澳大利亚丛林的过去。会让他们对流放到澳洲大陆丛林的先辈们感到心酸,但又不无感激和敬佩的复杂情感。

澳大利亚丛林现实主义小说作家表达了他们对于澳大利亚丛林环境的理解,并将丛林环境中的丛林传统进行了升华。就像19世纪80年代的画家一样,他们都表达了一种有别于欧洲的澳大利

第四章 丛林传统:澳大利亚丛林现实主义小说核心

亚丛林风光,澳大利亚丛林地域与文化风貌表达了画家们对于澳大利亚丛林的怀旧情谊。在这一时期的绘画中,海德堡学派(Heidelberg School)反映了他们对"早期丛林生活和淘金热时期的思念,因为这一时期是平等、独立、经济上高度自给自足和有保障的一个时期"(Hirst, 1978: 329),这些绘画借此表达平等、独立、自由的丛林人才是真正的澳大利亚人。19世纪末的文学表达了类似的创作思想,即在"由殖民文学向民族文学过渡过程中,曾经的殖民文学将澳大利亚表述为一种充满异国情调的欧洲体验,如堪布里齐(Ada Cambridge)和普莱达(Rosa Campbell Praed)"(Haltof, 1993: 27)的小说。而1880—1890年澳大利亚丛林现实主义小说作家则摈弃了这种对欧洲风光和欧洲文化的向往与怀旧,他们转而表达具有鲜明澳大利亚本土文化风貌的丛林人生存境况,借此表达对早期在澳大利亚丛林环境中生存的丛林人的敬意,这种敬意背后是对澳大利亚丛林传统的思念和怀旧。这背后蕴含了以劳森、弗菲、拉德、弗兰克林等为代表的丛林现实主义作家们对于澳大利亚丛林传统的思乡和怀旧,即对那"迷失的、孤寂的原始丛林"(Waterhouse, 2000: 204)的怀旧。

正如澳大利亚神话所暗示的那样,丛林神话背后有一个中心主题,那就是对澳大利亚丛林的怀旧。世纪之交的澳大利亚普遍怀有一种思乡情绪,也就是对丛林生活的回忆。这种怀旧情绪与第一章所论述的澳大利亚神话有着内在联系。而所谓怀旧,就是常常让我们想起已经不在了的美好。如对爱人的思念,对过去虽然传统却更好的生活方式的思念,对纯真的思念,对那种纯如山楂树之恋的思念。丛林神话往往会激起我们对原初和自然的无限向往,对丛林生活的无限渴望,而且这种渴望、这种向往无需理由,会一直在丛林人心头流连忘返。

著名的劳森研究学者克里斯托弗·李说:"劳森不仅是一个政治诗人,他的创作主题还延展到其他诸如即兴诗歌、丛林民谣和对丛林淘金的怀旧等方面"(Lee, 2004: 23)。我们从劳森最早的诗歌创作中可以看出这个评论恰当而中肯。因为早在创作初期的1888年,劳森就在《村镇杂志》(*Town and Country Journal*)上发表了诗歌《安迪放牛去了》("Andy's Gone with Cattle")。这首诗歌后来经常被引用来证明劳森对于澳大利亚丛林神话的贡献,以及他对丛林生活的追忆。不可否认的是,对丛林传统的怀旧是劳森丛林作品的一大主题,劳森的丛林怀旧情绪从其1902年创作的《那些圣诞节的幽灵》(*The Ghosts of Many Christmases*)中可以窥豹一斑:

> 在伦敦公寓里过圣诞节。阴郁的伦敦街头、泥烂的街头马路、尽是煤灰的街道。这里的阴冷天气倒不是让我们澳大利亚人感到不舒服的地方,而是弥漫在伦敦街头的各种阴郁实在让人受不了。我们内心十分想念澳大利亚的阳光。(qtd. in Roderick, 1972: 373)

短短几句话道出了身在伦敦的劳森对澳大利亚丛林乡村的无比怀旧之情。而且这段话表达了劳森内心的多重渴望。或者说,劳森在写英国圣诞节之前,脑子里有可能首先呈现出的是这样一幅画面:"澳大利亚那远在天边的五彩斑斓的天空,那美丽的天空下一座座蔚蓝的山脉,那海边白色的细浪和金黄的海岸,那每天日出时分的悉尼海港"(Roderick, 1972: 373)。我们不能得知,劳森在写这段话的时候,脑子里是否浮现出这样的美景。但是从他对伦敦街头景象的灰色描写和对澳大利亚阳光的怀念,我们可以假设,他至少不喜欢伦敦的城市风光。值得一提的是,1902年正是澳大利亚联邦成立的第二年,作为民族主义作家的劳森,对澳大利亚的怀念深深道出了他对澳大利亚的思念,对澳大利亚丛林的思念以及对澳大利亚民族未来的思考。劳森长期居住在悉尼,但经常往返于伦敦与悉尼,看到悉尼以伦敦为模板的城市模式,劳森内心感到焦虑,时常觉得摆脱母国"影响的焦虑"困扰之必要,并对澳大利亚民族的发展模式有着自己的思考:澳大利亚的城市应当避免走

第四章 丛林传统:澳大利亚丛林现实主义小说核心

伦敦的城市发展模式,一味追求城市工业化发展,将使得澳大利亚成为一个个满目疮痍的雾都。因而当他接受资助去丛林体验生活后,他深深感悟到独具澳大利亚地域与文化风貌的丛林深深蕴含了澳大利亚文化和文明。因此,他不断通过丛林书写来呼吁澳大利亚人关注丛林、重视丛林、从丛林中汲取灵感。在劳森笔下,新独立的澳大利亚不是不去发展城市,而是希望在发展和推进城市化的进程中,要关心丛林人的关心,关切丛林人的关切,考虑丛林人的考虑,毕竟澳大利亚丛林是孕育着澳大利亚文明的地方。这是劳森长期生活在悉尼城市里和短期在丛林生活过后的一种深刻感受,澳大利亚的城市发展不可以以侵占丛林人土地发展工业,牺牲丛林人的农场建商场为代价,相反,澳大利亚民族的发展应该从丛林生活中汲取养分,保持丛林宁静、纯朴的生活传统。不难想象,今天的澳大利亚人依然选择远离海边城市,到丛林深处生活,如果考虑劳森丛林作品在澳大利亚读者中的普及程度,其丛林作品的丛林怀旧思绪也许发挥了我们想象不到的影响。因为澳大利亚丛林远离城市骚动与喧嚣,远离城市尔虞与我诈,远离城市种种丑陋,有丛林美景,有原生态的田园生活,更是自然淳朴的人性的安宁之地。另一方面,澳大利亚政府也不断考虑丛林人的实际状况,不断改善丛林人的生活设施和条件,以争得丛林人的认同,共同营造丛林与城市的和谐生活环境。这也是今日的澳大利亚城里人依然对于丛林生活充满向往和渴望的原因,这种渴望也有着对于早期丛林人曾经在干旱与洪灾的丛林环境中创造出澳大利亚丛林传奇的尊重与敬意。

澳大利亚丛林之所以能够缔造澳大利亚神话并创造了澳大利亚民族传奇,从而成为澳大利亚民族传统,其中一个重要的原因就是丛林描写给了澳大利亚以无比的想象和向往情绪。并且他们在对充满神话色彩般的向往和渴望中逐渐了解了早期丛林人的艰辛和坚韧。所以今天的澳大利亚人认为正是这种在艰辛的环境中形成的坚韧给澳大利亚民族带来了希望和繁荣。

布莱迪(E.J. Brady)回忆说,"曾经有人给劳森推荐一份工作:每周3英镑在做统计数据工作,他恨不能自杀,他拿了一根蜡烛、一本书、一瓶啤酒走到房子的前房,用一块垫子垫着做到地板上去,他解释说,他喜欢这样的生活,因为这给他一种在丛林里的感觉"(1931:139)。并且在生命的最后几年中(1916—1917年),劳森生活在离悉尼550公里的立顿(Leeton)地区,在那里,他依然露宿在自己自制的一个小木房子里,里面有几张自制的椅子和几张桌子,他依然坚持用丛林里的铁罐烧水(Brady, 1931: 216)。从这些也许可以看出劳森的心迹:他一生都心系着澳大利亚丛林,一生都充满了对丛林的依恋与不舍。

我们知道,"劳森对于怀旧的力量植根于他对孩提时代的追忆"(McLaren, 1980: 47)。这一点从劳森将《丛林儿童》(*Bush of Children*)作为故事集名称出版也可以看出。因为对于劳森而言,青年时代的忧愁虽然苦楚,但他们毕竟还是可以弥补的,虽然说劳森在回顾这段经历时往往会有"一种浪漫被打破的情绪,选地失败的情绪,以及与此带来的种种死亡情绪"(McLaren, 1980: 47)。但是,劳森丛林作品关注的既是澳大利亚未来又是澳大利亚丛林过去,关注过去意在突出"曾经的荒野无边的丛林留给我们的思考和怀旧,因而他的作品让我们思绪连连"(McLaren, 1980: 47)。但也是这种对非正面或者说失败换来的丛林情谊的怀旧让丛林人看到了希望,冲淡了对未来生活的悲观。这是劳森现实主义作品的艺术力量也是至今给以澳大利亚民族以乐观、向上形象的现实源泉。他的《当洋铁罐沸腾时》等丛林小说集篇篇不离丛林,其中对于早期澳大利亚丛林生活形象而真实的描写更是给澳大利亚留下了深刻的印象。《当洋铁罐沸腾时》在英国出版时,"就立刻深受英国读者好评"(Anon, 1901),因为这部充满幽默的丛林故事集让他们追忆起狄更斯曾经在《博兹札记》(*Sketches by Boz*)中对于早期伦敦乡村生活描写的情景。而其中劳森对于"斯蒂尔曼的伙伴情谊和米切尔的丛林精明能干"的幽默叙事更是让读者觉得一点不亚于狄更斯《大岭河》("The Darling River")和美国早期边疆短篇小说家哈特(Bret Harte)的《真实的詹姆斯》("Truthful James")的幽默叙事能力。劳森以一种淡淡的、不张扬的幽默客观地呈现澳大利亚丛林,令人无限遐思和向往,更激起了英国读者对于工业化之前的伦敦和远在大洋另一端的澳大利亚丛林生活的向往之情,从而也从一定程度上颠覆了他们对澳大利亚风土人情的主观殖民想象。

从某种意义上说,劳森、弗菲、弗兰克林和拉德的丛林作品中展现的丛林和艺术作品里的丛林风貌并不在表明澳大利亚是一个丛林荒漠,相反,他们意在表明这些丛林风光潜在的复杂象征意义。

弗兰克林及其以"宾宾地区的布伦特"(Brent of Bin-Bin)为笔名创作的丛林小说将丛林人的性格特征和丛林人的生存哲学很好地结合在一起,"通过对丛林过去的追忆和怀旧来表达丛林人对未来持有的乐观情绪"(McLaren, 1963: 43)。在弗兰克林的小说中,无论是她的《我的光辉生涯》还是以"宾宾地区的布伦特"为隐名的丛林系列小说,她"将小说人物描写与一种更为宽阔的哲学视野相结合,以一种淡淡的哲学意蕴表达着对澳大利亚丛林的怀旧,而这种怀旧又包含着对未来的乐观"(McLaren, 44: 1963)。

拉德的丛林选地故事集《在我们的选地上》、《我们的新选地》、《桑迪的选地》以及《回到选地》,都从一种幽暗的光亮中透露出对"丛林生活的一缕缕怀旧之情"(White, 1992: 21)。在《桑迪的选地》第22篇《麦克麦斯特的脱粒机》("McMaster's Traction Engine")中就讲述了对于丛林手工作业日子的留恋和向往。桑迪(Sandy)(老爹的女婿)有一次借了一台机械收割机帮助邻居收割小麦,但是操作时失控撞上了栅栏,将麦田划了一块长条后翻到了沟底。赋予故事象征意义是在结尾处:工业前期的丛林"原始器具"还是要优越于机械工业,最终麦克麦斯特在毫无办法的情况下"把附近的50匹马都拉了过来,捆住脱粒机"(Rudd, 1973: 323),在众人的帮忙下,才把这台机器从沟里拉了上来。这则故事,显然表达了作者对于丛林过去的怀旧,尽管机械工业和科学技术在1901年澳大利亚成为独立联邦后获得了快速发展,而丛林人无论是从心理上还是技术上都没有做好准备。因为对于丛林人来说,他们往往有一种强烈的家庭历史感,他们对于丛林手工作业有着一种情绪上的依赖,或者说,《在我们的选地上》中的《老爹和多诺万父子》中描述的那种几个家庭可以在一起互相帮忙收获庄稼的传统体现了深深的丛林情谊,而这是他们最为深深眷恋的。

"现实主义小说都有一种道德建构和民族建构的功能,其目的在于建立以激进、平等为基础的民族主义思想"(Jarvis, 1981: 60)。以劳森为代表的丛林现实主义作家一方面客观而真实地描写丛林,甚至让人感觉到真实得毫无艺术性可言;另一方面,丛林叙事又往往有着作者自身的影子,给人以作者在讲述他自己过去的丛林经历或者说在复述着丛林传说的印象。因为民族主义时期的丛林现实主义小说都创作于世纪之交,但他们所讲述的丛林故事是发生在过去的,也就是说他们在向当时的读者讲述澳大利亚的过去,通过对同时代的读者讲述发生在澳大利亚丛林的过去想象来建构澳大利亚的未来。丛林小说中的叙事者带着作者赋予的使命在过去和现在之间穿梭来建构未来,而这种对于过去的回忆是对历史的尊重,通过想象将过去、现在和未来联系起来以提醒澳大利亚读者,澳大利亚丛林在澳大利亚历史上的作用和对于澳大利亚民族的建构价值所在。19世纪末的丛林现实主义小说立足当时社会背景,强化对澳大利亚丛林历史的记忆和追寻来提醒读者澳大利亚民族的真正"根"之所在。一方面,丛林现实主义作家通过对丛林生活的追忆来表达他们对曾经艰辛的丛林的尊重和祭奠;另一方面,他们对丛林生活的追忆意在提醒澳大利亚读者不要忘记丛林过去,澳大利亚才能有更好的未来。在这种想象中,丛林现实主义创作在建构民族想象中实现了自我完善,也就是牢记现实主义的宗旨之一就是通过对丛林生活的客观再现来建构一个平等的澳大利亚民族。而形成于丛林生活中的丛林情谊、平等思想是澳大利亚民族建构的基础。如果我们把视角往后推移到20世纪30年代之后,尤其是两次世界大战之间这段时期,就会发现,一些传记作家对先前的丛林拓荒史很感兴趣,因为在丛林过去中他们发现了澳大利亚的民族价值。泰勒(G.A. Taylor)的《过去的那些日子》(*Those Were the Days*, 1918)、布莱莱顿(John Le Gay Brereton)的《四处转转》(*Knocking Around*, 1930)和《伙伴们眼里的劳森》(*Henry Lawson by His Mates*, 1931)以及周斯(A.W. Jose)的《90年代的罗曼史》(*Romantic Nineties*, 1933)都表达了对澳大利亚黄金时期的丛林怀旧。后来就是大家都熟悉的帕尔马的《90年代传奇》(*The Legend of Nineties*, 1954)、菲利普斯(A.A. Philips)的《澳大利亚传统》(*The Australian Tradition*, 1958)、沃德(Russell Ward)的《澳大利亚传奇》(*The Australian Legend*, 1958),它们都对澳大利亚丛林对于澳大利亚民族的贡献进行了解析,深深诉诸着丛林怀旧之情。

所以今天我们无论是读劳森的丛林短篇小说集,尤其是他的《乔·威尔森和他的伙伴儿们》、弗菲的《人生如此》、弗兰克林的《我的光辉生涯》还是拉德的《在我们的选地上》,我们都会看到他们对于澳大利亚民族身份建构于澳大利亚丛林的美好想象。这些丛林现实主义小说不断提醒着澳大利亚人民,他们今天的美好生活是丛林人在早期血与火的丛林困境中通过艰辛和努力换来的。他们笔下不断重复的"平等、情谊、自由"等丛林理想更是成了今天澳大利亚民族性中的一个重要元素。

1890年代在《公报》(一度被认为是"丛林人的圣经")杂志的鼓舞和宣传下,这一时期的文学都要求主题一致地去描写澳大利亚现实,即以现实主义手法去真实再现"丛林人的生活、丛林人的独立理想、丛林人的男性气质、丛林情谊、丛林怀旧"(Lamond, 2011: 35)。也就是说,劳森、弗菲、拉德、弗兰克林等丛林作品的丛林怀旧主题都围绕在早期的淘金期,以及那些在澳大利亚大陆上最新定居下来的丛林拓荒者。这些描写共同参与构建了澳大利亚民族传统，都使得澳大利亚民族文学具有了丛林思乡意蕴。

第三节　丛林女性：澳大利亚民族与女性传统

对于一个民族而言，民族思潮、民族独立、民族身份这样的民族大义似乎总是与女性没有关系。然而澳大利亚不然。19 世纪末的澳大利亚正是民族主义思潮风起云涌之际，澳大利亚女性主义者在这一时期也正在为女性权利而呐喊奔走，这一运动客观上也促进了澳大利亚民族的独立进程。1901 年澳大利亚联邦政府正式成立，使得澳大利亚成为了一个独立的民族，随后 1908 年澳大利亚女性获得选举权，这比英国整整早了 20 年，也比美国早了 10 多年，成为世界上第一个女性拥有选举权的国家。

在缔造了澳大利亚民族的丛林现实主义文学书写中，学界很少关注丛林女性书写，或者说，很少有学者去关注丛林传统中的女性声音，这种现象直接给人一种假象：在澳大利亚民族独立思潮中，如劳森一篇作品所说的那样，"没有女性的一席之地"。19 世纪末期的澳大利亚民族主义文学更多的是对男性气质的表征、对丛林气质的表征。90 年代的澳大利亚民族传统中，一直都由男性气质所统治，因为当时表达澳大利亚民族主义思潮的作品基本上都刊登在"大肆宣扬男权主义的"《公报》杂志上。因此，一些男性艺术家就将他们的男性价值观、单身主义、兄弟情谊，借助澳大利亚广袤的丛林来建构，将澳大利亚丛林人单身、自由、远离家庭的游牧生活方式建构为澳大利亚民族的价值观。在玛丽莲·莱克（Marilyn Lake）看来，《公报》杂志和为《公报》杂志撰稿的作家，如劳森、弗菲等一味宣扬丛林人价值观，将丛林人作为澳大利亚民族和文化理想的英雄，这一行为体现着鲜明的男权主义意识，并且这种将丛林传统建构为澳大利亚民族理想的作品将女性统统排除在

第四章 丛林传统:澳大利亚丛林现实主义小说核心

外,他们甚至嘲笑那些"对女性没有表现出敌视态度的"男性,嘲笑那些"珍视家庭"的男性。在此过程中,女性价值和女性声音都被边缘化,成为备受歧视的他者(qtd. in Docker, 1996: 131)。

显然,澳大利亚女性在丛林中以坚韧的态度与丛林环境抗争,既是丛林艰辛生活的见证者也是丛林征服者。但她们更多地却是"被无视"甚至被"消音"化处理,一度处于"失声"状态。这对为澳大利亚民族同样做出了重要贡献的女性来说显然不公平,一些有着女性意识的声音逐渐出现,对当时的社会现象提出女性视野。这一时期,女性主义和民族主义陷入了一场对于"民族文化控制"(Lake, 1986: 118)的争夺。19世纪末澳大利亚民族主义思潮高涨,澳大利亚女性主义者在这一时期也正在为女性权利而呐喊奔走,这一运动客观上也促进了澳大利亚民族的独立进程。事实上,在19世纪末的澳大利亚大陆,女性主义批评已经在努力发出自己的声音。她们认识到"女性的母性(Motherhood of Women)对于建立一个公正、大度、充满荣耀感的国家至关重要——而在世纪之交——这正对应着澳大利亚的民族主义运动,两者应该互为目标"(Scott, 1892: 38)。

在文学领域,富勒尔顿(Mary Fullerton)、弗兰克林(Miles Franklin)、吉尔莫(Mary Gilmore)都以文学作品的创作不同程度地参与到澳大利亚民族身份的建构。她们的作品颂扬澳大利亚人在丛林中形成的独立、平等、团结的丛林价值观,延续着澳大利亚的丛林神话。正如霍顿(Joy Hooton)所言,"这一时期的女性作家带着对于女性主义的支持态度与同时期的男作家一样深深被澳大利亚丛林神话所吸引"(1993: 38)。但有别于男作家的是,她们意在通过写作来建构丛林女性在澳大利亚民族中的一席之地,或者说,他们希望通过对丛林女性拓荒者的描写来建构女性在澳大利亚民族中的贡献。对于富勒尔顿而言,她孩提时生活的丛林成为了她在国外生活时魂牵梦萦的地方,因为丛林肥沃的资源养育了她,给她提供了母性滋养,更加"孕育了澳大利亚梦想"(Hooton, 1993:

49)。

对于开明女性主义批评家来说,"现实主义意味着对她们生活状况的现实主义的表征",这个定义跟传统的定义有着明显的区别。正如最近批评研究者所提出的那样,"19世纪的现实主义是一个比人类体验更为广阔的一个定义,它不是通过细致翔实的表面来表征现实那么简单。在后期维多利亚小说中,以英国现实主义女作家们的开明女性主义观点来看,要想表征这个时候的人类的真正生活,作家们必须将日益增强的女性意识考虑进来"(Youngkin, 2004: 61)。他们所忽视的也正是对男性女性之间的性别差异的关注,很少有批评家关注过19世纪女性对于自己生活环境的感受,这一点正说明了19世纪女性依然处于被忽视的地位。但就澳大利亚而言,情况并非如此。在经济、政治、文化有了极大发展的民族主义时期,在评论界对于19世纪90年代澳大利亚丛林现实主义小说的评论中,女性批评声音并不少见,这从罗德里克(Roderick)编纂的一本很具有学术价值的书——《亨利·劳森批评:1894—1971年》(*Henry Lawson Criticism: 1894—1971*)中可以看出。这部编著搜集并整理了自1894年到1971年期间几乎所有对劳森生平、作品、叙事、艺术成就等各个批评视角的重要评论,其中不乏吉尔莫(Mary Gilmore)和弗兰克林(Miles Franklin)等女性作家的批评文章。此外,在对澳大利亚世纪末的文学批评中,女性声音并不少见,其他诸如,劳森的母亲路易莎·劳森(Louisa Lawson)、玛丽·富勒尔顿(Mary Fullerton)、贝西·李茜贝斯(Bessie Rischbieth)、杰西·斯特雷特(Jessie Street)、诺阿·伊索贝尔(Noar Isobel)、伊丽莎白·薇碧(Elizabeth Webby)等都对劳森、弗兰克林、贝恩顿小说进行了深入研究,并且提供了不少女性批评视角,闪现着与男性批评同样的智慧光芒。

19世纪90年代,"第一波"女性主义将"性别冲突"(gender conflict)带进了占据着主流媒体的政治话语:选举权运动、妇女禁欲运动以及不同形式的反对家庭暴力和性暴力都在这一时期形成,并且这些运动联合起来一致成为大规模的对澳大利亚男性特权的声讨。在《政治尊重》(The Politics of Respectability)中,莱克(Marilyn Lake)认为,澳大利亚的 90 年代见证了一场对"民族文化控制"的争夺战,而争夺的双方就是新兴的女权主义运动和备受《公报》和其他杂志推崇的颇有声势的"男性气质"。

"英国和美国的妇女运动有一些共同关注的问题,但是在澳大利亚,男性气质由于被提高到民族传统的高度,女权主义就被贴上了一种颠覆性的、反文化的标签"(Lake, 1993: 11)。不可辩驳的是,《公报》在推崇民族主义作家的过程中,"存在着某种或隐或显的男权话语,他们甚至反对女性获得投票和选举权,因为他们认为女性不够理性"(Docker, 1991: 47)。对此,奈利(Nellie)表达了强烈的抗议和不满:

> 现在社会之所以是现在这个样子,难道你没有看到是因为将女性物化为机器的缘故吗?……你不能指望一个当奴隶的母亲还能培养出富有自由精神的男性。我们一样渴望自由,渴望有自己的独立空间,渴望被当作是跟男性一样具有灵魂的人看待。我们一样有手工作、有脑思考、有心灵感受。为什么不在实际行动上跟我们手牵手呢?难道在一切胜利之后你们就想拒绝跟我们分享胜利果实吗?(qtd. in Lee, 1999: xvii)

劳森的母亲路易莎·劳森(Louisa Lawson)对他的文学创作起着重要的启蒙和引领作用。事实上,她不单单为澳大利亚文坛培养了一个文学天才,她自己也是一个有着强烈女性意识的智者,为澳大利亚女性主义运动做出了卓越贡献。她的诗歌《丛林女性》以非常鲜明的态度表明了自己对丛林女性的认识:"澳大利亚的丛林女性拓荒者同样以其辛勤的耕耘缔造了澳大利亚民族,但她们的贡献却被抹去了"(qtd. in Lake, 1997: 46),表现了当时女性身份和地位危机。不仅如此,丛林女性的民族叙事也被很多杂志和媒体排除在公众的视野之外,让女性在丛林传统中一度处于失声状态。事实上,女性在丛林中从来都有着自己的一席之地,正如拉德在《玉米大丰收年景》("A Splendid Year for Corn")中描述的那样。故事中,老爹一家在丛林选地上奋斗了若干个年头依然还在为每天的衣食温饱犯愁,老爹实在坚持不下去打算离开选地的时候,是母亲恳求老爹再坚持一年试试。因为"母亲对丛林选地有着无比的信念"(Rudd, 1973: 62)。事实也证明母亲的决定是正确的,因为最终"我们收获了 100 袋玉米,我们有史以来最多的一年"(1973:67)。故事中,拉德如实地描写了丛林女性在家庭、在社会中的积极贡献,对母亲直觉判断的赞扬也表明了拉德对丛林中女性不可或缺的地位。这种直觉判断显然离不开她们终年在丛林中生活经验的积累。毫无疑问,这种丛林经历对于丛林生活来说无疑是难能可贵的,也就是女性以她们在丛林中生活积累、培育出的智慧和坚韧参与了澳大利亚丛林传统的建构。

随着澳大利亚女性主义运动的发展,澳大利亚民族主义时期的女性平等或者说女性意识都在同时期超越了英美,走在了世界的前列。比如谢立丹(Susan Sheridan)在评价《她是谁:澳大利亚小说中的女性形象》(*Who Is She: Images of Women in Australian Fiction*)时指出,"女性有着自身的女性特征,也有着自身的体验经历,这些有别于男性,但这些足以表明女性也应该在文学作品中有关于自己独特声音的表达"(1984: 546)。她们也渴望通过这种女性声音来表达她们在社会上的一席之地。不仅如此,谢立丹还写过一篇题为《温和的浪漫主义;偏见,冒犯的女性主义:澳大利亚女作家与澳大利亚民族主义文学》("Temper Romantic; Bias, Offensively Feminine: Australian Women Writers and Literary Nationalism")的文章。在文中,她通过分析 19 世纪 90 年代澳大利亚丛林经典文学中女性身份的缺失问题对约翰·达克(John Docker)等人提出的澳大利亚民族主义文学中的民主精神表达了质疑。她认为,"民族主义文学价值强调的是澳大利亚本土写作,这没有问题,但对于现实主义男性气质的倾向使得坎布莉齐(Ada Cambridge)、普莱德(Rosa Praed)、塔斯马(Tasma)等女性作家的经典作品都被排除了。只因为她们的写作违背了这种价值范式"(qtd. in Schaffer, 1988: 73)。同时被忽视的还包括马丁(Catherine Martin)创作于 1890 年的《一个澳大利亚女孩儿》(*An Australian Girl*),这部小说被忽视的原因也许正是谢菲尔所说的"有违了世纪末的澳大利亚价值范式",因为这部小说的故事背景设置在澳大利亚南方,而不是澳大利亚内陆丛林。但不可否认的是,这部小说却是女性主义对于澳大利亚作为一个新兴民族的现代主义思考,是将"新兴的澳大利亚建设成为一个兼具女性主义与民族抱负的乌托邦想象"(Crozier-De Rosa, 2011: 34)的民族主义小说。小说中,马丁强调了澳大利亚作为一个新兴民族应当是一个男女共存、和谐相处的民族想象,澳大利亚作为一个新兴民族,无论男女都应当从欧洲颓败衰落的旧文明中解放出来。小说在强调澳大利亚性的同时,还强调了澳大利亚新的女性形象,希望她们一样可以有着大量的户外时间,一样可以骑上马在澳大利亚丛林驰骋。

马丁在小说中关于"乌托邦式的想象"也绝不是空穴来风,有着强烈的现实依据。在丛林中,女性骑马是她们在丛林中必须掌握的一项生存技能。特别值得一提的是,路易莎·劳森(Louisa Lawson)在 1888 年创办了女性杂志《晨曦》(*Dawn*, 1888—1905 年)为女性主义发表诗歌、小说以及杂志评论提供一个自己的原地,杂志的女性专版更是成为了当时澳大利亚女性讨论女性改革和选举权问题的重要阵地。她还在 1889 年成立了"晨曦俱乐部",在这里,她们开展论坛围绕女性主义和改革话题进行讨论。客观说来,这些女性主义围绕妇女权利和改革的讨论为澳大利亚民族的建构和发展做出了巨大的贡献,但是她们的贡献在澳大利亚民族话语中往往被忽视了。通过《晨曦》杂志开辟的诸如"即将到来的女性"、"女性教育"、"发展中的女性作用"、"当前女性地位"、"给予女性应有的地位"等专题的设置,女性发现除去她们对家庭做出的贡献之外,她们在澳大利亚民族独立过程中也为丛林工人和前线归来的士兵提供了无尽的护理服务;针对其他诸如选举权、国家形态、婚姻、离婚制度、职业解放等对于女性权利的保障提出了她们的改革措施,如规定宾馆必须六点钟关门,严格限定电影和文学作品中过于露骨的性描写等都与澳大利亚女性主义在这一时期的努力和贡献密不可分。

得益于澳大利亚世纪末的女性主义的努力,"在世界上还没有哪个文明国家能够像澳大利亚联邦政府那样给女性和儿童以这样完美的保护政策和措施。……无论是在英格兰还是在美国,我们都从来没听说有过澳大利亚对于女性类似于'母性补助'(maternity allowance)的人文主义关怀"(Burns, 1919: 26)。而这样的客观现实也表明澳大利亚女性传统对于澳大利亚民族的建构发挥了不可忽视的作用。

显然这种女性自信一方面来自澳大利亚女性在世界上最早获得选举权,另一方面也来自于澳大利亚女性主义者坚信"澳大利亚联邦国家的新诞生标志着一个新的开始,一个新的篇章,在这个新的国家里,女性有希望处于中心位置"(Lake, 1997: 46)。

尤其是弗兰克林、贝恩顿等人世纪交接时期的丛林小说与劳森、弗菲、拉德他们一起建构了澳大利亚丛林传统和民族想象。弗兰克林的《我的光辉生涯》更是被斯蒂芬斯(A.G. Stephens)奉为"澳大利亚的第一部小说"。而且弗兰克林限于当时的性别差异性,特地要求发表时将女士(Miss)从署名中删去,"她希望让读者看到这是一部由光头男作家写的小说"(qtd. in Lamond, 2011: 32)。但劳森在为其1901版写的出版前言中说:

> 我刚看完3页,就看到了读者毫无疑问地所看到的——这是一部女孩儿写的小说。而当我继续阅读下去的时候,就发现这部小说具有鲜明的澳大利亚性——一

第四章 丛林传统:澳大利亚丛林现实主义小说核心

部诞生于丛林的小说。我对于小说中的女孩儿情感部分不是很了解——那留给女读者去判断;但其中关于丛林生活和丛林景象的描写是那样的真实,关于丛林生活痛苦的真实描写让我有些震惊,我知道,就这一点而言,这部小说是忠实于澳大利亚丛林,是我所读过的最真实的。(Franklin, 2004: ix)

也就是说,在民族建构这样宏大的主题下,女性的作用或者贡献往往被有意或无意地忽视,而在这一过程中,弗兰克林的丛林作品《我的光辉生涯》却成为了一道避不过去的尴尬。因为在表达澳大利亚丛林生活、丛林情谊、丛林怀旧、丛林独立等主题上,她一点也不逊色于劳森、弗菲、拉德等作家,相反,她还从女性视角为澳大利亚民族的丛林传统提供了互补。在关于澳大利亚丛林的现实主义表征方面,弗兰克林也开宗明义:

这不是一部传奇故事——在我生命的乐曲中,我面对的更多的是丛林的艰辛和困苦,因而我从来不会浪费时间去描写幻想和梦想之类的东西;这也不是一部小说,而只是一则简单的丛林故事——真实的丛林故事。故事中没有情节,因为我的生命从来没有什么情节,也没看到周围的人有哪些值得我关注的情节。(Franklin, 2004: xi)

这种类似于对丛林现实主义创作的宣言无疑是对弗兰克林参与澳大利亚丛林传统和澳大利亚民族建构的最好证明。因为在持久的对于澳大利亚民族文学或者说丛林现实主义小说的批评中,有一种声音就是批评了丛林的男性气质,而缺乏女性声音表征的遗憾。正如弗兰克林自己的现实主义宣言那样,在小说刚出版后,斯蒂芬斯(A.G. Stephens)就在《公报》上评价了小说"对于备受压抑的渴望的表征"的现实主义特征:

在澳大利亚丛林,那些充满生机和梦想的澳大利亚女孩儿,她们会在占地农的阳台上,在选地农的小房子里沉思,她们充满好奇和不可理解的丛林抱负表达了她们对丛林家庭生活的失望。她们充满渴望,她们对未知充满好奇。这种渴望是对更加丰富的生活、更加强有力的生活的渴望。弗兰克林是这些众多令人不可理解的丑小鸭最终幸运地逃离的一个。(Stephens, 1901: 28)

弗兰克林对于丛林少女西比拉形象的描写是对丛林男性气质占据主导地位的一种反拨和补充。更加值得一提的是,弗兰克林并没有一味站在女性立场为女性呐喊,因为那样效果也许会适得其反。相反,弗兰克林也如实地反映了丛林男性形象。她对于丛林人毕凯姆(Harry Beecham)的男性气质特征的描写更是从女性角度突出了澳大利亚丛林人的无限魅力。

举止投足之间,他身上透出一种男性的高尚气质,他看上去气质是如此高贵,——不是那种打着黑领结、脸面刮得整洁的穿着白色衬衫的高贵,因为他不是那种城里上班的人装束——而是那种被阳光晒了有点黝黑的丛林占地农的高贵,一种让人对于阳光、马鞍、空阔的丛林遐想无边的气质。这才是真正的男人,一个没有任何女人的柔弱,能通过自己的勤劳谋生的男人——而且有一双一有危险就随时可以提供援助的胳膊。(1979: 217–218)

这种对丛林男性丛林气质的颂扬和欢呼无疑让丛林传统得到了进一步的提升。因为一般说来,由于丛林生活环境和生活艰辛,丛林人往往给人一种肮脏、邋遢、流浪、光脚的印象,而不同于劳森、弗菲和拉德丛林小说疏于对丛林男性外貌特征的描写,得益于弗兰克林女性特有的细腻笔触,我们看到了丛林人粗犷、豪放、阳刚的一面。所以客观地说,弗兰克林对于澳大利亚丛林传统贡献的价值在于她的丛林描写弥补了丛林男性作家所忽视的一面,形成了与劳森、弗菲、拉德等男性作家丛林描写的互补性;而且从一定意义上说,弗兰克林的贡献甚至超越了劳森、弗菲、拉德等作家。因为弗兰克林"是一个专为别人做事而从没有为自己做什么的作家"(qtd. in Roderick, 2000: 208)。如果看她为女权运动做出的贡献就知道此言不虚:因为她曾经在芝加哥"美国妇女工会联盟"(More, 2008: 10)工作了10年,而她也对于能为滞后于澳大利亚的美国和英国妇女选举权运动做出贡献而感到自豪。不仅如此,学界对她的丛林小说《我的光辉生涯》对澳大利亚民族做出的贡献大肆赞扬之外,如果从弗兰克林对其身后的澳大利亚文学所作出的贡献来看,上面这句话同样是对弗兰克林最为恰当的评价,她至今仍在为澳大利亚文学做着贡献。因为当她的遗嘱在1957年被公布于众的时候,整个澳大利亚文学圈子都为之惊讶了。她要求以她的名义设立一个类似于美国普利策奖的年度文学奖项,这么做的目的是要推动和提高澳大利亚文学并且提升澳大利亚作家的教育层次。并且她希望这个奖项的获得者"一定是描写澳大利亚生活方方面面的"(Roderick, 2000: 208)作家。一个丛林女性传统的价值能够以这种让澳大利亚文学永远受益的方式体现,无疑是所有对于女性价值忽视的人或群体的有力回击。

正如吉尔·茹(Jill Roe)在《她的光辉生涯:弗兰克林传记》(*Her Brilliant Career: The Life of Stella Miles Franklin: A Biography*)中所作出评价那样,弗兰克林是"一个(对澳大利亚事业)充满热情的澳大利亚人"(2008: 169)。在弗兰克林一生中,她的民族主义立场、她的丛林平等主义思想、她对受压迫女性的抗争的支持和贡献无不让她成为澳大利亚民族传统的一面旗帜,用罗德里克的评价来说:"伟大的女性往往都不会结婚。"对应着澳大利亚风起云涌的民族主义思潮和女性独立意识高涨的19世纪90年代的时代背景,《我的光辉生涯》中对于民族主义和女性主义的双重表达让其成为了澳大利亚文学史上经久不衰的经典。

　　20世纪七八十年代的反种族主义、女性主义和多元文化主义视野下,民族主义时期文学话语被重新审视,劳森和弗菲等作家笔下的丛林理想中摈弃家庭责任的游牧生活,特别是他们丛林理想中单一的"男性、白人和盎格鲁人"逐渐被发现存在着"女性传统"缺失问题。女性主义批评家明确指出,阿达·坎布莉齐(Ada Cambridge)、塔斯玛(Tasma)、罗莎·普莱达(Rosa Praed)等女性作家都借助自己的作品传递出了澳大利亚女性不可或缺的地位。19世纪末澳大利亚女性传统,消解了澳大利亚《公报》杂志中劳森、弗菲、拉德等人对女性的忽视和歧视。"女性的思考能力,就像山上的溪流,独自流淌,毫无影响。但是当这些溪流有意识地流向同一个方向,就会成为推动时间车轮快速向前的一股力量,就会碾压出一片新天地"(Lawson, 1889)。这是路易莎·劳森(Louisa Lawson)在1889年《晨曦》杂志成立一周年之际写的一段话,表明了澳大利亚女性传统在与民族主义运动中齐驱并进,也就是说在澳大利亚民族独立运动中,女性传统一直发挥着她们的作用,而由于她们在世界女性主义的先锋队的作用,这种影响又反过来推动了澳大利亚民族主义运动的顺利向前。

第五章
丛林叙事：澳大利亚丛林现实主义小说叙事特征

通过前文对澳大利亚丛林现实主义小说的历史起源和发展脉络的梳理和分析可知：丛林现实主义小说是澳大利亚民族主义时期文学的重要范式。澳大利亚丛林现实主义小说，由于处于澳大利亚世纪之交的民族主义大旗的遮蔽下，让人觉得"19 世纪 90 年代的现实主义成为了社会主义旗帜下的浪漫主义，而这种浪漫主义已然是血淋淋的，无法自保了"(McLaren, 1963: 46)。言下之意，丛林现实主义小说正在逐步摆脱澳大利亚先前殖民主义和浪漫主义的创作窠臼，以现实主义笔触来构建属于澳大利亚丛林的本土文学，或者说属于澳大利亚民族的文学。

关于澳大利亚民族主义时期小说的叙事特点，学界尚没有系统研究。但是澳大利亚 19 世纪文学研究学者菲利普斯（A. A. Philips）曾经分别以《劳森的叙事艺术》(*The Craftsmanship of Henry Lawson*)、《弗菲的叙事艺术》(*The Craftsmanship of Joseph Furphy*) 探讨过劳森和弗菲小说叙事的艺术成就。澳大利亚文学研究集大成者巴恩斯（John Barnes）、达克（John Docker）等对 19 世纪 90 年代文学也做了较为详尽的论述和研究。著名诗人霍普（A. D. Hope）曾就劳森和拉德的艺术成就进行了比较，从二人的生平、创作态度、丛林语言、读者接受等各个层面进行了分析。事实上，正如厄格特（Eggert）所说的那样，"丛林现实主义小说的叙事策略要比看上去'狡猾'（cunning），但是他们的现实主义小说适合各个读者群对于现实主义和自然主义的阅读渴望"(2011: 78)。本章将重点分析丛林现实主义小说的叙事特征及叙事艺术。

第一节　丛林现实主义小说叙事艺术考辨

关于丛林现实主义小说叙事艺术的争论一直以来都从未停止过，学界也未能在此问题上形成共识。总体说，以劳森为代表的丛林现实主义小说的叙事艺术在澳大利亚文学批评史上经历了一个

第五章　丛林叙事:澳大利亚丛林现实主义小说叙事特征

先抑后扬的过程,或者说,早期的评论家认为丛林现实主义小说,尤其是劳森的丛林短篇,都只有情节没有艺术,只有故事没有形式,只有对事实的临摹没有对人物的刻画。在一些人看来,这种对丛林生活客观而不施修饰的再现显得粗俗、浅陋,实在没有任何艺术可言。比如,在劳森创作初期,对劳森作品颇为鉴赏和推崇的斯蒂芬斯(A. G. Stephens)对劳森的故事集提出了一些建议和批评:

> 劳森的丛林故事如果按照章节来归类续写会更好:这样他的故事就有了延续性,就更具说服力,人物形象也会更加清晰,会给读者留下更为深刻的印象。事实上,劳森的故事却相反,……不仅人物失去了力量,这种随便的拼凑也让读者阅读预期被破坏,……读者总是在全神贯注地读了五分钟后,不着边际,然后不得不从头再来。
> (Stephens, 1896: 17)

如果将劳森的短篇故事集作为一个连载小说或者丛林系列小说来看,的确存在斯蒂芬斯所说的问题,因为在劳森最为成功的两部故事集《洋铁罐沸腾的时候》和《乔·威尔森和他的同伴》中劳森曾经尝试将米切尔(Mitchell)和乔·威尔森(Joe Wilson)作为丛林故事的主要叙事者,讲述他们在丛林中的故事。但是这两个人物并没有贯穿整个作品集。所以从这一点上来说,斯蒂芬斯的批评还是不无道理。应该说,作为对劳森比较了解而且比较熟悉的同时代批评家,斯蒂芬斯对劳森的批评比较客观,他在评价劳森诗歌的时候就认为:

> 劳森的不足之处也是显而易见的,他的思维限度(mental scope)很窄,相较而言,没什么文化素养,总是重复一些信息,对于自己的思想也很少去精雕细琢。……但他又是那么生动形象,那么淳朴自然,那么逼真,那么

令人震撼,他的感受全部让读者感受到了。(qtd. in Roderick, 1972: 14)

上述这种批评声音代表了多年来对于劳森叙事艺术的一种普遍观点,即认为劳森作品文风过于简洁,其作品也都不过是其凭直觉写出来的,根本没有艺术可言。也许这种假设和谬见是基于劳森没有怎么接受正规的学校教育而言的,从而将这一点视为他的艺术性不足的靶子加以批评。评论界却忽视了斯蒂芬斯这段话的后半部分才是批评重点:劳森对于澳大利亚丛林和丛林人的真实描写是他对于澳大利亚民族书写的重要贡献。

对于劳森作品的批评,言辞最为激烈的恐怕莫过于戴维森(Fret Davison)。在1924年的《亨利·劳森神话》(*Henry Lawson Myth*)中,他从诗歌到小说都将劳森狠狠批评了一通,认为劳森作品视野太过狭窄,对澳大利亚负面宣传过多,不是真实的澳大利亚,尤其是劳森作品中流露出的悲观情绪太浓,根本没有积极宣传澳大利亚真实的一面。这是他在劳森刚刚去世两年后的评论,作为学者,戴维森毫无人之既死,其言也善的学术之外的考虑,批评最为尖刻。对于作品的叙事技巧方面,戴维森没有涉及,也许可以想象,劳森作品的思想性、真实性和丛林艰辛在评论界备受学者好评,而这在他看来却是一无是处,对于受到批评者诟病的劳森作品的叙事艺术,估计他更是微词颇多,甚而不屑评价了。

伊凡达(W. H. Ifound)也对劳森提出了尖锐的批评,虽不像戴维森那么刻薄,但也很有力道。他认为,无论诗歌还是短篇,劳森作品都不能代表澳大利亚的最高成就,最多只不过是适合儿童阅读的文学,因为"我们有数不清的作家的作品都要比劳森优秀,即使在同时代的诗人中,无论在诗歌形式上还是诗歌思想性上都比劳森的更值得研究"(qtd. in Roderick, 1972: 251)。在论及劳森丛林短篇小说叙事风格时,他认为,劳森与美国同时代西部作家哈特(Bret Harte, 1836—1902)一样,词汇面窄,而且"劳森的词汇量比哈

第五章 丛林叙事:澳大利亚丛林现实主义小说叙事特征

特的还要窄"(qtd. in Roderick, 1972: 251)。这样有限的词汇也就决定了劳森作品无论是对丛林环境的描写还是对丛林人情感的刻画都过于简单而直接,但这种简单而直接的刻画也使得劳森的丛林描写给人以形象逼真的印象,伊凡达对于劳森小说的评价要高于对其诗歌的评价。

同时代澳大利亚丛林主义诗人佩特森(A. Banjo Paterson)的丛林浪漫主义诗歌要比劳森的作品更受欢迎,尤其是他的诗集《冰河上的来客》(*The Man from Snowy River*)的销售量更是创造了"前无古人,后无来者"(Schaffer, 1988: 39)的销售记录;另外,弗兰克林的《我的光辉生涯》作为澳大利亚历史上"第一部真正的澳大利亚小说"也在市场上大受欢迎。这种状况引起了20世纪30年代评论界对于劳森先前确立起来的"澳大利亚民族文学奠基人"地位的质疑和争论。1930年汉考克(W. K. Hancock)在《澳大利亚》(*Australia*)第五章《文学与艺术》("Art and History")中再次强调了劳森丛林作品的价值,"《公报》派作家,尤其是劳森的写作,表达了澳大利亚民族性,表达了对于英国传统价值观和价值标准的摈弃,表达了对于平等、民主以及澳大利亚民族每个人都是平等的优越性的肯定"(Hancock, 1930: 257)。

正如第一章所分析的,澳大利亚丛林现实主义小说受到了英国传统现实主义小说的影响,或者说,劳森的现实主义叙事受到了他最喜爱的狄更斯的影响。劳森在创作后的修改基本上以狄更斯和马克·吐温的现实主义作品为标准。如果单从作品的艺术性来看,劳森丛林作品的现实主义叙事中的种种不足,如缺乏对人物心理的刻画,缺乏对人物性格的描写等,也正是艾略特批评狄更斯作品不足的地方。

> "如果狄更斯能够用伦敦城里人地道的语言和方式同样表达出他们的心理特性的话,他的小说无疑是对艺术的最大贡献"(Eliot, 1856: 55),而狄更斯的这一点,后来

也被詹姆斯所指出,他在评论《我们共同的朋友》(*Our Mutual Friends*)时说:"他(狄更斯)在我们理解人的性格发展方面没有提供任何借鉴"(James, 1962: 256-257)。

了解狄更斯生平的人都知道,狄更斯小时候同样没有接受过正式的学校教育,过早地进入社会做学徒工,进入煤矿打工替父亲还债。学界却很少据此来批评狄更斯小说叙事。从这个意义上说,上述这种以劳森受教育程度和浅薄的读书阅历来对其作品进行的批评有种先入为主的偏见,就如说"赶肥牛的人一定也很胖一样",是一种不具有说服力的批评,更是一种不负责任的批评态度,然而这种批评声音在当时并不少见,这也影响了劳森在澳大利亚同时代读者中的接受度,是劳森生前并没有受到应有重视的一个原因,与其作品艺术性实际高度不符。事实上,我们知道,劳森在创作过程中,一直以狄更斯、马克·吐温以及美国早期边疆短篇小说家哈特(Bret Harte)的作品为参照,不断地锤炼自己的短篇小说;除此之外,劳森还经受过非常挑剔的《公报》主编阿奇博尔德(J.F. Archibald)的指导。因而客观地说,劳森虽然早期缺乏正式的学校教育,但"劳森敏锐、精确的观察能力和笔耕不辍的勤奋是他真正的成功之处"(Roderick, 1972: 374),也就是说,劳森之所以被提高到"澳大利亚丛林现实主义小说的奠基人"的高度,跟他的简洁的艺术形式有很大的关系。正是劳森这种不停地寻求一种简洁的表达方式来适合澳大利亚丛林人简朴的生活方式的坚定和执着态度,让他在备受争议中实现了自我"救赎",这样的"救赎"最终也奠定了劳森作品在澳大利亚文学史甚至在世界现实主义文学史上的经典地位。对于澳大利亚文学而言,劳森的创新也正源于他丛林作品"简洁、速描"式的现实主义叙事艺术。他的这种现实主义叙事艺术也建构了独具澳大利亚地域与文化特色的民族想象。

另外,学界还有不乏批评劳森丛林作品千篇一律的声音,认为劳森丛林作品让人厌烦。这种批评未免有些"为赋新词强说愁"的

第五章 丛林叙事：澳大利亚丛林现实主义小说叙事特征

味道，更有一种"鸡蛋里挑骨头"的故意挑剔之嫌。首先，我们知道，劳森曾受《公报》资助去昆士兰边境的丛林体验生活，描写丛林人生活、反映澳大利亚本土特色是他的写作使命，其作品自然而然都是关于丛林的；其次，劳森毕生专注于对丛林人生活现实的描写，专注于丛林人内心满是愁苦心绪的表达，表达了他对丛林人生活现实的同情，同时，内心愁苦也是劳森自小丛林生活心绪的反映，这些使得他的作品更具现实感染力，也更受丛林读者喜爱；此外，通读劳森所有丛林作品，难免会有千篇一律之感，毕竟丛林是劳森毕生关注的对象，如果将在阅读过程中产生的疲惫厌烦感视作是丛林作品的不足，有些牵强，毕竟那是正常的心理感受。

对劳森叙事不足的争论和批评在学界一直没有停止过，尤其是在生前，劳森作品并没有受到应有的重视，这种不公的批评最终在 1948 年菲利普斯（A. A. Philips）的《劳森的叙事艺术》(*The Craftsmanship of Lawson*)发表后得到一定的"反拨"。从某种意义上说，菲利普是劳森作品的知音，是伯牙遇到了钟子期，因为他以令人信服的论证证明劳森的短篇小说不是缺乏艺术性，这种看上去缺乏艺术性的丛林作品，正是劳森的独特叙事艺术，成为了后来评论家所称赞的"劳森体"（Lawsonian），是劳森对叙事艺术的贡献。菲利普对劳森作品的叙事艺术做了深入的探讨。

首先，他认为，"如果澳大利亚（丛林）作家要在素材和形式两者之间权衡并期待最终取得艺术上的成功的话，那他一定得找到一种简洁的形式，因为这才适合澳大利亚本土素材"（qtd. in Roderick, 1972: 281）。劳森在创作中，显然发现在素材和形式中取得平衡的必要性。"他作品中一以贯之的叙事方式取得了如此成功以致评论家都没有发现他在叙事方面的不足"（qtd. in Roderick, 1972: 281）。一般认为，劳森的成功在于他始终对丛林拥有一颗炽热的心，一副天生敏锐的观察力，而这两方面的完美结合让批评家对他的叙事缺陷有所包容（如 Edward Garnett、E. Morris Miller、David McKee 等都对劳森及其作品褒扬有加，但也都指出他不善

修饰叙事)。所以说,劳森在叙事方面缺乏艺术性,倒似乎成了一个不容争辩的事实。但是正如菲利普斯在同一篇文章中又指出:

> 事实上,我认为恰恰相反,他的叙事方式之所以看上去简单,是因为他很自信,这种技巧与他的题材并不冲突,相得益彰。我们知道,他经常和他的妻子花费很大精力去完善他的作品形式,任何一个对于叙事艺术敏感的读者都能感受到这种简朴背后的艺术。(qtd. in Roderick, 1972: 282)

言下之意,劳森并不是一个草率地对现实进行简单临摹和速写的作家,他对自己的作品同样有着精雕细琢的要求,这种看上去"简洁、粗鄙、短小"的情节也正是他为了将形式更好地服务于他所传达的思想的需要,劳森的丛林现实主义短篇小说"不仅仅是为了讲故事而讲故事,而是要唤起澳大利亚人对他们自己生活的认识"(qtd. in Roderick, 1972: 282)。从这个意义上说,"澳大利亚还没有哪个作家可以像劳森这样成功地将形式与内容如此完美地结合在了一起"(Smith, 1967: v)。

其次,劳森对于自己作品的读者群定位很明确,就是将《公报》杂志作为载体,来发表自己的诗作和短篇小说。而《公报》的稿件取向就要求将属于澳大利亚人的丛林生活真实地再现给读者,不加修饰,而且要求以简洁、精炼、准确的形式再现澳大利亚丛林。应该说,劳森的作品一方面比较符合《公报》的创作要求,另一方面,也强化了《公报》对丛林现实主义创作的更加明确的澳大利亚本土化宗旨。所以同时代的弗菲、弗兰克林、拉德等人要在《公报》上发表作品,就得以劳森为榜样,并且他们成功地做到了这一点。在劳森看来,冗长的故事情节会破坏他所想揭示的澳大利亚丛林人简单的生活方式,所以他的故事情节大繁至简,这样就不会破坏它的结构,也就是说文章的筋骨不会受损,所以说"劳森的叙事艺

第五章 丛林叙事:澳大利亚丛林现实主义小说叙事特征

术是一种他自己才能驾轻就熟的,很是高难度的艺术"(qtd. in Roderick, 1972: 282)。如在劳森的著名短篇《叼炸药的狗》("The Loaded Dog")中,短短的七字句"His legs started before his brain did."(Mann, 1968: 12)把安迪(Andy)在得知火药被狗不小心点着之前瞬间的惊慌、紧张和无所适从全部生动形象地展现在读者面前;再看,"He thought the thing out and Andy Page worked it out."(Mann, 1966: 10)这样对应工整、精致凝练、表达精准的句子表了劳森作为诗人对简介和工整句式的高度重视。这种精炼、简洁,具有很强表现力的诗意表达在他的作品中比比皆是,让人一看就知道是劳森作品,这得益于他在诗歌上面的造诣,也体现了劳森作为一个"天才"作家自身敏锐的观察力和语言驾驭能力。

此外,在使用第一人称叙事方面,劳森遇到了难以想象的困难。劳森笔下的人物都是丛林人,都是一些不可能像"教科书那样说话"的丛林工人、选地农。而将这些没有受过多少教育的丛林人的思想用一种"文学"的方式表达出来让不知道多少作家触礁,甚至最终望而却步。在这一点,劳森无人可效仿,但它却将这一切写得如此朴实自然,真切无华,看不出任何雕刻的痕迹。来看《布莱顿的小姨子》("Brighten's Sister-in-Law")中的一段描写:

> 你没见过全身痉挛的小孩儿?当然,没人想见就能见。这不过是几秒钟的事,最多不过几分钟;而半小时后,这孩子要不活蹦乱跳,重新跟你玩在一起,要不就已经双腿一伸了。这让我很是震惊。我天生就容易敏感和紧张。吉姆第一次痉挛以后,每次他哭一下,或者翻过身,或者夜里两腿伸直,我就会吓得跳起来:摸摸他的头看是不是发热,摸摸胳膊看是不是还能弯,过后,我和玛丽则一笑置之。我本来睡在另一房间,但吉姆第一次痉挛后的几个晚上,我总是打盹受不了才睡着,并且经常会突然听到吉姆一声叫,马上就是玛丽的叫"乔,乔"——

声音短、急、恐怖,我像子弹一样穿进房间,却发现他俩睡得很是安然。开始几个晚上,每天如此,知道天亮了,我才会松下一口气,看看他们安然无恙,我再去睡,星期天或者当天没什么事的时候,我会一觉睡到中午。(Lawson,1992: 16–17)

这种简朴自然的叙事让人看出"劳森体"的独特叙事艺术。这里,劳森运用第一人称叙事,将丛林选地上普通一家人的生活真实、细致地呈现在读者面前。没有雕琢,没有夸张,平平实实,亲切自然,这就是劳森体。所以在劳森同时代的作家和批评家眼里,劳森的这种"叙事艺术家天赋远远被低估了,他的这种叙事方式太过创新以致无人能够鉴赏"(qtd. in Roderick, 1972: 285)。

劳森在故事中往往采取第一人称进行叙事。这种第一人称叙事方式,让人觉得不是在读故事,而是在听他讲丛林故事,轻松随意,娓娓道来,就像丛林人在话家常,将发生在澳大利亚丛林人身上每天的真实事情如实细说。比如,在劳森丛林故事中,我们经常读到,"他们称他为黑人乔,称我为白人乔";"那时候,我们在毛利的坎特伯雷流浪,背着流浪袋,就是我和比尔两人";"你一定还记得那天我们从那所丛林学校回来?";"你知道,我们结婚以后,玛丽就一直想着买辆婴儿车。"这种第一人称的叙事方式,这种亲切、随意的叙事口吻一下子就能够吸引读者注意力和好奇心;另外,他以澳大利亚人自己的声音讲故事,这一点尤其深受澳大利亚丛林读者喜爱,因为劳森从丛林人的角度说出了他们自己的心声。

菲利普以翔实的例证和透彻的论证表明劳森"自然而然、不施修饰"的叙事并不"缺乏艺术性"。他认为劳森这种"看上去缺乏艺术的艺术"(artless art)体现了劳森独特的叙事能力,属于劳森独创艺术,更是对澳大利亚丛林现实主义小说叙事艺术的一大贡献。继菲利普斯言之有据的论断之后,劳森作品的叙事艺术不断获得新的认可和重新审视,澳大利亚著名诗人霍普认为:"劳森的故事

第五章 丛林叙事：澳大利亚丛林现实主义小说叙事特征

从头至尾主题集中，叙事完整……是一个天生的叙事艺术家"（1956: 27）。

克里斯·华莱士-克拉贝（Chris Wallace-Crabbe）在菲利普和霍普提出劳森叙事具有独特艺术性基础上指出："劳森的创作素材往往都是围绕在那些极易引起作者自艾自怜的情感素材上"（1972: 386），如他的《父亲的伙伴儿》（"His Father's Mate"）、《黑人乔》（"Black Joe"）、《磨石匠兄弟的两个男孩儿》（"Two Boys at Grinder Brothers"）等小说总是让敏感而善良的读者涕泪涟涟。劳森的丛林叙事往往能够直面丛林的艰辛，直面丛林人同情、恐惧、失望、孤独、放纵的情感，并且能够以一种现实主义手法精确而简洁地表达出来。而这种"清脆、精确和简洁"正"显示了劳森的叙事艺术和风格，他可以驾驭自如地加以运用并积极地将其变为一种自我意识"（1972: 386）。

20世纪90年代以来，批评者继续围绕着劳森作品"具有逼真的澳大利亚性，但这个真实的标记也使其作品缺失了殖民浪漫和艺术想象力"（Christopher, 2004: 31）这点来批评劳森的叙事意识成就。也就是说，劳森那种疏于对人物形象和心理活动的细致描写，致使其笔下的人物形象往往都是静态不变，人物没有发展的。由于童年贫困和家庭不幸的诸多因素，劳森在作品中往往会流露出个人思想的悲观情绪，这些因素致使其诗歌作品销售量不及同时代诗人佩特森（Paterson），因为他不会去刻意迎合城市人阅读品味。对此，劳森曾自我安慰说："真正的丛林人才能体会到作品中的丛林艰辛和丛林活力，这些是那些买得起书的城市人，那些目光狭隘的工会分子和那些文化正统派人士所不能鉴赏和感悟的"（Roderick, 1991: 180）。劳森的这番自辩是对现实主义创作理想的坚守，而他的这些不足反而让他成为了澳大利亚历史上现实主义经典作家，因为"他的（现实主义）小说超越了对当地人物和场景的表征，表达了对人类的普遍关注"（Lee, 2004: 151）。如果说佩特森的丛林浪漫主义诗歌使得他成为了一个备受欢迎的作家，而劳森的丛林现实主义小说则缔造了澳大利亚丛林神话,使他成为澳大利亚民族文学史上一位既重要又受欢迎的作家。

英国批评家加内特(Edward Garnett)甚至这样评价给劳森带来恒久声誉和世界声誉的《赶羊人的妻子》,"在这部只有十来页的故事中,看上去毫无任何艺术性的素描,将澳大利亚丛林女性的生活做了一个真实的概括,(这一点)恐怕就连莫泊桑(Maupassant)也难以做到"(1902)。这部短篇之所以可以取得这么高的艺术成就,主要还在于劳森对于丛林细致入微的观察力,在于劳森对于丛林人真实生活的用心体验,在于劳森对于丛林女性生活状况的熟悉和感悟,同样还在于他看似不加修饰的现实主义临摹手法。在以这部小说为代表的所有劳森的丛林现实主义小说都有着"强烈的现实表征效果,读起来就像看照片那样真实"(Kiernan, 12: 1982)。

纵观劳森的短篇小说,我们可以毫不夸张地说,他的短篇有着契诃夫式的开头和欧·亨利式的结尾。单就这一点而言,劳森在澳大利亚文学史上就可谓是"前无古人,后不一定有来者"。因为"他是澳大利亚历史上第一个以澳大利亚人的口吻讲述澳大利亚人自己的故事的作家,也是澳大利亚历史上第一个如此逼真地表达澳大利亚人自己思维的艺术家"(Roderick, 1972: 376)。

事实上,他"是我们最杰出的短篇小说家之一,他的短篇写作奠定了他的艺术成就,这一点毋庸置疑。同时,我们也不能否认劳森作品的不足之处,而且不足之处还很明显,简单说,劳森的主题形式都很狭窄,情感单一,他所感受和捉摸的丛林体验过于简单。但也正是这些不足,让他的作品有了艺术价值"(Wallace-Crabbe, 1971: 100)。

一、《人生如此》的叙事艺术

在劳森丛林作品的影响和《公报》杂志的引领下,丛林现实主义小说作家的叙事艺术除了普遍采取现实主义的临摹笔法对澳大

第五章 丛林叙事:澳大利亚丛林现实主义小说叙事特征

利亚丛林生活进行再现之外,各个作家、不同的文本也显示出了每个作家独立的叙事艺术风格。

弗菲的《人生如此》是一部基于自己个人丛林生活经历写成的小说,是一部典型的具有澳大利亚丛林特性的现实主义小说。在现实主义特征这一点上,弗菲的态度更加明确。在再现丛林生活的过程中,作者往往对于那种偏离现实的描写表现出鄙夷的态度,而格外强调对丛林的精确描写,注重细节给读者带来的真实印象,用他自己的话说,就是"有一点可以保证,我只写我所熟悉的……我曾经从拉克伦(Lachlan)那个冰冷的洪水中游过泳,并且在对面的丛林中放过牛"(Furphy, 1903: Letter)。[①] 小说给人的阅读直觉就是弗菲小说中的人物和事件都是他丛林生活的体验和丛林观察的结果。但同劳森一样,弗菲的《人生如此》刚刚出版的时候,并不被看好,批评声音要明显高于接受和颂扬。格林在《澳大利亚文学框架》(An Outline of Australian Literature)中介绍弗菲时这样说:"弗菲,严格意义上来说,根本不是一个小说家,他的书只是没有任何形式的厚厚的一大块,里面则是作者自己,或者说是书中叙事者柯林斯(Tom Collins)的一些言行经历以及其他几个人物断断续续的松散介绍"(1930: 130)。不可否认的是,"弗菲这部小说破坏一切故事规则的讲故事方式让读者感兴趣"(Green, 1930: 129),因为它涉及了人生的思考,更涉及了对人生是一个悲剧樊笼的思考:人生是一个任凭怎么努力也不得解脱的痛苦困境。

对于"没有任何形式的厚厚的一大块"的评论,菲利普斯认为这种批评并不确切,他认为"这是弗菲尝试的一种叙事技巧,不过,他的最大不足还是阐释过多,书中有太多不必要的解释,而正因此,弗菲并不能成为一个伟大的艺术家"(1955: 26)。

就《人生如此》的叙事来说,这部小说的确存在不足之处。对

[①] Letter from Furphy to C. H. Winter, 23/09/1903. This letter contains some of Furphy's most illuminating comments on *Such Is life*.

于普通读者而言,这是一部以不同于任何小说题材的独特模式写成的小说,往往不太容易读懂这部小说的内在逻辑和关联。这部小说的"叙事方式间接得有点离谱,故事内在错综晦涩的结构让人难以理解"(Mitchell, 1981: 77),弗菲在内容与形式的处理上,显然没有像劳森那样做到将素材与形式完美结合。不过,弗菲对写作所持有的高度激情、他对文学知识的深度涉猎和小说中的旁征博引让他成为了澳大利亚民族主义时期的一个重要作家。

他作品过于矫揉造作的形式,读起来的确令人甚是不安。他这么做是因为他试图效仿英国司科特(Scott)和其他作家的叙事方式——一个90年代的作家应该具有高超的智力和文化水准,而他选择的澳大利亚丛林这样的素材则注定了这种叙事方式行不通。因此,他的作品中充满了给人知识丰富而不乏高雅,却不切题的叙述,不惜大篇幅的引经据典(allusive style)加上情节的频频绕回、跳跃反复,让读者常常不得其解。他这么做的初衷,我们知道,并不是为了故弄玄虚,而是因为他将作品的读者群定位为颇富文化和鉴赏水准的中产阶级。但这样做的结果,反而让弗菲的作品两边不讨好,一方面他对于丛林主题和生活的关注本可以让他创造出一部非常好的适合澳大利亚丛林人阅读的小说,而他作品中的经常偏离故事去讲别的事情或者大量非叙事需要的穿插、议论,让丛林人敬而远之;另一方面,小说中关于人生富于哲学意味的思考往往与小说的主旨关系不大,有与小说主体隔离之感。如其中对于莎士比亚等经典剧作的介绍、对于乐器发声原理的介绍、对于自然科学的物理知识堆积让对丛林生活的真实情形更感兴趣的澳大利亚城市人和英国读者又有些失望。

弗菲的初衷也许是通过丛林叙事将澳大利亚丛林人的生活如实地再现给澳大利亚读者以及来自殖民地的欧洲读者。因而在尝试达到这一目标的过程中,弗菲的叙事技巧会有意识地去模仿英国成功作家,但又不是很成功。如康拉德的《吉姆老爷》(*Lord Jim*)中的叙事者马洛,他并不清楚他所讲故事的全部,他的故事需要通

第五章 丛林叙事:澳大利亚丛林现实主义小说叙事特征

过其他人或者说读者来补充。《人生如此》看似无关联的各个章节的内在衔接只有读者知道,连叙事者本人都不知道。作为叙事者,柯林斯(Collins)本人甚至感觉不到自己在讲故事,他所讲的那些不同的偶然性事件之间看上去也没有任何联系,这一切需要读者自己去建立联系,从而构造出一个完整的故事。在另一部现实主义小说《螺丝在拧紧》("Turn of the Screw")中,读者也往往发现"自己想象的邪恶比詹姆斯想象出的邪恶更令人可信"(Oliver, 1964: 342)。因此,当"作者重读这部小说的时候,就会无比的快乐,因为他比叙事者柯林斯要预先知道故事的发展"(H. J. Oliver, 1964: 343)。就是说,在《人生如此》中,作者的隐含叙事技巧就是试图让"观察敏锐的读者"(observant reader)去发现叙事者所隐藏的信息。叙事者对自己叙事模式并不知晓,让读者也不禁又想起这还是一部充满哲学思辨的哲理小说的内在逻辑性,看似杂乱无章却是作者的匠心独运。所以菲利普斯甚至把穿插在小说中的那些不相关情节看成是作者的故意所为,因为澳大利亚丛林人生活的一个特点就是随意性,菲利普斯认为,作者这么做的目的正是为了体现澳大利亚丛林人随意的生活方式。"没有人比弗菲更好地了解了,或者说更好地给我们看到了澳大利亚丛林人生活的随意性,这种随意性的情感催生了这部著作,一个结构精巧的故事框架不适合描述里弗里纳的丛林图景"(Philips, 1955: 16)。"因为里弗里纳生活的多面性和随意性让人们看到的并不总是历经磨难后终获成功"的现实。菲利普斯的这个批评观点得到了巴恩斯(John Barnes)的认可,并且巴恩斯在此基础上进一步提升了小说的现实意义。他认为:

> 弗菲这种松散的故事情节安排是作者故意使用的叙事策略。《人生如此》由七个章节组成,它暗喻着由六大殖民地组成的澳大利亚联邦政府这一整体。而这六块殖民地虽隶属于联邦政府,却又是各自独立的州政府。这

也就是《人生如此》中每一个章节作为全书的组成部分，但又都相对独立，即便删除了也不会影响整部小说的整体阅读效果的原因。（1956: 380）

巴恩斯从作者作为一个现实主义作家对于政治和民族的命运思考角度对于小说看似杂乱无章的情节安排提出的批评颇有新意。因为在世纪末的风起云涌的民族主义思潮中，澳大利亚本土作家对于建立一个独立、自由、富庶的民族充满渴望和想象，但是对于独立的联邦政府，他们也不能确定是不是完美的政治体制。但其中的民族气质和倾向明显的澳大利亚性表达有别于此前的殖民文学，是作者对建构澳大利亚民族文学的一种表达。所以从这个意义上说，弗菲的备受诟病的叙事艺术反而证明了他是一个非常精巧的工匠，甚至可以说他小说叙事的精巧迷惑了几乎所有的评论家，因为很少有评论家看出这部小说中故事之间的内部联系，而它们之间的互补关系更是蕴含在文本背后，难以辨识。这些显然也给一般读者带来了很大的阅读困难。

不无遗憾的是，弗菲后来对这部小说进行删减时将小说的艺术性也一并删了。对小说进行删减是斯蒂芬斯的意见，但是当主编从作品的艺术性和市场的商业性两方面提出要对小说进行删减的时候，这完全是可以理解的，因为即便今天看来，这部小说还是有不少值得精雕细琢的地方。问题在于，"弗菲删错了不该删的，而保留了不该留的"（Philips, 1955: 25）。今天，再来读这部小说，笔者认为如果小说删除掉一些部分会更好。首先，书中一些细枝末节的描述应当删除，那些与主题无关的、卖弄学问的部分也应该删除；其次，那些关于哲学思辨的自我思考作为小说情节的篇章，也实在没有必要，属于"自我虚荣心的膨胀"（Philips, 1955: 26）；此外，与劳森精炼、简洁的语言相比，弗菲这部小说中存在着太多的与主题不相关的名言警句，删减了也不会对小说造成任何影响。当然，对于任何一个作者而言，特别是对于像弗菲这样一个刚刚开始写

第五章 丛林叙事:澳大利亚丛林现实主义小说叙事特征

作的作者来说,"要想将作者绞尽脑汁编织出来的优美辞章删除是很难的"(Philips,1955: 25)。

这也是很多读者第一遍读这部小说时往往会"丈二和尚摸不着头脑",感觉无法读下去的原因。但是,当有足够耐心的读者重读时,就会鉴赏到这部小说内在美学和隐含在其中的叙事风格。正如布罗姆(Harold Bloom)在《西方正典》中所说的,只有经典作品才会让人有再读的必要。从这个意义上说,《人生如此》足以称得上是一部澳大利亚经典。因为它不在于讲述一个符合逻辑的故事,而在于借助小说形式来阐释一种生活态度,或者说一种生活范式,这才是他的小说采取随意翻取日记记录讲故事的方式的原因。或者说他这种零碎、间接的叙事意在强调生活的无序性和人生的无奈。《人生如此》的叙事随意性深深蕴含了我们人生体验的偶然性和随机性。从这个意义上说,《人生如此》是一部内涵更加丰富的现实主义小说,他既是作者所描述的里弗里纳(Riverina)丛林现实,也是对丛林普通人生活关注的现实,同时,他还是对人的不可逃脱命运的捉弄的自然主义理想基础上的现实。因为除了对于浪漫主义的摈弃之外,《人生如此》还强调了人在社会上的个体选择困境以及这种个体选择导致的命运不可预测性。如,小说叙事者汤姆讲述自己一次在丛林中的孤身旅行经历时,除了让人感受到丛林环境恶劣之外,还对人生多了很多思考。那次丛林独自旅行经历,使得汤姆丢了裤子,让他不得不在丛林中裸身找路,感觉失去了丛林人的尊严。手表丢了,让他没有了时间概念,在茫茫丛林中,他更是迷失了方向,把维多利亚方向看成了新南威尔士方向,在丛林中迷失了自我,被人误认为是一个疯子。最终,他变得如尹迪克(Ivor Indyk)评说的那样,"他失去了作为一个人的全部意义"(1986: 310)。小说中,这种由偶然事件导致的对生命意义的思考构成了弗菲小说的结构特征。

从丛林叙事角度来看,《人生如此》中的丛林人对话非常自然,每个丛林人的性格特征也很鲜明,或者说都具有文学性,并且丛林人在丛林对话中都有着音韵和抑扬顿挫感,这体现了作者的博学和多思。也许他在使用"当地语"方面跟美国的现实主义大师马克·吐温还有很大差距,也没有能够像马克·吐温那样借鉴和吸收英国现实主义文学传统来形成澳大利亚特色,但不管怎么说,弗菲毕竟对澳大利亚丛林进行了最为真实而逼真的临摹,也许缺乏某种独立想象性,也许他故意将这种想象留给了读者。也就是说,《人生如此》的故事情节有些复杂难懂,这一点,也许是受了狄更斯《荒凉山庄》(Bleak House)的影响,但在情节塑造和故事之间的连接方面,弗菲似乎缺乏狄更斯那种将各种看似不太可能的巧合串起来的能力。但这一点,巴恩斯却认为正是倡导现实主义文学的弗菲刻意所为,"弗菲让读者自己在各个事件之间建立联系,以避免自己的过多独白和操纵故事人物的嫌疑"(Barnes, 1956: 385)。而且足够细心和耐心的读者会发现很多看似没有关联的情节之间都在第一章详尽的介绍中设下了伏笔。

在丛林现实主义作家中,在倡导现实主义创作方面,弗菲的态度可谓最为坚定。他对于佩特森和金斯利(Henry Kinsley)等澳大利亚殖民浪漫主义作家富于想象和冒险的丛林浪漫主义颇为反感,这在他的小说《人生如此》中也有明确的观照。小说中,叙事者柯林斯不停地提醒读者,提醒读者不是在读一部虚构的、具有外国风情的、关于国外描写的文学作品,而是在读澳大利亚丛林人真实的生活片段。在弗菲看来,金斯利(Henry Kinsley)的《吉奥弗利·哈姆林》(Geoffry Hamlyn)等对于英国人物形象的理想化描写、各种开心的巧合以及殖民地令人兴奋的丛林冒险都"给读者以澳大利亚丛林生活的错误印象"(Barnes, 1956: 385)。弗菲作为丛林工人阶级的代表,他的创作往往富于一种政治激情,即在《公报》杂志和斯蒂芬斯(A. G. Stephens)的创作要求下,他更加关注那些在丛林中没有受到过良好教育的丛林工人所遭受的丛林艰辛。有别于他的同时代女作家坎布莉齐(Ada Cambridge),坎布莉齐同样表达了对澳大利亚丛林社会的关注,但是她的小说往往是那些具有英

第五章 丛林叙事：澳大利亚丛林现实主义小说叙事特征

国中产阶级背景的城市人在澳大利亚牧场上的生活见闻和感受，重点关注了19世纪末澳大利亚社会的殖民传统和浪漫主义遗风，而弗菲则立场鲜明地描写在澳大利亚土生土长的丛林人在丛林环境中的生活现实。并且他在小说中也总是不断地来摈弃和嘲讽澳大利亚此前盛行的浪漫主义文学，"那些喜欢以第一人称单数写作的作家总是惯于杜撰一些爱情故事来逢迎自己的浪漫主义思想，而这样的做法显然会让一个忠于史实的传记作家坐立不安"（Furphy, 1944: 254）。

在讲述丛林故事过程中，读者明显会感受到有些情节构造过于偏离主题，而那些故意隐藏在字里行间的情节又过于复杂，让读者感到困惑。比如小说中有一段关于丢失的裤子的叙述冗长乏味，令人不堪卒读；讲到柯林斯某个夜晚与丛林伙伴一起吹乐，却用了过长的篇幅来讲解乐器的发音原理。那些"喜剧性的说教和文字游戏"也让读者有些乏味。另外，故事中充满哲学思辨而与小说表达的丛林主旨又不太相关的篇章常常让读者不知所以。除了小说结构上过于精心设计（over-ingenuity）和论述过于冗长的不足之外，作者在小说中流露出的种种宿命论的观点和对这种宿命论思想的默认态度也成为了这部小说的一大不足之处（Wallace-Crabbe, 1961: 56）。当然这是关于作品思想性的讨论，与这里讨论的叙事不是一回事。

尽管有看上去细数不清的不足，在这些数不清的不足的争论中，《人生如此》却成为澳大利亚文学史上的一部经典。除了感叹一句"人生如此"，也能感受到其作品独特的丛林性备受评论界回味忘返的韵味所在。也正因为如此，弗菲至今被认为是澳大利亚文学史上的一位重要作家，超越了同时代除劳森之外的其他所有作家。因为《人生如此》一方面被认为"形式空洞、视野狭小、语言粗俗，甚至毫无可读性；另一方面，又被认为是澳大利亚文学史上仅有的三四部经典之一"（Wallace-Crabbe, 1961: 49）。弗菲通过精致的篇章结构传递出的民族自觉与独立意识比同时代其他作家笔下"可怕的伤感主义"(Wallace-Crabbe, 1961: 49)小说视野显然要开阔。早在1943年,就有评论家对这部小说给出了极高的评价,在《约瑟夫·弗菲的伟大之处》("The Greatness of Joseph Furphy")一文中,汤姆森(A. K. Thomson)说:"我敢说,《人生如此》是最伟大的澳大利亚小说,虽然不能说是最伟大的英语小说,但它却是英语文学中一部独特的小说"(1943: 20)。细心的读者还会发现,弗菲是一个严格而精细的文体学家,他在《人生如此》中的警句和并列式结构也到处都是。这些是因为他深受莎士比亚戏剧的影响,而且他对莎士比亚的阅读往往都是直到"莎士比亚已经成为了自己的一部分",因而他在小说中对于"莎士比亚的引用都是信手拈来的神来之笔"(Thomson, 1943: 22)。

毫无疑问,《人生如此》以现实主义叙事手法"再现"了里弗里纳(Riverina)丛林的广阔场景,"再现"了丛林放牛人和丛林牧场的生活细节,"再现"了丛林土地上的各种植物与丛林地质。这些真实、逼真的描写令人信服,其中关于丛林地理的空间感和距离感的描述也都给读者留下了深刻的丛林印象,而这一切显然源于弗菲在塑造澳大利亚丛林真实的诚实和忠诚。弗菲的伟大之处,在于他看到了"共同的丛林人中的不同之处,而且又看到了丛林人中人性的共通之处"(Thomson, 1943: 23)。正如巴恩斯所说的那样,《人生如此》"是一部独特的澳大利亚小说,这是任何对作为小说家弗菲进行评价前必须牢记的事实"(1956: 388)。在今天看来,这确是一部经典小说,一部少有读者问津的经典小说。这是一部类似《尤利西斯》的"天书",更多的经典性藏在无人敢于问津的"束之高阁"中。关于这部小说,无论是他的艺术性、思想性、民族性还是他的叙事性,都是值得进一步研究的广阔领域。

二、拉德《在我们的选地上》的叙事艺术考辨

拉德在澳大利亚文学史上的地位,也许难以与劳森相提并论,但他的一生同样著作颇丰。他的丛林选地系列故事集都是围绕着

第五章 丛林叙事:澳大利亚丛林现实主义小说叙事特征

世纪之交的澳大利亚丛林来建构的,确切说来,都是围绕着澳大利亚丛林选地农的生活展开的。在谈及自己的丛林选地故事时,拉德说:"我只是想讲述我的家庭在丛林选地上发生的真实故事,以及丛林选地上邻里之间发生的真实故事"(qtd. in Barnes, 1956: 380)。拉德的儿子在《拉德家族》(*The Rudd Family*)出版前言的介绍中说:"实际上,书中所有的故事素材基本上都是有事实依据的"(Rudd, 1973: Introduction)。"丛林选地"故事是拉德关于他孩提时代的记忆,人物形象和故事情节都有着真实的原型,在这一点上,拉德和劳森、弗菲有着诸多相似,也就是《公报》杂志文学主编斯蒂芬斯(A.G. Stephens)所说的,"他们的故事都是简洁、客观的现实素描"(qtd. in Palmer, 1941: 84)。

《在我们的选地上》系列故事以及 1926 年出版的《拉德家族》最初都是在期刊杂志上以连载的形式发表,因而每篇故事相对独立而完整。虽然说作者在写每一个单篇故事时,会努力将这些独立的故事之间建立起联系,因为作者还是希望这些独立成篇的故事会以篇章的形式构成一部完整的小说,这也就是我们看到拉德的每篇故事之间的联系不是那么紧密的原因。从这点上来看,当时已经成为《公报》红人的劳森对拉德产生了一些影响,因为细究起来,《在我们的选地上》的篇章结构有些类似劳森的"乔·威尔森"系列故事,每篇都围绕着一个独立的故事,但每篇之间联系不是很紧密。也许是受到劳森批评启发的缘故,《在我们的选地上》从整体结构和篇章之间的联系看,故事间的内在关联性又青出于蓝,要比劳森的故事联系更加紧密些。当然,假若以今日诸如《哈利·波特系列》的连载标准来评价澳大利亚丛林现实主义小说的话,显然,劳森和拉德情节松散,故事之间联系不紧密的结构的确可以成为我们今天批评其不足的有力把柄。"因为从当时的情形来看,拉德已经无法做得更好了,他真的没有足够的能力让他们之间的联系变得更加紧密而完整了"(Hope, 1956: 25)。而《人生如此》故事之间的跳跃性、穿越性和莫名的离奇绕远更是常常让读者摸不着北,学界对此也是批评声音不断。这也是弗兰克林《我的光辉生涯》(My Brilliant Career)被评价为"澳大利亚第一部真正的小说"的原因。因为从一个长篇小说的叙事结构上来看,这些问题在《我的光辉生涯》中都被完美地解决了,标志着澳大利亚长篇小说的一位先锋派作家的诞生。

《在我们的选地上》虽然是拉德选地系列中写得最为精彩的一部,但关于其中的不足,尤其是叙事方面的不足明显存在,尽管瑕不掩瑜。澳大利亚著名诗人霍普(A. D. Hope)在评价拉德及其作品时说:"拉德作品中的喜剧效果往往过于依赖夸张叙事,而当作者一再借助这种粗俗、粗糙(gross and crude)的手法取得幽默效果时,读者未免会觉得有些厌烦,而且这种厌烦情绪会因为不能满足阅读期待而有所加强,这是拉德作品不断受到抨击的一个不足"(1956: 27)。的确,在拉德笔下,闹剧是他制造幽默效果的一种有效手段,但一旦读多了,就会有种拉德的幽默是不同形式闹剧的复制感觉,让人觉得其幽默技巧枯竭,甚至会有为了刻意制造幽默效果而不惜制造出个小丑角色的情节来,有为幽默而幽默之嫌,背离了严肃的现实主义主旨。另一方面,如果把《在我们的选地上》作为一个整篇小说来看,除了上文所说的篇与篇之间的衔接松散,缺乏内在逻辑性之外,从幽默效果来看,幽默叙事也存在同样的问题,即幽默情节会显得前后无序,给人以杂乱之感。也就是说,他有时候会堆积出一些不相关的喜剧情节来,而这些不相关的情节对于丛林主旨表达毫无帮助。因而从这一点上来说,拉德的幽默叙事远远不及"天生的叙事艺术家"(Hope, 1956: 27)劳森。劳森以一个"天生的叙事艺术家"的才干,以或凄惨或哀怨或喜剧或悲剧的笔调将澳大利亚丛林素材运筹帷幄,牢牢地掌控着叙事节奏。他的幽默随时为丛林人以及对于澳大利亚丛林感兴趣的读者带去欢欣和鼓舞,而且从来都不会让读者失望。

即便如此,拉德的丛林选地系列小说对当时的读者还是有着巨大的吸引力。如上文所述,透过幽默的表层,《在我们的选地上》

第五章 丛林叙事:澳大利亚丛林现实主义小说叙事特征

最主要的艺术价值还是体现在他的丛林现实主义小说上,他以喜剧形式对丛林生活形象而逼真的描写让人在含着泪滴的笑声中体味到了丛林人生活的艰辛和伤心。如果说小说中的某些幽默甚至是不惜以残忍为代价的(如小说中有不少对杀牛宰羊情节的喜剧描写,是以动物的痛苦为幽默的创造点的),那么这样的残忍虽然有些不能接受但也可以理解,因为在终年不见希望的困境中,丛林生活往往将人一步步逼入绝望,通过夸张、荒谬的喜剧情节的塑造可以让人在一笑中暂时忘却丛林中的痛苦、恐惧和哀愁;另一方面,这些喜剧情节的塑造也正体现了拉德对于丛林生活的热爱,丛林人在面对如此恶劣的境地依然能够保持一种乐观、豁达的幽默态度是每一个丛林人的心头慰藉。

尽管拉德以《在我们的选地上》为代表的丛林选地系列小说的幽默叙事有不少不足,但这些不足应该说是其时代的局限性。然而有一点不可否认,那就是拉德的丛林选地故事的幽默叙事开创了澳大利亚幽默小说的先河,拉德的幽默最形象、最生动地再现了真实的澳大利亚丛林生活。一篇篇幽默故事组成的整体画卷勾勒出了澳大利亚丛林生活画卷,为读者再现了19世纪末澳大利亚丛林人在丛林风貌中生活的画卷。澳大利亚著名诗人霍普(A. D. Hope)甚至把他的作品与塞万提斯的《堂·吉诃德》、狄更斯的《匹克威克传》、马克·吐温的《哈克贝利·费恩历险记》相提并论(1956: 30)。在澳大利亚这样一个正在不断挖掘自己文学的民族主义时期,我们不可以漠视拉德的幽默艺术,更加不可以轻视。正如马库斯·康立飞(Marcus Cunliffe)在评价美国幽默小说时所说的那样,"美国幽默小说作家以自己的幽默赢得了大众的欢迎,……在美国,马克·吐温引领了幽默小说的发展,这种轻松诙谐是英国作家难以想象的"(1987: 8)。澳大利亚丛林现实主义小说与美国现实主义小说有着诸多类似,着力于对当地地域特色、文化特色、生活特色的描写,着力于对在各自边疆开垦创业的普通人生活的描写,着力于呈现普通人生活中自然流露出的朴素、诚实、勤劳、勇敢的美好品性，并从中建构对各自民族的想象。另外，在幽默叙事上，两者也有着相似性，尤其是拉德的幽默叙事，可以与美国文学幽默大师马克·吐温相媲美。

不仅如此，拉德许多独立成篇的短篇幽默故事往往还有着美国短篇小说作家欧·亨利的风格，即用大幅篇幅来不断地渲染与主题无关的细节，然后以一个完全出乎意料的结果作为故事的高潮戛然而止，给读者一种意外的惊喜感和满足感，如《在我们的选地上》的第2篇《我们的第一个收获季节》("Our First Harvest")和第5篇《我们出去看小袋鼠的晚上》("The Night We Watched for Wallabies")。《我们的第一个收获季节》讲述了全家在连年期盼连年失望的坚守中终于迎来了一个丰收季节的故事。一家人都在心里盘算着卖了庄稼后可以买上自己最渴望的东西，而最终却只落得三镑收入的残酷现实一下子将全家人的希望浇灭一空，故事就此结束，让读者对老爹一家的努力和遭遇唏嘘不已。而《我们出去看小袋鼠的晚上》则更加具有喜剧色彩：一个晚上，孩子们被老爹一声令下，莫名其妙地赶到选地上看小袋鼠（要知道，那两天选地上并没有任何可以让小袋鼠偷吃的庄稼），尽管孩子们都很不愿也很纳闷，但都还是去了，在"漆黑、寂静、孤冷、荒凉的选地上"（Rudd, 1902: 24）待了一夜，却没有看到任何小袋鼠，在黑暗中好不容易熬到天亮，一个个对老爹心怀不满、睡意沉沉地回到家后，却见老爹笑着对他们说："快看，妈妈生了一个'小家伙'"（Rudd, 1902: 26）。孩子们也一下子恍然大悟：老爹是担心他们吵闹会影响母亲的分娩把他们故意赶走的，使得故事立刻具有了很强的喜剧效果。

以上从学界对劳森、弗菲、拉德的丛林作品叙事艺术的不足之处谈起，辨析了他们丛林现实主义小说叙事的不足之处并没有影响到他们作品在澳大利亚文学史上的经典地位，下面将具体论述丛林现实主义小说的叙事特征，以表明澳大利亚丛林现实主义小说独具一格的现实主义叙事特征以及小说借助丛林叙事特征对澳大利亚民族身份的建构意义。

第五章 丛林叙事:澳大利亚丛林现实主义小说叙事特征

第二节 丛林现实主义小说的"疯癫"叙事

澳大利亚丛林作为澳大利亚内陆地区的一片中心之地,到处是沙漠、荒原和干旱少雨环境,不仅如此,从中还时不时会蹦出各种如毒蛇、老鼠、袋鼠、蟋蟀、壁虎等丛林动物。在这种环境下生存的种种艰辛和危险让丛林人感到无比的哀愁和恐惧。这些也成为了萦绕在丛林人脑际挥之不去的哀愁和恐惧,使得丛林人不断"面临着疯癫和精神错乱,甚至死亡的威胁"(Schaffer, 1988: 88)。

美国西部平原的荒凉环境使得美国小说家们"将平原上的疯癫作为制造故事紧张情节和创造人物冲突的因素,那些日记和回忆录中每天记载着荒凉环境对他们日常生活的影响"(Meldrum, 1985: 51)。"对于西部边疆平原疯癫最简单的标准就是,面对环境手足无措,并且性格和习惯也会逐渐变化。自杀,则是走投无路到极端的一种表现,更多的表现为"思绪混乱"(mental instability)的结果。情绪低落,更多的发生在女性身上,表现为哭泣、衣衫不整、害怕家庭和集体聚会等"(Meldrum, 1985: 51)。

疯癫作为戏剧性叙事技巧,可以推进故事情节,强化故事张力,甚至可以唤醒人物达到一种新的可能性。美国西部作家加兰(Hamlin Garland, 1860—1940)曾经描述过永无止境的艰辛劳动和艰苦环境对人的情绪的极端影响。"骇人听闻的疯癫是丛林中的一种有效叙事手段"(Meldrum, 1985: 60)。虽然小说中的疯癫比现实生活中的疯癫更直白、更形象,但这种"疯癫"源于现实生活,并且两者都抛出一个共同的现实困境,"丛林环境令人生活艰难,令人恐惧。"简言之,"疯癫对于丛林男女都一样,是一个无所不在的存在"(Meldrum, 1985: 60)。

根据澳大利亚历史史实记载,"在 1846 年,在新南威尔士共 13 500 名牧羊工,这些人大部分是刑满释放的囚犯(ex-convicts),但到了 19 世纪六七十年代,不仅仅是在新南威尔士,在其他殖民地也到处都是羊群栅栏,这样的状况使得人们一度遗忘了牧羊工这个职业的存在。而且大部分牧羊工的生活都极度孤独,以至于很多人要不疯癫要不酗酒,要不既疯癫又酗酒"(Waterhouse, 2000: 204)。旅行作家卡尔·卢姆霍尔茨(Carl Lumholtz)在昆士兰丛林游记时,一次他前往一个牧羊工生活的木屋里去,眼前呈现出这样的一幅场景,"我打开门,完全被震惊了:一个丛林人跪在床前,这个老人在荒寂的澳大利亚丛林一直一个人与上帝生活在一起"(Lumholtz, 1889: 45)。显然,老人已经在孤独和寂静中将自己交给了上帝,因为在现实的丛林中,他孤独聊赖、毫无寄托,只能借助上帝来祈求心灵慰藉,借以消除其孤独情绪。

丛林人的生活风貌是澳大利亚丛林现实主义作家的主要临摹对象,他们会特别关注丛林环境致使丛林人陷入疯癫的客观现实。前文分析过,丛林人除了指类似拉德在《在我们的选地上》中塑造的丛林选地上的老爹一家人外,还包括弗菲在《人生如此》和劳森丛林系列短篇小说中的赶羊人、羊毛工、丛林流浪汉等,这些都属于丛林人的范畴。这些人备受丛林孤独、困顿和乏味困扰,最终不可避免地陷入疯癫。澳大利亚丛林给人一种很容易陷入疯癫的想象,因为"丛林中存在着各种各样的危险,而这些危险无不呈现出将丛林人逼入疯癫、忧郁和绝望的荒野力量"(Schaffer, 1988: 62)。丛林现实主义小说作家们以对丛林现实临摹为己任,对于丛林疯癫这一丛林中司空见惯的现象,必然不会漏过,因为这是丛林现实生活环境对丛林人的真实影响。

劳森短篇小说中的丛林疯癫叙事与当时的澳大利亚杂志《晨曦》和 19 世纪 90 年代澳大利亚社会所处现实的话语是一致的。劳森的疯癫叙事是当时澳大利亚丛林人生活的一种现实表征,劳森自身的丛林体验让他可以自然而真实地再现丛林人在生活毫无保障的丛林环境中生活所遭受的巨大身心压力。劳森的很多丛林作品都是借助"疯癫"叙事来再现丛林生活风貌的。如劳森的《没有女人的一席之地》("No Place for a Woman"),故事中的一个丛林人因为自己的房子在荒无人烟的丛林里,妻子在临产时得不到任何救助而最终死于分娩,丛林人因此变得疯癫。《选地农的女儿》("The Selector's Daughter")更是讲述了一对母女被逼入疯癫的故事,她们的疯癫是因为家里的丛林男子不能很好地履行父亲、丈夫、兄弟和未婚夫的职责而导致的。《丛林中的婴儿》则描述了海德夫人因自己的孩子在丛林中迷失而变疯癫后,丈夫沃尔特(Walter)成为自我幽闭的忧郁症患者的故事。导致他们陷入疯癫的是"吃人的"丛林:他们的两个孩子在丛林中迷失并最终死于丛林。沃尔特更是因为自己在事发时没有能够在事故现场而感到无比的懊恼,并为此感到沉重的负罪感。所以劳森在故事中借助叙事者杰克说:"我在丛林中待了很久了,见过各种各样的奇怪的事情,丛林疯癫对我来说已经见怪不怪了"(Lawson, 2008: 155)。在劳森笔下,我们看到,丛林人常常将保护丛林女性和孩子安全作为使命,一旦由于自身的疏忽而没有能够完成这样的使命,丛林人就会深深自责,甚至会像《丛林中的婴儿》中的沃尔特一样陷入疯癫。劳森的丛林故事一贯强调一种助人精神,即丛林人有着助人的使命,并把这种使命当成责无旁贷的义务,这种丛林使命感也因而成为丛林情谊的另一种体现。一旦没能完成使命,丛林人会为此陷入深深的自责和内疚,在《人生如此》的第三章中,小说讲述了一则类似主题的故事。因为柯林斯的疏忽,第二天早晨他发现前晚在丛林中遇到的丛林人由于饥饿、疾病、寒冷、未曾得到及时救助而死亡,得知是由于自己的疏忽大意导致了丛林人死亡的真相后,柯林斯更是陷入了极度的自责。

无论是在劳森的丛林短篇小说还是弗菲的《人生如此》,抑或是拉德的《在我们的选地上》系列故事里,我们不难发现,丛林疯癫几乎成了丛林常客。在劳森的丛林小说中,尤其如此。这也许与劳森孩提时代凄惨的生活经历有一定的关系,依照弗洛伊德"儿童创伤理论",每个人在童年时候都会经历一些失败和恐惧,而在

229

一些极度突然的情况下遭遇的恐惧就会给孩提心理留下持久的创伤,这种创伤一旦形成将有可能终身伴随,挥之不去。即使在潜意识中自我有克服的渴望,但是在随后的生存中,一有机会就会创造出与孩提遭遇相类似的情境,也就是说一种创伤情境,然后试图依靠成年后的自我努力来把那些创伤情绪加以消除甚至扭转过来。但是,结果往往都不理想,也就是说,创伤一旦形成,很难消除,只能缓解。疯癫叙事中的"强迫性重复"与此类似,叙述者常常不由自主地重复某一段话,反复提到一个意象、一张图片,乃至反复做出一个动作,企图由此化解心中幽愤,这是"主动言说"的过程,而且是强迫性地重复言说的创伤缓解过程。化解创伤的另一途径便是"创伤书写",当个体经历的某种创伤通过书写的方式表达出来的时候,创伤会有所缓解。通过以上的分析,我们就不难理解,劳森丛林现实主义短篇小说经常借助疯癫叙事来表达他对丛林人艰辛与不幸的关注。劳森童年经历以及他在澳大利亚丛林体验经历,勾起了劳森童年时期遭受的创伤,在丛林的真实生活体验更是让他看到了丛林吃人的残酷,丛林对人的身心的折磨让他内心不断地遭受着创伤的舐舐,而缓解这种创伤的最有效途径莫过于疯癫叙事。因为疯癫是创伤的终极阶段,通过将丛林人的疯癫如实地再现出来,既是对丛林人真实生活场景的再现,也是对自己内心创伤的缓解,表明劳森作为一个现实主义作家对丛林人遭遇的同情和怜悯。

具体来说,收集在劳森《乔·威尔森和他的伙伴儿》中的著名短篇《给天竺葵浇浇水》是劳森丛林作品疯癫叙事的代表作。在这个故事中,劳森通过对乔和玛丽两个人陷入疯癫过程的叙事来突出丛林环境对于丛林人、丛林家庭的极度破坏。在叙事过程中,劳森将丛林疯癫与丛林男女的关系问题并置。与其他疯癫叙事一样的是,这篇故事讲述了丛林人在艰辛的丛林环境里贫困和孤独对家庭生活的影响和破坏。斯佩塞夫人(Mrs Spicer)的遭遇是所有在丛林中生活的妻子和妈妈这类女性命运的一个缩影,她预示了

第五章 丛林叙事:澳大利亚丛林现实主义小说叙事特征

玛丽后来的崩溃和疯癫,是"丛林生活对斯佩赛夫人的各种刺激让她最终陷入疯癫"(Lee, 2004: 99‐100)。值得一提的是,这部小说讲述斯佩塞夫人陷入疯癫和死亡的第二部分小标题取自劳森1899年创作的诗歌《一切都无所谓》("Past Carin")。在诗歌中,丛林中的各种困顿和愁苦使得丛林人在面对一切困境,诸如"死亡、旱灾、疾病、饥饿、奴役、绝望、痛苦"(qtd. in Roderick, 1967: 358)的时候都变得麻木和无所谓了,一切的不幸都让他们不再惊奇,不再哀怨,不再悲伤。诗歌中,作为集体意象的丛林人亲手将两个孩子埋葬在丛林的悲痛和无奈让读者对于陷入疯癫的丛林人唏嘘不已。在《给天竺葵浇浇水》中,除了与丛林孤独与寂寞抗争外,斯佩塞夫人还要遭受丈夫常年在外、对家庭不闻不问的绝望打击,这不仅让她对一切伤痛和悲惨遭遇都抱着无所谓态度,也成为其最终陷入疯癫和死亡的催化剂。

丛林不具备正常人生活所需要的环境,因为在那里没有正常人生活所需要的设施,更不具备正常人生活所需要的文化。在丛林中长期生活的结果一定是沮丧、忧愁、崩溃的,直至让人疯癫。这是我们读劳森作品最强烈的印象和感受,也就是说,"劳森本身具有的那种持久而深沉的忧郁,本身对人类生存状况的黑暗悲观使得他并不仅仅是在描写澳大利亚新南威尔士州的丛林,他也是在将自己的灵魂投射到丛林中去了"(Philips, 1958: 89‐90)。丛林环境令人无法忍受,当乔跟妻子吵完架之后一头扎进丛林里,离家6英里才有一个邻居(丛林生活是多么的孤独和可怕,由此也能让人想象),当他走近企图讨要一点肉时,乔发现这家女主人"是一个面容憔悴,神态消瘦的女人,我想,她在这样艰辛和孤独的丛林中之所以还没有疯掉,要不是因为她的智力,要不因为她的记忆力有问题,因为她的目光最远也超不过门前那棵苹果树"(Lawson, 2008: 63)。

再如,《当洋铁罐沸腾时》的第二篇《在新土地上的定居》("Settling On the Land")中的霍普金斯(Tom Hopkins),为了能够在新的丛林选地上立足,他尝试了各种可能的改变命运的途径或者说为了在丛林中生存下来而抗争,然而他付出了 100 种努力,命运给他带来的却是 101 种失败。无论"他怎样不放弃,精力有多充沛"(Roderick, 1972: 71),无论"他怎样不屈服,勇气有多大"(Roderick, 1972: 72),结果都是一样的:等着他的永远是失败。在这样的境遇下,也许没有人不会疯癫。故事结尾,在他尝试开荒、养牛、种小麦等各种方法后,他却在占地农的故意陷害中,留下了 2500 英镑的债务!这成为将他逼入疯癫的最后一根稻草。前文说,丛林人与美国早期的西部拓荒者不一样,他们在西部拓荒过程中失败了,可以选择回到原来的地方去,可以逃离,但是对于澳大利亚丛林人来说,他们就只有这样的生活舞台,要不成功,要不失败。为此,澳大利亚丛林人生活陷入了更加深重的两难境地:他们有时是为了兄弟,为了伙伴,为了友谊,而忽视了对家庭的照料,从而酿成了丛林家庭的悲剧。他们有时为了家庭的生计,不得不在丛林中四处找活儿干,而在这个过程中,他们丢失了家庭和孩子。丛林的这种两难选择加上丛林的种种无助,致使丛林人常常处于崩溃边缘,雪上加霜的是,他们的孩子还经常被丛林吞噬,在这样的打击面前,又有几人能够保持正常不陷入疯癫?

劳森丛林现实主义小说所描述的不正常和疯癫显然不是临床意义上的,而是一种源于现实的艺术想象。一方面,劳森所记述的丛林疯癫,源自作者对丛林人生存的种种压力的敏感性使然,源自作者对于丛林人渴望正常生活的不可得的焦虑使然,是对于丛林普通人的现实生活高度同情和关注的结果;另一方面,丛林疯癫、丛林艰辛致使丛林人看不到任何前途和希望,或者说,劳森一味直面丛林人的悲观情绪表达了作者本身的丛林悲观情绪,体现了作者的丛林心境。

澳大利亚民族主义时期的另一位作家迪森(Edward Dyson)在《征服丛林》(*The Conquering Bush*)中也以一则丛林疯癫故事反映了这个主题:一个年轻的城市女性嫁给了一个丛林人,最终在孤立

第五章 丛林叙事：澳大利亚丛林现实主义小说叙事特征

无助的丛林中陷入疯癫。这则故事也更加印证了这样的事实：丛林疯癫叙事不是一种想象而是一种对于客观现实观照的结果。因为劳森丛林作品的疯癫叙事，既有我们上面分析的劳森潜意识中试图对其个人童年创伤进行治疗的心理补偿，同时也是丛林生活的现实写照。劳森曾经在丛林中专门体验丛林生活长达八个月的时间，在这八个月中，"劳森的丛林经历都变成了其丛林小说的素材，……劳森一方面将人在丛林环境中的无助、苦闷、孤独直至疯癫如实地表现出来，另一方面又以一种简洁的叙事手法表达出丛林人的伙伴情谊"（Murray-Smith, 1975: 263）。

劳森作品中一个个走向疯癫或者处于疯癫边缘的丛林疯癫叙事虽有过分夸大丛林地理环境对于人物心理的影响的嫌疑，但作为现实主义小说作家，劳森的"短篇故事不仅仅是短篇故事，而是对澳大利亚丛林生活和丛林人性格的真实素描"（Roderick, 1972: 59）。劳森详尽细致、客观忠实地记录了具有澳大利亚特色的丛林现实，并且敏锐地捕捉到了生存在这些恶劣环境中丛林人的真实心理状况。

丛林疯癫是澳大利亚民族主义时期作家基于现实主义作家道德使命感对澳大利亚丛林深刻体验的结果。在劳森和弗菲的所有丛林作品中，"没有任何虚构和传奇色彩，没有丛林美丽乡村的温柔感伤，没有夸张或者任何想象色彩的阐释"（P.M. 1896）。劳森的丛林素描几乎毫无例外地都是对丛林人生活风貌的真实反映和写照，丛林人不断陷入疯癫的描写是丛林恶劣环境对丛林人身心受到极度折磨的真实反映。他将这种疯癫用一种朴实无华的叙事进行简单包裹，然后将他们如实地再现给读者，这种现实主义的疯癫叙事显然让读者看到了真实丛林环境中丛林人的遭遇和不幸，以期引起更多人的关注，从而呼吁社会来关注丛林人的艰辛，为他们提供必要的帮助。

以劳森为代表的丛林现实主义小说以一种共同的丛林疯癫叙事作为表现形式，将丛林人在丛林中的真实生活如实地再现，在再现过程中，劳森让读者感受到丛林疯癫的真实和可怖，并且进一步明确了丛林吃人的主题。类似的丛林疯癫叙事，同样存在于弗菲、拉德和弗兰克林的丛林小说中。

在《人生如此》中，弗菲给我们讲述了一则更加令人心酸的疯癫故事。小说中，通过汤姆森（Thompson）对汤姆（Tom）和威洛比（Willoughby）的讲述，我们得知丛林人佩特森（Elijah Peterson）的悲惨遭遇。他蒙受冤枉而被判入狱四年，在这四年中他被数次鞭打拷问，他的妻子惨死，女儿被送给了陌生人，佩特森陷入疯癫，最终他的所有疾苦和痛苦遭遇都在汤姆森看到了他在丛林中的尸体而得到了终结，尸体的表情疲倦而痛苦。佩特森的丛林疯癫除了表达了丛林人的艰辛抗争之外，还强烈表达了弗菲对丛林流放和殖民地刑罚制度的批判。通过这个故事，弗菲"希望读者能够记住佩特森陷入疯癫的原因"（1956: 381）。在世纪之交的民族主义情绪高涨期，弗菲对于丛林人的艰辛表达了无限的同情，对丛林流放制度表达了强烈的不满，从而希冀通过对丛林人的建构来表达建立属于澳大利亚丛林人自己民族的无限渴望。

劳森自身愁苦的心境加上丛林艰辛的生活现实使得丛林疯癫成为他创作丛林作品的一大题材。拉德自己不幸的生活加上妻子曾经因患有精神疾病而住院，但最终还是彻底陷入疯癫的经历客观地加剧了他对丛林疯癫的关注，所以在拉德的选地系列故事中，我们也看到不少以疯癫为叙事题材的故事。个人愁苦的命运加之丛林选地上恶劣的生活环境使得丛林疯癫成为拉德描写丛林现实的一个主要关注点。

如《在我们的选地上》的第 7 篇《古怪的杰克》（"Cranky Jack"）就描述了一个丛林流浪者来到老爹家帮忙后展现出来的一些疯癫举止。一天，一个"看上去背负着世界上所有愁苦的人"（Rudd, 1973: 35）来到老爹家，求一份工作，却不要任何报酬，老爹心生欢喜，就留下来了，"他一连低头砍了 4 小时的木柴，没说一句话，母亲开心得赶忙回去给他沏茶送过来，他依然头也不抬继续砍柴"

第五章 **丛林叙事：澳大利亚丛林现实主义小说叙事特征**

(Rudd, 1973: 36)。直到母亲听到他突然对着一根木柴大叫，"听，他们来了，我就知道他们会跟来。"母亲这才明白，家里住进了一个疯子。后来，母亲和女儿在家做针线活儿时，一条蛇爬上桌喝牛奶，在砍柴的杰克赶来帮忙，当发现是一条蛇时，吓得大呼"魔鬼来了"，继而又惊呼看到了自己的父亲，一个个疯癫言行让母亲吓得魂不附体。故事结尾，杰克竟然被老爹一家人锁在房子里治好了疯癫，并且成为了老爹家得力的助手。拉德通过丛林中各种恶劣环境对人的心境考验描写表达了丛林环境对人的折磨，这种折磨往往会使得正常的丛林人被逼向疯癫。这种丛林疯癫既会影响家庭关系也会造成丛林人之间的人际关系紧张。从另一方面来看，丛林疯癫叙事就如亚里士多德的悲剧叙事理论所阐释的那样，当一个人看到身边的人莫名遭遇了生活的悲惨遭遇之后，会自然而然地对悲剧主人公产生同情怜悯和忧虑恐惧的情感，同情怜悯是一种人性本善的自觉反映，当我们看到别人不幸遭遇时，恨不能给别人提供帮忙但又无能为力的那种感觉是最无奈的。产生恐惧则是因为发生悲剧的人跟我们一样普通善良，因而这种悲剧同样有可能发生在自己身上，这种情感会让我们不自觉地感到焦虑和恐惧。无论是左拉的自然主义佳作《娜娜》，还是哈代的现实主义杰作《苔丝》，都很好地诠释了悲剧会降落到善良、贫困的普通人身上，而且这种悲剧会不可逆地发生，这才是让人最为恐惧的。就如，莫言在《生死疲劳》中所自我阐释的那样，不是作者要把小说中的人物一个个置于死亡之地，而是命运使然，他们的命运决定了他们最终都一个个死于非命。丛林疯癫叙事在读者心里产生了对丛林人悲惨命运充满同情和怜悯的悲剧效果，让生活在丛林中的人对于周边丛林人的生活遭遇特别是这篇故事中的"杰克"产生同情。不仅如此，他们还会产生恐惧感。如劳森的《给天竺葵浇浇水》中的斯佩塞夫人（Mrs. Spicer）的悲惨命运显然会让丛林读者对丛林艰辛产生无尽的恐惧和忧愁。

就澳大利亚丛林叙事而言，澳大利亚丛林现实主义作家笔下的疯癫叙事也许只不过是关于澳大利亚一群边缘人的现实,他们的故事也不过是澳大利亚丛林神话中小小的一个分支,正如丛林人在澳大利亚民族建构中的贡献被边缘化那样,丛林疯癫叙事的影响力也会被边缘化、被漠视。不可否认的是,丛林疯癫的人物形象也正是那些努力适应丛林环境的丛林人形象,最终失败了的疯癫现实表明了他们从试图"适应丛林"到"被丛林吞噬"的悲剧。另外,在荒野的丛林中寻求一片生机的丛林人也在追求一种存在感和归属感,他们希望通过丛林来觅得自己的身份,希望在丛林中找到自己的位置。丛林作家将疯癫作为叙事手段来表明丛林人在丛林中的困境超出想象、他们在丛林中的痛苦经历超出想象,而他们不太可能具备的丛林心态也是他们不可避免地最终陷入疯癫的一大因素。

丛林疯癫作为丛林现实主义小说的一种叙事艺术,一方面源于丛林现实主义作家对于丛林生活的熟悉和关注;另一方面,他们现实主义的创作态度使得丛林疯癫叙事成为他们不约而同地使用的叙事策略,因为丛林导致的疯癫是切切实实的丛林真实,每一个疯癫都是由于孤独无助、荒野单调、困顿落魄的丛林环境导致的。无论是劳森、弗菲,还是拉德或者弗兰克林,他们都有着丛林生活体验,并且对澳大利亚早期丛林生活都表现出浓厚的兴趣,也就是说,他们小说中叙事者的口吻多多少少代表了作家的心声。

第三节 丛林现实主义小说的"幽默"叙事

"幽默、忠实"是澳大利亚丛林现实主义小说叙事艺术的一大特征。也许有读者会质疑,幽默叙事作为一种叙事技巧,存在于各类文学题材,将幽默叙事作为澳大利亚丛林现实主义小说的一大叙事特征是不是有些牵强? 的确,幽默作为一种叙事策略和手法几乎遍布于各种题材的小说中,不单单属于丛林现实主义,然而,

第五章 丛林叙事：澳大利亚丛林现实主义小说叙事特征

澳大利亚丛林现实主义小说的幽默具有鲜明的澳大利亚丛林特色，与其他幽默叙事有着鲜明的区别。丛林现实主义小说幽默往往源自于澳大利亚独特的丛林环境，源于澳大利亚荒野无边、令人伤心欲绝的丛林生存环境，是典型的丛林环境下带有一丝丝苦涩、酸痛和忧伤的幽默。今天的澳大利亚，因为地广人稀、物产丰富、科技发达、自然资源丰厚，澳大利亚人会很自豪地说澳大利亚是一个幸运的国家，他们是幸运的人。但是回顾欧洲殖民者刚踏上澳大利亚大陆时丛林人生活环境，澳大利亚今天的幸运可能要感激早期丛林人在丛林生活环境中的开垦拓荒精神，感谢他们在茫茫荒野丛林中建立了今天的澳大利亚。其实，"说不上幸运，澳大利亚是一片艰辛之地，其艰辛只能通过幽默形式言说，这种艰辛中的幽默已经融入到了澳大利亚人的生存哲学"（Willey, 1984: ⅳ）。英格利斯·摩尔（Inglis Moore）则将澳大利亚丛林中的幽默讽刺看作是对澳大利亚常年干旱气候的反映。面对丛林中令人哭笑不得的困顿和灾难，丛林人往往一笑置之，在丛林困境面前，他们没有退缩而是以不屈的意志、聪明的智慧与苦难斗争，充分表达了他们豁达乐观的心境（qtd. in Willey, 1984: ⅸ）。

在欧洲殖民者刚刚登陆到澳大利亚这片广袤丛林之地时，从英国来到这里的外科医生约翰·怀特（John White）说："在这里人们吃不到任何动物的肉，袋鼠肉是他们的唯一美味。但我敢负责任地告诉你，在任何一个国家，袋鼠肉都会被扔给狗吃，人绝对不会吃。"在他看来，1790年的"澳大利亚是一个令人生畏、令人厌恶的地方，这是人人都诅咒的地方，是一个没有一篇文章说这个地方有任何一点点有用的地方"（qtd. in Willey, 1984: ⅸ）。随着殖民步伐的加速，淘金期各国移民人口的聚集，世纪末的澳大利亚丛林生存环境依旧恶劣，丛林人依旧生活在各种丛林艰辛中。乔治·约翰逊的小说《我的兄弟杰克》（*My Brother Jack*）这样描述澳大利亚丛林环境："这片大陆残酷无情，五分之四的地方不适合人居，这片土地内陆地区的干燥更是令人伤心欲绝，这种严酷艰辛丛林环境挫钝了一切敢于冒险的精神"(qtd. in Willey, 1984: 1)。澳大利亚丛林幽默也就生发于丛林艰辛环境。100年后的澳大利亚，也就是澳大利亚民族主义时期，劳森在《那是他们的国家——毕竟》中说："澳大利亚是什么样子？这是一片漫无边际的荒野之地，干旱、饥渴，只有一两座城市，那是为国外游客来体验这片土地建的；这片土地上遍地羊群和傻瓜，简单说吧，这是我见过的最想逃离、最不想生活的地方"(Cronin, 1984: 372)。

丛林幽默是生发于澳大利亚环境，丛林气质对于澳大利亚幽默叙事有着难以磨灭的影响。丛林和丛林人价值观念是澳大利亚独特的民族表征，即便高度城市化的澳大利亚今天，那些在城市中生活的人，他们的生活理念依然有着丛林人生存方式的影子，因为他们要不在丛林中出生，要不有着丛林人的亲戚，甚至在丛林中有着自己季节性的工作，或者去那儿度假。丛林人的伙伴情谊、丛林人的勇气、丛林人超越丛林环境的生存抗争等都成为了澳大利亚世纪末文学艺术的重要素材。19世纪80年代以来，澳大利亚丛林人苦行僧式的生活、丛林中幻影萦绕的阴森环境一直被文学艺术界建构为澳大利亚民族属性。在一些作家笔下，我们发现"讽刺幽默成为他们排解丛林枯燥困顿生活中满是失望情绪的良药"(Willey, 1984: Ⅻ)。此言不虚，在澳大利亚民族主义时期的丛林现实主义小说中，丛林幽默叙事是今天澳大利亚人了解丛林人生活现实和丛林人生活哲学的一个窗口。丛林风貌与丛林环境对来自澳大利亚大陆的欧洲殖民者和澳大利亚土著居民的生活产生过巨大影响，如前一章所重点论述的澳大利亚独有的丛林情谊、丛林女性在家庭中不可或缺地位的想象等，在丛林现实主义作家笔下，都被幽默呈现。

丛林幽默生发于丛林地域和丛林人生活现实，丛林幽默在丛林中随处可见，体现了澳大利亚丛林现实主义小说幽默自然、真实的特点，幽默对丛林人来说，就像水和空气一样，是他们生活必不可少的部分。"澳大利亚幽默生发于丛林土地——也就是真正的

第五章 丛林叙事：澳大利亚丛林现实主义小说叙事特征

自然环境中诞生的幽默,具有讽刺和自我解嘲的特征,与其他英语国家的幽默都不太一样"(Willey, 1984: X)。在劳森、弗菲、弗兰克林、拉德等丛林现实主义小说作家笔下,他们通过丛林幽默,如实地再现了选地农、羊毛工、流浪汉、占地农等不同职业丛林人的生活艰辛。借助丛林幽默叙事,他们让我们看到丛林人在艰辛抗争求生存过程中嬉笑怒骂的真实生活场景,得以感受到丛林人的幽默、活力以及丛林幽默对丛林人在艰辛的丛林环境中顽强抗争的坚韧和勇敢。

澳大利亚丛林幽默生发于丛林自然环境,但与此同时,也是对澳大利亚社会历史状况的反映。没有哪种艺术形式,可以像文学那样借助幽默和讽刺反映社会历史状况。诗人可以自怨自艾、自艾自怜,但幽默家的幽默和讽刺家的讽刺都是针对社会上的某些人、某些事,脱离不了社会历史现状。因此,文学作品中的幽默,从本质上说,是对社会历史的真实反映。丛林现实主义小说幽默叙事是生发于澳大利亚丛林地域风貌,也是对19世纪末澳大利亚民族主义时期社会历史状况的反映,下面将结合文本对此展开具体讨论。

在劳森"永不过时的幽默叙事"(Hope, 1956: 27)的影响下,丛林现实主义小说作家们以现实主义手法将所观察到的澳大利亚生活如实地记录下来。在这一过程中,他们将丛林人在丛林艰辛环境中不断抗争的真实感受用一种幽默、轻松的叙事方式记录下来,将他们对丛林人的喜爱之情自然流露,让澳大利亚人对丛林人平添三分尊重与好感。

尽管澳大利亚民族主义作家都不约而同地或者说不自觉地(不自觉也许更确切,因为丛林人在丛林抗争过程中流露出的幽默是一种真实的生活状态,比城市生活那种诙谐式的幽默要生动、真实得多。)在各自的丛林现实主义小说中运用了幽默叙事,但他们各自的幽默叙事又有所不同。劳森笔下的幽默往往并不尖刻,也不具有讽刺意味,而是一种温和而大度的幽默,无论是他的《亨格福特》("Hungerford")、《叼炸药的狗》("The Loaded Dog")、《丛林舞蹈》("A Bush Dance")还是《斯蒂尔的瞳孔》("Steeleman's Pupil")等,总是透着那种无处不在的、淡淡而弥久的幽默。他的幽默读起来有种酸楚、有种苦涩、有种心酸的力量,但这种幽默又往往具有弥久余香的效果,"即便再过50年甚至100年,劳森式幽默也将会一如既往地鲜活生动"(Hope, 1956: 27)。

在描写丛林生活的艰辛时,劳森往往以一种轻松调侃的幽默语言来缓解丛林的单调、贫困、艰辛和乏味。如《赶羊人的妻子》和《给天竺葵浇浇水》中的用破了洞的手帕擦拭眼泪的描写,当她们发现不是手帕而是手指头在揉眼睛时,不禁自己也哑然失笑了,"原来手帕上破了好几个洞";另一种则或是对澳大利亚城里人,或是对丛林中冷酷、无情的占地农,或是对英国殖民者给丛林人带来的种种压迫的讽刺,劳森以一种幽默而夸张的形式来讽刺他们这种压迫行为,进而表达他们对剥削阶层的不满和内心的反抗。

劳森的幽默叙事还体现在他对丛林中狗的故事的描写。如果说他的《我的那条狗》描述的是丛林中丛林人与狗的情谊的故事,那么他的《叼炸药的狗》则是劳森幽默故事的经典作品。小说中,汤米(Tommy)是一条类似前文中提及的弗菲小说的Pup狗,是一条对丛林人生活毫无帮助的狗,但是它却给丛林人枯燥乏味的生活带来了无限乐趣,大大舒缓了丛林人终日辛劳的疲倦身心。小说开场,戴夫·里根、吉姆·本特利、安迪·派姬想在附近的一条小溪中寻找金色的石英脉。紧接着,作者就以一种诙谐调侃的方式说:"珊瑚礁在附近肯定是有的,不过是在附近几十英尺还是几百英尺的问题,以及是哪个方向的问题"(Cronin, 1984: 756)。这里对这群孩子盲从行为的初步介绍旨在引出下面更为幽默的场景。由于冬天不好钓鱼,戴夫就想出用炸药到河里炸鱼的主意,然后三个人就立刻开始分工执行。对此,作者幽默地说:"戴夫的主意总是很细致,不过从来都没效果。"没效果是因为他们有一只"对待生命、对待世界、对待它两条腿的同伴儿都像开玩笑一样的"狗汤米

第五章 **丛林叙事：澳大利亚丛林现实主义小说叙事特征**

(Tommy)。狗叼走他们准备到鱼塘炸鱼的炸药后，戴夫、安迪和吉姆三个孩子想追上狗解开炸药，狗被追得莫名其妙四处逃窜，又担心炸药会随时爆炸的场景充分展现了劳森的幽默叙事功力。戴夫和吉姆一发现狗叼走了炸药立马呼喊吉姆快跑，但狗一直跟着他们。"安迪飞起一脚想把狗踢倒，但被狗躲过了，随手拾起树枝石块向狗扔去，又没打中，只能拔腿继续跑，那会儿他的腿比脑子跑得都快"，"吉姆则向一棵小树奔去，爬上离地十到十二英尺的地方"(Lawson, 2014: 114 - 115)。"吉姆只好跑到一个大约有一英尺深的矿洞边跳了下去，安迪则藏到一根大木头后面，平躺在地上，而戴夫则奔向了一家小旅馆，砰地关上门"(Lawson, 2014: 115 - 116)。这只智商超低的狗（汤米）的每个行为都让人啼笑皆非，尤其是它嘴里叼着炸药，浑然不觉地四处追逐主人的无辜；把三个孩子弄得哭笑不得，它试图猜测主人意图，在丛林中把他们追赶得无路可逃的场景，竭尽身上仅有的一点点智慧试图摆脱嘴里叼着的炸药的每个行为，都让读者忍俊不禁，忍不住要捧腹大笑。这只狗对丛林人的一无是处反而让它成为了丛林人最珍惜的狗，因为它给他们苦闷乏味的生活带来了无尽的欢声笑语，更因为它在丛林人看来"善良和愚蠢"(Lawson, 1986: 96)。

弗菲丛林作品中的幽默则往往兼具调侃和讽刺的叙事功能。在《人生如此》中，这种对于社会不公平的讽刺经常以一种幽默的方式呈现在读者面前，而且"弗菲这种静静的讽刺与幽默足以让读者在看上去风马牛不相及的各种叙述中保持着阅读兴趣"(Green, 1930: 129)。而他这种调侃式的幽默中所折射出的对社会不公现象的反抗也让读者更能接受。对于这一点，汤姆森（A. K. Thomson）也认为，弗菲小说中略带"酸酸苦苦的幽默"(1943: 23)是他对社会现实深刻观察体验的结果。另外，《人生如此》的幽默也是作者对于个体面临任意选择后一切变得无奈、不可预测的一种态度使然。因为这种对于人生无常的幽默调侃有力地保护了丛林人在逆境中也不悲观的心态，成为传递丛林谦卑态度的一种有效手段。

在弗菲笔下，精炼、幽默的语言几乎随处可见，比如在《人生如此》的第一章介绍人物时，"库珀（Cooper）比汤姆森（Thompson）高三英寸，重三英石，也比他懒惰30%（he was three inches taller, three stone heavier, and thirty degrees lazier, than Thompson）"（Furphy, 1970: 4）。而摩西（Mosey）则是一个身高只有5英尺20英寸的瘦小个，但他的头却特别大，"不知累坏了多少宽阔的肩膀"（Mosey, a tight little fellow, whose body was about five-and-twenty, but whose head, according to the ancient adage, had worn out many a good pair of shoulders.）（Furphy, 1970: 4）。这样幽默的人物形象介绍，让读者一下子就记住了每个人物的特征。

再如第三章作者在介绍丛林人迪克时的一段描写：

> 他最大的本领就是善于发现一些稀奇古怪的地方，被公众侮辱、被警察追赶也是常事。除了这些特长以外，他还是我认识的人当中最无能的一个。有些人，天生一副自信样；有些人，生下来就被欺负状；还有些人，天生喜欢被别人指使，而迪克（Dick）则是注定被警察捕捉而生的。每次，他穿着得体的时候，他会被当成银行旷工人员而被捕；而穿着破旧时，则毫无疑问地会被警察当作小偷、扒手四处抓捕。因此，虽然他跟保罗一样很诚实，却是监狱的常客。（Furphy, 1970: 121）

以上人物形象介绍以形象而诙谐的语言深深吸引了读者，给读者留下了深刻的印象。可以说，弗菲对人物形象特征和行为把握上的幽默效果远胜过劳森或者说拉德，这是因为弗菲深知幽默场景和幽默对话并不会持久，而最具有持久幽默效果的莫过于塑造出鲜活的幽默人物形象。

此外，弗菲幽默叙事往往是一种严肃之中的幽默，是一种在故意庄重严谨中产生诙谐喜剧效果的幽默，常常让人忍俊不禁。比

第五章 丛林叙事:澳大利亚丛林现实主义小说叙事特征

如,关于狗在丛林人生活中的作用和意义,无论是劳森、弗菲还是拉德的作品中,都是一个重要的意象。狗(Pup)更是贯穿弗菲三部小说,狗在丛林中不但贪吃,而且经常偷窃丛林人身边仅有的肉的形象被弗菲以一种幽默的形式表现得淋漓尽致。在《波恩地区与澳洲鹤》中,小说一开始,读者就看到一幅幽默景象,"小狗(Pup)脖子上挂着10磅偷来的腊肠,走起路来磕磕绊绊的不稳"(Furphy, 1948: 12)。在小说《人生如此》中,Pup不仅是一只善于偷肉的狗,而且口味广泛,经常偷盗丛林人家饲养的家禽。"他的胃口就像一只巨蟒那么大",瞬间就把"诺赛·阿尔弗(Nosey Alf)的土鸡吃得剩两只脚悬在绳子上"(Furphy, 1948: 261)。Pup的胃口不但大而且贪婪,时常觊觎着主人马匹上的食物袋,并且屡屡得手,让科林斯防不胜防,又无可奈何,只能自我解嘲,"袋鼠狗偷盗食物的能力真是惊人,迅捷无声,堪比日晷上用来计时的阴影,(让人毫无留意)"(Furphy, 1903: 251)。弗菲对丛林狗(Pup)夸张言行的幽默描写,让人无可奈何地叹息,但是由于丛林人生活的孤独困苦,他们无法想象身边没有狗的生活,并且狗的夸张、搞笑、可爱、忠诚行为也有效地缓解了丛林人枯燥乏味的丛林生活。

拉德之所以能够成为澳大利亚民族主义时期的一个经典作家而为人铭记,最大的功劳应当归因于他丛林选地系列故事的幽默叙事。拉德笔下的幽默,往往意在营造一种任何场景下的喜剧效果,特别是他以幽默的手法对老爹这一人物形象的塑造,使得老爹成为了澳大利亚文学史上妇孺皆知的人物形象。或者说,拉德的幽默不是职业作家为了幽默而幽默的叙事技巧,而是在家庭生活里随时可以捕捉到的幽默场景,读起来让人感到真切自然,会让人不由自主地捧腹大笑。这是拉德的幽默叙事艺术的力量所在,他以一种现实主义笔触,以一种独到的观察力将真实的幽默呈现给读者。或者说,"拉德的幽默叙事方式是那种熟练地将家庭闲言琐碎生活以幽默方式呈现,或者说是对老爹一家生活选地上的每天餐桌上的、各种乡里乡间的、发生在小酒馆里的闲言碎语的幽默"

(Hope, 1956: 25)，这种幽默叙事能力体现了作家对于丛林家庭生活敏锐观察和高度凝练的能力。拉德在展现丛林选地农艰辛生活的描述中，用丛林人的幽默感来保持他们的丛林优雅。值得一提的是，他总有一种将悲酸的故事转化为快乐的幽默能力。这是拉德幽默叙事的最大特点，也是他对丛林现实主义小说幽默叙事的一大贡献。

《在我们的选地上》经常会看到这些让人啼笑皆非的故事情节，如"妈妈会不经意间将洗涤碱当成了发酵碱给新来的牧师泡茶"，"老爹在用报纸糊墙时发生的种种令人欲罢不能的幽默"，"戴夫总是以一副被蛇咬的样子和在爱情面前从来都是失望的形象出现"等具有很强幽默效果的表述。拉德的幽默叙事能力也体现在此。发生在家庭里的小幽默喜剧场景很常见，对于家庭成员来说，他们在互相讲述这样的故事时，由于有着共同的语境，往往会达到很好的幽默效果。但是将这种喜剧讲给没有在现场的读者，还能达到这样幽默效果，则需要作家很强的幽默感和非凡的把握能力，要做到幽默表达效果，没有高超的叙事能力显然不太可能，这也正是拉德能力的体现。拉德在以高度幽默的叙事来讲述家庭琐事，不是为了幽默而幽默，而是以一种幽默的方式在讲述丛林选地农在丛林生活中的种种不幸和悲剧。也就是说，幽默不是目的，让人在幽默喜剧中体会丛林人的生活有多悲惨和不幸才是拉德的真实主旨。同样作为民族主义作家的拉德、劳森和弗菲一样，将着眼点主要落在丛林人在艰辛的丛林环境抗争中的坚韧和不屈，在抗争过程中形成的丛林情谊和在抗争过程中形成的丛林精神。再看《在我们的选地上》中的另一则故事。某天戴夫（Dave）和乔（Joe）在选地上干活儿，乔看到戴夫被蛇咬了，赶紧奔回去告诉妈妈，妈妈听后，不禁惊呼，并且赶紧让乔去叫上马罗尼（Maloney）（小说中一个聪明但又不乏狡猾的丛林人）帮忙，但是乔想到要跑那么远就不愿意，反抗了一声，但反抗声音话音未落，后脑勺就被妈妈扔了一只锡皮罐，并被砸了个凹痕，"这个凹痕显然会陪伴他一直到走向坟墓,即便乔活到1 000岁"(qtd. in Hope, 1956: 27)。这种夸张的叙事达到了很好的幽默表达效果,而妈妈在知道戴夫让蛇咬了的急躁心情也跃然纸上,让读者不但不会去同情乔,反而烘托出"母亲"那种关心心切、爱子心切的强烈情感,幽默叙事效果立显。

马克·吐温认为,对于一个作家而言,在所有叙事技巧中,幽默是最难的。拉德的短篇幽默故事有种类似马克·吐温的幽默效果。他将丛林人以身体和智慧与丛林炎热、旱灾、洪水、沮丧情绪抗争过程中的种种啼笑皆非的苦涩以幽默的叙事展现在读者面前,让有着真实体验的丛林人爱不释手,因为这说出了他们内心不可言状的真实感受。要创作出"幽默的人物形象,只有最伟大的作家才能做到"(Thomson, 1943: 23)。而弗菲的幽默则体现在对人物形象的介绍上,他那种略带夸张而又生动形象的比喻会给读者留下深刻的印象,不仅体现了作者背后字斟句酌的严谨态度,也表明了作家的伟大之处。弗菲与劳森小说中的幽默语言与讽刺口吻都"源于他们自身的丛林生活体验"(Philips, 1955: 26),因而劳森和弗菲的幽默又表明了他们作为现实主义作家的创作态度,因为他们的幽默都源于丛林,源于丛林生活现实,并且还具有鲜明的澳大利亚民族性。劳森笔下对发生在澳大利亚丛林幽默的如实描写反映了他对澳大利亚丛林人生活的怀旧和反思,这种怀旧和反思与《公报》杂志呼吁文学作品对澳大利亚民族建构不无关系。正如杰西卡·米尔纳·戴维斯(Jessica Milner Davis)说的那样,"澳大利亚幽默有着规范社会的野心和功能,反映了澳大利亚平等主义和默默遵从的社会特性"(qtd. in De Groen and Kirkpatrick, 2009: 40)。在由德·格莱恩和柯克帕特里克共同编著的《严肃的嬉戏:澳大利亚幽默论文集》中,他们在前言部分指出,"我们不太容易给民族幽默下一个界定,但是我们还是可以看到一些幽默和民族文化之间存在一定联系"(De Groen and Kirkpatrick, 2009: XVIII)。

对此,格雷戈里(J.C. Gregory)说,"一个时代的性格和脾性,以及这个时代的某种常识,都可以在时代的'幽默'中得到反映,而幽默的习惯变化则伴随着文明的进程"(qtd. in Willey, 1984: viii)。丛林现实主义小说的幽默,正如澳大利亚丛林歌谣中劝慰那些在丛林失望中看不到希望的丛林人那样"你可以笑一笑,兄弟"。因为除此之外,你真的什么也做不了。这种幽默是对丛林悲观情绪的一种表达,也是对丛林中种种灾祸的坦然接受和对丛林未来的些许期望,也是澳大利亚传统中,丛林人惊人适应能力的积极反映。在丛林炎热干旱荒野的环境中,澳大利亚丛林人面临着身体和精神的双重考验,而幽默也就成为他们对抗这令人难以忍受的种种苦痛的途径,这是他们摆脱丛林困苦和失望情绪的"解药"和"权宜之计"。澳大利亚丛林地域风貌使其成为地球上最为艰辛困苦的地方,自远古以来的丛林人,不管他们是白人还是黑人,幽默是他们生活必不可少的,有助于缓解他们艰辛生活。英国小说家劳伦斯(D. H. Lawrence)在他的《袋鼠》中说:"澳大利亚人颇具忍耐性,这一点让人感触颇深。那忍耐!澳大利亚人的忍耐力真是惊人,尤其是他们对压迫和困难的忍耐。他们什么都能够忍耐,从长远来看,他们只有忍耐!"(Willey, 1984: 2)。忍耐是澳大利亚人的品质,劳伦斯对澳大利亚人忍耐性的描述是澳大利亚民谣中对丛林人品质的描述。丛林人的忍耐精神往往表现在他们对生活"不必太在乎"、"安之顺之"的态度,"她一定会好起来,伙伴儿","差不多就可以了","你赢不了的"等丛林生活态度是澳大利亚幽默的内在特征,丛林人丛林生活的幽默态度是他们内心忧伤、悲观和哀伤的外在表现。

在澳大利亚丛林现实主义小说中,以劳森、弗菲和拉德等为代表的作家们共同描写了丛林人现实生活中的丛林幽默。这种幽默一方面呼应了澳大利亚民族杂志《公报》对澳大利亚本土的人和事情的关注,另一方面,这种幽默也是丛林人在生活困苦现实中自我化解丛林愁苦心绪的方式,是澳大利亚丛林文化的真实写照,因而也是澳大利亚民族的幽默写照。

第五章 丛林叙事:澳大利亚丛林现实主义小说叙事特征

第四节　丛林现实主义小说叙事的语言特色

据官方统计,"在 1800—1876 年之间,共有 400 万英国移民来到了南半球,散居在澳大利亚、新西兰和南非等地,由此而诞生了世界上最为年轻的不同英语语言变体"(Gordon and Sudbury, 2002: 67)。单就澳大利亚大陆而言,澳大利亚英语呈现出了英语语言的早期形式,融合了早期移民对于新环境的适应性特征。随着移民步伐的不断加快,各个阶层的英国移民来到澳大利亚大陆,许多来自大不列颠岛屿各阶层的人重新融合到一个新大陆生活,于是混杂着多样性和平等主义意识的英语在殖民地上逐渐形成。这种新的语言形式也在此前的殖民者和新移民之间互相传递(Bruce, 2008: X)。

虽然土著民族的口头文化对于当代澳大利亚人来说只具有文化本源的象征意义,土著后裔也多用英语而不是土著语言来展现其民族文化的本真性,但是土著文化至少是,也应该是确定澳大利亚民族属性和文化身份不可或缺的重要组成部分。处于民族独立时期的澳大利亚为了宣示其独特的本土性,在文学、绘画、建筑等艺术领域尽可能地使用土著英语,而这也成为他们诉诸民族理想的一种方式。在澳大利亚北方丛林地区,也就是"北领地(Northern Territory),那里的丛林人使用的语言有很多源自土著语"(Moore, 136)。"在 20 世纪最初的 50 年代,澳大利亚一度认为自己是一个'单语'或者'单一文化'的国家,因为土著人大部分被同化了。事实上,土著语言不会消亡,土著文化也不会(Moore, 2001: 136)。目前,在英语词汇中,共收录了 400 个土著词汇,这些词汇中,有些已经成为了使用广泛的术语。而事实上,"在澳大利亚英语中,土著词汇更多,尤其是澳大利亚丛林中的一些动植物词汇,基本都源于土著语"(Moore, 2001: 140)。这些最早在澳大利亚丛林中生活的土著人使用的语言已经成为了澳大利亚与英语英式英语的最大区别所在。

语言具有本土性、区域性特征。不同的地域产生了不同的语言,不同的风貌产生了不同的语汇。澳大利亚丛林中有无数表达澳大利亚丛林的词汇,如"shrub"、"brush"、"creek"、"lagoon"等,笼统地说,这些词汇都表示丛林,对于没有丛林生活体验的人来说,代表着一样的丛林所指,都可以理解为"bush"。这些词汇,对于不熟悉澳大利亚地域特征的读者而言,无疑不会明白,更加不会知道澳大利亚本土丛林会有这么多的类别。对于大部人而言,这些可能就是"各种野生植物的总称"(Ramson, 1988: 113),事实上,这些词汇表达了澳大利亚独特而复杂的丛林环境。其他诸如"station"、"stock"、"bullock"、"squatter"、"swagman"等丛林词汇更是只有在丛林生活经历的人才能明白其真实能指。这些让人熟悉但又有着陌生化表达的丛林词汇在劳森、弗菲、拉德、弗兰克林的作品中随处可见,表明他们对澳大利亚丛林语言的熟练把握,而这一切没有深刻的丛林生活体验显然不可能。作为民族主义时期作家,劳森等人对丛林语言的集体关注,也成了他们对澳大利亚民族理想的共同建构:澳大利亚民族与澳大利亚丛林息息相关。

在使用澳大利亚本土语言方面,博尔德伍德(Rolf Boldrewood)的《武装行动》(*Robbery under Arms*, 1882—1883年)可谓是澳大利亚小说的先驱。这部小说写于丛林现实主义小说之前,属于澳大利亚殖民主义文学,《武装行动》对澳大利亚早期丛林的描写富于浪漫主义传奇,其中使用了大量澳大利亚本土特色的语言,从当地特色的语言使用来看,堪称澳大利亚版的《哈克贝里·费恩历险记》(*The Adventures of Huckleberry Finn*)。不仅如此,马克·吐温对美国本土特色语言的使用以及他幽默嘲讽的现实主义文体,也同样影响了劳森和弗菲,或者说,劳森和弗菲等澳大利亚丛林现实主义小说中坚持使用丛林语言,坚持丛林特色的描写都体现了马克·吐温的影响。因为"劳森还在妈妈膝盖上的

第五章 丛林叙事:澳大利亚丛林现实主义小说叙事特征

时候,就熟读了埃德加·艾伦·坡(Adgar Allen Poe)、马克·吐温、布莱特·哈特以及狄更斯"(Kiernan, 1987: 23);而弗菲则更是"将马克·吐温作为自己最为崇拜的作家"(Kiernan, 1987: 23)。

澳大利亚丛林现实主义小说坚持使用澳大利亚本土语言,致力于运用具有澳大利亚独特的地域风貌的语言,这除了深受马克·吐温的影响外,还受到其他现实主义作家的影响。在第一章我们曾经深入分析过欧美现实主义小说对于澳大利亚丛林现实主义小说作家创作的影响,这里不再赘述。但是除了这一因素之外,我们还必须知道,"《公报》杂志在催生澳大利亚本土性和澳大利亚丛林文学方面做出了巨大贡献,没有哪一个杂志可以与之相比"(Baker, 1976: 410-411)。正如前面讲过的那样,《公报》杂志除了严格坚持文学作品的澳大利亚性之外,还特别强调短篇小说必须是"短篇中最短的","句子必须简洁,不能有一个多余的单词,描述性和解释性的词语必须少得不能再少。除此之外,《公报》还强调简洁、直白、现实主义和戏剧力量"(Green, 1968: 531)。

由于《公报》是19世纪90年代最受欢迎的杂志,这些文学创作要求成为了著名的"公报体"。如劳森的经典短篇《父亲的伙伴》("My Father's Mate")和《爱情故事》("A Love Story", 1893)(130字左右)既符合《公报》对于文学作品具有澳大利亚性的要求,又符合其对于文学作品短小精悍的要求,是"公报体"的范本或者说典范之作。

劳森的丛林作品奠定了他在澳大利亚文学史上的经典作家地位。在劳森的许多作品中,"他对丛林词汇的使用看不出其他作家(使用时)的牵强和生硬之处,都是自然而然的信手拈来,而且用词准确、表达到位"(Green, 1968: 546)。《爱情故事》("A Love Story")讲述了一个发生在澳大利亚营地的丛林故事,在小说的开头和结尾部分,劳森将属于澳大利亚丛林的词汇加以艺术性地运用,生动地描绘了澳大利亚丛林情谊。在丛林小说中,像"swag"、"billabong"、"billy"、"mateship"等在澳大利亚丛林背景中才能见到的词汇在劳森、弗菲、拉德的丛林小说中俯拾皆是,生活在澳大利亚丛林的读者知道他们是在读澳大利亚小说,而不熟悉的读者则往往要借助澳大利亚词典才能明白。再如劳森的《洋铁罐沸腾时》这部作品集,小说集的名字就能看出这是一部讲述澳大利亚的故事集,"billy"是在澳大利亚丛林中用来烧水的壶,是一个带有手柄的罐儿。可以具体来看其中的一部经典名篇《赶羊人的妻子》中的丛林语言(由于是讨论丛林的语言,因而这里保留原文引用,以便读者对澳大利亚英语词汇更加明了):

> Bush all round—bush with no horizon, for the country is flat. No ranges in the distance. The bush consists of stunted, rotten native apple-trees. No undergrowth. Nothing to relieve the eye save the darker green of a few she-oaks which are sighing above the narrow, almost waterless creek. Nineteen miles to the nearest sign of civilization-a shanty on the main road. The drover, an ex-squatter, is away with sheep. His wife and children are left here alone. (qtd. in Mann, 1968: 1)

> 到处都是丛林——一望无际的丛林——一眼望不到头。远处没有任何山脉。丛林中到处是矮小、腐蚀的土生的苹果树。看不到灌木丛,没有任何可以让人眼睛可以缓解的地方。一眼望去,远处狭窄、干涸的小溪上几只黑绿色的大麻黄也在叹息,这些叹息声让人的眼睛的疲惫稍稍得到了转移。19英里之外才有一点人烟,一条主干道上有一个小木屋。赶羊人,之前是一个占地农,出去赶羊去了。他的妻子和孩子被独自留在丛林里。(qtd. in Mann, 1968: 1)

文中不仅仅有体现澳大利亚丛林的语言,而且还有与澳大利亚丛林环境相对应的句法结构,"到处都是丛林——一望无际的丛

第五章 丛林叙事:澳大利亚丛林现实主义小说叙事特征

林——一眼望不到头。远处没有任何山脉。"这些听上去像诗行的短句,听上去就像斧头在丛林砍伐的声音,更像是丛林人在丛林中不断劳作的声音,让人能隐约感受到丛林人劳作的心酸和困苦。劳森在描述赶羊人的妻子的房屋时也大量使用了"round timber, slabs, and stringy-bark"这些属于澳大利亚丛林真实的环境的词汇。

再看劳森在英格兰期间发表的《给天竺葵浇浇水》(*Water them Geraniums*)这部小说,如"I always had a pup that I gave away, or sold and didn't get paid for, or had 'touched'(stolen) as soon as it was old enough"(Lawson, 2008: 57)这一句,就是劳森使用澳大利亚语言的一个范例,从句子结构(逗号、倒装)到词汇(touched)层面都展示了澳大利亚丛林语言的特征。小说中丛林人的对话,也都使用澳大利亚丛林英语,并且还通过斯佩塞夫人(Mrs. Spicer)不符合语法规范、充满语法错误的语言再现了丛林中生活的女性缺乏良好教育的一面,不仅如此,小说中斯佩塞夫人在陷入疯癫后更加不规范的丛林语言让人看到了丛林对女性的迫害。斯佩塞夫人在给玛丽讲述在她家喝过咖啡的丛林人吊死在丛林中的故事时使用的英语都是符合语言规范,而且没有任何丛林口音,因为玛丽来自悉尼。在玛丽面前,斯佩塞总是尽力表现出丛林女性自尊的一面,从来不说自己有多困难。玛丽到她家做客,吃饭的刀叉不够,她说:"不好意思,孩子们老是乱扔,到现在也还没来得及买。"(其实,是没有钱买)事实上,在故事中,斯佩赛夫人因没有钱让每个孩子都去上学,她总是让孩子轮流穿着一双新靴子去星期天学校(Sunday school)("Her great trouble was that she 'couldn't git no reg'lar schoolin' for the children.")(Lawson, 2008: 75)。而当她得知,玛丽要教她的孩子认字、学习的时候,她抑制不住自己内心的喜悦,对孩子们说:

"Mrs Wilson is goin' to teach yer, an' its more than yer deserve! 'Now, go up an's say 'Thenk yer, Mrs Wilson.' And if yer ain't good, and don't do as she tells yer, I'll break every bone in yer young body!"(Lawson, 2008: 75)

斯佩赛夫人这种带有浓重丛林口音的语言,又一心想用符合规范的语言来表达自己的心理,既表明了她缺少教育的丛林身份背景,也表明她作为丛林人对于教育和知识的渴望。不可辩驳的是,面对丛林环境的桎梏,丛林人对知识和文化有着同样的渴求。因为他们有着与城里人一样的自尊并且期待受人尊重,这也是他们希望得到平等对待的心理诉求。当威尔森一家到他们家做客时,斯佩塞夫人指着铺在桌上打了补丁的一块白色的桌布说:"'其他几块都洗了,真是不好意思,就用这块将就一下吧。'但是从孩子们盯着桌布的那种充满好奇的眼神里可以看到,桌布对他们来说是一件新鲜事儿"(Lawson, 2008: 77)。原文中,斯佩赛夫人借助了不符合规范的丛林语言来表达了这种丛林无奈,小说中一块"打着补丁的白桌布"更是表达了丛林人生活的艰辛,是"言有尽,意无穷"的表达。虽然困顿,虽然艰苦,但是她们内心有着同样的自尊,同样渴望与别人一样被平等对待,渴望获得与别人一样的尊重。

从语言角度来看,"劳森那些他自认为源于没有接受过多少正规教育而导致的语言不足也正是他小说的优点所在,因为他的教育少反而让他更加专注于锤炼他的语言风格,使之更符合周边人的真实语言,这也是他在小说中大量使用了他真正掌握的澳大利亚本土语言(丛林语言)的原因"(Barnes, 1986: 5)。可以说,将澳大利亚丛林语言亲切、自然地融入自己的丛林叙事中是劳森叙事艺术的一大成功之处。

弗菲在《人生如此》中更是大量使用了澳大利亚丛林人的本土语言。在丛林语言方面,作为自称"半个读书人,半个丛林人"的弗菲,他在使用丛林语言方面的态度和意识更加明确。小说中,即便一个熟读莎士比亚,遍读《圣经》,而且自己写小说的霍拉冉(M'Hollaran)使用的也全部是澳大利亚本土语言。举一处例子,比如当小说的叙事者柯林斯问他,一年会有几个人到这儿(丛林深

第五章 丛林叙事:澳大利亚丛林现实主义小说叙事特征

处)来的时候,他说:

"Nat six in the coorse o' the year," replied Rory, too amiable to heed the impolite change of subject. "Lat' time A seen Ward," he continued after a moment's pause, "He toul' me there was a man come to the station wan mornin' airly, near blin' wi' sandy blight; an' he stapped all day in a dark skillion, an' started again at night He was makin' fur Ivahoe, fur till ketch th coach; but it's a sore ondertakin' fur a blin' man till thravel the cournhry his lone, at this saison o' the year. An' it's square where sthrangers gits till."(Furphy, 1970: 98)

对于没有丛林生活经验的人来说,很难理解这样的句子。事实上,小说中像这样具有澳大利亚丛林特色的语言和段落,可谓是俯拾皆是,显然也是作者的蓄意而为,从中我们也深知弗菲称自己为"半个丛林人,半个书虫"的原因。上面这段话对应的标准英文应该是:

"Not six in the course of the year," replied Rory, too amiable to heed the impolite change of subject. "Last time I saw Ward," he continued after a moment's pause. "He told me there was a man come to the station one morning airly, near blind with sandy blight; and he stayed all day in a dark skillion, and started again at night He was making for Ivahoe, for to catch the coach; but it's a sore undertaking for a blind man to travel the country his lone, at this season of the year. And it's queer where strangers gets to."

然而，即便我们把上面一段转换成标准英语，如果没有澳大利亚丛林生活体验，不熟悉澳大利亚丛林词汇、语汇的丛林语境，也依然不能很好地理解上面这段话。比如，文中的"station"是指澳大利亚"牧场"，是现代英语中的"farm"的意思；"skillion"是指澳大利亚丛林中的"小棚屋"，相当于梭罗在瓦尔登湖边建的一座小木屋（hut）；"sandy blight"在澳大利亚语中指"眼睛发炎"，这个词应当生发与于澳大利亚丛林地域炎热干旱的沙漠风貌给丛林人带来的影响，是丛林人在丛林生活中创造出的词汇。这些具有本土特性的丛林语言真实再现了澳大利亚丛林人的生活原貌。作者在小说中大量使用丛林语言，一方面意在表明丛林人缺乏学校教育机会，不懂得使用标准英语，是作者对丛林人教育状况的关注，体现了作者作为一位丛林现实主义作家对澳大利亚丛林人生活现实的关注，希冀引起社会和政府大力改善丛林人教育状况；另一方面，小说中，这样一群没有受过良好教育的丛林人热情好客，甚至言行规范，常常做出比读过书的绅士更加绅士的行为，是对来自英国殖民绅士的有力嘲讽。弗菲在小说中大量使用丛林语言意在突出澳大利亚性，表征丛林人朴实、纯真，向往自由的天性，而这些也应该成为即将取得民族独立的澳大利亚的民族性。

在特纳（Turner）看来，"世纪之交的澳大利亚作家在使用当地方言和寻求澳大利亚本土特色方面已经很是自然的事情，就如弗菲说的那样，要让人一读就知道《人生如此》是一部关于'备受歧视的令人不舒服的澳大利亚的'（biased offensively Australian）描写，并让真正的澳大利亚人以此为自豪。当然这么做有一些难度。一方面，他们只能使用英语，除非他们大量使用澳大利亚本土语和丛林语言，毕竟生搬硬套的澳大利亚语言读上去就会像一个上身西装笔挺而下身扎着裤腿的人那样唐突和奇怪"（1972: 171）。

关于澳大利亚语言，或者说劳森、弗菲等丛林现实主义作家使用的这种澳大利亚丛林语言，"他们与传统英语的区别更多的表现在词汇和语义层面，而不是在音位和句法层面"（Baker, 1963: 103）。

第五章 丛林叙事:澳大利亚丛林现实主义小说叙事特征

这一点,从上面的例子也可以看出。在音位和基本句法层面,澳大利亚英语基本保持着传统英语的模式,但是在词汇和语义层面则存在明显差异,如上例中的"station"、"skillion"等词汇都显示出了这种特征。随着澳大利亚本土意识和民族意识的日益增强,后来与澳大利亚英语中音位的区别也日益显现。这与澳大利亚从来没有一场像美国那样的官方语言改革有一定关系,因为他们一直强调"澳大利亚语言的独特性"(Delbridge, 1988: 49–50)。这也与澳大利亚坚守的民族独立政策有关:一个民族的独立首先要有自己独立的语言符码,保持语言的独立性才能保持民族身份的独立性。

拉德在选集《在我们的选地上》的系列故事中也大量使用了丛林语言来描写选地农老爹一家在丛林选地上的生活。在第9篇《戴夫被蛇咬了》("Dave's Snake-Bite")中,丛林医生马洛尼(Maloney)来看被毒蛇(sudden death adder)咬了的戴夫,第一句就是:"Phwat's the thrubble?"(What's the trouble?)"Bit be a dif adder?(Bitten by a death adder?)"(Rudd, 1973: 52)。而老爹从外面回来听说戴夫被蛇咬的反应也是很具劳森笔下丛林人"对一切都无所谓的"(past carin')态度,使用的语言更是具有丛林特有的淡淡幽默和澳大利亚丛林人特征,"An'e ishn't dead?"(And he isn't dead)"Don't b'leeveh id. Wuzhn't bit. Die 'fore shun' own ifsh desh adder bish'm."(Don't believe it. Wasn't bitten. Die before sundown if death adder bites him)。这里,老爹不标准的英语或者说澳大利亚丛林生活语言表明澳大利亚丛林语言具有鲜明的丛林特性,也表明澳大利亚英语与宗主国英国英语无论是在词汇、语汇,还是语义层面的区别,还表明澳大利亚丛林地域特征与英国绅士制度的格格不入。澳大利亚丛林人坚持使用丛林语言是对于英国殖民者的防范,也是对他们的反抗,更是对澳大利亚丛林性的坚守。

拉德的丛林选地故事集共有四部《在我们的选地上》、《我们的新选地》、《桑迪的选地》(*Sandy's Selection*)以及《回到选地》。如果稍加留意,就会发现,在后几部中,老爹家孩子们的英语往往更加接近标准英语,而如老爹、马洛尼等在丛林中生活习惯了的丛林人则更倾向于使用丛林语言。这表明,在词汇层面,丛林人保持着丛林词汇,但在句法和语法层面他们在向标准英语接近,不难想象,在民族主义时期,老爹们坚持使用丛林语言的目的在于期望更好地让英国殖民者了解他们,本土语言有着明显的丛林地域风貌。

劳森运用丰富的澳大利亚词汇进行创作的丛林短篇小说连同新闻体的客观临摹让他超越了偏狭的地方主义,使得他不仅成为了澳大利亚短篇小说的先驱,也成为了澳大利亚丛林现实主义小说的先驱。劳森、弗菲、拉德等丛林现实主义小说中对于丛林语言的广泛使用,一方面表达了澳大利亚的独特性,强调了澳大利亚的民族特性;另一方面,他们对丛林语言的使用是他们对在艰辛的丛林中坚持态度的一种宣示,丛林人渴望通过丛林语言向英国殖民者宣示他们的丛林梦想。正如贝哈慈(P. Beilharz)所说:

> 语言虽然不能管理社会生活,但是不能忽视语言在表达对社会不同方面更加合理的想象力,这是它的意义所在。语言的价值应该将它纳入到语境中去,因为语言在对表达内容和表达语境上拥有了诸多特权,如关于历史的措辞、关于谈话交流时候外界噪音的表达、关于受害者形象的表达等。也就是说,语言在表达社会诉求方面的作用不可小觑,他们对于社会价值和理念的形成与社会结构的构成都有着潜移默化的影响。(1994: 17-18)

丛林人在表达对于社会渴望和社会变革的渴求中,坚持使用丛林语言的价值和意义也就在此,他们坚持使用自己丛林环境里的丛林语言,一方面宣示着自己的丛林身份,另一方面表达了他们对于教育、就业机会均等的愿望。

澳大利亚丛林现实主义小说的魅力很大程度上源于劳森丛林短篇小说的贡献,劳森对于澳大利亚丛林的真实描写如实地再现

第五章 丛林叙事:澳大利亚丛林现实主义小说叙事特征

了澳大利亚的独特性,而这种独特性让澳大利亚甚至让所有英语世界的人都为之惊喜。也许现在看来,还包括全世界数目客观的另一个阅读群体:非英语国家的英语学习者和英语文学爱好者。自帕特里克·怀特(Patrick White)在1971年获得诺贝尔文学奖以来,当代澳大利亚文学逐渐被世界文坛所感知、所熟悉,并越来越在重要的"Booker"(布克)大奖上有所斩获,对于澳大利亚文学感兴趣的研究学者的规模也在不断壮大,至少在中国如此。由此可知,在澳大利亚之外的其他国家也是如此。了解澳大利亚文学,最好的办法莫过于阅读劳森的作品,因为他的丛林作品真实,且都是关于澳大利亚本土的人和事的真实。弗菲的《人生如此》则让人在有所艰涩难懂的哲学思辨中去体味人生无常和无奈;而拉德的幽默故事则给人带来一份轻松和惬意。无论是劳森的丛林悲观,或是弗菲的丛林哲学,或是拉德的丛林幽默,他们各具特色又有一个共同的特征:他们的主题都是关于澳大利亚丛林,他们的叙事艺术都是现实主义。另外,澳大利亚丛林现实主义小说之所以受到丛林读者和大众欢迎,因为作品语言"直白",且都是关于丛林普通人的,容易引起读者的共鸣。这些作品并不需要很强的语言能力就可以阅读(当然,《人生如此》对于一般读者而言,是一部比较难以读懂的小说,但是如果将《人生如此》中关于哲学和社会问题的讨论避开,弗菲小说中大量为丛林人所熟悉的丛林生活和对话场景,尤其是大量丛林人生活语言的使用,深受丛林读者喜欢,是能够满足丛林人阅读预期的)。

　　世纪之交的澳大利亚是一个"激进"、"不安"、"焦虑"、"紧张"的时代。文学作品往往是一个时代的反映,澳大利亚民族主义时期的小说反映了这一时期作家群体对澳大利亚民族独立思潮的思考,劳森、弗菲、弗兰克林、拉德等民族主义作家借助丛林现实主义叙事对丛林人生活现实的真实再现表达了他们的民族理想和民族诉求,即不甘受英国殖民文化钳制,澳大利亚人应该以自己的生存方式宣示民族独立,独立后,丛林人在澳大利亚民族中有他应有的一席之地。

结　语

　　澳大利亚文学历史虽不久远,但也足以称得上辉煌。在澳大利亚短暂的 200 多年的历史进程中,澳大利亚文学从最早的殖民思想体系下的殖民文学创作一路前行至今天有着国际声誉的文学,经历了现实主义、现代主义和后现代主义文学发展阶段。

　　澳大利亚民族独立意识自第一批欧洲殖民者来到这片大陆时开始萌芽,在随后反对流放制度和殖民统治过程中,澳大利亚人的民族独立意识逐渐增强。19 世纪五六十年代的"淘金热"初步显露了澳大利亚民族的丛林气质;1880—1890 年是澳大利亚历史上具有转折意义的年代,丛林气质更加凸显;到了世纪末,民族独立思潮进一步高涨。这种独立意识和民族思潮首先在艺术上得到了最为直接的反映。萌芽于殖民时期、发展于淘金热、高涨于 80 年代、成熟于民族主义时期的丛林书写在文学上的表现成为了澳大利亚丛林现实主义小说表征的核心主题。澳大利亚民族主义意识在 19 世纪 80 年代兴起,90 年代达到风起云涌的高潮。

　　任何一个民族在其民族身份形成过程中都呈现出这样几个基本特征,一个有着共同名字的群体,他们共享同一片历史疆土,有着同样的神话、同样的历史记忆、同样的大众文化、同样的经济以及法律权利和义务。其中,共同的神话和共同的历史记忆显得尤其重要,尽管对于什么才是共同的神话会有不同的解释和争论。正如艾勒克·博埃默所认为的那样,"民族是一种社会建构物,是一种在象征层面的构成,而不是一种自然的本质存在。它存在于建设这个国家的人民的心底,存在于公民、士兵、报纸的读者和学生等对它的体验和感受。因此,任何一个新的独立实体——也许有人还要说,在争取独立过程的每一个新的阶段——都需要这个民族国家在人们的集体想象中重新加以建构;或者说,让这种属性化作新的象征形式"(1998: 211)。民族主义的实质就是通过想象来建构出一个原本并不存在的民族。澳大利亚丛林是澳大利亚民族想象的源泉,是澳大利亚民族建构的基础,也是澳大利亚民族的核心所在。

小说作为时代的产物反映了当时的历史风貌和政治思潮。与此同时,民族主义作家秉承了一直以来比政治家、历史学家、文化研究者看得更远的使命,在接受和借鉴欧洲、美洲早在19世纪早期就日益走向成熟的现实主义创作传统的基础上,将目光专注于具有澳大利亚地域与文化风貌的丛林,创作了澳大利亚丛林现实主义小说,通过"丛林书写"参与澳大利亚民族身份的建构。虽说澳大利亚丛林现实主义小说晚于欧美传统现实主义小说的进程,但也以其具有澳大利亚地域与文化特色的现实主义创作向世界现实主义文学献礼,丰富了世界现实主义文学版图。

澳大利亚丛林现实主义小说得以在民族主义时期成熟,主要有以下几个原因。首先,19世纪80年代,"澳大利亚殖民议会的民主制度已经建立,女性呼吁解放,国家宪法在征求各方意见中逐渐完善,一种鲜明的区别于此前的殖民文学的现实主义文学正在被书写"(Jarvis, 1983: 404)。此前在欧洲大陆备受讨论的现实主义文学的道德价值在澳大利亚也开始出现,正是这种讨论标志着现实主义文学在澳大利亚的诞生。其次,19世纪80年代,澳大利亚民族运动、民族思潮呈现出惊涛拍浪之势,而这股滔滔浪潮也直接转化为澳大利亚民族主义作家笔尖下的创作素材。借着这股浪潮,澳大利亚民族主义作家将宏观的民族主义思潮如涓涓细流般融入对丛林工人生活状况的现实主义描写,创作出具有明显澳大利亚丛林特色的现实主义小说。在以劳森、弗菲、拉德、弗兰克林等人为代表的丛林创作的影响下,围绕"丛林书写"所构建的民族想象成为澳大利亚丛林现实主义小说的母题。1901年联邦政府成立标志着澳大利亚民族独立,也标志着澳大利亚文化身份的初步形成。澳大利亚丛林现实主义小说,赋予了澳大利亚民族独立意识以无比的想象和灵感。约翰·道科(John Docker)在其《紧张不安的90年代:19世纪90年代的澳大利亚文化生活》中率先提出丛林现实主义这一说法,后来高尔兹华斯·科林(Goldsworthy Kerryn)在《1900—1970年的澳大利亚小说》中提出澳大利亚民族主义时期的创作反映了澳大利亚作家对澳大利亚本土地域特征的关注,具有鲜明的丛林现实主义小说特征。澳大利亚丛林现实主义小说是指19世纪80年代初,在澳大利亚民族主义思潮高涨的时代背景下,涌现出了一批具有民族自觉的作家,他们纷纷响应创立于1880年的民族杂志《公报》的创作要求,围绕具有澳大利亚本土文化和地域特色的"丛林"进行书写的现实主义小说,这一过程一直延续到一战前。在劳森的影响下,弗菲(Joseph Furphy)、拉德(Steele Rudd)、弗兰克林(Miles Franklin)、贝厄顿(Barbara Baynton)等澳大利亚本土作家一反此前一百多年来(1788—1880年)澳大利亚文学唯英国文学"马首是瞻"的创作传统,以现实主义手法客观再现了在澳大利亚艰辛丛林环境中求生存、求独立、求自由的丛林人的真实生活场景。

　　在本研究重点讨论的四位作家中,无论是在澳大利亚还是在澳大利亚之外,劳森因被誉为澳大利亚文学的奠基人,受到学界最多的关注。关于弗菲、弗兰克林以及拉德等作家作品的研究方面,成果相对较少。近年来,这种情况有所改观。特别是关于弗菲的《人生如此》,学界正越发挖掘其作品的经典价值,"因为经典本身也是随着理论批评转向而有所变化的"(Webby, 2002: 357)。在过去的几十年中,《人生如此》和《我的光辉生涯》的文学经典地位在澳大利亚出现了一些微妙的变化。本专著对此进行了比较详细的分析,希望能够引起学界对这两部经典著作的更多关注。

　　《人生如此》经历了最初不被认可,后来被视为经典,而后备受诟病,到又重获认可的曲折过程。20世纪70年代,《人生如此》销量很低,因为这部小说对于普通读者来说,犹如爱尔兰作家乔伊斯的《尤利西斯》,艰深晦涩,无法读懂,"而这种状况即便小说有了后来的注释版,情况也未有所改观"(Webby, 2002: 357)。与此相对应的是弗兰克林的《我的光辉生涯》以及拉德的《在我们的选地上》则分别被视为经典被搬上了电影屏幕。尤其是《在我们的选地上》的选地系列中"戴夫"(Dave)和"老爹"(Dad)形象,几乎成为了澳大利亚妇孺皆知的人物形象。迈尔斯·弗兰克林奖的设立以及小说在澳大利亚联邦政府成立的同一年出版,都让弗兰克林作品销量大增。

"丛林情谊"作为澳大利亚民族身份建构的理想核心,是本研究讨论的重点。丛林情谊是澳大利亚丛林现实主义小说的灵魂所在。因为丛林情谊形成于丛林孤独、丛林女性和丛林抗争三个层面,这三个层面充分表明丛林情谊形成于丛林的方方面面,或者说丛林情谊在丛林中处处存在,这也成为丛林人赖以自豪并且成为整个澳大利亚民族的自豪的自信所在。丛林情谊在上述三个层面的体现之外,其之所以能够成为澳大利亚丛林现实主义小说的灵魂还表现在,"劳森(等丛林作家)笔下的丛林情谊呈现出三种形式。第一,丛林是澳大利亚的圣洁之城(Holy City),是新耶路撒冷,是澳大利亚人为之奋斗的完美未来,但这个未来最终通过劳森等人的想象实现了;第二,丛林情谊是一个梦想,一个被记忆和想象的伊甸园,是对那里未受任何破坏生活的痛心追忆,而这种追忆让劳森等丛林作家创作出了丛林经典故事;第三,也是最重要的一点,丛林情谊是丛林人对于自身作为堕落到尘世(faller world)的人在生活中遭遇各种矛盾、不完美状况的现实表征"(qtd. in Roderick, 1972: VVXⅲ)。

在丛林情谊的精神指引下,澳大利亚丛林人注重实际、不注重抽象思考。他们注重遵守行事准则,有着习惯性的思维准则,这些源于他们所处的自然环境。丛林环境塑造了每个丛林人都习惯一次性地承担多项任务,丛林人的这种实干精神也是由于丛林环境所造就出来的。这也成为了丛林人的内在品质,而这种内在品质融入到了澳大利亚的民族精神之中。

今天回顾来看,"丛林情谊"曾经一个普通的词汇,通过劳森和弗菲的丛林小说得以"被经典化"(Clark, 1943: 40),已经成为了19世纪末澳大利亚丛林人为澳大利亚民族锻造的一个光辉遗产,现已被广泛运用甚至不断扩展到各个场合。这正是在以劳森为引领的澳大利亚丛林现实主义作家们集体的贡献。丛林情谊主要展现的是澳大利亚民族的男性气概。正如因格里斯所说"澳大利亚历史学家将丛林情谊置于民族体验的中心位置"(Inglis, 1999)。澳大利亚丛林现实主义小说对于丛林情谊的描写和想象,从艺术层面建构了澳大利亚民族和澳大利亚独立的想象。以劳森为代表的丛林现实主义作家对于丛林情谊神话般的想象与建构让澳大利亚民族有了为之骄傲的丛林神话和民族情谊,而正是这种丛林神话般的伙伴情谊才缔造了澳新军团的伟大传奇,这也是时至今日澳大利亚人依然为之自豪的地方。

澳大利亚丛林作为澳大利亚最具特色的地域与文化特征在民族主义时期被当作了澳大利亚民族表达所急需的一种地理属性,而澳大利亚丛林人在艰辛的丛林环境中求生存的坚韧与勇敢则成为了澳大利亚民族表达所急需的社会属性。在世纪之交民族主义思潮风起云涌,民族情绪空前高涨的历史时期,最具澳大利亚性的丛林书写则成为了丛林现实主义小说表达澳大利亚民族独立诉求的媒介和载体,共同参与了澳大利亚民族身份的建构。这些是本著作对澳大利亚民族主义作家研究的一点点微薄洞见,希冀可以对国内澳大利亚民族主义作家研究同仁提供一丝研究借鉴,由于能力和视野所限,著作中的不足之处,在所难免,敬请各位读者同仁不吝指正,你们的指正是我不断进步的动力。

参考文献

Adams, Hazard, and Leroy Searle. *Critical Theory Since Plato* (third edition). Peking: Peking University Press, 2006.

Adams, Francis. *The Australian: A Social Sketch*. London: Chapman and Hall, 1892.

Adrian, Mitchell. *The short stories of Henry Lawson*. Melbourne: Sydney University Press in association with Oxford University Press, 1995.

Altman, Dennis. "The Myth of Mateship." *Meanjin* 46.2(1987): 163 – 172.

Anon, M. "From the Australian Bush." *Pall Mall Gazett* London 13th February 1901.

Anthony, Trollope. *Harry Heathcote of Gangod: A Tale of Australian Bush Life*. New York: Oxford UP, 1992.

Archibald, J. F. "Indecent Literature."*Bulletin* 11 October, 1884.

Ashbolt, Allan. "Myth and Reality." *Meajin Quarterly* 1966 (December): 374 – 388.

Baker, Sidney. *The Australian Language*. Melbourne: Sun Books, 1976.

Barlow, Damien."Interspecies Mateship: Tom Collins and Pup." *Journal of the Association for the Study of Australian Literature: JASAL* 13.1(2013): 1 – 12.

Barnard, Marjorie. "Australian Literature."*Jose* 3 (1941): 415 – 418.

—. *Miles Franklin*. Melbourne : Hill of Content, 1967.

—. *Miles Franklin: The Story of a Famous Australian*. St Lucia, Qld: University of Queensland Press, 1988.

Barnes, John, and Lois Hoffmann. *Bushman and Bookworm: Letters of Joseph Furphy*. Melbourne: Oxford University Press, 1995.

Barnes, John. "The Structure of Joseph Furphy's *Such Is Life*." *Meanjin* 15.4(1956): 374–389.

—. "Australian Fiction to 1920." *The Literature of Australia*. Ed. Geoffrey Dutton. Victoria: Penguin Books Australia Ltd, 1964.

—. ed. *Portable Australian Authors: Joseph Furphy*. St Lucia, Queensland: QUP, 1981.

—. Introduction. *The Penguin Henry Lawson Short Stories*. Ringwood: Penguin, 1986.

—. "The Secret of England's Greatness: A Note on the Anti-Imperialism of *Such is Life*." *Journal of the Association for the Study of Australian Literature* 13.1(2013): 1–10.

Beaumont, Matthew, ed. *A Concise Companion to Realism*. Malden, MA: Wiley-Blackwell, 2010.

Becker, George J., ed. *Documents of Modern Literary Realism*. Princeton: Princeton University Press, 1963.

Beilharz, P. *Transforming Labor: Labour Tradition and the Labor Decade in Australia*. Melbourne: Cambridge University Press, 1994.

Bellanta, Melissa. "Feminism, mateship and brotherhood in 1890s Adelaide." *History Australia* 5.1(2008): 1–14.

Billig, M. *Banal Nationalism*. London: SAGE, 1995.

Bowlby, Rachel. Forward *A Concise Companion to Realism*. Ed. Matthew Beaumont. Malden MA: Wiley-Blackwell, 2010.

—. "Versions of Realism in George Eliot's Adam Bede." *Textual Practice* 25.3(2011): 417–436.

Brady, E. J., ed. *Henry Lawson by His Mates*. Sydney: Angus and Robertson, 1931.

Brady, Veronica. "'Such Is Life, My Fellow Mummers': The Seditious

Joseph Furphy." *Southerly* 66.3(2006): 27–36.

Brereton, John, and Gay Le. "Henry Lawson and National Literature." *Education* 15(1931): 页码.

Brooks, Peter. *Realist Vision*. New Haven: Yale University Press, 2005.

Burns, Lillian Locke. State Provision for Mother and Child. *Labor Call* 1991(July).

Burrows, Robyn Lee, and Alan Barton. *Henry Lawson: A Stranger on the Darling*. Nerang DC, Qld.: Robyn Lee Burrows, c1996.

Carr, Richard Scott. *Who Are We? The Australian Quest for Literary Identity*. Minneapolis: Minnesota University Press, 1994.

Clark, Manning. "Letter to Tom Collins." *Meanin Papers* 2.3 (1943): 40–41.

—. "Henry Lawson." In Geoffrey Dutton, ed. *The Literature of Australia*. Victoria: Penguin Books Australia Ltd, 1964.

—. *A Short History of Australia*. London: William Heinemann, 1969.

—. *A Short History of Australia (Illustrated Edition)*. Victoria: Penguin Books Australia Ltd, 1986.

—. *In search of Henry Lawson*, South Melbourne, Vic.: Macmillan, 1978.

—. *Henry Lawson: The Man and the Legend*. Melbourne: Melbourne University Press, 1995.

Coakley. Thomas P. "Steele Rudd Makes a Comeback."*Antipodes* Vol. 1, 2(1987): 111.

Coleman, Verna. *Her Unknown (Brilliant) Career: Miles Franklin in America*. London: Angus & Robertson, 1981.

"Continental Australia" www.nla.gov.au/apps/cdview/?pi= nla.map-raa43-s22-v (accessed 10.03.2013).

Cottle, Drew. "Russel Ward and the Making of the Australian Legend." *Australian Quarterly* Vol. 81, 3(2009): 39–40.

Croft, Julian. "Who Is She? The Image of Woman in the Novels of

Joseph Furphy." In S. Waleker, ed. *Who is She?* St. Lucia: University of Queenslnd Press, 1983.

—. *The Life and Opinions of Tom Collins: A Study of the Works of Joseph Furphy.* St. Lucia: U of Queensland P, 1991.

—. "Tom Collins and Work." *The 1890s: Australian Literature and Literary Culture.* Ed. Ken Stewart. St Lucia, Qld: University of Queensland Press, 1996.

—. "Reading the Three as One: *Such is Life* in 1897." *JASAL* 1(2013): 1 – 10.

Cronin, Lonard. ed. *A Camp-fire Yarn: Henry Lawson Complete Works 1885—1900.* Sydney: Lansdowne, 1984.

Cunliffe, Marcus. ed. *American Literature to 1900.* London: Sphere Reference, 1987.

Davis, Eric Drayton. *The Life and Times of Steele Rudd: Creator of On Our Selection, Dad and Dave.* Melbourne: Lansdowne Press, 1976.

Davison, Graeme. "Rethinking the Australian Legend." *Australian Historical Studies* 43(2012): 429 – 451.

Dawson, Jonathnan. "Thinking About Australian Mythologies." *English in Australia* 82(1987): 25 – 26.

Deakin, Alfred. "On Australian Literature."*Meajin* 16(1957): 428.

De Groen, Fran, and Peter Kirkpatrick. eds. *Serious Frolic: Essays on Australian Humour.* St Lucia: U of Queensland P, 2009.

Delbridge, Arthur. "Australian English." *The Penguin New Literary History of Australia.* Ed. Laurie Hergenhan. Ringwood, Victoria: Penguin Books Australia, 1988.

Dickens, Charles. *American Notes* 1842. London: Ticknor and Fields, 1867.

—. In Gilbert, Ashville Pierce ed. *The Writings of Charles Dickens.* Vol. XXX. New York: Houghton Mifflin, 1894.

—. *Hard Times*. Harmondsworth: Penguin, 1995.

Dixon, Mariam. *The Real Matilda*. Ringwood, Victoria: Penguin, 1976.

Dixon, Robert. "A Nation for a Continent: Australian Literature and the Cartographic Imaginary of the Federation Era." *Antipodes* 28. 1 (2014): 141–154.

Douglass, Baglin. *Henry Lawson's Images of Australia*. Frenchs Forest, N.S.W.: Reed, 1985.

Docker, John. *The Nervous Nineties: Australian Cultural Life in the 1890s*. Melbourne: Oxford University Press, 1991.

—. "Postmodernism, Cultural History, and the Feminist Legend of the Nineties: Robbery Under Arms, the Novel, the Play." *The 1890s: Australian Literature and Literary Culture*. Ed. Ken Stewart. Brisbane: University of Queensland Press, 1996. 128–149.

Dolin, Tim. "First Steps toward a History of the Mid-Victorian Novel in Colonial Australia." *Australian Literary Studies* 22.3(2006): 273–293.

Driehuis, Raymond. "Joseph Furphy and some American Friends-Temper, Democratic; Bias, Offensively Self-Reliant."*Antipodes* 14. 2(2000): 129–35.

Dunlevy, Maurice. "Lawson's Archetypes Inspired Stereotypes." In Colin Roderick, ed. *Henry Lawson Criticism: 1894—1971*. Angus and Robertson, 1972.

Durey, Jill Felicity. "Modern Issue: Anthony Trollope and Australia." *Antipodes* 2(2007): 170–176.

Dutton, Geoffrey ed. *The Literature of Australia*. Victoria: Penguin Books Australia Ltd, 1964.

Eakin, David B. "George Gissing." *Critical Survey of Long Fiction* (Fourth Edition), 2010: 1–6.

Eggert, Paul. "A Convergence of Book History and Literary Criticism Case-Study: Henry Lawson in 1890s Sydney." *Textual Cultures* 6.1

(2011): 76–96.

—."Australian Classics and the Price of Books." *JASAL* Special Issue (2008): 130–157.

Eliade, Mircea. *Myth and Reality*. Trans. Williard R. Trask. New York: Harper & Row, Publishers, 1963.

Eliot, George. *Adam Bede*. London: Penguin, 1959.

—."The Natural History of German Life." *Westminster Review* 66 (1856): 51–79.

Elliott, Brian. "A Word for Steele Rudd."*The Australian Quarterly* 16.2 (1944): 103–106.

—. *The Landscape of Australian Poetry*. Melbourne: F. W. Cheshire, 1967.

Fast, Howard. *Literature and Reality*. New York: International Publishers, 1950.

Franklin, Miles. *Up the Country: A Tale of the Early Australian Squattocracy*. Edinburgh: Blackwood, 1928.

—. Franklin, Miles. (In association with Kate Baker) *Joseph Furphy: The Legend of a Man and His Book*. Sydney: Halstead Press Pty Ltd, 1944.

—. *My Brilliant Career*. Sydney: Angus & Robertson, 1979.

—. *A Personal Tribute to Henry Lawson*. Pearl Beach, N. S. W.: Escuacheon, 1999.

—. *My brilliant Career and My Career Goes Bung with an Introduction by Elizabeth Webby*. N.W.S: Harper Collins Publishers Pty Limited. 2004.

—. *My Career Goes Bung* (1946). Sydney: Angus and Robertson, 1980.

Furphy, Joseph. *Such Is Life: Being Certain Extracts from the Diary of Tom Collins*. Sydney: Angus and Robertson Ltd, 1944.

—. *Such Is Life*. Sydney: Angus and Robertson Edition, 1948.

---. *The Annotated Such Is Life.* [1903] Ed. Francis Devlin-Glass, Robin Eaden, Lois Hoffman and George Turner. Sydney: Halstead P, 1999.

---. *The Buln-buln and the Brolga with a Foreword by R.G. Howarth.* Sydney: Angus & Robertson, 1948.

---. *Such Is Life.* Victoria: Lloyd O'Neil Pty, Ltd, 1970.

---. *Such Is Life.* Eds. Frances Devlin Glass et al. Braddon, ACT: Halstead Press, 1999.

Fulk. R. D. "Myth in Historical Perspective: The Case of Pagan Deities in the Anglo-Saxon Royal Genealogies." *Myth: A New Symposium.* Eds. Gregory Allen Schrempp, and William F. Hansen. Indiana University Press, (October) 2002.

Gardner, Bill. "Bushmen of the Bulletin: Re-examining Lawson's 'Bush Credibility' in Graeme Davison's 'Sydney and the Bush'." *Australian Historical Studies* 43(2012): 452–465.

Garnett, Edward. "An Appreciation." *Academy and Literature.* 8 March 1902, 250–251. *Henry Lawson Criticism, 1894—1971.* Ed. Colin Roderick. Sydney: Angus and Robertson, 1972.

Gissing, George. *The Collected Letters of George Gissing.* Vol. 1–9. Eds. Paul F. Mattheisen, Arthur C. Young, and Pierre Coustillas. Athens: Ohio UP, 1990–1997.

Gilmour, Elsie. "Life at Murtho settlement, River Murray 1894—1897: The recollections and letters of Mrs Elsie Gilmour." *South Australian* 4.2(1965): 57–93.

Goldstein, Vida, ed. *The Australian Woman's Sphere. 1899—1905.* [Microform]. Gerritsen collection of women's history: P23. 1. EBSCOhost, ezp. lib. unimelb. edu. au/login? url = https://search-ebscohost-com.ezp.lib.unimelb.edu.au/login.aspx? direct= true&db = cat00006a&AN= melb.b1560374&site= eds-live&scope= site.

Gordon, Elizabeth and Andrea Sudbury. "The History of Southern Hemisphere Englishes." *Alternative Histories of English*. Eds. Richard Watts, and Peter Trudgill. London: Routledge, 2002.

Grand, Sarah. *The Heavenly Twins*. Introduction by Carol, A. Senf. Ann Arbor: University of Michigan Press, 1992.

Green, H. M. *A History of Australian Literature*. Vol.1, Sydney: Angus and Robertson, 1968.

---. *An Outline of Australian Literature*. Sydney: Whitcombe & Tombs Limited, 1930.

Greenblatt, Stephen, and Catherine Gallagher. *Practicing New Historicism*. Chicago: Chicago UP, 2001.

Hamer, Clive. "The Christian Philosophy of Joseph Furphy." *Meanjin Quarterly*. 23(1964): 142 – 153.

Hancock, W. K. *Australia*. London: Benn, 1930; reprinted in Brisbane: Jacaranda 1961.

Hardy, Frank. *Great Australian Legends*. Surry Hills, N.S.W: Hutchinson Australia, 1988.

Harrison, Mary-Catherine. "The Paradox of Fiction and the Ethics of Empathy: Reconceiving Dickens's Realism." *Narrative* 4(2008): 256 – 278.

Hayward, Abraham. "Parisian Morals and Manners." *Edinburgh Review* 78(1843): 60 – 68.

Hergenhan, Laurie. *For the Term of His Natural Life*. Introduction to Marcus Clarke, New York: Harper Collins Publishers 1992.

Heseltine, Harry. "Australian Image: The Literary Heritage." *Meanjin* 21. 1(19621): 35 – 48.

Heseltine, H.P. "Saint Henry, Own Apostle of Mateship." *Quadrant* 1 (1960): 5 – 11.

Hirst, J. *Australians: Insiders and Outsiders on the National Character* since 1770. Melbourne: Black Inc. 2007.

Hooton, Joy. "Mary Fullerton: Pioneering and Feminism." *The Time to Write: Australian Women Writers.* Ed. K. Ferres. Ringwood, Victoria: Penguin Books, 1993.

Hope, A. D. "Steele Rudd and Henry Lawson." *Meanjin* 15.1(1956): 24–32.

Horton, Peter. "Tumultuous Text: The Imagining of Australia through Literature, Sport and Nationalism from Colonies to the Federation." *The International Journal of the History of Sport* 29.12 (2012): 1669—1686.

Hoy, Jim. "John Ise and Steele Rudd—the Literary Response to Homesteading in America and Selecting in Australia." *Antipodes* 11.2(1997): 91–4.

Ifound, W. H. "Has Henry Lawson's Verse Any Permanent Value? Desiderata, Adelaide, November 1929." *Henry Lawson Criticism 1894—1971.* Sydney: Angus and Robertson, 1972.

"In Kendall's Grave: Henry Lawson's Rest." *Daily Telegraph* 4 September, 1922.

Inglis, K. *Lingua Franca.* Radio National-ABC, April 14 1999. Available at http://www.abc.net.au/rn/arts/ling/stories/s25262.htm.

Ise, John. *Sod and Stubble.* Lincoln: University of Nebraska Press, 1936.

James, Henry. "The Art of Fiction 1884." *The House of Fiction.* Ed. Leon Edel. London: Rupert Hart-Davis, 1957.

James, Henry. Rev. "Of *Our Mutual Friend.*" *The House of Fiction: Essays on the Novel by Henry James.* Ed. Leon Edel. London: R. Hart Davis Ed. 1962: 253–258.

Jarvis, Doug. Morality and Literary Realism: A Debate of 1880s. *Southerly* 4(1983): 404–420.

—. "The Development of an Egalitarian Poetics in the *Bulletin*, 1880—

1890." *Australian Literary Studies* 10.1(1981): 22 – 34.

Joe, Cleary. "Realism after Modernism and the Literary World-System." *Modern Language Quarterly* (Sept)2012: 255 – 268.

Keen, Suzanne. *Empathy and the Novel*. Oxford: Oxford University Press, 1997.

Kendrick, Walter M. "Balzac and British Realism: Mid-Victorian Theories of the Novel."*Victorian Studies* (Autumn)1976: 5 – 24.

Keogh, Susan. "Land, Landscape and Such is Life." *Southerly* 49.1 (1989): 54 – 63.

Kiernan, Brian, ed. *The Essential Henry Lawson: The Best Works of Australian Greatest Writer*. South Yarra, Vic: Currey O'Neill, 1982.

—. "Some American and Australian Literary Connections and Disconnections." *Antipodes* 1.1(1987): 22 – 26.

Laird, John. *A Study in Realism*. Cambridge, England: Oxford University Press, 1920.

—. "Contemporary British Realism." *Philosophy* 12.46(1937): 162 – 174.

Lake, Marilyn. "The Politics of Respectability: Identifying the Masculinist Context." *Historical Studies* 22, 86(April 1986): 116 – 131. See debate about this proposition in *Debutante Nation: Feminism Contests the 1890s*, Susan Margary, Sue Rowley, and Susan Sheridan. St Leonards, NSW, 1993.

—. "Women and Nation in Australia." *Australian Journal of Politics & History* 43.1(1997): 41 – 52.

—. "Socialism and Manhood: The case of William Lane." *Labour History* 50(1986): 54 – 62.

Lamond, Julieanne. "Dad Rudd, M.P. and the Making of a National Audience." *Studies in Australasian Cinema* 1(2007): 91 – 105.

—. "Stella vs Miles: Women Writers and Literary Value in Australia." *Meanjin* 70.3(2011): 32 – 39.

Lawson, Henry. *While the Billy Boils*. Victoria: Lloyd O'Neil, 1970.
—. *The Bush Undertaker and Other Stories: Selected by Colin Roderick*. Sydney: Augus & Robertson Publishers, 1975.
—. *Children of the Bush*. London: Methuen&CO, 1902.
—. *While the Billy Boils*. Victoria: Lloyd O'Neil, 1970.
—. "The Loaded Dog." *The Penguin Henry Lawson Short Stories*. Ed. John Barnes. Ringwood, Vic.: Penguin, 1986.
—. *Selected Works*. Modern Publishing Group, 1992.
—. *Joe Wilson and His Mates with an Introduction by Christopher Lee*. Sydney: Sydney University Press, 2008.
Lawson, Louisa. "Our Anniversary." *The Dawn*. May, 1889.
Lawson, Olive, ed. *The First Voice of Australian Feminism: Extracts from Louisa Lawson's The Dawn 1888—1895*. Sydney: Simon & Schuster in association with New Endeavour Press, 1990.
Lawson, Sylvia. *The Archibald Paradox: A Strange Case of Authorship*. Ringwoods, Victoria: Penguin Books, 1987.
Lee, Christopher. "Looking for Mr Backbone: The Politics of Gender in the Work of Henry Lawson." *The 1890s: Australian Literature and Literary Culture*. Ed. Ken Stewart. St Lucia, Qld: University of Queensland Press, 1996.
—. Ed. *Turning the Century: Writing of the 1890s*. St Lucia, Qld: University of Queensland Press, 1999.
—. *City Bushman: Henry Lawson and Australian Imagination*. Curtin: Fremantle Arts Centre Press, 2004.
Lee, Janet. "Miles Franklin on American Manhood and White Slavery: The Case of 'Red Cross Nurse'." *Australian Literary Studies* 23.5 (2007): 136–48.
—. "'The Waiter Speaks': Stella Miles Franklin and the Chicago Garment Workers' Strike, 1910 – 1911." *Women's Studies*

International Forum 34(2011): 290 – 301.
Lever, Susan. "Joseph Furphy and the Lady Novelists." *Southerly: A Review of Australian Literature* 56.4(1996): 153 – 163.
Lukács, Georg. "Probleme des Realismus." Berlin/Spandau: Hermann Luchterhand Verlag, 1955.
Macainsh, Noel. "Australian Literature and Europe." *The Journal of Commonwealth Literature* 13.1(1978): 50 – 58.
Magarey, Susan. "*My Brilliant Career* and Feminism." *Australian Literary Studies* 4(2002): 389 – 398.
Maloney, Shane, and Chris Grosz. "*Miles Franklin and Joseph Furphy.*" *The Monthly* 9(2009): 82.
Manifold, J. S. "Who Wrote the Ballads-Notes on Australian Folksong." Sydney: Australasian Book Society, 1964.
Mann, Cecil. ed. *Henry Lawson's Best Stories with an introduction by Stephen. Murray-Smith.* The Discovery Press Pty Ltd, 1968.
Martin, Murray S. "Looking for the Real Steele Rudd." *Antipodes* 12 (1996): 169 – 170.
Martin, Sylvia. "Women's Secrets: Miles Franklin in London: The Story of a Friendship." *Meanjin Quarterly* 51.1(1992): 35 – 44.
Matthews, Brain. *The Receding Wave: Henry Lawson's prose.* Carlton, Vic.: Melbourne University Press, 1972.
Marx, Karl, and Friedrich Engels. *Sur la littérature et l'art.* Paris: Editions Sociales. 1954.
Matz, Aaron. "George Gissing's Ambivalent Realism." *Nineteenth-Century Literature* 59.2(2004): 212 – 248.
McCann, Andrew. *Marcus Clarke's Bohemia: Literature and Modernity in Colonial Melbourne.* Carlton, Victoria: Melbourne UP, 2004.
McCorquodale, John. "The Myth of Mateship: Aborigines and Employment." *The Journal of Industrial Relatioship* 1985(March):

3 – 16.

McLaren, John. "The Image of Reality in Our Writing." *Overland* 27 – 28 (1963): 43 – 47.

—. "Colonial Mythmakers: The Development of Realist Tradition in Australian Literature." *Westerly* 2(1980): 43 – 50.

Mead, Philip. "Nation, literature, location." *The Cambridge History of Australian Literature.* Ed. Peter Pierce. PortMelbourne, Vic: Cambridge University Press, 2009. 549 – 567.

Meckier, Jerome. *Hidden Rivalries in Victorian Fiction: Dickens, Realism, and Revaluation.* Lexington: UP of Kentucky, 1987.

Mitchell, Adrian. "*Fiction.*" *The Oxford History of Australian Literature.* Ed. Leonie Kramer. Melbourne: Oxford University Press, 1981.

Molony, J. *Ned Kelly.* Melbourne; Melbourne University Press. 2001.

Moore, Bruce. *Speaking our Language: The Story of Australian English.* Melbourne: Oxford University Press, 2008.

—. "Australian English and Indigenous Voices." *English in Australia.* Eds. David Blair, and Peter Collins. Philadelphia, PA, USA: John Benjamins Publishing Company, 2001. 133 – 149.

Moore, T. Inglis. "The Meanings of Mateship." *Meanjin quarterly* 24.1 (1965): 45 – 54.

More, Nicole. "Brilliant Career and an Egalitarian Activist." *Weekend Australian* 11(2008): 9 – 11.

Morgan, Patrick. *Realism and Documentary. The Penguin New Literary History of Australia.* Ed. Laurie Hergenhan. Ringwood, Victoria: Penguin Books Australia, 1988.

Murray-Smith, S. *Henry Lawson.* Melbourne: Lansdowne Pr., 1962.

—. Introduction. *Henry Lawson's Best Stories.* Ed. Cecil Mann. Penrith, N.S.W: The Discovery Press, 1968.

—. *Henry Lawson in Australian Writers and their Work.* Melbourne:

Oxford University Press, 1975.

Murrie, Linzi. "The AustralianLegend: Writing Australian Masculinity/ Writing 'Australian' Masculine'." *Journal of Australian Studies* 2 (1998): 68 – 77.

Nagy, Gregory. "Can Myth Be Saved?" *Myth: A New Symposium*. Eds. Gregory Allen Schrempp, and William F. Hansen. Bloomington, Indiana: Indiana University Press, (October) 2002.

Nat, Gould. *Settling Day*. London: R. A. Everett & Co., 1901. (http://www.gutenberg.org/files/35496/35496-h/35496-h.htm (accessed March 21, 2011).

Natoli, Joseph. *A Primer to Postmodernity*. Oxford: Blackwell, 1997.

Nauze, J.A. La, and E. Nurser eds. *Walter Murdoch and Alfred Deakin on Books and Men*. Melbourne: Melbourne University Press, 1974.

Nicholson, Norman. *Wednesday Early Closing*. London: Faber and Faber, 1975.

Noar, Isobel G. *Woman's Sphere* 8 April 1903: 287.

O'Grady, Desmond. "Henry Lawson" *Australian Nationalists: Modern Critical Essays*. Ed. Chirs Crabbe-Wallace. Melbourne: Oxford University Press, 1971.

Oliver, H.J. "*Joseph Furphy*." *The Literature of Australia*. Ed. Geoffrey Dutton. Victoria: Penguin Books Australia Ltd, 1964.

Ogilvie, Will. *The Men of the Spaces*. *Australian Bush Classics*. Ed. R. M. Williams. Melbourne: Outback Publishing Company, 2001.

Palmer, Nettie. *Modern Australian Literature 1900 – 1923*. Melbourne and Sydney: Lothian, 1924.

Palmer, Vance *A. G. Stephens: His Life and Work*. Meobourne: Robertson & Mullens, Limited, 1941.

—. *The Legend of Nineties*. South Yarra: Currey O'Neil Ross Pty Ltd, 1954.

—. "Joseph Furphy Speaks." *Meanjin Papers* 1943: 7–9.

Partington, Dawn. "Furphy and Women." *Southerly* 59.2(1999): 165–179.

Partington, Geoffery. "One Nation's Furphy." *Journal of Australian Studies* 22. (1998): 23–30.

—. "Joseph Furphy and the Aims of Education." *Education Research and Perspectives* 28.2 (2001): 83–102.

Pearson, William Harrison. *Henry Lawson among Maoris*. Canberra: Australian National University, 1968.

Philips, A. A. "Henry Lawson as Craftsman." *Meanjin* 1948(2): 80–90.

—. The Craftsmanship of Joseph Furphy. *Meanjin* March (1955): 13–27.

—. *The Australian Tradition: Studies in a Colonial Culture*. Melbourne: FW Cheshire, 1958.

—. "*Such Is Life* and the Observant Reader." *Bards, Bohemians, and Bookmen Essays in Australian Literature*. Ed. Leon Cantrell. St Lucia, Qld: UQP, 1976.

Pierce, Peter. "Richard Fotheringham: In Search of Steele Rudd." (Book Review) *Australian Book Review* 1995: 12.

—. "Romance Fiction of the 1890s." *The 1890s: Australian Literature and Literary Culture*. Ed. Ken Stewart. University of Queensland Press, 1996. 150–164.

Pike, Douglas. *Paradise of Dissent: South Australia 1829—1857*. London: Longmans Green, 1957.

P. M. "Henry Lawson's Prose. Rev. of While The Billy Boils." *Champion* 5 Sept. 1896.

Pons, Xavier. *Out of Eden: Henry Lawson's Life and Works—A Psychoanalytic View*. Sydney: Augus & Robertson Publishers, 1984.

Pratt, Mary Louise. *Imperial Eyes: Studies in Travel Writing and Transculturation*. New York and London: Routledge, 1992.

Pratt-Smith, Stella. "All in the Mind: the Psychological Realism of Dickensian Solitude." *Dickens Quarterly* 1(2009): 15–23.

Prichard, Katharine Susannah. "The Anti-Capitalist Core of Australian Literature."*Communist Review* 1943(24): 106–107.

Prout, Denton. *Henry Lawson: The Grey Dreamer*. Adelaide: Rigby, 1963.

Ransom, RS., ed. *Australian National Dictionary*. Melbourne: Oxford University Press, 1988.

Ray Mathew. *Miles Franklin*. Melbourne: Oxford University Press, 1963.

Robbe-Grillet, Alain. "Du réalisme à la réalité" (1955). In Pour un nouveau roman, ed. Paris: Gallimard, 1963: 171–183.

Roderick, Colin. *Henry Lawson's Formative Years (1883—1993)*. Sydney: Wentworth Press, 1960.

—. *Henry Lawson: Collected Verse* (Vol. 1. 18851900). Sydney: Angus and Robertson, 1967.

—. *Henry Lawson Collected Prose, vol. 1: Short Stories and Sketches, 1888—1922*; vol. 2: *Autobiographical and other Writings 1887—1922*. Sydney: Angus and Robertson, Memorial Edition. 1972.

—. ed. *Henry Lawson Criticism: 1894—1971*. Sydney: Angus and Robertson, 1972.

—. *Henry Lawson: Short stories and Sketches 1888—1922*. Sydney: Angus and Robertson, 1972.

—. *The Real Henry Lawson*. Adelaide: Rigby, 1982.

—. "Henry Lawson: Man and Myth." *Southerly* 42(1982): 457–469.

—. *Henry Lawson: Commentaries on His Prose Writings*. London: Angus& Robertson, 1985.

—. *Henry Lawson: A Life*. Sydney: Angus and Robertson, 1991.

—. *Miles Franklin: Her Brilliant Career*. Sydney: Lansdowne, 1998.

—. *Miles Franklin: Her Brilliant Career*. Sydney: Lansdowne Publishing

Pty Ltd, 2000.

Roe, Jill. "The Scope of Women's Thought Is Necessarily Less: The Case of Ada Cambridge."*Australian Literary Studies* 1972(4): 388–403.

—. "*My Brilliant Career* and 1890s Goulburn." *Australian Literary Studies* 20.4(2002): 359–369.

—. *Her Brilliant Career: The Life of Stella Miles Franklin*. Sydney: Harper Collins Publishers, 2008.

—. *Stella Miles Franklin: A Biography*. New York, Sydney and London: 4th Estate, 2008.

Roe, Jill, and Bettison Margaret. *A Gregarious Culture: Topical Writings of Miles Franklin*. St Lucia, Qld.: University of Queensland Press, 2001.

Ross, Bruce Clunies. "Scrutinising Australian Nationalism and Myths." *Australian Literary Studies* 14.4(1990): 499–506.

Rudd, Steele. *On Our Selection, Our New Selection, Sandy's Selection, Back at Our Selection*. Hawthorn, Victoria: Lloyd O'Neil Pty Ltd, 1973.

—. *The Rudd Family*. St. Lucia : University of Queensland Press, 1973, c1974.

Ruskin, John. *Modern Painters: of Many Things*. Vol. 3. Boston: Estes, 1873.

Said, Edward. *Culture and Imperialism*. London: Chatto & Windus, 1993.

Sarah, Winter. *The Pleasures of Memory: Learning to Read with Charles Dickens*. New York: Fordham University Press. 2011.

Saunderland, Lynn. *The Fantastic Invasion: Kipling, Conrad and Lawson*. Calrton, Vic: Melbourne University Press, 1989.

Saunders, Malcolm. "Taylor, Harry Samuel (1873—1932)." *Australian Dictionary of Biography*, Vol, 12. Melbourne: Melbourne University Press, 1990.

Schaffer, Kay. *Women and the bush: Forces of Desire in the Australian Cultural Tradition*. New York: Cambridge University Press, 1988.

Scott Family Papers. Mitchell Library MSS 38/22: 9.

Scott, Rose. *Speeches and Notes*. Rose Scott Papers, Mitchell Library, March 1892.

Scates, Bruce. *A New Australia: Citizenship, Radicalism and the First Republic*. Cambridge: Cambridge University Press, 1997.

Seal, G. *The Outlaw Legend: A Cultural Tradition in Britain, America and Australia*. Cambridge: Cambridge University Press. 1996.

—. *Tell 'em I Died Game: The Legend of Ned Kelly*. Flemington, Vic.: Hyland House. 2002.

Shaw, Samuel. "British Artists and Balzac at the Turn of the Twentieth Century." *English Literature in Transition* 4(2013): 427 – 444.

Sheridan, Susan. *Along the Faultlines: Sex, Race and Nation in Australian Women's Writing 1880s—1930s*. Sydney: Allen & Unwin, 1995.

Smith, Anthony. *National Identity*. London: Penguin 1991.

Smith, Graeme. K. *Australia's Writers*. Melbourne: Nelson, 1980.

Smith, S. H. "*Henry Lawson: Henry Lawson Souvenir.*" Sydney: Kingston Press, 1924.

Spence, Catherine Helen. *Clara Morison: A Tale of South Australia during the Gold Fever*. Adelaide: Wakefield, 1986.

Stephen, Murray-Smith. *Henry Lawson: Australian Writers and their Work*. Melbourne: Oxford University Press, 1975.

Stephens, A. G. "Alex Montgomery's Stories." *Bulletin* "Red Page" Section 29th, February, 1896.

—. *Lawson's Prose. Bulletin Red Page* Section No. 863 (29) August, 1896.

—. Henry Lawson's Poems, *Bulletin* 15th, February, 1896. Qtd. in *Henry*

Lawson Criticism: 1894—1971. Ed. Colin Roderick. Sydney: Angus and Robertson, 1972.

—. "A Bookful of Sunlight." *Bulletin* "Red Page" Section 28th, September, 1901.

—. "Review of Lawson's *In the Days when the World Was Wide.*" *Bulletin* "*Red Page*" Section 18th, August. 1896.

Stephenson, P. R. *Kookaburras and Satyrs: Some Recollections of the Fanfrolico Press Cremorne*. New South Wales: Talkarra Press, 1954.

Stewart, Ken. *Person, Persona and Product: Henry Kendall and 'Steele Rudd'*. [Review of Ackland, Michael. *Henry Kendall: The Man and the Myths* (1995) and Fotheringham, Richard. *In Search of Steele Rudd* (1995).] *Australian Literary Studies* 17(1995): 289–292.

Stone, Walter. *Henry Lawson: A Chronological Checklist of his Contributions to the "Bulletin" 1887—1924*. Sydney: Wentworth Press, 1964.

Stove, Judy. "Remembering George Gissing." *New Criterion* (2004): 27–32.

Street, Jessie. "*Child Endowment.*" *Pamphlet* 1942(12). UAW papers, Mitchell Library, MSS 2160/Y789.

Susan, Sheridan. "Review of *Who Is She?*" *Images of Women in Australian Fiction*. *Australian Literary Studies* Ed. Shirley Walker. 11 (1984): 546–552. St Lucia, Qld: University of Queensland Press, 1983.

—. "Temper Romantic; Bias, Offensively Feminine: Australian Women Writers and Literary Nationalism." *Kunapipi* 3 (1985): 49–58.

Thomson. A.K. "The Greatness of Joseph Furphy." *Meanjin* 2, 3 (1943): 20–23.

Tranter, Bruce, and Jed Donoghue. "Ned Kelly Armoured icon." *The*

Australian Sociological Association 46. 2(2010): 187－205.

Trollope, Anthony. *An Autobiography.* Edinburgh and London: W. Blackwood and Sons, 1883.

—. *Australia and New Zealand.* 2 vols. 1873. Gloucester: Alan Sutton, 1987.

—. *John Caldigate, 1879.* Oxford: OUP, 1993.

Turner, Ian. *Room for Manoeuvre: Writings on History, Politics, Ideas and Play.* Richmond, Vic: Drummond, 1982.

Turner, G. W. *The English Language in Australia and New Zealand.* London: Longman, 1972.

Underwood, June O. "Men, Women, and Madness: Pioneer Plains Literature." *Under the Sun: Myth and Realism in Western American Literature.* Ed. Barbara Howard Meldrum. New York: The Whitston Publishing Company Troy, 1985.

Vandenbossche, Lisa. *Finding Gold in a Gully: Nineteenth Century Australia in Constructions of British Domesticity from Sensation Fiction to Realism.* (D) Clemson University, 2010.

Villanueva, Darâio. *Theories of Literary Realism.* Trans. Mihai I. Spariosu, and Santiago García-Castañón. New York: New York State University Press, 1997.

Wallace-Crabbe, Chris. "Joseph Furphy, Realist." *Quadrant* 5. 2(1961): 49－56.

—. "Lawson's Joe Wilson-A Skeleton Novel." *Australian Literary Studies* 1. 3(1964): 386－393.

—. *Lawson's Joe Wilson: A Skeleton Novel. The Australian Nationalists: Modern Critical Essays.* Ed. Chris Wallace-Crabble. Melbourne: Oxford University Press, 1971.

Ward, Russel. *The Australian Legend.* Melbourne: Oxford University Press, 1958.

Waterhouse, Richard. "Australian Legends: Representations of the Bush, 1813—1913." *Australian Historical Studies* 31 (2000): 201 – 221.

Watt, Ian. *The Rise of the Novel: Studies in Defoe, Richardson, and Fielding.* Harmondsworth: Penguin, 1963.

Webby, Elizabeth. *The Cambridge Companion to Australian Literature.* New York: Cambridge University Press, 2000.

—. "Reading *My Brilliant Career.*" *Australian Literary Studies* 2002: 350 – 358.

Wells, H.G. "George Gissing: An Impression." *The Living Age* 243(1904): 38.

Westbrook, Mac. "Myth, Reality, and the American Frontier." *Under the Sun: Myth and Realism in Western American Literature.* Ed. Barbara Howard Meldrum. New York: Troy Whitston, 1985: 11 – 19.

Westbrook, Max. "*Myth, Reality, and the American Frontier.*" *Under the Sun: Myth and Realism in Western American Literature.* Ed. Barbara Howard Meldrum. New York: The Whitston Publishing Company Troy, 1985.

White, Richard. *Inventing Australia: Images and Identity 1688—1988.* Sydney: George Allen & Unwin, 1981.

White, Robert. "Grim Humor in the Stories of 1890s." *Aspects of Australian Fiction.* Ed. Alan Brissenden. Nedlands, W. A.: University of Western Australia Press, 1992.

Wilde, Oscar. *The Decay of Lying in Intentions.* Garden City, N.Y.: Dolphin Books. 1891.

Wilding, Michael. *The Radical Tradition: Lawson, Furphy, Stead.* Townsville, Qld.: Foundation for Australian Literary Studies, 1993.

Willey, Keith. *You Might as well Laugh, Mate: Australian Humor in Hard Times.* South Melbourne: Macmillan Company of Australia

Pty Ltd, 1984.

Williams, R.M. *The RM Williams Collection of Australian Bush Classics.* Outback Publishing Company, 2001.

Wilson, Phillip. "A New Literature of the South Pacific." *American Quarterly* 6. 1(1954): 66–71.

Wright, David McKee. Preface. *Henny Lawson: the Grey Dreamer.* by Denton Prout. Adelaide: Rigby, 1963.

Wright, John. "In search of Rudd's Ghost." *The Courier-Mail Jan.* 27 (2001): 1–6.

Youngkin, Molly. "All She Knew was, that She Wished to Live: Late-Victorian Realism, Liberal-Feminist Ideas, and George Gissing's *In the Year of the Jubilee.*" *Studies in the Novel* 36.1(2004): 56–78.

艾勒克·博埃默. 殖民与后殖民文学[M]. 盛宁等,译. 沈阳:辽宁教育出版社,1998.

陈振娇. 论文学刊物在亨利·劳森经典形成的作用[J]. 国外文学, 2013(3):40–49.

陈振娇. 论澳大利亚《公报》的性别取向[J]. 外国文学评论,2014(1):107–120.

黄源深. 澳大利亚文学史(修订版)[M]. 上海:上海外语教育出版社,2014.

凯·谢菲尔. 丛林、性别、与澳大利亚历史建构[M]. 侯书芸,刘宗艳等,译. 广西师范大学出版社,2010.

李建盛. 现实主义文学的意识深度[J]. 北京社会科学. 1998(1):145–151.

刘文荣. 19世纪英国小说史[M]. 北京:中国社会科学出版社,2002.

彭青龙. 是"丛林强盗"还是"民族英雄"?——解读彼得·凯里的《"凯利帮"真史》[J]. 外国文学评论,2003(2):30–36.

彭青龙. 论《"凯利帮"真史》的界面张力[J]. 外语与外语教学,2013(1):83–86.

彭青龙. 解读《"凯利帮"真史》的"故事"与"话语"[J]. 华东师范大学学报(哲学社会科学版),2005(1):75-79.

徐经闩. 一位富有特色的短篇小说家——论亨利·劳森短篇小说的主题和写作技巧[M]. 上海:上海师范大学,1992.

杨绛. 译《名利场》序[J].外国文学评论. 1959(3):1-3.

杨金才. 论麦凯恩《舞者》的叙事策略[J]. 外国文学,2016(5):3-11.

张卫红. 亨利·劳森与现代派文学[M]. 上海:上海师范大学,1989.

张效勤. 探索乌托邦理想世界——亨利·劳森诗歌和短篇小说综论[M]. 上海:上海师范大学,1993.

索　引

（术语条目的中文译文为正文中所采用的译文，均为笔者自译。条目后的页码对应文中页码）。

A

阿达·坎布莉齐（Ada Cambridge）　202

《阿维·阿斯匹纳尔的闹钟》（"Arvie Aspinall's Alarm Clock"）　56,69

安东·契诃夫（Anton Chekov）　2,35,119,120,214

安格斯与罗伯森（Angus & Robertson）　150

安东尼·特罗洛普（Anthony Trollope）　2,45,47-49,52-55,117,118,120,147,148,151

菲利普斯（A. Arthur Philips）　9,16,180,191,209

奥尔巴赫（Erich Auberach）　35

《澳大利亚与新西兰》（*Australia and New Zealand*, 1873）　48,49

《澳大利亚传奇》（*The Australian Legend*）　20,67,89,170,191

B

巴尔扎克（Honoré de Balzac）　2,33,36,43,44,57

芭芭拉·贝恩顿（Barbara Baynton）　7

把帽子传一传　92,102,106,115,135

班古娄（Bangalore）　149

C

查尔斯·狄更斯（Charles Dickens）　2,42,43,45-48,51-54,56,101,131,132,188,207,208,220,225,249

晨曦（*Dawn*）　197,202,228

丛林传统　8,13,22,57,62,68,82,86,90,104,168-173,176,177,179-182,184-186,192,196,198-201

丛林疯癫　119,154,228-230,232-236

丛林孤独　93-99,101-103,105-107,149,153,163,166,228,231,261

丛林怀旧　115,184,186,187,191,199

丛林抗争　11,40,95,102,108-110,115,119,120,122,132,135,136,140,143,150,156,157,162,166,170,179,239,261

丛林女性　7,12,95,96,141-148,153-157,159-163,165,166,192,193,195,196,201,214,229,238,251,261

丛林情谊（mateship）　8,13,62,75,79,82,84,87-91,94-97,102,103,107,112,115,116,126,127,134,135,139

- 141,146,147,150,152,157,158,
166,167,170,171,176,177,188,
190,191,199,229,238,244,249,
261,262
丛林神话 8,13,62,65-72,74-86,89,
108,176,178,185,186,193,214,
236,262
丛林书写 6,13,15,18,69,81,85,86,
100,121,123,171,173,174,176,
183,187,258,259,262
丛林文化 6,58,70,81,108,179,
181,246
丛林现实 6,8,12-14,30,53,57-60,
62,69,74,76,79,107,119,120,124,
140,154,162,185,190,192,199,
210,219,220,228,230,233-236,
238,254,257,260,262
丛林叙事 8,13,62,190,203,204,213,
216,219,226,235,252
丛林意象 31,64
丛林现实主义小说 2,3,7,8,10-15,
30-33,40,41,48,53,56-58,60-
62,64,66,69,74,75,77-79,82,85,
88,90,95-97,101,106,107,110-
112,115,118,119,121,130,134,
140,142-144,147,148,155,158,
164,166,169,170,173,175,176,183
-185,190,191,194,199,203-205,
207,208,212,214,223,225-228,
232,233,236-239,244,246-249,
256-262
《丛林研究》(*Bush Studies*) 7,56,152
丛林之声 58,174

城市丛林人 18,59,68

E

爱德华德·迪森(Edward Dyson) 5,
20,139,232
二元对立 52,89

F

疯癫叙事 228,230,233,236
弗朗西斯·亚当斯(Francis Adams)
5,69,174

G

《公报》(*Bulletin*)
《甘高尔的西斯科特·哈里先生》("Mr
Harry Heathcote of Gangoil" 1874)
48
《共和国之歌》(*A Song of the Republic*)
69,122
赶羊人的妻子("The Drover's Wife")
80,93,99,102,139,144,152,155-
157,161,179,214,240,250,251

H

亨利·詹姆斯(Henry James) 2,12
亨利·劳森(Henry Lawson) 8,14,16
-19,24-27,60-62,194,206
亨格福德(Hungerford) 6
"红页"(Red Page) 6,59

J

乔治·吉辛(George Gissing) 51,148
简·爱(Jane Eyre) 116,150

剪羊毛工　71,88,96,104,108,111,115,
　　　　128,133,166
家庭现实主义　47,52,53
集体表征　78,88,107
杰克·伦敦(Jack London)　2

K

考林·罗德里克(Colin Roderick)　16
克里斯托弗·李(Christopher Lee)
　　　　16,18,27,59,100,178
凯利神话　73-75,82,86,178

L

"老爹"(Dad)　261
劳森神话　79-82,86
立顿(Leeton)　188
临摹　24,33,36,38,39,43,80,81,119,
　　　　127,176,184,205,210,214,220,
　　　　228,256
里弗里纳(Riverina)　103,127,180,
　　　　219,222
列夫·托尔斯泰(Lev Tolstoi)　2,
　　　　35,56
卢卡奇(Georg Lukács)　35,39,121

M

马克·吐温(Mark Twain)　2,55,62,
　　　　63,207,208,220,225,226,245,
　　　　248,249
迈尔斯·弗兰克林(Miles Franklin,
　　　　1879—1954)　11
曼宁·克拉克(Manning Clark)　17,
　　　　18,155

民族精神　14,62,63,67,90,92,93,95,
　　　　97,140,171,181,262
民族身份　3,8,18,31,62,63,68,73,
　　　　78,81,82,84-86,88,110,112,122,
　　　　148,156,157,160,166,170,172,
　　　　173,176,177,182,191-193,226,
　　　　255,258,259,261,262
民族文学　6,7,16-18,62,64,123,169,
　　　　170,172,185,192,199,207,214,218
民族想象　13,59,66,74,75,77,85,
　　　　110,123,172,176,179,180,184,
　　　　190,197,198,259
民族意识　13,16,25,74,82,83,85,88,
　　　　123,169,179,255
民族预言家　80

N

内德·凯利(Ned Kelly)　72,171
男女平等　147,156,159
男性气质　22,95,143,147,150,163,
　　　　176,191,192,195,197,199,200
男权主义　192
女性声音　152,192-194,196,199
女性意识　19,141,142,148,156,159,
　　　　193-196
女性选举权　148

P

批判现实主义　47,52,53,61
佩特森(Banjo Paterson)　90

Q

乔治·艾略特(George Eliot)　43,50

乔瑟夫·弗菲（Joseph Furphy） 4，13，82，260

R

《人生如此》（Such Is life） 9，10，20－23，25－30，56，60，83，84，93，94，101，102，115，121，126－128，131－133，143，157－160，179－182，191，214，215，217－223，228，229，234，241－243，252，254，257，260

S

斯蒂芬斯（A. G. Stephens） 4，6，56，59，83，147，175，198，199，223
斯蒂尔·拉德（Steele Rudd） 24，182
斯佩赛夫人（Mrs Spicer） 106，107，163，231，251，252
社会主义现实主义（socialism realism） 37，60，61
圣经 67，80，103，182，191，252
圣徒 155
宿命论 135，221

T

《小说的兴起》（The Rise of the Novel） 39
"他者" 142，156

W

《我的光辉生涯》（My Brilliant Career） 11，12，19，26，28－30，144－152，165，189，191，198，199，201，207，224，260，261

《无期徒刑》（His Natural Life） 4
威廉·麦克皮斯·萨克雷（William Makepeace Thackeray） 43
拉塞尔·沃德（Rusell Ward） 16

X

西比拉 12，30，144－147，149－151，164，165，200
叙事艺术 155，204，206，208－210，212－215，218，222，224，226，236，243，252，257
现实主义 2－7，9，10，12－15，18，21，22，24，26，31－62，64，65，70，72，77－79，81，82，87，100，101，108，109，116，119，121，125，127，130，134，143，145，147，151，154，158，159，166，168，171，174，177，180，183，184，188，190，191，194，199，203，204，207，208，213－215，217－220，222，224－226，230，233，235，236，239，243，245，248，249，257－260
选地农 11，12，24，56，102，111，112，124，125，129，130，133，135－138，150，152－154，157，170，173，179，181，200，211，223，229，239，244，255

Y

约翰·巴恩斯（John Barnes） 7，21，23
伊恩·瓦特（Ian Watt） 39
《约翰·凯尔迪盖特》（John Caldigate） 48，54
《远大前程》（Great Expectations） 46，54，55

阴影式的存在　54

《洋铁罐沸腾时》(While the Billy Boils)　56,63,98,250

Z

再现　6,12-14,23,24,35,38,39,41,46,50,59,62,81-85,95,98,100,108,111,112,117,121,126,133,136,137,143,151,155,157,160,161,164,175-177,179,181-184,190,191,205,210,215,216,222,225,228,230,233,239,251,254,256,257,260

殖民文学　4,7,15,40,55-57,59,69,77,157,160,174,182,185,218,258,259

殖民者　3,4,49,55,71,85,119,124-126,128,139,143,156,169,182,183,237,238,240,247,255,256,258

《在我们的选地上》(On Our Selection)　10,11,23,56,84,101,102,105,113-115,135,137,160,189-191,222-226,228,229,234,244,255,261

占地农　111-113,124,128-130,133,134,137,138,156,164,170,179,182,200,232,239,240,250

后　记

　　感谢南通大学忧患的科研意识,南通大学在 2005 年正式合并之初,在科研上也许除了医学学科的"斯人独憔悴"之外,其他各个学科领域,都处于"百废待兴"的状况。对于外语学科——我在国外访学时,我说我也在做项目时备受其他学科同行"外语还需做项目?"的质疑——这一学科来说,尤其如此。感谢南通大学和南通大学外国语学院领导对教师学历、学位进修的重视;感谢南通大学和南通大学外国语学院领导对于教师科研政策的大力扶持。正是在这种相对宽松的科研氛围下,我从一个"不知科研为何物,只知体育竞技性"的科研门外汉逐渐发现了"科研竞技性"的乐趣:不需与天斗,不需与地斗,更不需与人斗,只需每天与文字打上几个小时架的生活自是"别有一番滋味在心头"。

　　从 2011 年夏天开始,在人生早过了"人过 30 不学艺"的年龄,我才真正意义上迈入了科研求学生涯。感谢学校宽松的进修政策让我有机会于 2011 年到心仪已久的南京大学访学一年,更为幸运的是,我跟了国内知名的杨金才老师访学,虽然自费了与微薄的工资相比并不算微薄的所有进修费用和住宿费用,但是在南京大学一年中的所学、所感、所悟,在杨老师的精心指导和严格的治学态度感染下的收获与我从那点微薄的工资之外挤出来的进修费相比,实在是莫大的精神愉悦!南京大学莘莘学子那每日步履匆匆赶往教室和图书馆的脚步和身影让虚度了三十多年的我首次感到了时间的紧迫,连赶往食堂吃饭的脚步都是那样的匆匆让我这个自负跑得快的人也是自愧弗如。他们求学若渴的精神风貌激发了已过而立之年却啥也没有立的我,在那里我第一次体会到时间的宝贵、知识的重要。

　　时光的脚步总是不经意间让你去感慨岁月的匆匆,一年后冥冥中,带着在南京大学未完成的访问项目"美国9/11的Bush Realism"(布什总统的现实主义外交)我来到了华东师范大学。转到澳大利亚Bush Realism(澳大利亚丛林现实主义小说)之初颇感不适,在朱晓映老师的引导下,在导师彭青龙老师的谆谆教诲下认识到在当前"9/11"文学有些追风和扎堆后,我转入澳大利亚文学研究,开始了解澳大利亚丛林现实主义小说。三年来,得益于彭老师做学问与做人一样"要沉寂、要精心、不要功利"的教诲,得益于彭老师"读博不是目的"的言传身教,得益于彭老师"论文是自己明信片"的耳提面命,得益于华东师范大学澳大利亚研究中心丰富的澳大利亚文学研究资料,我一个对澳大利亚文学一窍不通的门外汉开始略知皮毛,随着了解的深入,也竟有了"如此说来,且待贫僧伸伸脚"的勇气和冲动,当然这种勇气主要源于国内尚无相关研究专著。

　　"独木不成林",一己之力非常有限,完成之际,要感谢的人很多。在南京大学的一年访学期间,朱刚教授的《20世纪西方文艺理论》、杨金才教授的《西方经典文论批评》、王守仁教授的《十九世纪英国小说》等课程都让我受益匪浅;读博期间,陈泓老师的《澳大利亚文学选读》、刘酒银老师的《西方古典文论》、金衡山老师的《文学研究方法论》等课程开阔了研究视野,不同老师的研究方法也开阔了自己的研究思路,拓展了研究视野。本论著主要讨论了亨利·劳森、乔瑟夫·弗菲、迈尔斯·弗兰克林、斯蒂尔·拉德等四位澳大利亚丛林现实主义作家的作品。国内目前对"澳大利亚民族文学奠基人"劳森的研究日益丰富,但远远不够,对写出了第一部真正意义上的澳大利亚小说的迈尔斯·弗兰克林偶有关注,却成果寥寥;对乔瑟夫·弗菲和斯蒂尔·拉德的研究则是一片空白,这是本论著的研究意义。希望可以为国内澳大利亚同仁提供一孔之见,为澳大利亚研究做出自己的一丝微薄贡献。

另外,还要说的是,国内澳大利亚研究资料相对匮乏,研究之初,常常受制于此,因而起初在建构专著研究框架时不是在研究而是在凭借主观想象创作。专著的最终能够完成要感谢江苏省政府留学奖学金的资助。因为资助,我有机会师从澳大利亚格里菲斯大学著名亨利·劳森研究专家克里斯托弗·李(Christopher Lee)教授访学,他丰富的劳森研究经验、深厚的学术积累、平等谦和的为人与严谨的治学态度让我在半年的访学中收益颇丰,访学期间搜集和整理的大量相关研究资料对这部著作的贡献同样功不可没。回顾看来,没有大量的文献,没有上述导师、学者、前辈的帮助和指导,这部所谓的专著将是永远的不可能,即便凭着曾经擅长的对科研的一股锲而不舍的"钻研"精神,幸而问世,也必将长见笑于大方之家。

专著完成过程中,还参加了各类国内外国文学研究会议,参加学术会议的收获也非是言语所能表达的,这包括了解国内同仁研究兴趣和方向,洞悉国内外相关研究领域最新进展,学习别人的研究方法,这些对著作的最终完成起到了润物细无声的贡献。

也许最要感谢的虽然是在最后,却是最真诚,也是一直以来最为愧对的,就是妻儿父母。感谢妻子仲荣慧这么多年来一直一边上班,一边含辛茹苦地照顾孩子,正是她这种无私的支持和奉献才让我有为学所需的清静,她偶尔抱怨着学术的意义和生活的意义的背后我知道是在照顾孩子和上班之余的心力交瘁的狼狈和尴尬心境,这让我感到内疚,然而我却没能做什么。我深知"一丈之内方为夫"的真实内涵,这么多年来我大部分时间都没有能够在一丈之内陪她,更别说伺候她的左右。记得,刚读博期间,由于课程和写论文时间紧张,隔了一段时间才回去一次,每次对不起孩子的就是,很小的儿子看到我竟是一副"儿子相见不相识,笑问客从何处来"的表情,那个心酸和内疚!每次孩子看到我激动地喊我的时候,常常把"爸爸"喊成"妈妈",让我知道我有多久没有陪他们了。多少次,他们在电话那头的"等你回来就带我们怎样怎样"已经成了孩子们对我恒久的期待,而我却屡屡承诺,屡屡不能兑现。这种两难的选择和无奈,虽然让我对学术的追求有过片刻的迟疑,但一路走来,总算完成,特别感谢妻儿父母的默默付出。正是家人的付出才将这份勇气化成了行动,今终完成,此为记。

2017 年 11 月

图书在版编目(CIP)数据

澳大利亚丛林现实主义小说研究 / 张加生著. — 南京：南京大学出版社, 2017.12
ISBN 978‑7‑305‑19747‑5

Ⅰ. ①澳… Ⅱ. ①张… Ⅲ. ①小说研究－澳大利亚 Ⅳ. ①I611.074

中国版本图书馆 CIP 数据核字(2017)第 315373 号

出版发行	南京大学出版社		
社　　址	南京市汉口路 22 号	邮　编	210093
出 版 人	金鑫荣		

书　　名 澳大利亚丛林现实主义小说研究
著　　者 张加生
责任编辑 葛丛卉　董 颖　　编辑热线　025‑83592655
照　　排　南京南琳图文制作有限公司
印　　刷　江苏凤凰数码印务有限公司
开　　本　880×1230　1/32　印张 9.75　字数 253 千
版　　次　2017 年 12 月第 1 版　2017 年 12 月第 1 次印刷
ISBN 978‑7‑305‑19747‑5
定　　价　42.00 元

网址：http://www.njupco.com
官方微博：http://weibo.com/njupco
官方微信号：njupress
销售咨询热线：(025) 83594756

* 版权所有,侵权必究
* 凡购买南大版图书,如有印装质量问题,请与所购
　图书销售部门联系调换